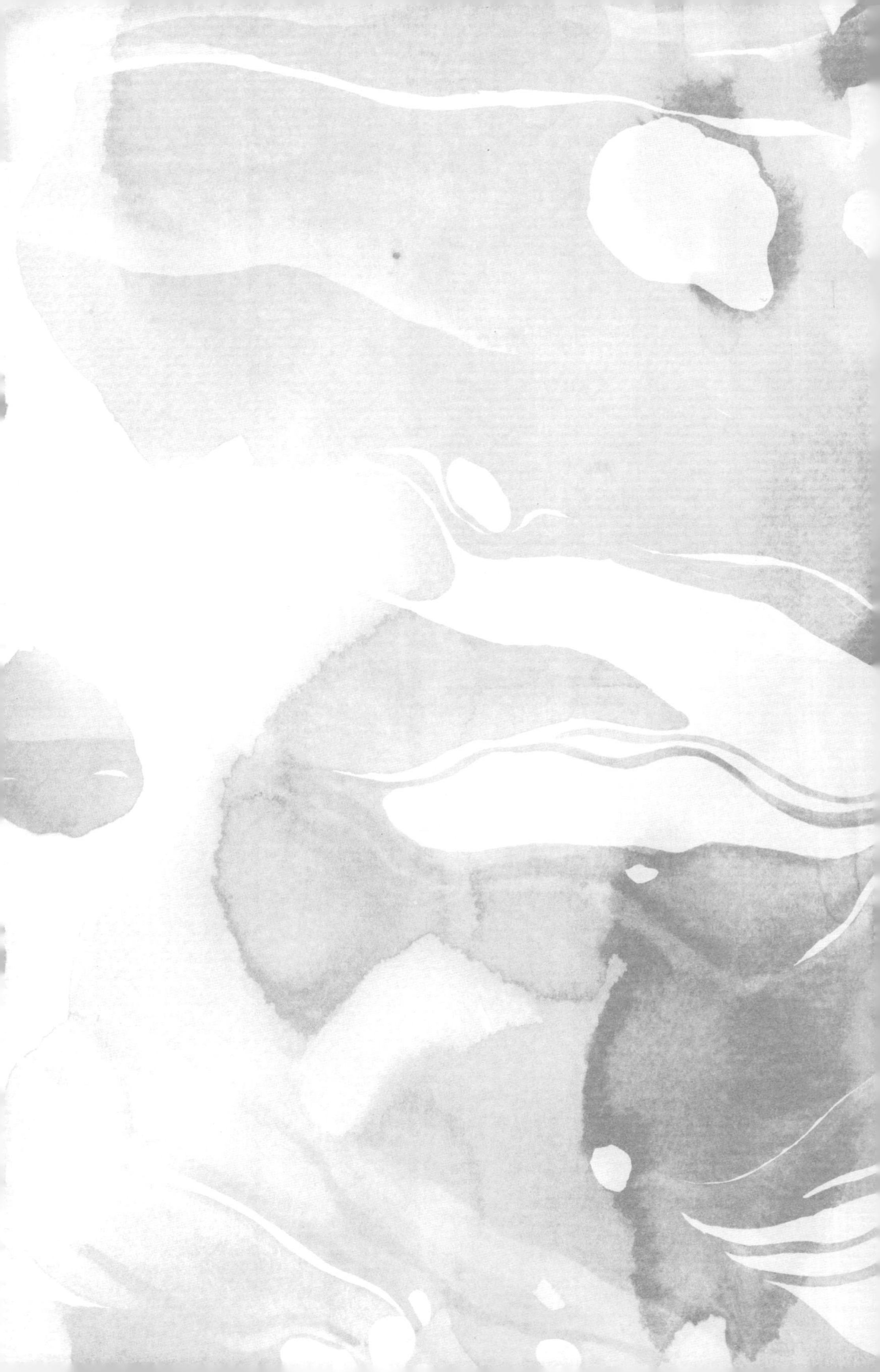

[珍藏版]

打开诗的漂流瓶

陈超 著

陈超现代诗论集

河北出版传媒集团
河北教育出版社

图书在版编目（CIP）数据

打开诗的漂流瓶：陈超现代诗论集：珍藏版 / 陈超著. -- 石家庄 ：河北教育出版社，2014.11
ISBN 978-7-5545-1533-4

Ⅰ. ①打… Ⅱ. ①陈… Ⅲ. ①诗歌评论－中国－现代－文集 Ⅳ. ①I207.22-53

中国版本图书馆CIP数据核字(2014)第280921号

书　　名　打开诗的漂流瓶：陈超现代诗论集（珍藏版）
作　　者　陈　超
策　　划　杨　才　张　辉
责任编辑　刘相美　何春雅
封面设计　牛亚勋
营销策划　符向阳　李　晨

出　　版　河北出版传媒集团
　　　　　河北教育出版社　http://www.hbep.com
　　　　　（石家庄市联盟路705号，050061）
印　　制　河北新华第一印刷有限责任公司
开　　本　787毫米×1092毫米　1/16
印　　张　22.25
字　　数　300 千字
版　　次　2014年12月第1版
印　　次　2014年12月第1次印刷
书　　号　ISBN 978-7-5545-1533-4
定　　价　49.00元

目　录

先锋诗的困境和可能前景

一、深入当代

在近年来的先锋诗歌写作中，诗人面临着许多彼此纠葛的情势。其中最为显豁的困境是：如何在自觉于诗歌的本体依据、保持个人乌托邦自由幻想的同时，完成诗歌对当代题材的处理，对当代噬心主题的介入和揭示。

敏锐的诗人会感到，近年大量的先锋诗歌从调性到具体的个人语型，都发生了大规模迁徙。历史的错位似乎在一夜间造成巨大缺口，尖锐紧张地揳入当代生存的诗已不多见，代之以成批生产的颂体调性的农耕式庆典。在本体上自觉于形式，在个人方式上靠近沉静、隐逸、自负的体面人物，是这些诗的基本特征。这像是一种“正统类型”的现代诗。中国士大夫的逍遥抒情再一次被重新忆起，演绎，仿写，纂述。诗歌据此成为美文意义上的消费品，或精致的仿写工艺。

基于最起码的人文背景体谅，我理解近两年这种农耕式庆典诗歌出现的意义。作为对权力话语的隐隐抗议，它体现了诗歌肌质的纯粹性，诗歌精神的超验性；作为对集约化拜金时代的不屑，它体现了诗人对淳朴自然、老式义德的追复。但是，体谅永远不应代替我们发言的逻辑。如果不是把现代诗作为一种逃避生存的快乐行当来谈论，那么，诗歌对当代生存题材的有力处理，对时代噬心主题的介入和揭示，就成为我们目下必须回答不容滑头的问题。

因此，我想说，当前甚至世纪末汉语先锋诗歌面临的考验，主要不是在生存的双重暴力（权力话语和拜金浪潮）压迫下，如何逃逸，另铸唯美乌托邦的问题；而是更自觉地深入它、将近在眼前的异己包容进诗歌，最终完成对它的命名、剥露、批判、拆解的问题。勇敢地刺入当代生存经验之圈的诗，是具有巨大综合能力的诗，它不仅可以是纯粹自足的，甚至可以把时代的核心命题最大限度地诗化。它不仅指向文学的狭小社区，更进入广大的知识分子群，成为影响当代人精神的力量。汉语先锋诗歌存在的最基本模式之首项，我认为应是对当代经验的命名和理解。这种命名和理解，是在现实生存——个人——语言构成的关系中体现的。要让语言对前二者的呈现接近和达成某种“真实”，就离不开对话语当代因素的倾心关注。因此，今天我们的诗歌，应当更广泛地占有当代鲜活的、“日常”交流的、能激活此在语境的话语，而不仅仅是为自己划定一套唯美的、相对稳定的语言“纲领”，诸如黄金、火焰、光芒、粮食、磨坊、玫瑰等。

这里必须紧跟着指出：我与目下那些仅从表面的语素重复，来指责先锋诗歌形式雷同的观点是截然不同的。在某个特定时代，一系列核心语象成为诗人反复涉入的元素或原型，是诗歌内部机制自动性的反映。因此，不存在如何人为抑制它们的问题，而只存在如何通过个人的生命体验来加深或改写它们当代内涵的问题；不存在是否符合某一类老式读者阅读类型的问题，只存在通过个人对它们的创造性使用，去同时创造其读者的问题；不存在我们能否使传统不朽的问题，只存在传统是否能新新顿起经由当代激活、扩大和更新注意的问题。——在此基点上，我们考察一项语境的立场，即是其当代性的强弱；考察一个意象的立场，即是看它是否将一个古老的语词化为个人“发明”般的“新词”来使用。不错，海子的诗大量地突出了“麦子”“火焰”“太阳”“马匹”等。但深入细辨，我们会发现，他是经由自己的生命心象来重新处理这些语词的。它们奇妙、刻骨、深展、多向度，成为张力极大的、可变的和间接的功能场。在这里，隆起的不是这些语词的字典含义和美文含义，而是对现世生存经验的更高程度的占有与综合。但是，我仍然要说，海子是不可重复的。特别是对生活在今天的我们而言，长久地沉溺于浪漫主义二元对立的话语形式也是值得警惕的。

接着，应该涉及这样一个问题，即一个诗人的话语要素是从哪里来的？在一个诗人早期的写作中，谁都离不开对先代既成诗歌话语的模仿、体悟，特别是对某些原型语象的移用。即使在那些优秀的诗人身上，我们也会发现这一明显的文本间性特征。但是，如果我们长期作为有寄主的描红者出现，而不是从现实生存和生命的原动力出发迹写诗歌，我们不仅不能获具被仿写者的精神深度，甚至即使在形式上也谈不到高标准的自觉。所谓借鉴，一定是对健全的审视、离析而言的。离开现实生存/生命话语的历险，任何真正的借鉴都谈不上。据此，我说，一个优秀诗人的话语，既是个人隐语世界的呈现，同时也必以此时代流行习语做伴生物。换言之，是诗人将日益变滑变薄变滥的大众信息语言，上升为本质的，根源的诗性话语。艾略特《荒原》中的“对弈”许多纯是当时流行“习语”，请评价这“习语”的价值吧！

先锋诗歌要有勇气和力量直接地、刻不容缓地指向并深入时代。这样做是危险的，但不这样做却更为危险。先锋诗歌要创造和发现当代话语的全部复杂性，要扩大而不是缩小母语语型，要更广泛地占有语词的命名权而不是向权力主义者和庸众退让妥协！因此，提炼个我灵魂话语与使用并颠覆僵滞的信息交流话语，不是简单地对立或互不相关的。而是两者共时包容的。在现代社会，先锋诗歌是最难以被某种强暴势能“利用”的东西。但这并不意味着诗歌就具有不言而喻的重要性。难以“利用”，至少存在两种情况：一种是无关痛痒的个人迷醉术，权力主义者可以放心而忽略不计；一种是更锐利、更广阔的精神离心历险，在对生存的衡估和揭示中，持有诗歌独一无二的“思”的重要地位。它更内在、更准确、更奋不顾身地嵌于时代之中，乃成为独立于有限性和国家主义之上的神圣行为。它的重要性不只是单向的挑衅、叛离所达成，而是整体包容地去创造新的精神历史，并以对人类伟大精神共时体的衔接为标志的。从形式上说，这也是先锋诗歌得以以先驱身份出现的缘由。

所以，我不理解诗歌对当代题材和历史个人化的处理和把握为何使许多诗人视为畏途。处理当代主题和现实经验为什么一定会使诗歌变得不纯呢？只有创造力贫乏的诗人才需要凭借“已成”的类型化/工具化的美文语词来保障诗歌的“纯粹”。而真正杰出诗人，则将母语更广泛地涉入诗歌——先锋诗歌的纯粹是发展中的，不断向未来打开的“纯粹”，对语言现在进行时的抉取、洞彻，正是其自我把握、自我确立的一个关键标志。先锋诗歌的“纯粹”，是当代全新经验加入并为起点的“纯粹”，是自由的想象和生存现象异质混成的复杂整体的生命空间，而不是文化闲人的话语遣兴及梦境漂流。

现在，让我们回到文章的开头。我说过，当代先锋诗所有困境中最基本的困境，乃是如何在自觉于诗歌的本体依据、保持个人乌托邦自由幻想的同时，完成诗歌对当代题材的处理，对当代噬心主题的介入和揭示。我对这一困境的提出，并不是基于现在重新提起的“开放”幻觉。诗歌作为求真意志的语言历险，永远离不开对现实生存和生命的揭示。它的此在性是与生俱来的，而不是被任何即时性外在情势的变迁赐予的。因此，在任何时候，它也不能被收回！否则，对外在情势期望过高，会使我们的诗歌再一次成为被“利用”或被借口抹掉的东西。说到先锋诗歌对当代话语的占有，我不是指那种表面意义上的“时代感”“主旋律”，而是指存在主义哲学意义上的个人与当代核心问题在语言上发生的冲突、互审、磋商等关系。它是生命和生存的当代，不是技术和物质的当代；它是异质冲动的当代，不是插科打诨的市民的当代。在我们一闪的生命中，最终有谁能够像米沃什那样肯定地说出：

如果不是我，会有另一个人来到这里，试图理解他的时代。

但愿我们在未来的时候，也能这么说。

二、可能的诗歌写作

20世纪80年代以降，诗歌的进展可堪嘉许。个体主体性的确立和对诗歌本体的自觉，是这一进展的两项成果。然而，随着具体历史语境的变化和我们对深度写作的探寻，诗歌又与新的困境相遇：我们的诗是纯正美丽的，但面对活生生的时代真实性，历史的个人化，这些诗的承载力远远不够。诗歌素材上的洁癖和表达方式的单一，是问题的现象层面；而造成这一现象的深层原因，我以为还与我们对诗这一古老文体，在当代新的写作可能性的探求不够有关。在我们的观念中，诗歌是主观“表现”艺术（抒情性以及那种以“妙悟”为旨归的隐蔽抒情）。尽管诗人们“表现”的话语形式及意味有高下之别，但它们却有同等的根基：表现，作为一种写作姿势往往通向主观和绝对。由此，诗人与读者达成了默契——“我是在表现，你们是在接纳这种表现”——即使有时读者排斥诗人所表现的内容，但他同意诗人预设的姿势、发话的“语法”。我承认，这是这时代“阅读期待”的一种进步。但问题还有另一面。我们看到，长久以来诗人过分享受了这一默契，流弊所及使写作成为“孩儿国”的恣情表达。他单一、绝对地歌唱，叹息，自恋，亵渎，邀宠，斥骂……以物而喜，以已而悲，暗中以为自己拥有着诗的“真实性”的全部解释权，具体生存的真实和人的情感经验的复杂性却被悬置一旁。表现，这一具有无限选择可能的观念，在这里被导向了主观和绝对的自我抒情，或对抒情的反向寄生（那些出于情痒化二元对立的“反抒情”，乃是一种更大的抒情）。

这样的诗歌姿势固然有其合理性，但又有虚弱和不成熟的一面。它降低了写作的难度，抑制了灵魂求真意志的成长，使诗走向新一轮集约化、标准化生产。它难以有效地处理复杂的深层经验和把握具体生存的真实性，丧失了诗的时代活力。更严重些说，它在不期然中也以另一种方式加入了“集体遗忘”的行列。或许诗人会说，我的写作对我而言具有真实性。但在我看来，诗人情感的真实不等于诗的真实。前者指向诗的发生学，后者指向诗的效果史。后者乃是问题的全部致命所在，它使诗歌摆脱诗人而具有了自我确证自我持存的客观价值规范。

面对这种主观和绝对的抒情写作，我感到诗在变成单向度的即兴小札，消费时代某些文化人的遣兴，而不是与时代生存和人的生命经验彼此呼应或观照的“特殊知识”。因此，我认为有必要扩大诗歌文体的包容力，由抒情性转入经验性，由不容分说的主观宣泄，转入对生存和生命的命名乃至“研究”。我想将这种写作称之为准客观写作（不消说，任何类型的写作都不会没有一点主观性），怀疑和相对主义立场的写作。这种写作要求诗人抑制单向自我的抒情姿势，忠实于成人精神世界的复杂性、矛盾性和可变性，在诗中更自觉地涉入追问、沉思和反讽、互否因素。诗人将自我置于与具体生存情境对称的立足点上，冷静、细密、求实地进行分析和命名，探究深层经验的多重内涵，呈现其各种可能性。这里诗性的沉思不同于人文学科要求的明晰和判然。它是或然的，它不“解答”问题，而是经由诗歌话语的观照，捍卫住问题的复杂性，使之保持活力，以不被权力话语和“技术时代”简化和抹杀。与此相应的修辞法和结构法是互否。它使诗歌中不同意向间发生摩擦、盘诘，结构内部设置不同的“声部”，在更为复杂的语境里，呈现经验世界的整体性，最终实现诗歌更高意义上的自足。这样的诗当然是有难度的，但值得一试。它要求诗人不仅要有修辞想象力，同时也要有“历史想象力”。这一双重考验有助于使诗歌形式本体论趋向与之相应的生命——生存本体论。或许这种实验将松动目下诗歌的文体类型学和限定性，但会为这时代的诗歌写作注入重要性，并提供持久的价值感。

与主观和绝对的抒情方式伴随而来的困境是，目下诗歌的词汇量在以空前的速率减少。这种减少是一种奇怪的减少——它以表面上的增大为掩饰。稍做考察我们就会发现，目下诗歌中的词汇大致有两类。一类是与情感有关的形容词，另一类是“美丽的”自然物象的名词。这两类词在诗歌中的确日益丰富、花样翻新，但从根本上说它们是可类聚的、量上的补充。或许在诗人们看来，前者直接指代情感，后者天然具有“诗意”。因为它们在整个词义使用的历史中已积淀下了其抒情性，具有预先注入的“诗性”优势，诗人何不利用这一优势？但我越来越感到，或许正是这种所谓“诗意”，这一套固定的语言纲领，使我们的诗歌缺乏旺盛的时代活力和生命经验的重量。对这两类词汇的倚重，同时也导致了诗歌骨子里的“不及物”及诗歌语型的贫乏，仿佛大家在写同一首诗。诗歌作为对生命和语言无限可能性的洞开，其话语领域是无限广阔的。优秀的诗人对这种广阔应有自觉承诺。我想，我们能否使一种有待在写作中揭示和命名的中性词涉入诗歌？能否吸收和接引俗语、俚语、口语和方言？能否在“构成性”的诗歌语型中糅入叙述和人际对话？这些或许有助于发展诗歌文体的混成力，使之成为时代生活的血肉之躯上割下的活体组织，而不是停留在“妙悟”的水平上。利用“已成诗意”的写作，是源于诗人对经典文本阅读的写作，它直接趋向他人写的“结果”，而不是通向使我们写作的力量。成熟的诗人应该能够在丰富灵活的不同语型中自如游走，这样的诗，会使我们感受到它与具体生存的关系。它不仅是可能的，也会是现实的。

考虑到诗歌把握具体历史语境的真实性要求，我还期待能在诗中看到叙事性，那种碎片式的、冷静的、对“事件”的描述和探寻。这方面，艾略特的叙事技艺对我们会有启发。艾略特的《普鲁弗洛克的情歌》，意在处理日常“事件”。诗人成熟的心智使一个事件转化成了经典性的、对人具体生存情境的分析和研究。它承担了比事件更沉重的负荷。诗人既是冷静客观地叙事，又是戏剧性独白和深刻地命名。他将克制陈述、戏剧独白、沉思追问和引文嵌入扭结为一体，写作者的态度因“事件”本身的复杂性而变得迟疑，构成了诗歌巨大的包容力。这样，诗的叙事依恃的不再是单维的时间链，而成为各种声部间的争辩；诗具有了打动人心的生存经验力量（而不只是情感力量）。诗人是在叙述，但叙述不再是因果关系的交代，他与事件拉开了足够的距离，一边叙述，一边分析自己的叙述，写作成为朝向精确的求真意志的摸索。“情歌”，在这里成为被重新研究的一个“新词”。这首诗，对叙事性反讽同样具有启示。它的整体运思是在反讽一面，但不像我们在叙事反讽中惯用的那样，简单地说反话或揭示事件的乖张一面，而是以复杂的立场展现事件内部纠葛中不为人知的方方面面。在诗中渗入一定程度的叙事性，有助于我们摆脱绝对情感和箴言式写作，维系住生存情境中固有的含混与多重可能。如何使我们的诗更有生活的鼻息和心音，如何使之具有真切的、可以还原的“当下”感，如何使我们的话语保持硬度和韧度，并使之在生命经验中深深扎根，我想，模糊一下诗歌文体的界限，在其中自觉加入叙事因素，也是应予考虑的问题之一。

三、另一种火焰或升阶书

毫无疑问，由实利主义技术竞争和权力重新构配带来的准商品社会，正在成为我们所面对的最强大的意识形态。在这种权力、技术、拜金三位一体的中国式集约化/工具化时代，文化的进一步荒芜和新的可能性都共时存在。面对这一突然裂开的空白，对先锋诗歌的考验从未像此刻这样尖锐、集中、不容茫然、无法调和。诗人的审美求真意志，心力、天赋和经验，都将在此遭逢无情的存遗。先锋诗歌的全部个体生命玄想主题，修辞基础，结构传达，“诗质”固持……也都无法据有降格以求的唯美“不及物”状态。非此，我们面临的就不再是文本被焦迫的生存情境稀释掉之虞；而是更快些：自我稀释、松开。

当今的先锋诗歌，已经秉持了1985年以降先锋诗歌运动带来的两项成果：其一，在意识背景上，加促了极权选本文化的崩溃，个体生命意志取代了集体顺役模式；其二，在诗歌的本体依据上，完成了语言目的性的转换：语言在诗中不再是一种单纯的意义容器，而是个体生命与生存交锋点上唯一存在的事实。

然而，作为跨文化语境中的中国先锋诗歌（因为，被认为是一种创作思潮的先锋派AVANT-GARDE，最初只是一种欧美现象），在其令人鼓舞的短促涌流期之后，近来似乎跌落为一种对个人世俗荣耀的虚荣本能提供服务的趣味，和对“能指”本身的盲目奉祀。前述两项成果，可悲地由诗学向度的系统转换衰退为系统因子的微调。的确，对刚刚经历过“铁人”（iron men）权力时代的诗人来说，致力于诗性纯化的工作，或由话语嬉戏伸延到间接的反崇高，是必然甚至合理的一步，需要我们严肃慎重地对待。但是，另一个更严肃的话题是，长久悬止在这两端上的先锋诗歌，已远离求真意志，甚至渐渐形成了先锋诗歌自身内部对其刚刚培养起来的深入生存/生命能力的毁弃。这和先锋艺术的原创性是不可通约的，尽管表面看来，它们也具有某种意义上的“弃家”性质。

在我看来，先锋诗歌语境所具有的弃家性质，不单是指自由幻想的孤悬和对历史及“特殊知识”的快意颠覆。它对生存/生命不是简单地摆脱或以恶抗恶。诗人将自己放逐到社会常轨之外，是为了使个我灵魂的话语更强有力地达成与生存的对称，并最终实现精神叛逆和“价值”重构二而一的个体生命对整体生存包容的主体性。这是一种不含有任何机会主义动机的艺术立场，也几乎是作为永久运动的先锋诗歌斩钉截铁的法则/依据。因此，与其说先锋诗人是快意的精神浪子，我宁引另一论，他们是不妥协的异化生存/生命的敞开、洞察者，是诗歌伟大精神共时体和求真意志的发展者，是另一种火焰或升阶之书的铭写人。

一些朋友之所以会对先锋诗歌揭示生存/生命的功能产生抵触，我想，一个重要原因是我们刚备尝有组织、有系统和非人法规的极权主义话语压制，从而企望在艺术超越中实现自由的幻想。诗人这一缓解的应力模式是如此合理，致使对它的粗暴指斥不逊之言变得面目可憎。基于此点，我愿意说，诗人们的这种抵触不但是值得的，甚至可堪嘉许。但是，当时代的政治势能与一种物质主义宣传亲和结盟时，缺乏生命灵魂疼痛和更高意义上离心冲突的诗歌，正被这种亲和引导到消费方面去，并最终被吸附接纳成为淘气的同道。因此，我们要想完成主动意义上的文化批判和精神超越，必须对这一势态有及时迅速的反应或警觉，并通过深度的文本对这种反应或警觉完成显豁的呈现。

确实，在一种强大的极权主义话语骗局被揭穿后，任何对“个人化历史深度”“特殊知识”的追复吁求一时间都显得缺乏吸引力。正是在这个维度上，许多朋友将自己的诗歌写作平行归附到相对主义观照范畴。但有一个基本前提不容忽视，有价值的相对主义绝不是貌似辩证实则折中的东西，与其说它使对价值的指认形成平分秋色的消解，倒不如说它使人与生存的冲突愈演愈烈。如 R. 罗蒂等人那样，在建设性和批判性的立场上，相对主义体现着对生存/生命中具体、复杂、剥露的内涵之敬意，并由此激扬出与现代神话的崩溃相联系的、更自觉充分占有灵魂差异性的话语立场。相对性的建立，恰恰需要健全灵魂/智力这一绝对条件，而对“相对”本身的简单膜拜，恰恰是一种毫无道理的绝对。因此，我想，谈目下合格的中国式“后现代主义”诗歌，就既不是语言抛射的转盘赌兴奋，也不是廉价的口语化皮影乐园，更不是供庸众赖以消闲的快餐。它是现代诗歌怀疑精神和反抗姿态的急进持续，是诗人通过更极端的写作来撕裂极权主义话语暴力的策略，是生存/生命新的可能性之“分延”“播撒”。（任何简单认同想当然的后现代主义的理论话语，都很难对此做出实在而有力的评估。）我认为，某些知识分子诗人，少数非非主义，莽汉主义和“他们”社团的诗人，其感人的信念之一正是此一既拆除整体话语“深度”又“拆除深度的拆除”。这和一些人津津乐道的插科打诨的媚俗的“后现代”毫无共同之处。这里，我想顺便指出，今天我们目睹的所谓现代诗与后现代诗之间的“冲突”，不是什么精英意识和世俗意识的对垒，而是发生在“精英”内部的必然交锋。这种交锋从 1985 年起就次第展开了，而且一刻也没有轻松过。假如我们的诗歌发展史是由几个刚进口的理论语词来创造，那么这个发展史也太可有可无了。

当我们对前述审美经验进行过省察之后，我们还要跨过最后一道考验：即那种把现代诗揭示生存/生命的功能，等同于非此即彼的二元对立判断，或对某些现成教条的形象演绎，甚至意识形态写作和道德意义上的修辞糖衣，诸如此类的另一意义上的极权主义后遗症并发状态。不，这种强暴等次关系的工具性役使，有时是会比“趣味”观和“能指”奉祀狂更可怕、更致命的对先锋诗歌的威胁。先锋诗歌是对被遮蔽了的存在的敞开和揭示，它内部的张力构成了生存/生命中矛盾性、差异性、衍生性、边缘性，与价值关怀、本源、核心的平等对话/搏斗。这一切彼此冲突纠葛，多音争辩式地运行在诗歌结构深处，唯一不变的是诗人揭示生存/生命这一基本立场，或用昆德拉的话说，是一种首先发生在艺术中的“直面首席法官缺席”的对生存的探究。正是在这个意义上，先锋诗歌保持了揭示生存/生命这一事实的时代活力，并通过与此的对称，“发现了只能经由诗歌发现的东西”。它坚卓、自足，尖锐地敞开生存/生命，并随时返回自身而不被稀释、消解。在此，火焰在燃烧中拥有着自我澄明和敢于自我焚毁的双重性质；而“升阶”的姿势，之所以有价值，乃是因为它涉及诗歌结构诸意象间自身内部的抵抗、摩擦、互否、互动、张力力量的牵引。舍此，火焰的隐喻仅代表滥情主义诗歌的单向度自誉，而升阶之书更会成为恋古癖者无关紧要的道德训箴了。

最后，我想再申说一下前面所述今日诗人充任的“精神叛逆”“‘价值’重构”二而一的“个体生命对整体生存包容的主体性”，这一形象之现象学的细节含义。精神叛逆，是指诗人在统一化的商品及权力社会中，坚持犀利、离心的语词历险，固守种族触角或见证者的高度，并最终使文本经受住生存/生命天平和形式主义天平的双重考验。“‘价值’重构”，是指诗歌话语结构自身而且也只能经由其自身，完成的对“存在之遗忘”的警示、猛醒。此一“价值”，同时关涉诗歌自身的本体依据、独特功能，对这种本体依据意义上的“价值”进行“重构”，应更有助于我们的形式自觉，而不是相反。“个体生命对整体生存包容的主体性”，是指诗人自觉地考察个体生命与整体生存境遇之间显豁或隐匿的必然关系，并最终发而为个人承担全部后果的诗歌的“特殊经验的知识”。或如P·蒂利希所言“敢于在已失去意义的世界中独自承担焦虑的勇气”，并通过个人对整体生存的包容，“精心培植出诗的花园”。

而在求真意志的迸涌中，火焰或升阶之书不会是怀疑和批判精神的终止，更不会是对另一意义上权力话语的寄生；它们对自我的无情审判，甚至更加深入，更加令人胆寒……

1993年2月1日至5日

文学的“求真意志”

“我要听。我必须听——如其所是。”

这是俄狄浦斯对可能知晓其残酷命运的老牧人说的话。他预感到了可怕的生存真相，知道自己已是濒临话语的悬岩。但人的求真意志在此迸涌，使他临渊不惧，并在最后履行了自己的信义承诺：刺瞎双目，让使命和宿命同时展开。自毁双目有如一个噬心的隐喻，它穿透了重重遮蔽的表象，一道尖厉的光芒已深入内心。

每当我读到他这句话，就会产生深深的心理痛楚和眩晕。不要以为俄狄浦斯洞晓的只是他个人或城邦的命运，在我看来，他的遭际实际上预示了求真意志这一人类精神大势的无限期的酷厉发展。尽管我们会为这种永劫回归所主宰，尽管形形色色的斯芬克斯在坠身悬崖后又往往以新的形象面对困境中的人类，但这并不说明我们可以和能够放弃作为一个醒悟了的个人所必须承担的责任：坚持探询生存和生命的真相，始于问题，继续更高的追问。这也是我理解的所有严肃文学的前提。

文学无疑建立在其本体依据内部的一整套复杂关系中，但这并不意味着它是封闭的自足装置，亦非高雅人士的话语嬉戏或叙事遣兴。小说和诗歌是对生存境况和生命体验的揭示与命名，一切货真价实的文学，都产生于作家面对生存/生命的遮蔽时，所激发起的深刻的盘诘之情。在作家的巅峰体验中，并不只存在纯审美的迷醉，同时更缭绕着一个固执、沉郁而催促的诫命：“我要听。我必须听——如其所是。”不过，这里的倾听，并不会经由某个深谙生存之谜的“老牧人”告知（对老牧人的期待，实际上透射出人类对绝对主义、基础主义、本质主义一元论的依恋）。严肃作家的命运甚至更残酷些。他们所企图抵达的生存和生命真相，常常是含混未明的。因此，文学的追问永远不指望有终结的具体的、了然的“地址”，求真意志正是在这种不计代价的语言历险中，发出它奋勇不息的辉光。我要说的是，一代代真诚的作家，如果说他们中真的有“成功者”的话，那也绝非指世俗意义上的荣耀，而是他们对生存和生命保持了更尖锐的开掘和追问。他们没有“解决”问题，而是使问题加深、扩大、焦迫化；而非是使问题钝化乃至虚假地消失。正是在此意义上，弗兰茨·卡夫卡才说：真正的道路是在一根绳索上，它不是绷紧在高处，而是纠葛地贴着地面。它与其说是供人行走的，毋宁说是用来绊人的。在众人视为通衢的地方，作家看到了“绳索”；在众人自诩世事洞明的时候，作家提示人们“事情不是你看得那么简单”。真正的文学——特别是小说和诗——就伴随着这种求真意志和自觉延宕真实指认的“极限悖谬”。每一个伟大的作家和诗人都是书写族类中的“黑人”，他们不惮于忍受悲慨的遭际，他们知道任何有效的写作，都会带来庞大的生存及权力禁忌对敢于探究其底里者的惩戒；与恒久的集体谎言较力，注定是不祥的。然而，优秀文学的光照，恰好就是不祥命运的赐礼。当我们反观人类的精神历史，我们会看到一些夙夜匪懈的心灵守护者，他们心力交瘁又生气勃勃。我想，他们首先是古今中外的那些严肃的文学家，而不是其他人。

当我将文学的维度定义为“求真意志”的时候，我很担心人们将此词语误读。在我个人的词汇表中，“求真”，只是一种“意志”。所谓的真实，在真正的文学家眼里，绝非是既在、了然、自明的，它不可能依凭表面的还原主义书写与我们照面；也同样是在这里，文学话语与哲学、社会学话语区分开来了。为了陈述的方便，我且将文学话语之外的其他表述话语统称为“人文科学话语”（实用指称性的日常交流话语不在论列之内）。在我看来，人文科学话语是逻辑的、整体的、类聚化的，它的合法性是通过删除歧见，并否认个体经验的差异和无意识的生命冲涌所取得的。质言之，它祈求的是“头脑”而非“心灵”。这样的话语，僭妄地企图为人类提供某种绝对性和必然性，企图命名在时间和具体生存语境的流动中那个不变的“基础”“本质”。在此，个体生命的痛苦、烦忧、欣悦，以及对世界的奇思异想，都被冷酷而“宏大统一”的整体叙述所抹杀。但是，即使在人文科学和科技话语最为蛮横之际，人类内心深处也总有一种声音在脱离个体生命的自由尊严而片面追求整体顺役所造成的灵魂失落中，倔强地为“心灵”的自由呐喊。这种呐喊的音量不够高亢，20世纪以降的现代文学甚至是低沉的，但我们知道真正的强音正是低音。虽然严肃的诗人和作家其材料畛域、措辞格局、命名形式不尽相同，但就其精神大势而言，又具有“求真意志”的家族相似性。如果说在米兰·昆德拉笔下，“塞万提斯的遗产”是现代纪元的标识的话，那么也可以说，20世纪的现代主义文学，才真正有效地提供了生命体验中的怀疑精神、多元精神，拯救了卑微的个体生命的尊严，让差异、弱势、局部、偶然发声，它培养了人们对不可公度的事物的容忍力。因此，小说和诗歌中的求真意志是永无终结的。何时“求真”不再作为“意志”，而成为作家自诩的对真实的“定论”，那么这个作家就可能成为被动认同先验“真理”的屈服者。

我依然相信，文学是“至深者呼唤至深者”的话语，是人类中部分个体内心巨大焦虑和怀疑的呈现。然而，这里的“至深”，是指生命的体验之深刻，而非单纯的“思辨”之深刻。在哲学思辨领域仰之弥高、俯之弥深的黑格尔尝言：“绝对精神的骏马在奔驰的过程中，是不吝惜践踏许多无辜的花草的。”对此，我不以为然。我的疑问和信心正是在这里同步展开：文学存在的理由之一，就是对那个唤作“终极真理”“绝对基础”“铁的历史必然性”的庞然大物的不屈从。如果世上没有了伟大的文学家，即“珍爱怀疑的个人”（希姆博尔斯卡语），那么人们很可能一次次周期性地强迫重临集体乌托邦或历史决定论的陷阱。严肃的文学家，不接受任何权力话语的制导，不相信世上有一个绝对的“第一原理”来为人的生命体验规定其永恒的图式。他永远在追问、揭示着生存和生命中的困境，他扩大了我们未知的境域，使人的精神地平线不断后移，使自以为是的独断论者遭逢挑战。一切严肃文学所面临的问题，首先就是捍卫人性的迷宫之魅力或曰魔力。我想将这称为现代世界中弥足珍贵的“特殊知识”。在一个“知识”称王称霸的世界上，我甘冒误读的风险，提出文学是“特殊知识”，意在从内部“攻破堡垒”。我用“特殊”来限制和修正知识，是要陈明文学中的求真意志提供给人类的“知识”，是一种与生命深层（乃至诡异）体验，矛盾修辞，多音争辩，互否，悖论，反讽，历史的个人化等有关的“灵魂知识”“经验知识”。在一个思想与科技，意识形态顺役和物质放纵主义同步的集约化、标准化的干涸的历史语境中，文学提供的“特殊知识”，就不期然中构成了对绝对主义知识、二元对立知识及唯理主义崇拜的颠覆。后者简化乃至抹杀了世界和个体人生的问题，前者捍卫了世界和人生以探询问题的形式存在。在此，“特殊知识”以其特有的细节含义，重新厘定了何为“真知”的维度。文学中出现的“新感性”，就天然地成为否定精神、批判精神、自由探询、生命想象力的接引者。正是在这种变血为墨迹的阵痛中，生存/生命得到强有力的去蔽，语言的深渊被举起，人类被权力话语的高强度刺激所剥夺的心灵活力重新奔涌而出。

求真意志或追问生存/生命的姿势，是文学最动人的姿势。然而，我看到目下评论界恰好是在这一点上聚讼纷纭。我认为，许多评论家在指斥先锋文学时，对其“求真意志”存在着盲视。他们有一条现成的鞭子——“历史感”——快意而省事地挥舞在劬劳功烈的先锋诗人作家头上。他们说，先锋文学最大的缺失是“没有历史感”。我至今没有看到任何优秀的先锋作家声言自己的作品是反对历史感的，那么，问题的核心就不是“小说与诗是否应有历史感”，而应是“如何看待文学中的历史感”了。除去我在前面对文学中求真意志的申说外，我愿意就“历史感”与求真意志的关系，补充如下言说：我们所接受的文学教育，可以恰当地称之为“教育小说”。教育小说发轫于欧洲，但在中国五四特别是40

年代以降的接受语境中被渐渐扭曲了。与典型的教育小说（如《威廉·迈斯特》《约翰·克利斯朵夫》）的理念深为不同，中国的“教育小说”有一个降格以求的想象力原型：相信个人若探索真知、发现自我，必须依赖于某种集体主义的神话。也就是说，欧洲的教育小说书写的是个体灵魂的成长，而中国的教育小说书写的却是对个体灵魂的放弃。这种放弃的程度被奇怪地指认为是作品中“历史感”的深度。在此，人的历史感的获具，不再是基于个体生命的艰辛自我获启，而是对一种既定的“历史风云”、意识形态价值系统的卑屈认同。这样的“历史感”难道是我们需要的吗？这样的“求真意志”难道不正是对求真意志的讥嘲吗？整个当代文学史前半期，“历史真实”是统摄人心的口号。然而，我们在这里看到的历史真实是怎样的呢？无非是对历史决定论的急切归附，是作家对自身本已所剩无多的求真意志的再剥夺。如果放弃个体生命对真实的体验，那么文学只能成为对“历史权力虚构”的邀宠书。正像大家看到的那样，在这些作品中众多的复杂的个人，变为“一个共名的人”，并美其名曰“典型化”。“典”的什么“型”呢？农民的典型模式是“原过/改过”，知识分子的典型模式是“负罪/赎罪”，底层人的典型模式是“赎身/感恩”，先进人物的典型模式是“升华/引领”，敌人的典型模式是“有产者/残暴”，如此等等。“文革”期间的作品，在某种意义上说也是追踪所谓“历史风云”的类型，发展到极端恶性形态的产物。这种意义上的“历史感”直到 20 世纪 80 年代中期先锋文学的崛起方才得到有效遏制。因此我说，与其他文类不同，文学中的“历史感”，是在活生生的具体的个人处境中产生的。在许多时候，恰好是个人与整体历史或时代精神的错位，才更深刻地带来了文学中的历史感。曹雪芹如此，沈从文如此，穆旦如此，北岛如此，王小波也如此。当我们谈论文学中的“历史真实”时，我们要摆脱那种超个人的、大写的匿名权威——时代风云——的胁迫，回到“历史的个人化”，回到个人的心灵体验的源始。

文学中的求真意志就是一种永远“在路上”的意志。说到底，生存和生命的问题是永远朝未来打开的，永远不会完成或终结。写出个体生命体验中的历史语境的真实，是所有严肃作家的共同愿望。只不过在如何理解“真实”的含义时，是言人人殊的。在许多作家、批评家看来，文学中的求真意志和历史意识，有赖于“宏大叙事”。他们追索处理的是那些具有社会幅度感、体积感的可类聚的事件。在此，个人的晦涩经验，个人的本真命运就遭到了删除。这种文学作品的声音总是“嘹亮”的，它们曾经体现为体制化的高音喇叭，后来又出现了自封为启蒙“吹号天使”的喇叭，现在则是物欲放纵主义微笑的柔软暴力的喇叭。这三种喇叭虽内质不同，但又有相似的功能：基于一种“元叙述”，一种历史决定论，去遗忘或抹掉个体生命的记忆，简化或嘲弄个人心灵的困苦。与此相反，经由个体生命求真意志濯洗的文学，将历史的沉痛化为内在的个体生命经历，在个体生命存在最幽微、最纠结的角落，折射了更为真切的历史症候。他们将个体生命的遭际，总结成特殊的、限量的“历史”，在限量中凸现作家个体主体性的内在深度。在此求真意志中，“越少即越多”，它不是材料体积的宏大，而是体验力的宏大，命名力的博大。同理，当我听到一些论者言及先锋诗人作家“反崇高”时，我想试着反问：难道求真意志本身不正是一种崇高吗？所谓“崇高的消解”，在我看来不过是那种被片面解释的“崇高”的消解。正如阿道斯·赫胥黎在其反乌托邦小说《美丽新世界》中描述过的那个人们耳熟能详的情境：一间宽阔明亮的大厅布满了接通电源的鲜花，一群孩子进入大厅，他们欣喜地扑向鲜花。此时，一双巨手拉下了电闸。这种情形屡次发生后，在孩子心中，“鲜花”与“电击”就具有了奇诡的等式关系。我想，对求真意志贯注的先锋作家而言，所谓“历史真实”这朵鲜花，也由于长期被匿名的巨手通向电闸而变得可怕。他们已渐渐培养出一种警惕的敏识力。他们知道，对“鲜花”的真实领悟，只能经由个人的骨肉沉痛来完成。我曾在一篇文章中将此表述为“求真的个人化”，“历史意识的个人化”。它的出现不是“非历史”的，而是有着更为真切的历史吁求。

作为人类“求真意志”体现者的文学，是“混声的独唱”的文学。在这样的文学中，“真实”是一个主权未明的语言领地。文学家不再扮演全知的“圣人”（或代圣人立言者），而是与读者沟通、磋商、周旋、对话的角色。“求真意志”从不夸耀自己，从不封住不同的“我”（个体灵魂内部的分裂和争辩）的嘴，它的价值信念是：心灵的迟疑、追问，远胜于任何既成的理念教条。对“真实”的解释，也永远不会依赖于一个超个人的权威来保障实施。那个“明晰的世界”，“已成的本质”，从未真的存在过；如果小说和诗成为对这些杜撰的神话的流水线作业说明书，那么文学也就成为可有可无的语言游戏了。在这个体制化权力，资讯和声像暴力媾和的时代，文学之所以继续挺身而出，是因为人类需要一种方式来挽留“人的心灵”的声誉。

让我们回到文章开头有关俄狄浦斯的命运的喻象上。在博尔赫斯的《迷宫》中，另一个俄狄浦斯展开了为自己的“音高”设限的追问：“我继续走着单调的墙壁之间可厌的路，这是我的命运。无数岁月，使得笔直的走廊弯曲，成了不知不觉的圆周。灰白的尘土上，我辨认出我疑惧的脸容。我知道阴影里还有一个，他的命运是使长期的孤独厌烦于这座结成了又拆掉的地狱。我们两个在互相寻找。”在这里，诗人揭示了真实的追问者都会遭逢的命运。在求真的孤旅中，没有一个高不可及的外力来帮助俄狄浦斯（“人”）洞彻生存的真相。要解开彼此缠绕的迷宫，只能指望不计代价的个人灵魂历险。所谓“我知道阴影里还有一个”，不过是自我意识的对象化，另一个“我”。“我们两个在互相寻找”，正是求真意志中“极限悖谬”的最好诠释。

人寻找什么？寻找自己。俄狄浦斯由此变成了内省的新斯芬克斯，在求真意志的激励下，一次次惊愕又犀利地打量着自己。

2002年1月9日至10日

大众传媒话语膨胀时代的诗歌写作

我们生活的时代被称为“大众传媒占支配地位的时代”，“信息时代”。这个时代当然有值得赞叹的一面，但它带来的负面影响同样值得注意，今天我们已看到，大众传媒的高度膨胀已形成了可怕的信息污染。它们不惮于恶俗地搜奇猎怪，以大量无聊的信息充塞着人们的头脑，吞噬着人们本已所剩无多的阅读时间，使人在信息的漩涡里全速坠落，无暇分辨，互相挤撞。这些信息的泛滥没有激发出人们沉思默想的潜力和对生存与生命的敏识，反而闭抑了它们。沉溺于读小报、看电视和上网聊天的人，像是一个古怪的依赖性的双足肉身的接受机器，一旦接触到特定的文字和图像，就发出快意的痉挛。他们需要在可公度的语言符号、图像符号中呼吸，他们的阅读活动已完全拱手奉给了“传媒神祇”，他们的思考、抱怨、渴慕、欣快、逃避，都卑屈地受信息源的支配。大众传媒构成了一种匿名的大写的权威，它的庞大权势使大量的接受者在认识力和想象力上甘居侏儒的地位。

信息时代的文化是一种特殊意义上的商业，它不但浸渍了广大受众的心灵，而且已深刻地影响了文学艺术。体现在小说方面，就是新闻主义和市民琐屑生活的奇怪混合，当红小说家已不懂得（或不耐烦）何为描写，只是一路叙述下去，像是在为影视提供文学脚本。体现在散文方面，就是大量地倾销现成的处世方略、情爱奇观、物欲崇拜、旅游见闻。体现在诗歌方面，就是追求现世现报的“明白如话”，“幽你一默”，以恶俗和肉麻当有趣。

从“信息时代”的总词根上看，当下的文学艺术庶几成为它的同谋者。诗人作家从半推半就到主动“取经”，与大众传媒一道“没收”着人们已所剩无多的独立思考与感受，将之倾倒到巨大的文化垃圾站中。闲言碎语，飞短流长，无意义书写，经由电脑排版，竟被视为传播文化。最后，无聊的信息被等同于精神产品，“博取更多的信息”不再是人生活的辅助，而成为一种“活着”的终极目的，一种“现代的”世界观，一种占统治地位的阅读类型。

马林·索列斯库在一首诗中写道：“电车里的每一位乘客/和在他之前曾坐在同一座位上的乘客/是一模一样的/……每人都有一个/被后面阅读的报纸/磨损了的脖子/我感到脖子后一张报纸/用它的纸边/拧着切着我的静脉。”这首诗名为《判决》，标题令人如此震悚：“判决”，本是指法院对审理结束的案件做出的决定。那么，如此多的平凡而无辜的人凭什么就被“判决”了呢？是什么东西拥有这么大的权势来判决人们？这个判决者竟是一个柔软的唤作“报纸”（或曰“电视”“网络”）的家伙。它剥夺了无数个体生命的自由和内省，它吸摄了你的视线，使你即使在电车中也心甘情愿地履行荒谬的“积累信息”的“义务”。不错，你最初的阅读是自发的，“自由”的，可一旦你被这种“自由”的毒品麻醉后，你就无法知道其他的自由了。你被判给了永无餍足的大众传媒流水线，成为以此代替精神生活的自欺者，以此存活的阅读壮工。你已离不开这种微笑的柔软的刑罚，失去它，你会感到烦恼无依。这样，作为被判决者，你完成了与判决者的合作。

在“大众传媒信息共享”的嘤嗡的抚慰下，人失去了个性，语言变得类聚化，木讷而空虚。为什么说“电车里的每一位乘客/和在他之前曾坐在同一座位上的乘客/是一模一样的”呢？一样低俯的脑袋，面对一样的布满字迹的密密匝匝的十几、几十版的纸片，人们将最本己的情感、思虑，完全溶解并消失在一体化的话语场中。传媒对什么信息微笑，我们就共同对什么信息微笑；传媒赞叹什么成功人士，我们就共同仰慕他；传媒怎样掌握时事“导向”，我们就怎么理解时事；传媒连载哪些与它构成“亲戚”的小说，我们就阅读什么小说；传媒对什么表示愤慨，我们也共同莫名其糊涂地对之表示愤慨……在这种劳力而省心的阅读流水线上，我们成为彼此无差异的平均数。我们由一个活人变成了一个乏味的阅读动物，无数的动物只构成大写的 O。置身于这样的阅读环境中，人们自我减缩，并相互减缩。消除歧见、抹平差异是大众传媒的拿手戏，用纸边“磨损人们脖子”，就等于删除人们独立思考、独立体验的脑袋。而这，是真正的诗人所无法忍受的。

在这样的时代，“为何要用诗的形式发言”，就变得不言自明了。本真的诗，源于个体生命的体验，也就是说它的动力学因素来自一个具体的肉身和心灵。在有效的诗歌写作中，不存在一个能够为人们普遍“立法”的精神总背景，诗人天然地反对任何整体主义来干扰与阻挠个人精神和言说的自由。诗人通过创造自我的言说方式，挽留个体生命的尊严，在一个宏大而统一的生存境遇里，倔强地为活生生的个人心灵“呐喊”。这种呐喊是一种奇异的“呐喊”，它为自己的音高设限，它越是耽于内心的低吟，就越能滋润于久远，它存在于总体话语和大众传媒权势鞭长莫及之处；它如此宁静而固执地独自吟述着个人灵魂中的奇思异想，不求“共识”，但求磋商与对话。在一个整体主义、本质主义、科技霸权和公共书写媾和的时代，生命和语言的差异性越来越被粗暴地减缩，最终它们面对着被彻底通约化乃至删除的危险。诗歌之所以继续挺身而出，乃是为了捍卫个人心灵的声誉和权利，发出无法被意识形态话语、传媒话语、科技话语所稀释和压抑的声音。这种声音是欢愉的、安慰人心的。在诗人的心中，没有超个人的权威催促人们“非如此不可”；诗人用不着卑屈地向所谓的“历史进程的要求”来索取写作的合法性。诗歌，在今天如果一定要有什么“功能”的话，我想说，它在不经意中成了人类话语中最具有“民主自由主义”实践力量的一支。它的民主和自由不是空洞无谓的集体主义神话，而是回到具体个人，坚持个人话语和心灵体验的永恒权利，“第一原理”。因此，从个体生命出发，笔随心走，揭示生存，眷念生命，流连光景，闪耀性情，这些基本的内容在古往今来的诗中是凝恒不易的。在诗人心中，迸涌着长眠者的声音，当下即刻的声音和未来者的声音，并以个人的言说直指人心。那么，是否请那些习惯于大众传媒的读者也来尝试着聆听一下诗的声音？

或许会有自诩为“客观”“辩证”的人士来教导我，这篇短文太偏激了，“思想不正确”。对这样的人，我理应退避三舍，就让他“正确”去吧！最后，让我以希姆博尔斯卡的话做结——

啊真理，不要太注意我
啊庄严，对我大度些
容忍吧，存在的神秘
容忍我拆掉你“列车”的路线……

2001年4月3日

生命：另一种“纯粹”

当我写下这几个字，我意识到自己必须先解释一下它们不是指什么。首先，我不是指时下所说的“纯诗”。在今天，谈论“纯诗”显得太老练了，一种中国式的老练。它一下就把论证推到底了：“圈外人不能进入!”我不相信这些朋友所说的“纯诗”有什么深切的含义，我知道他们仅是指艺术素材的洁癖或全神贯注的一无功利目的的审美活动。可是，这种全神贯注的审美活动又是指的什么呢？肯定不是像瓦雷里所言的诗歌语言的特殊本体性质那么具体明晰。在瓦雷里看来，“纯诗是一种探索，探索词与词之间的关系所产生的效果，一言以蔽之，这是指对语言所支配的整个感觉领域的探索”（《纯诗》）。很明显，瓦雷里是从诗歌语言的特殊性角度谈“纯粹”的，而不是从诗歌“素材洁癖”的角度来谈。而眼下中国诗人所谈的“纯诗”，只能解释到我上述诠解的分上。如果是这样，对一个命题提不出什么个别性，我们还提它干什么？唯美的素材，全神贯注和摒除功利目的，可以写出漂亮的诗，也可以写出平庸的诗，我们所指望的一定不只是这种态度。其次，我不是指表层诗歌话语。我读到不少谈论诗歌语言的文章，它们努力要将诗的语言绝对区别于消息性的、大众信息性的语言，而力主“形成性语言”，仿佛诗歌是靠这种绝对的文本而纯粹的。这种文章有普及现代诗歌语言的意义，但谈过来谈过去，也只是到美文为止。我想，诗的其他特征都不是决定性的，最明确、最有效的恐怕不是语言而是结构。诗的结构从内在构成和视觉表象上为我们提供了一个特征，它不是直接而实用的，而是非指称性的；所谓“诗无达诂”，对现代诗的意义是：在多向的、前后文相纠葛的张力状态里，达到整体性语境的自足实现。在这里，大众信息性的语言被迫改变了性质，将它们抽取出来就对艺术没有意义，而当它置身于一种语境，整个语言就面临着结构强制的势能了。因此，在此文中我所说的“纯粹”不想关涉诗歌语言的具体构成，因为，离开结构谈语言，至少对现代诗是讲不通的。而“纯粹”，在此文里我想谈的主要是诗人精神和生命话语的真实性。

那么，有纯粹存在吗？如果有，在此它是就何等意义而言呢？在这儿，我不忌讳我强烈的作为一个普通知识分子的精神感受，我对纯粹的渴望乃是源于灵魂的一种天生需要：深切的交流和磋商，沟通和对话。在今天，作为一个诗人，是指那些内心深处孤独焦虑，因而要对众人说话的人，他不是什么全新的人种。他一无依傍地敞开自己，这种“说话”最终的不被理解应该是基于语言的宿命，而不是别的什么。纯粹，我指的是诗人对扮演的虚假的“风度”及角色感的清除。人与人之间巨大的差异之所以被凝结为一种相对的理解，原因乃在于一部分人最终掌握了自己生命瞬间的状态并将之化为语言。这部分人我指的是诗人。可以说，诗人意识到的经验中，最有价值的部分是人类中普遍存在的沉睡着的东西，诗人没有发明什么，他只是唤醒了它们。我们完全没有必要觉得掉价。

或许可以设想，优秀的诗人表现在诗歌上，他的生命方式是不断深化展开自己，将自己中最有意义的方面折射出人类的大记忆、大瞩望。政治家的个人方式是实现自己，而诗人恰恰相反，诗人是人类的良心，或者说诗人是一时代中最纯粹的人，是完全可能的。

我很清楚，这样讲会导致一种误解，即个体生命和群体命运的混淆。为此，我要说，我这里整合了这个问题。我认同唐晓渡所说的“个体主体性”的命名。“个体主体性”与简单的“表现自我”深为不同。在此，个体和主体是两个相互制约的因素，缺乏主体性的个体，只是乏味的自我中心；缺少个体的主体性，则是空洞无谓的集团的“主体性神话”。而个体主体性的提出，既强调了个体独特的生命经验和创造才能，又涉及了对人类广阔的人文精神的承续和包容。在我看来，在这个充满机会和危险的世界上，人类中头脑清醒、思维深入的人越来越少，像一首流行歌曲中所说的“你们整天不知在忙活什么”；而诗，恰恰是在表现人类中最受蔽的但又是最核心的东西。那是一种否弃，也是一种希望，因此，它不再是唯美的东西。或者说，是诗人个人所发出的人类中存在着但被弃置的东西。这么说，我想，时代精神在这里——在诗人这里，不是以权力话语的流向决定的，而是由本体论沉思的价值决定的。爱因斯坦是充分个别性的现象，但这种个别性恰恰是骨子里的普遍性。诗歌，是具体生存与生命的“科学”，一个优秀的诗人的意义，就是揭示生存真相的科学家的意义。他倾向精密，一针见血，那些艰涩盘诘着的言辞也是为了达到知觉的准确，或者说，正常的语义对生命已经无法进入，诗人必须寻找另外的东西：语言的纯粹。

那么，隐私性情感的形式化不是有过许多成功的诗作吗？这里，有必要将过程和结果分开来谈。作为诗歌过程，那些有意义的骨肉沉痛的经验细节部分一定是源于个人的，这属于发生学的问题。而作为诗歌的效果史，那些最有意义的部分，时间、死亡、爱、批判、孤独，则是永远属于人类的，这是功能论的问题。我不知道在人类已有的文学中，有哪些真正的货色是只关涉个人的，在出现了艾略特之后，甚至“表现自我”也是值得深思的了——这句话究竟能说明什么？

作为一个中国诗人，要做到纯粹首先需要的是勇敢。这真让我们黯然神伤。纯粹，指的不仅是彻底敞开的勇敢交流，而首先是这种交流的语言能力。而在今天，我们不得不更多地考虑到前者。要堂堂正正做一回以求真意志为圭臬的诗人是太难太难了。我们不得不生活在一个不完美的社会中是一回事，而我们本真生命话语的不能完整出现是另一回事。深刻在我们这里，是作为一种历史假说出现的。尽管如此，我仍然要说，许多堪称是有才气的诗人，也主动放弃了灵魂的真实呈现。他们最初写作时，还有着某种纯粹的素质，而一旦成为诗人，他们中的大多数会为灵魂的呈现而悔愧，为自己的想法被纳入揭示人类的基本处境母题而悔愧。这时，他们写诗的原初动机，只剩下了较量——不是与语言，而是与同时代的诗人。在这样的诗里，我看到的是写作技术的“超越”，不是灵魂的跃迁，只是语言在修辞细节上的“变化”。纯粹，可以理解为明晰，也可以理解为繁复，但这一切只能针对本真生命的话语而言。

我试图用来解释纯粹的东西，是不是指非艺术化的真实、真诚呢？不是这样。我曾经说过，真实和真诚本身无所谓好坏，主要还是看真实和真诚在艺术中的质量。一个思想和艺术毫无准备的人，也可能基于真诚敷衍为文，这时，真诚恰恰会导致它相反的方面。而生命体验的纯粹，则是包括了创作态度和话语价值这两个方面。也可以说，对诗而言，纯粹不但不是无拘无碍的“表现”，而恰恰是主动寻求一种限制。诗人要说明生命的纯粹，说明历史语境中最有意味的东西，他不得不一腔忧惧去寻找那仅有的言辞。我认为，诗人的根据是谋求对话，不过为了对话的深入而确切，他顾不得向最广大的读者奉献更多的温情，他只能面对范式读者，并采用唯一的字词。如果说一些诗像是诗人制造的寓言或幻境，只要这首诗是纯粹本真的，那么，我认为这种所谓“幻境”对诗人而言就是一种最清晰的现实。一个诗人的超凡出世，不是他表现上的与众不同，而是他第一个写出了和那些深刻的人相沟通的部分。在诗里，世界美好，或是更糟一些，都要具有可验证性，每个句子都应该是有意义的。夸张和蛊惑、修饰和渲染，是政治家和商人的事，虽然我们曾不想这么认为。

对于生存体验的纯粹的诗歌来说，我不仅是指的真、善、美、崇高、永恒一类声名赫奕的词汇。直接处理这些二元对立的精神等级优越感的词汇，已经被证明不能将诗歌有效地从歧路引向坦途。我们已经失败了，这种失败拓宽了我们的思路。这些东西虽然具有一种使人迷醉的力量，但这种力量有时是贮存在一个海边的沙器上的。历史告诉我们，迄今为止，那些看来是很高蹈的设想，往往更远离于真实的人类。这不只是一种一厢情愿的所谓价值论范畴的事情，我们毫无办法。因此，我这里的“纯粹”，包括那些自审人性黑暗、历史决定论的虚妄及现实的荒诞性的创作而言。在中国，最有意义的命题恐怕就是这些了。我们不必匆匆忙忙去追求什么辉煌、宁静之类，先将种族的封建污血放掉也许更有意义。血液和骨头决定了你的诗。我十分情愿地承认，我们的诗人在聪敏度上丝毫不逊于欧美诗，但在个体主体性的质量上，还有较大差距。而与东欧乃至苏联诗人如布罗茨基、米沃什、赫伯特、赫鲁伯相比，作为同样铁幕生存下的诗人，我们的诗缺乏他们的历史“记忆”和“批判”力量。正是这种深切的自觉，使我们不能去承担拯救世界的责任，我们需要的也许是纯粹的自我反思，重新厘定历史想象力的指向与重心。这是另一种意义上的纯粹。承认这一点，至少在诗人们内心是不困难的。

一个诗人，你可以诅咒灵魂，但你就是不能蔑视它，你可以活下来的作为一个诗人的理由，只能是在写作中对具体历史、生存和生命纯粹的最内在实质的展示。能不能这样说，诗人之于纯粹的意义几乎跟人类对食物的意义一样重要？

现在，让我回到文章的开始。这篇东西在一定程度上可以说是对“美文”态度的否定。虽然我至今对它报有相当的兴趣，也曾撰文对其精彩之作进行称誉。但我现在更愿意用的说法是交流灵魂，揭示生存。在这个拜金的时代，“美文”恰恰最容易成为体面的商品。而那些纯粹的呈示深层生命意志，说出人类渐渐遗忘了的沉思存在的语言的诗歌，倒可能成为绝响。我的一位朋友——一位建国初即被一场突然的风暴打入地狱的老诗人——最近给我的一封信里说了一个比喻：我们需要彩镶玻璃，但如果我们对屋外一无所知，也渴望屋外的人看到我们的时候，我们渴望的是透明的锐利的玻璃。这是一种需要，也是更深层的审美。

这个平凡的比喻令我惊愕，它出自我最尊敬的长者牛汉先生之口，显得那么开阔而明确。

1988年岁末在石家庄

现代诗：个体生命朝向生存的瞬间展开

当我们在具体的生存中面对西西弗的时候，对命运形而上的思考不得不中止了。我们无法区分究竟是谁在现实地推动那块苦难的石头。一种悲慨的感悟像烙铁一样灼痛我们的神经。我们想弃置那块“石头”，围着阴沉的大山走了一圈，结果是又回到了原来的地方。我们悲喜难名。肉体的我、经验的我、感情的我、理性的我、分裂的我错综而来，催动生命开放。我们想象不出还有别的什么形式能至切地展示生命深层的实在，我们选择了写作诗歌，是不得不接近这个难以逃避的真实。凡·高说：“我作为一个苦难的人，不能离开一种比我更强大的力量。”这句话，正道出了一个真正的艺术家与他所创造的对象之间的严酷关系。不仅我们选择了诗，而且诗也在选择着我们。那种“比我更强大的力量”就是生命深处的熔炉。它不是艺匠故意制造出来的东西，而是一种语言的境遇，一种实际的不可改变的灵魂显像。从个体的生存开始，把这种生命深处的熔炉原生状态地展示出来，正是目下一些有气节、有内力的青年诗人所做的努力。

新时期诗歌大约从 1984 年起，开始由道义的深刻转向生命的深刻，由自恋的向外扩张转向痛苦的内视和反省。与其说这是对诗歌的一次拯救，不如说是诗人对自身生命体验的拯救。当然，新生代诗人具体的表现方式又有不同，但抵近的目标却相对一致。生命深处的熔炉像航海图上的一个神秘岛，引动了亿万艘巨轮或小舟向它进发。在这途中，甚至那灭顶前的一喊也胜过那种对镜练笑的玩意儿一百倍。

我们对诗艺曾提出过种种要求，我们为这些目标筚路蓝缕，但最终我们还是眼睁睁地望着诗歌在生命体验之外挣扎。许多理论家宁愿以诗歌表面的修辞效果去判定诗人创造力的高下，却忽视了诗人的生命状态是构成诗歌话语之本的东西。这些理论遭到诗人的鄙薄就是不足为奇的了。诗歌是诗人生命熔炉的瞬间显形，并达到人类整体生存的高度，不多也不少。是生命本身催动我们一次次与语言的重围进行较量。我们主动寻求困境而不愿自拔。生命意识在诗中绝不是个时间概念，它是一团痛苦的火球，从屈原的芰荷上共时滚向我们。我们有了自己生命深处的熔炉，我们就不是为某种文化归属感、某种哲学精神、某类读者、某个流派而写诗。这些东西比起生存深处的“实在”来说，是多么微不足道！清醒的诗人主动放弃了它们，这种放弃是为了拓殖本真的个人话语的新领地。我们逃出传统，一些人仅从修辞形式上投奔现代派了，这是一幕教人失望的诗歌活报剧。从精神意向上，我们失去了内心神异之声的导引。现代手法装填封建意识，或现代手法抄袭现成哲学，从骨子里看，都是离开本体生命真切的感受，故意制造点什么东西的行为。前几年，有些诗人，仅以精神斗士的侠肝义胆成为当代诗歌的一块界碑。当我们以敬佩的心情谈论过他们之后，涌上心来的也有深深的怅惘。限于各种原因，他们的诗多是旋转在道义和观念的指代系统，而生命鼓噪的完全的人却始终沉睡。有许多诗歌应该提供的东西却没有出现。这些诗是思考的深刻而非生命的深刻。我们读了这样的诗，我们把诗人想象成“英雄”。这里诗人的生命恰恰被“戏剧化”了。但他们仍然是 1985 年之前中国诗坛生命体验最深刻的几位。没有他们的初出利剑，中国诗坛肯定是另外一番景象。这点，有良知的人应该深信不疑。

否定他们是可笑的，超越他们则是深刻的。这个时代最优秀的诗应该是生命深处的而非道义深处的。自我成了我审视的基本对象，生命深处的熔炉成了诗歌可靠的母胎。这种不惜一切代价把灵魂展示出来的创作品格，在诗坛上渐渐成长为一种全新的“现实”。我们无须全方位处理和“理解”接受者可能的语境，我们首先需要打捞真实的自己。以生命本体内部的体验和感悟来把握生存世界，最终就会出现一个被理解的

"现实"。在此，"少就是多"。

这种诗歌，不同于那种易感的浪漫主义诗歌。它超越浮泛、嚣张的滥情，以冷静隐喻的"知性"真切地显示了生命本身。它也不同于那种尽饰铅华的伪现代派。语言在诗人手中不是工具，他和语言在展开另一个搏斗的空间时完成了互相的选择和发现。表面的语言效果不能代替诗人对诗歌内在肌质的创造，它是一种灵魂的自白。诗歌的真实是一个很教人乏味的问题，但那些对这个问题喋喋饶舌或不屑一顾的人们其实何曾理解什么是诗歌的真实呢？在瞬间的表象仿真价值与深层的永恒价值之间，在为文造情和生命深处的熔炉之间，真正的诗人肯定是和凡·高一样，"不能离开一种比我更强大的力量"。真实，乃是真正呈现生命的实质。

真正的诗性正来源于对个体生命与语言遭逢的深刻理解，舍此之外，一个诗人还有什么事好做呢？

鲁迅先生的"狂人"和《野草》，正是他自我灵魂深处、生命熔炉深处爆裂的隐喻的种子。这种带有焦虑感、变形感的生命体验的诞生，标志着他自省反视道路的开始。从这个意义上说，《狂人日记》是现代寓言诗而不是小说，鲁迅先生同时是一位伟大的诗人，"狂人"的意象是一个本土的原型意象。《狂人日记》是出色的诗篇。鲁迅以《野草》命名了无法替代的被围闭的生命，他的精神至此完成了一种超越和升华。这种对于生存状态的探求，足以永远启发我们以怎样的姿态握紧手中的鹤嘴锄，向生命深层的噬心体验掘进。

正是在这个意义上，我们和诗性话语完成了一个互相发现的过程。道义、思想的深刻和生命的深刻相去不远，但正是那永难相交的一点点，阻断了唯思想通往诗歌的最后道路。我们有着这样的内心需要：能生活得更深入、更清醒、更独立自由些，能在广阔的宇宙中、永恒的时空长河里，把握自己区别于他人的生命过程中瞬间展开的经验；我们深信，谁在自己的生命体验中陷得越深，并将之揭示出来，谁就赢了。真正的诗歌永远是居住在诗人全部的生命之内的，它是无法用散文转述的部分，无法上升为普遍哲学的部分。表现个体生命的诗，它聚集辐辏得越是狭小，张力反而越大。每个独立的生命体验都是有机性的，它不会因为狭小而失去与人类生存的天然呼应。深刻的生命体验对读者永远具有一种“排斥力”，它既排斥你又吸引你。这样的诗，你读后便忘掉了诗人，你忘不掉的恰恰是一种弥漫生存和生命的焦虑。冰冷的绝望渐渐恢复了体温，你对你自己失去了把握却恰恰最能深刻地把握自己。这种执着于生命体验的诗最终被确认，只能指望一个够格的读者的反应。

这种展示个体生命原生状态并进而揭示整体生存的诗，并非时下颇为走红的“表现自我”的诗。“表现自我”是所有文人的共性，并不能构成诗的本质。我认为，在现代性条件下讨论“自我”，它只能是一个“分裂”的同义语。“自我”的概念很不确定，而个体生命体验，就是回到每个具体的诗人灵魂和肉体深处。唯理主义时代人对自我的理解，在现代就只能是一种妄想。你是谁？你从哪儿来到哪儿去？一切都不确定，一切又都在这种相对主义和怀疑主义的追问之中了。因此，在我看来，“我的生命”是我诗歌观照的“准客体”，我与我的理智既联系又区别，它通过嘈杂、混茫的直觉体验，又凝定为澄明的自我反思，最终达到生存与语言交锋的极点。诗歌就这样对人进行自我建构和还原，对生存进行不断的重组和超越。不是表现自我，而是观照自我；不是还原生活，而是还原生命。

生命没有坚固恒定的边界，诗也就永无归宿。这种无家可归的流浪感在美国诗人西尔维娅·普拉斯的诗中得到至切的展示。那种生命的痉挛感是不需要刻意的逻辑和美文交织、唯美梦幻来体现的。隐喻或暗示作为一种心理的直接现实，它永远是赤裸裸的。对这样的诗提出巧或不巧、隔或不隔都只能是一种亵渎。普拉斯有助于我们理解本文的意思，不妨多说几句。作为美国“自白派”代表性诗人之一，她的诗深刻地挖掘并惊人地表现了她精神的极度分裂和痛苦。她以迅疾的口语和犀利的个人隐喻的杂糅，写出自己对错乱、私生活、绝望、精神暴力的生命体验，将自白诗那种悲剧性的自我剖露推向了极端。但是，普拉斯的诗并不是只求宣泄的，她的诗艺高超，在对词语的个人化敏识和结构的内在控制力上，表现得十分出色。洛厄尔对普拉斯的评价是审慎的，他认为普拉斯艺术的不朽正是她真实生命的分裂。比如，死亡，是普拉斯长久探究的诗歌主题。这个主题，不仅仅是事关个人的生命和精神处境发展到痛苦极致的反映，它本身也应是严肃地探究人生意义的人们思考的母题之一。诚如存在主义哲学家、作家加缪所言："真正严肃的哲学问题只有一个：自杀。判断生活是否值得经历，这本身就是在回答哲学的根本问题"，"自杀的行动是在内心中默默酝酿着的，犹如酝酿一部伟大的作品。隐痛是深藏于人的内心深处的，应该在人的内心深处去探寻自杀"（《西西弗的神话》）。在《拉扎勒斯女士》中，诗人写道："我又尝试了一遍，每十年就有一年。"尝试什么？自杀。以如此平静的语势谈论自杀，透露出诗人对生存的疲惫和无告之痛。"我"尝尽了生活的颠连和痛苦，"皮肤透亮若纳粹的人皮灯笼"，而脸部是"犹太人的亚麻布"。两种尖锐冲突的人文意象被结合为一体，骇人地隐喻了生命和心灵内部的自我分裂、厮杀。"我"的脸是平静美丽的，但隐藏在下面的却是惊恐和苦难，"揭掉（掩饰它的亚麻布）这块手巾"，它会使你们惊惧！西方传说中"猫有九条命"，哦，太多了，受不了！"我年仅三十/已九次要像猫一样死去。"

对人世的酸辛、人性的险恶、女性受到的屈辱，"我"有超量的领教，以致在生与死的临界点乃至死去后，仍然会看到那些无动于衷的看客和他们未压抑住的无聊的好奇的猜测，他们在"观赏我的伤疤"；他们在愚蠢地议论："她听到某种召唤"，"一个奇迹！"——够了，生活！够了，人们！当心，上帝！当心，魔鬼！不要挽留"我"的生命，它之所以成为如此惨状，都是"你们的杰作"。一个青春的生命被"熔化成一声尖叫"消失了，但巨大的悲痛、屈辱并不会随着肉体的消失而带走，“从灰烬里/我升起，满头红发/我吃人如呼吸空气”。

有如加缪说想要自杀的人像在酝酿一部伟大的作品一样，普拉斯在此写道：“死/是一门艺术，像任何事情/我要干得分外精彩。”联系到普拉斯的生平（9岁丧父，青春期开始患严重的精神分裂症，以及痛苦的婚姻，几次自杀的经历），我们似乎不好过多责问诗人对死亡的痴迷。无疑，从主观上说，普拉斯的心理是变态的。但造成这种变态也有深刻的外部原因，如现代社会文明的堕落、人性的异化、信仰的缺失、个人生活的不幸。对此，诗人像直率的报警的孩子，又像处于高度清醒与高度癫狂的临界线上的预言家（如尼采、荷尔德林、凡·高、陀思妥耶夫斯基一样）。在她对生存和生命毅然决然的揭示和拒绝中，我们也可以看到她内心奇异的纯粹、脆弱，“眼里揉不得沙子”的光辉人生理想。有评论家将普拉斯的诗称为“生命中光辉的痛苦与神圣的嘶喊”，这一命名在一定程度上是准确、内行的。

这种个体生命深处的熔炉里锻炼出来的诗，不是更有揭示生存的分量吗？它不专营于表面的技巧，恰恰最有技巧；不追逐文化，恰恰最具文化价值。当诗人以严肃得几乎淌血的笔墨盯着自身生命和语言深处的时候，他同时就成为人类共同命运的担负者。此外，我们不知道还有什么办法能使一个渺小的人对世界进行更深刻的关注。我情愿撼动你而不希求你愉快！这就是诗人的想法。

当我们听到许多诗人在堂而皇之地大谈超越现实的时候，忍不住要煞一下尊敬的诗人的风景：生命深处的熔炉是一种最基本的现实，语言的困境也如此尖锐，你能超越它吗？每一次超越的结果必定是更深地陷入其中。面对那块越来越大的石头，除了拼其全力不断地推，是不会有其他道路的。我们又不是鹦鹉。

卡西尔说：“在人类意识最初萌发之时起，我们就发现一种对生活的内向观察伴随着并补充着那种外向观察。人类的文化越往后发展，这种内向观察就变得越加显著。人的天生的好奇心慢慢地开始改变了它的

方向。”（《人论》）

现代诗就是这种内向观察的最佳途径。没有一个现成的世界等着诗人反复吟哦，更没有一个现成的框架等着诗人装填意象的画幅。在今天，诗不再是一种风度，而是诗人烛照生命和语言深处的一炬烽火。诗的价值，只能体现在这种烛照的深刻度与表现的犀利度上。在新时期第二个十年开始的时候，我们看到这种出自生命深处的诗为先锋诗人所沉湎、所创造，这无疑报道了中国当代诗歌回到个人生存体验的深远信息。

没有别的选择。面对生命和语言的困境，我们沉重地拿起笔来；面对生存，我们认真地拿起笔来。不为继承传统写作，不为传播“现代派”写作，不为诗人风度写作，不为“走向世界”写作……从生命最本源中释放出的鲜红的质素，就构成了诗人创造和深展的双重源头。我们活着，看到生存深处“正常”状态下的反常情景。没有什么能让我们忘掉生命熔炉的痛苦燃烧；这种燃烧的瞬间显形我们只能说它是诗，而不会是其他。诗歌的“肌质”已不是外在的表现，而是我们生命之本的话语定型。无论是“思理为妙，神与物游”，还是“主体向客体移情”……这一切与我们生命深处的熔炉已显得那么疏远。

这个时代最伟大的诗只能是从个体生命深处通向生存这个大文本的。我们相信，一个诗的庄严必然来临，而为这个庄严到来所铺设的道路，则取决于今天那些有觉悟的诗人推动着的每一块生命话语的石头。

1986年11月2日

从生命源始到“天空”的旅程

此仰望穿越向上直抵天空，但是它仍然在下居于大地之上。此仰望跨于天空与大地之间。

——海德格尔

我在巨冰倾斜的大地上行走。阳光从广阔遥远的天空垂直洞彻在我的身体上。而它在冰凌中的反光，有如一束束尖锐的、刻意缩小的闪电，面对寒冷和疲竭，展开它火焰的卷宗。在这烈火和冰凌轮回的生命旅程中，我深入伟大纯正的诗歌，它是一座突兀的架设至天空的桥梁，让我的脚趾紧紧扣住我的母语，向上攀登。

桥梁在摇晃。在超过我生命能够企及的高度之外，我依然坚信，它不会塌陷。因为，它的根深深地插入疼痛的大地。生命和生存与语言交锋的瞬间，有一种危险而可能的诗歌庆典置身其中，我们会领略艾略特的《四个四重奏》中玫瑰和火焰搏斗融合的壮景：

时间现在和时间过去，
也许都存在于时间将来，
而时间将来包容于时间过去。
如果时间都永远是现在，
所有的时间都不能够得到拯救。
那本来可能发生的事是一种抽象，
始终是只在一个思辨的世界中的一种永恒的可能性。

……

我们将不停止探索

而我们所有探索的终点

将是到达我们出发的地方

并且是生平第一遭真正认识这地方。

当世间的终极犹待发现的时候

穿过那未知的，回忆的大门

就是过去曾经是我们的起点；

……迅疾倏忽的现在，这里，现在，永远——

一种极其简单的状态

(要求付出的代价却不比任何东西少)

而一切终将安然无恙

世间万物也终将安然无恙

当火舌最后为绳索交缠成结

烈火与玫瑰化为一体的时候。

虽然艾略特此诗是对神圣缺席的世间罪孽进行揭示和救赎，虽然我没有朝向诗人打开的宗教之根升起膜拜，但是，我依然感到，这灵魂的语词，震动了我渴慕高迈的情怀。朋友们，在这篇题为《从生命源始到“天空”的旅程》的文章里，我所要涉入的精神场域，是现代诗歌与现代人生存的致命关系。它不只是对诗章形式本身的追问和给定，它关涉的范畴应更为广阔。因此，我不得不带着对生命生存和语言关系的索求，来考察被筑于它们临界点之上的诗歌。

一、精神维度：不是“向前”，而是“向上”

曼德尔施塔姆在他苦难的流放生涯中，没有放弃也不可能被世纪的野兽剥夺的圣物，就只有诗歌。诗歌作为生命和存在的共相展现，它的本体方式是语言，而它的个人方式则无疑存在于诗人的灵魂。因此，诗歌从渊源显示上就呈现了两种状态：被写出的和可能写出的。这就告诉我们，诗歌在其亲在的意义上说，永远是居于诗人的生命内核中，而形式则被看作是存在的场所——最理想的场所——我们不能运用反向的追问，使诗歌与生命的关系倒置过来。可以说，我们据以承担起本己的被抛状态的东西，同样来源于诗人一再告别又重新返回的现世生命体验，而不仅是日益发展起来的形式技巧本身。曼德尔施塔姆在粗粝寒冷的流放路上，坚持了对诗歌的信仰——自由、高迈、纯洁，这三位一体的灵魂拱环——“幸福的天空仓库是可以拉开并终身使用的房屋”！在此，生命的困厄、贫穷和威胁，都被一种更肯定的东西击穿，它不仅持有智慧，它更尖锐紧张地指向洗礼。艺术对个体生命的提升/洗礼：

前面是痛苦
后面也是痛苦
上帝呵，请陪我坐一会儿
请和我说会儿话……

就在诗人的形式能力之外或之上的灵魂体验里，也可能存在着一种有力而充满再生功能的东西，它带着不属于时间的动人精神，穿越我们沉沦的肉体而飞向天空。这就是“诗化人生”的诗歌，它源始于苦难大地生命中的经验、血浆和骨头，指向通往拯救的天空旅程。

从那些伟大而纯正的诗歌中，我看到诗人们用一种词语存在形式向另一种生存存在形式的追问或对称。我知道，我从中领略到的残酷是极为有限的。这与我长期以来所受的教育有关。那种视艺术为逍遥工具或以牙还牙武器的士大夫审美情趣，不可能为我及同代人奠定一种本质的艺术规范和法则。如果说，我们的生存本身具有虚无的特性，那么，我们的艺术则是更加虚无化衍生出的语言技巧吗？这难道不等于我们是在用艺术为虚无辩护吗？无论如何，这种审美态度是与虚无共驭于一个车轭之下。它的进步只能源于对新鲜“写作技术”的解释，并使之永远游移于虚无而精致的修辞意义上的昏暗地带。广泛而持久的阅读，使我多少清醒到这种士大夫型的偶像黄昏。现在，让我说出我们诗歌孱弱失败的根源：作为中国诗人，我们大家缺乏的现代形式感已经通过艰苦的阅读和模仿而拥有，但一个基本意识却从一开始就忽略了。它是什么呢？是我们精神运行的向度。我们希望诗歌的迷醉将美丽长久留驻于内心，而当这种美丽的幻象被生存暴力碾碎时，我们就在恐慌中，将艺术沉沦为或逃避生存或与生存混战的自戕工具了。艺术与生存的并置，可以看作它的起点之一项，它不能保证指向完成。它同时存在着两种可能：沉沦与超越。因此，从生命的源始到天空的旅程，就建置在不是“向前”而是“向上”的诗歌“桥梁”上。这种告别“时间神话”，临渊不惧、一意孤行地插入黑暗，并向上攀缘的姿势，早已存在于但丁的精神历史之中。

你想写出一个世界，你首先得意识到通往它的方向。正是在这里，对伟大纯正诗歌的追慕，被提升到“信仰”的高度。但丁的《神曲》之所以成为几代诗人精神的元素、方向的标准，就在于它背负地狱而又高迈在上的隐语世界，它简明的结构却足以囊括生命的全部沧桑！而在危险的生存向“下”吸的黑色涡流里，诗歌就充任了向“上”拔的力量。因此，如何保持汉语诗歌的锐利和纯洁、正义和尊严，在局部的形式上的努力只能是第二义的问题。

精神的向度！对光明的追索，对审判罪孽能力的信任，在失败和离心中坚持斗争的生活，在贫困和压迫中把持生命的高迈。这些伟大的要素，不仅是作为观念，而是作为可能达成的本真现实，我们捐躯的准备会被它压弯吗？或者，它从来就没有进入我们灵魂的底基；或者，我们惧怕它而松开了。因此，我们能够在青春期嗜美的热病中写出轻柔幻美的诗章，而生存不再放纵青春时，我们自发的热情被寒冷和凶险扑灭后，就转向于对这种寒冷和凶险的等式证明/辩护。

孱弱肯定早发生在童年的营养内部。我们的诗歌，其本质不是居于生命向天空的追索途中。而是要么沉入幻美，要么展览阴森，而不能对各种情势进行包容、剥离、揭示，最后提升。因此，我看到这些诗在现代主义的修辞形态中，潜藏着骨子里的倾斜、华彩和自负气质。虽然许多较好的诗人的诗使我感到，他们有着很规范的教育并掌握了十分困难的结构技巧，但是，他们写作的原动力，却指向这些教育本身和技巧本身，而不是从个体生命出发，一步步企及精神超越的天空。

这是一种痛苦的醒悟。让我们相信没有见证者的诗歌终极旨归，是我们病态的精神难以承受的。这种精神的历险，不是通向世俗意义上的“自由”，而是通向灵魂的诗歌这一圣坛的“限制”或戒律。美国诗人哈特·克兰就在《桥》中为我们描述了这一两难处境：

而你，飞逾海峡，银色的步武
太阳仿佛跟随你走动
你的脚步却留下一些运动没有开启
——你的自由暗中把你留住！

一旦主动寻求的精神维度的戒律消逝了，自由就不再是一种自由，而只能是被生存悬置起来的、受支配的被动放逐。在诗章的结构深处，只有沃伦所说的那种更具强力的提升，才能抵御本源的下降趋势。因此，伟大的诗歌是生命话语内部斗争与祈祷的循环之渊中飞闪出的鸥鸟，它面对精神的可能与生存的暗夜，而追求对前者的肯定。

当诗人意识到对光明和正义的追求不再是诗歌的浅薄时，他才可能更深刻地深入地狱，并将之揭示出来。疯狂摧毁价值的尼采，在其《强力意志》中，却对艺术做了肯定，他说——“艺术是反抗虚无主义的独特运动”。

我们也许不必提出尼采心目中的艺术是强力意志的表现形式，仅从它为艺术的伟大性辩护这一基本立场，就可以将艺术能够完成的功业昭然了。

在此，我想接着论述另一个问题/第二项问题。在上面的论述中，我谈到，生命和生存与语言交锋的瞬间，有一种危险而可能的诗歌庆典。它源始于生命而通向精神高迈的圣洁天空。对严肃的诗人而言，在上述的论列中，“天空”不是一种空无的、抽象的存在投影，不是宗教意义上的更高的“神性”。它是，仅仅是人类由始以来一直脉动不息的伟大诗歌共时体。在这种共时体中，交流着不同时代和民族诗人的血液——在苦难和斗争中轮回的不灭的向上信念。这就是我据以展开第一个问题的基础。现在，在这个问题的基础上，我想我可以谈到另一个问题了。这第二项的问题是：对我们上述的立场而言，诗歌区别于它种艺术的在生命意义上的审美功能是什么？这种审美功能对第一个问题有何直接的意义？

二、诗（诗人）的功能：发现人与生存之间真正临界点的语言

诗，从构字方式上“从言，寺声”。但这碰巧引发了我非文字学的联想，更方便我的论述。我将之看作是对一种神圣去蔽的言语方式的祈祷和沉思。“诗”，从言有寺，它既标明言语方式的特殊性，又标明它是与现实生存对称和对抗的另一种高于我们生命的存在形式。菲利浦·西德尼在著名的《诗辩》中，将诗歌的概念扩展到一切高蹈伟大的语言形式中。在他看来，诗歌指向人类已存或可能存在的一切富于想象力和净化力的文字之中，不论是论述性的散文还是艺术性的韵文，诗歌都渗入其间，成为“第一个给愚昧带来光明的使者”。这样，诗人从内在精神上就本质地通向先知、承担者或神祇。它是人类向上力量的推动，“把我们的灵魂尽可能地引向更高的完美境界，因为我们堕落的灵魂在黏土般的环境中日益腐化”。与那种狭隘的隐遁诗人不同，西德尼认为，

诗人与大自然也不是谁保护谁、谁歌颂谁的关系，而是另一种对话和并行不悖的关系。诗人“和自然并肩而行，但并没有被限制在大自然所赐予的礼物的狭小范围内，而是自由驰骋在他智慧的更大领域中”。由此出发，西德尼告诉人们，杰出的诗歌往往能够以自己的方式集中哲学和历史学的精义，并且展示出来自我的现实生存之外的更高的美德和绝对神圣，以此避免人类重陷历史为我们昭示过的生命困境：诗人不仅是告诉人类“什么是，什么不是”，他要进一步指出“什么应当是，什么应当不是”。

同样，维吉尔也认为，在诗人生命深处蛰伏或寄寓着某种超越日常经验的东西，“在他的面前，我以往以为不可能的事情也会发生，一些事情都要反自然之道而行”。如果将我们的生存看作一个无限扩大的“文本”，那么，在这一“文本”之中，必然存在一个核心。没有核心的文本是不可思议的。虚无主义者（指肤浅的虚无主义者，而非多元主义者而言）认为核心、本源是不存在的，但我们知道，他们所设定的核心和本源其实就是虚无本身。因此，作为核心的逃离项，虚无不是看不见、摸不着的东西，它恰似物质，始终萦怀着我们，并要求着理性的揭示、表达。在这种拒斥核心的虚无主义者那里，坚持着一种空前的破坏力。他们自负地认为，自己已经洞彻了生存的真相，并越深陷越能抵达真理。由是，我们可以看出，在这里“真理”被等同于“表象”了。而在我看来，杰出的诗歌，深入地狱仅仅是其出发点，正像狄兰·托马斯所言：“人死过之后就不会再死。”“明智的人们面临末日知道黑暗是正理，因为他们的语言已无法击出闪电，但他们并不驯顺地走进那个良夜！”面对黑暗的必然性，诗人并不能拒绝对真实价值信念的坚持。既然人类已经朝黑暗迈出更快的脚步，那么反观来路、坚持预言和澄明更高的精神可能性，就成为诗人的存在意义和诗歌在生命意义上的审美功能。人类生存的终极景象并不能由已存的荒诞、虚无给出。而那些放弃精神向度，与苦难和虚无平面生成的诗歌，从内在精神上几乎等于在为苦难和虚无的历史决定论进行辩护。“伟大艺术的不朽，总是与其原有的表层意识的不可避免的丧失，和在新时期的精神中的再生不可分割。”(埃伦·茨韦格) 正是这种艺术，它不单单深入地狱，而且坚持对天空的攀缘，在地狱和天堂两面拉开的力量中，呈现了终极关怀的果实。

诗人是什么？就其功能而言，他是人类精神高迈盘诘体现中最了然、最一般的存在形式。但是，我知道在今天谈论这个问题是困难的。首先，它不能用最一般的因果律去解释。因为，诗人与普通的人在肉体上并没有什么差异；否则，我们会同意将诗人归入神经质、嗜美症、躁动狂一类肉体器质/精神状态发展畸异的那一部分人中。其次，诗人的确又不是偶然出现在人类中的一个现象。这是一种滑头的说法。因为是暂时的、必死的、偶然的，一切解释到此为止。这种自以为是的不可知论，并不能叫智慧而有教养的人买账。瞧瞧，这两种情况是这样互相斥拒着、纠葛着，只要触及任何一方，就会有另一方在前面等着你。

但是，我们仍然可以依据我们灵魂中被一再唤起的“神圣状态”，和这种状态常驻并作用于我们生命历程的功能来考察诗人的本质。西德尼说：“当你死去，你会被世人遗忘。因为你缺乏一篇墓志铭——”

诗人，从借喻的意义上说就是刻写墓志铭的人。他坚持简洁而意味深长。生存和生命的结束，或通往“天国”的启程，都是以一种文本为标志的。在这里，死亡仅仅作为生命的关键节点，向我们展开各种深入语言的可能性。据此，我们可以探究生命的意义和为后来者重新设定生命的目的和价值。墓志铭不仅以证明死亡的力量为目的。因此，个体人类的死亡在人类精神万古流长的旅程中是不会彻底地一次性完成的。诗人一腔忧惧而满怀信心，皆源于对“墓志铭”所刻写的言辞的敬畏。他要从精神而不是肉体的角度来衡量死亡，那么，摧毁肉体的时间力量，在此往往变为赘生物和过剩物。抛开时间的报复，诗人的答案是自由而又被限制的。自由导源于诗性的想象，限制则导源于诗人终其一生对永恒精神的信仰。如果“墓志铭”一词太过不祥了，我们可以对等替换为

"付账说"。每个时代的人类都像在赴宴，宴散之后必须要有人付账，诗人或更广义的"人文知识分子"就是付账者。如果诗人不能为时代付账，他就没有资格以诗人的身份赴宴，而只能以大众的身份像大众一样吃完抹抹嘴就溜。一个时代的真正结束不是物理时间的结束，而是以一个或几个文本来结束的。如果没有一个文本来"付账"，时代就永远无法结束。现代汉语诗人如果想成为一个一生的持续的写作者，他应当思考更重大的问题，即诗人与他所处的时代生存的关系问题，写作中碰到的语言表达问题。

诗人在这个意义上，意味着人类中那些对作为"存在之家"的深度语言沉思的人。从诗歌特殊的生成因素上看，诗人是"信教者"。但他信奉的宗教乃是语言。与通常意义上的教徒不同，在诗人这里，并不存在一个绝对的、高高在上的语言上帝。语言的上帝，存在于诗人的精神信仰，他自身的语言创造力和现实生命相互打开的关系中。换句话说，在这儿，语言的上帝并不先于诗人存在，而是受造的。它被诗人创造出来，沿着通往天空的路程出发，分离出创造者，乃成为比诗人更永恒、更有价值也更纯粹的圣体。通常意义上的宗教，虽然是隶属精神范畴，但不可否认的是，人类基于寻求享乐和安全感的天性，在结构的终端显示上，他们倾心的仍然是肉身受难的境遇，逃遁苦海的可能，以及由此而推导出的来世图景。东方宗教中的"普度苦谛众生"从语义上毫不含糊地道出了这种本质。但诗人与此不同。他坚信此世，通过个体生命话语，深入生存，在普遍的困境和荒诞中，坚持人类自身的精神能够改变生存。这样一来，人与"神"的关系几乎相反。诗人意识到人类本质特征之一的语言受遮蔽的境遇，澄明及提升的可能，以及通过拯救语言创造精神、发展精神的现实依据。所以，诗人和语言，是相互聆听和创化的关系。"语言作为存在之家"，从本质上，具有规定人类精神形态的功能，改造语言在此被提升到改造生存的高度。在没有展开言辞的刀锋之前，生存是沉睡的、粗鄙的、混淆黑白的；而在范式的写作之后，生存就呈现了首位、本质、本源、核心、正面，与次项、非本质、衍生、负面的相对（不是相对立）关系。一个民族，要保持精神的向上发展，要享受比世俗更高迈的情怀荣誉，就少不了诗人的伟大存在。据此，我们可以说，诗人并不是迷醉本身的怪诞角色，而是将人类的本质力量发挥得更杰出、更有代表资格的，智力和神经正常的沉思者。

诗歌，从构词方式上又告诉我们，诗人是人类的祭司和歌手。我们每天生活在一个全新的、不同的世界。同时，又每天生活在一个陈旧的、衰老的、滞缓的宇宙地理单元。人类感到了那些遥远又近在，出发又返回的生命的闪光。他们需要仪式，需要歌唱。正像动物会发出感恩和忧伤的鸣叫，植物用健康纯洁的形体答谢生命之源那样，诗人，代表了人类歌哭的高度。他歌赞生命和使生命成长的一切，他审判那些扼制自由和创造的权力强暴势能。埃利蒂斯的太阳玄学，狄兰·托马斯的生死转换，李白的形而上月亮，王维的复现山林意象等等，都是一种代表人类精神高度的歌唱。在这种博大壮阔的歌唱共时体中，江河汩汩奔流，地轴默默转动，生命与更高的神圣凝为一条，成为抵制人类精神下滑的巨大力量。

然而，也有一种诗人的歌唱与众不同。正如维特根斯坦所言：“哪里的人继续往前走，我就待在那里的一个地方。”这类诗人并不是登临绝顶而下临万象，他们无畏地坚持深入地狱，并为之唱出挽歌。生存巨大的空洞和黑暗，引领他们向下走，但他们并不为空洞和黑暗所困扰。在地狱的核心，他们置放了语言的军火，成为与地狱水火不容的灵魂。艾略特，卡夫卡，加缪，波德莱尔，普拉斯，奥登，曼德尔施塔姆……就是这样的歌者。他们与那些一味哭诉并默许黑暗地狱的诗人不同，他们深入地狱是为了更犀利地澄明生命的真相；他们诅咒黑暗，是携带着人类更伟大的救赎忏悔精神。因此，向下之路，此时显得更为艰砺。在地狱中我们看到了诗人用语言集结着人类剩余的一切精神力量，然后上升；而不是仅仅昭示人类万劫不复的毁灭。这些唱挽歌的诗人，在揭示生存荒诞、空虚的程度上，可以说是比那些虚无主义者更为淋漓尽致，但他们并不将自己的心灵朝着地狱打开；相反，他们的目的是，让人类重新思考生存和语言的性质。此时，诗歌成为放出人类罪恶污血的东西。他们也同时完成了另一种歌唱，歌唱人类独一无二的特性，即审判罪孽的能力和权利。在生存的罪孽之上，高蹈着诗人所代表着的智性、忏悔、孤傲和自由的人类精神！

这就是诗歌原初的同时也是不断发展着的精神大势。它置身于美学的王国，却放射出更恒久、宽阔、超逾美学范畴的精神力量。对诗歌语言的沉思，就是对生命的沉思。当它用自觉而纯正的形式确定自身的时候，我们知道它并没有放弃将存在者导入人文价值关怀的任务。诗歌不仅是美感，也应是能直接影响人类价值取向的精神力量。

下面，请让我进入第三个问题。在上面，我论述了诗歌在生命“去蔽”意义上的审美功能，以及这种审美功能对人类生存的意义。我说，诗是与现实生存对称的另一种高于我们生命的存在形式；而诗人则充任了墓志铭撰写人、歌者、审判者的角色。人必有一死，诗人也不例外。但是，历代伟大诗人留下的诗歌却不会消逝。正像雪莱说的，所有时代的诗人都是在为“一首不断发展着的伟大诗篇”做出持续的努力。歌德在他的晚年，用更直接的话语谈到了诗歌这一特性：“一个人到了75岁，有时就会想到死。但这种想法没有使我感到丝毫不自在。因为我承认我们的精神是自然存在的、不灭的，将永世活动下去。它就像太阳，在我们这里看来落下去了，但实际上，在那边正徐徐上升呢。”像所有伟大纯正的诗人一样，歌德毕生的思考始终围绕在“是什么维护着这世界”这一问题上，他最后的祈祷是“再亮些”。这种坚定和澄明，不是像普罗米修斯那样窃天火，因为他们意识到，真实的火种就潜藏于生命和语言自身，要想追寻生命的绝对价值，只有以燃烧个我生命为代价。这一信念也是我上述论点的基础。接下来，我们可以进入第三个问题了。这个问题是：既然产生但丁史诗的时代条件已经永远不能复返了，在没有神圣背景的世界里，个我与生存已处于某种对峙状态，那么，具有史诗抱负的诗人如何来应付这种消解下沉的世界？如何不沦为头脑健全却无能为力的庸人呢？

三、可能的目标：现代“史诗性”

美国诗人罗宾逊·杰弗斯在他的象征情节剧《红鬃烈马》中探究了这一危险命题。作为一个分散主义者，杰弗斯认为，现代人的获救方式就是逃离自我和同类，与永恒的大自然交流。杰弗斯的意图之一是要人重新返回过去，用人与自然的契合无间代替日益沦落的人性和由集约化导致非人化的生存状态。在这里，我恍惚看到的是人文史上茫茫的开端状态。它真的能奇迹般地再生吗？换言之，这种往往以贫困和极权为代价的生存状态，真的是理想、宁谧的吗？如果是，我们就要有胆量和心肠来承受过去时代的饥馑、死亡和专制。生命发展的必然性牵引我们告别了过去的田园世界，这个世界的消亡，是由于它失去了更好的发展自身能力的力量。因此，自然主义和道德理想主义在今天的历史语境中变得无力了。在此制导下的写作，很可能成为一种文人趣味化的遣兴。

类似的情绪我们在俄国诗人叶赛宁身上体味得更加惨烈。现代人失去了神秘恬静的田野，他被卷入冰冷窒息的钢铁和僵硬的体制之中。这种对美学理想的迁延持怀疑态度的诗人，最终以结束个我生命完成了他的诗章。他们悲郁的情怀打动我们的心，但是死亡不值得效仿，人的存在不仅是过去的，甚至不仅是现在的，从本质上讲，也是将来的。这三种时间的联结，使我们不得不牺牲一些诗歌的唯美法则，而关注于它的现实介入有效性。追怀逝去年代的梦幻抒情，在中国现代诗中一直是某种不断重复的地带。追怀，在相当多的诗人那里已经失去了叶赛宁特殊意义上的浸入并对体制的柔软的“起诉”感，而蜕变成为被抛入感。他们预先设定一个项，与幻梦毫厘不爽，然后将自己抛入其中，被动而盲目地运转；随着这种运转的迅疾速度，诗歌所承载的负荷越来越小，越来越“保不住重心”（叶芝语），最终沦为“悠然神会，不能为外人说”的消闲小札。因此，这种向后的向度，实现了一种向感伤浪漫主义艺术阶段的倒退，在现代人精神被生存剥夺得所剩无几的情势下，达成了一种再度的自我剥夺。我以为，这不是与异化现实的对抗和对称，而是成批生产出更轻描淡写的异化人群。

与上述向度相反，我们迎而撞上了未来主义之类的狂徒。他们不是用头脑，而是用拳头和脚掌向审美和精神深度发动强攻。在失去神的世界，技术、机器、钢铁、武器……成为新的神。在他们看来，一切新出现的，就都是好的；而过去的则都是旧的、坏的。其实，这种狂热的自命不凡，这种虚无的超前姿势，除了给这已存的死气沉沉的现实注入过量的迷幻剂之外，他们允诺过的一切又能实现几何价值呢？

回想这些悲剧和闹剧，我想申说一下以“特殊知识论”为基础的现代诗的智性精神。在我看来，险恶的生存，既没有将诗歌逼上绝境，也没有使之固守古老的表达。生存的双眼，永远不可能取代或等同于诗歌的双眼。因此，真正的乐观与悲怆，只能由诗人自己的头脑给出。在此一意义上，诗人在现代社会，又成为出庭作证与命名者两位一体的人物。艾略特曾准确、尖锐地为我们指出“空心人”和“荒原人”的处境，以及他们所犯下的罪孽。在盲目而无边的混沌中，诗人用智性精神将生存敞开，使真相败露，并同时展开探究的场所。我们不一定要认同艾略特对超越之路的宗教性解说，却可以从中感到诗歌话语与生存的关系。在诗人写作之前，“空心”和“荒原”是存在者不敢正视的先决条件；而在写作之后，对“空心”和“荒原”的命名，就成为首次问世的“特殊知识”。与我们通常的理解不同，“智性”在本质上并不只是意指看到真实的某物，它同时包括人类对生存真理的特殊命名。在这样的范畴内，它所涵括的意味，就是现代人不断培养起来的独立判断、独立创造的精神和能力。因此，生存的盲目和荒诞不能仅作为原因考察，它恰恰是由众多的个体生命的盲目和荒诞构成的结果。佩斯在《远征记》中，也展现了诗人对真理、真实的追问，他以“君王般的知识和力量”，使诗歌成为不仅反抗生存对人的压迫和耗空，同时更反抗人自身内部的自我压迫和耗空的特殊知识。诗人的个体生命，在此成为真正智性的化身：

我建造了我自己，用荣誉和尊严
我在三个重大的季节里
建造了我自己
它前途无量——这片土地
在它上面我制定了我的法规

不仅仅正视苦难深渊的存在，而要进入并命名它，使之由盲目、原始的噩梦状态，升华为庄严深刻的诗章。假如这一视点的确具有注视生存全局的力量，并始终与现代人个体的存在状态息息相关，我们是不是就可以认为，真正的现代史诗性就存在于其中呢？或者说存在于个体对整体包容的现代智性之中？

胡塞尔在《内在时间意识的现象学》中表述过这样的意思：从价值论意义上考察，时间是不具备具体现实性的。而仅有当人在意向着、直观着的时候，时间的现实性才成为存在。据此，他说，关键之点乃在于主体体验着的时间即意向活动中的时间体验，而不在于时间的现实性刻度。诗人作为具有强力意志的存在，他要考虑事物的最初起源，更要把握现实存在与语言真正临界点的本质要素。因此，我以为尽管产生但丁史诗的时代历史条件已经永不复返，但史诗自身的高度和目标却没有根本改变。所不同的是，在失去神圣的绝对背景下，现代史诗要求诗人依据真正的现代智性精神去体验、规定，并赋予现实生存以诗性价值。

我曾读到过《圣经》中撒旦的遭遇。但是，在哈罗德·布鲁姆的笔下，撒旦却成为“英雄”。我不从对“影响的焦虑”的摆脱的角度谈论撒旦，而想侧重于他的“原型”含义。与那些盲视的祈祷者不同，撒旦知道自己已抵达地狱的底层。就在这一瞬间，在这一片罪恶之中他发现了自己的善；他选择了一条英雄之路；去经历地狱之苦，去探索在地狱里还可以有什么作为。要是他不选择这一条英雄之路，剩下来的只能是放弃自我，去接受一个全然于自我之外的控制地狱的力量。布鲁姆说出了撒旦可能会说的话："不论在干还是在受苦，我都将感到幸福；因为即使在受苦，我将依然是强者。"作为诗人，应该敢于用其锐利的现代智性锻就的语言之剑刺破那被遮蔽的、宿命的结论，并使真理完成一次深化或推进。这样，表象化的生活反倒成为倏忽即逝的现象，而诗歌揭示生存和生命的力量澄明了时间的迁延和永恒。

因此，"现代史诗性"的建立并不能指望那些头脑健全却无能为力的市民化诗歌庸人。诗人需要独立行动，在现代智性动力的支持下，打破集体性的噩梦循环，摒除纯感性的本能欲望宣泄和穷酸学究的一得之见，以强烈连贯的、自我把握和确立的个体生命力量，完成创造这时代精神历史的重任：这不仅是可能的，也是现实的。

传统意义上的史诗，体现了诗人对绝对精神的加入。因此，这样的诗歌其重心更多保持在诗人所趋向的唯一信仰。这使得此类诗歌能够壮大到一种独立文化学科的程度。我不得不承认，在现代被物质和技术"图腾"以及权力话语浸淫精神的情势下，要想继续维持和发展这种伟大的诗歌局面，显得越来越困难。另一个难题在于，现代即时性的享乐主义和没完没了的大众文化、电视迷醉术，使现代读者的精神持久注意度变得日益缩短，这就从接受的角度展开了诗人的巨大隐忧。但是，正是在这种特殊的状态中，我们可以实现另一种意义上的史诗性。艾略特、奥顿、佩斯、帕斯、米沃什等的表达策略启示我们：现代史诗之一端，正在于对现实生存现象学意义上的加入。这是一种更活跃的、能够唤起现代读者的精神力量。诗人们常常置身于生存细节中，去找出内在的嵌于其中的生命本质。不仅是诗人在结构中巨大的隐喻系统，同时也是他对置身其间的生存事象的把握和描述，构成了新类型的现代史诗。

因此，他们诗中的坚硬内核，戏剧独白，对话和叙述，反讽和戏仿，阵发性的疲竭和亢奋，都进入了一系列白热紧张的生存片断——对生存的理解和阐释，就由这些似断实连的个人私语完成。这是一路比传统史诗更活跃、更危险，因而也更高难的生命言辞历险，它避免对传统史诗统筹状态复本化的进入，而成为全新的这一时代的创造。在与往世诗人完全不同的生存/文化模式下，现代诗人要想创造出新鲜的“史诗”，不仅需要巨大的勇气，同时还需要摆脱那种被动的、要将传统史诗“续完”的固执。

海德格尔在其长篇巨著《尼采》中谈到：美是最直接提升我们，迷住我们的东西。美一方面作为一个存在者与我们相遇，同时又解放我们使我们得以观照存在。美是一种在自身中不同的东西；它可以是直接感性外表，同时又向存在飞升；它既是迷人的，又是自由的。因此，正是美将我们从存在的忘却中夺走，并肯定了对存在的观照……对多变外表的理解愈清楚敞亮，对将要出场的外表——存在的理解就愈清楚敞亮。由于美让存在闪耀，由于美本身是最吸引人的东西，它吸引人通过自身并超过它而投入存在本身。

在这段论述中，美的本质和功能已经清晰起来了。它通过与存在的互识和展望，自身的价值得到了充分证明。现代史诗，作为诗学中一个最辉煌的构成，其价值也必然预先设定在语言和现实生存的密切关系之上。它不会是对已成的史诗发出的仿写的回光，它自有此时代对宏伟风格的要求。

我在巨冰倾斜的大地上行走。请让我怀揣诗歌赐予的宝藏。在冰凌和太阳轮回之间，有一种坚固伟大的时间桥梁上辉耀着的语言。我的灵魂呵，你该追问一下艾略特诗中的“时间”意味着什么？正像更古老的奥古斯丁曾经追问过的：“时间究竟是什么？没有人问我，我倒清楚；有人问我，我想说明，便茫然不解了。”这段名言曾被人们一再误用，它渐渐改变了方向，而成为人们自惭和自负的安慰剂。但是，让我们继续这一段往下读吧，奥古斯丁紧接着说：

> 但我敢自信地说，我知道如果没有过去的事物，则没有过去的时间；没有来到的事物，也没有将来的时间，并且如果什么也不存在，则也没有现在的时间。

我们说，伟大诗歌共时体的存在，就是我们的精神得以进入时间的最大根据，它始终不可被消解的原因，乃在于我们对生命和生存临界点上的语言复杂可能性的探求、展露。向“天空”伸展的意志是如此强烈地攫住了我们，在这种伟大的向度中，诗歌与真理内在地聚合了。它不可能被耗损，更不会毁灭。当它用崇高而审慎的方式把我们的精神拔向超过个体命运的人类共同的高度时，我们会真正进入天空的庆典，依照诗歌的形象来认识真理的新人。

现在，诗神呵，请让诗人仿照古希腊诗人西摩尼得斯的语型说出下面的话吧——

> 人们，我请你们带话去告诉诗神
> 我们在此工作，遵从了她的命令。

1991年 11 月

变血为墨迹的阵痛

——先锋诗歌意识背景描述或展望

在先锋诗歌的意识背景这个问题上，我们很难给出一个全面的评注。这倒不尽是由于我们对概念的谦恭和胆怯，甚至也不是在等待未来历史的查勘和培养；无论如何，我更不想指望以暧昧的言辞来貌似微妙复杂的认识。须知，远见并不会从远方浮现出来。因此，谈先锋诗歌的意识背景，注定会伴随着一场永无休止的阐释活动来对其驳诘和反证，追问和击打。于是，问题总在不断加深、扩展，永无终的——这种诗学和诗歌写作间的交互打开，使问题永远保持着活力，而不是凝固、钝化，乃至消失。

正是对揭示生存和自由创造的信念，保证着先锋诗歌在表现人类经验的真实和深广上奋勇不息的状态。基于此，我敢于道出此文中对上述问题我认识上的两个动机：普遍的存在论、文化批判论动机和特殊的形式主义动机。从前一项动机中，我不满于目下先锋诗歌揭示生存/生命意图的缺乏；从后一项动机中，我为先锋诗歌日益靠向平庸守恒的中产阶级价值和趣味感到焦虑。此二者的乍起中辍，难道只是由于一种诗歌之外的体制“意识形态事故”吗？如果全部是，我们将会对方向的缺失不再负有责任——而这本身就意味着对自我价值毁弃的默许——它是受动的、宿命的。但可惜，真实的情势不仅如此。我看到许多有才华的诗人，他们写作的原动力与其作品并无二致。换句话说，他们的选择是自觉的。这就使他们对社会现实生存意义上的“意外事故”的无关形态，几乎与这事故本身同样尖锐了。因此，在方兴未艾的中产阶级时髦趣味扩大——它注定是漫长的、顽健的——之前，我愿意预支出自己的愤怒或蔑视，并以此就教于朋友们。

里尔克在他的《杜依诺哀歌》中尖锐地写道："……由于美不是别的/只是恐惧的开始，一种我们艰难忍受的开始。"从这个最根本的意义上说，真正的先锋诗歌永远是精神上的高踞和流血，是首先洞彻出自杀无用性（精神自杀）的对生存的加速度命名。对一切价值的重估使先锋诗人永远是中产阶级趣味的敌对者。这样，诗歌的文本即使在呈现绝望和空虚时，也共时地弥漫着进取斗争与理想精神的人格色彩。对此在的生存和生命，它奋不顾身地跃入、命名、吞噬、批判或拆解。它弃置了优裕的"万有"，保持住自己独立自由承担的精魂。如果说怜悯自身不可规避的不幸，常常是庸众的慰藉的话，那么，真正的先锋诗人却永远是以高代价"争取到"自己的险恶处境。这是先锋诗歌最终的、普遍的命运和信仰——主动寻求生存/文本的困境——揭示生存/生命的勇气通过把决绝纳入自身而抗拒妥协。

而我们在目下更多看到的却是这样一些话语形式：凄艳的肉体暗示；病理性的高热/疲竭；穷酸学究怀才不遇的不平和祈叹；西诗原型语象的炫惑；权力话语欲变格形式的精神手淫；分光镜中捕获到的流岚罅隙；试管中爱情死寂的取样；屏蔽书斋中的优越感；突然成为冒烟布片的日常备忘录；交叉着双手的对农夫的虚假谀颂；圣约瑟会的旁听生……不一而足。这些诗的基本姿势是坐，躺；基本动作是听听，嗅嗅，尝尝，摸摸：此为各差异模式的共同点。朋友们，难道在这里我的抗议太凶了吗？难道我一直着意采取的细读分析态度，已经让位于檄文风格的激进混乱了吗？多少个深夜，我忧惧、反思，但总有一个深渊在我四周移动，它跃过我认定的良好学术风尚而在我的写作中展开，说明这深渊确有存在。我亲睹了一个拜金时代先锋诗歌脑前叶退化的朕兆，因此，能够负责地说出（指对自己的认知负责）。

是的，乏味而亢奋的中产阶级梦想与趣味，似乎开始取代极权神话潜入人们内心。一般地说，以上惊呼和抗议的话语姿势是我不习惯的。

我总不能让自己像非洲丛林中的土人，靠呐喊、鼓角铙钹的喧震，来驱走威胁我们诗歌锐利深展的东西。但是，我始终认为，真正的先锋诗歌，从特定意义上就代表着一个时代的精神高度。它不仅仅是一种怪异的失败感补偿或审美迷醉剂，而是一种对罪愆的揭示/敞开，对权力主义话语的回击，令人不安的革命谶语，晦重与澄明的奇特混合物，以及尽可能广泛的对时代生存/生命的个人性综合研究。特别在目下，当大部分人文科学已蜕变为与所谓“市场”结盟的抽样调查或“致富”数据，小说等文学样式已沦落为新闻主义和市民通俗故事（所谓“新写实”）媾和的文本欣快症时，如果先锋诗歌依然保持目前这种优雅的隐逸回避状态，除了表明我们对一个种族语言/精神历史猛烈下滑的默许外，还能表明什么呢？

真正的先锋一如既往。当青年理论家吴亮在四年前说出这句豪迈的话时，我青春的心颇为感动。不过，我现在才感到，那时真正的考验还没有来得及全面发生。欲望和市场图腾这阴冷诱人又“体面”的食肉兽也还没有发出扑面的鼻息。那时我们内部发生的倾斜和眩晕，所涉及的抵抗还只是对短期外部情势压力的自然反弹。虽然简单的斥责和农民式的造反，是我厌恶的；但是，深入无可回避的生存语境（包括对诗歌语言的整体考察，对诗人来说这实际是一回事，“语词破碎处，万物不复存”——盖奥尔格），创造伟大锐利的种族审美精神历史，发出对此在状态的革命先声，这样一个三位一体的框架，永远应是先锋诗歌自我把握/自我确立的关键，也永远是其反思自身的基本尺度。而如果它们真的渐变为消解分裂状态的话，先锋诗歌不但不会保持目前这种平庸的超稳定循环（这种循环也许是许多诗人期望的，他们已经预支给自己一张装潢精美的“离休证”，并想凭此领到“百分之百”的庸众膜拜“津贴”），而且会最终跌落为一团自恋的泡沫（或更轻些：破碎泡沫的曲线）。过去，我们总是把先锋诗学建立在唯美的目的性之上。而在我看来，先锋诗学恰恰是对美本身追索、盘诘和变构的能力。

正如我在一篇文章中曾说过的：我们今天所面临的，根本就不是修复适性逍遥美文传统的问题，而是如何去判断美的新的可能性的问题。美文已经对其自身发出疑问："我是什么？"我们知道，天使是美的，撒旦是丑的。但是我们还应深究一下：天使永远是单性的、长不大的孩子，而撒旦，却能经历地狱之苦，是位成熟的英雄。我不掩饰自己的立场，我对诗歌形式的要求，从来都不会为了其对生存介入的深度而做出让步。但我认为，有时从根本上这甚至是一回事：我愿意以这种出发点理解庞德的箴言，"技巧是对一个诗人真诚的考验"。事实上，现代主义杰出诗人艾略特、帕斯、策兰、曼德尔施塔姆、里尔克、叶芝、奥顿……已经这样做了。理解这不言自明的一切，难道还需要调动我们复杂的"个人智力"因素吗？在歌德的《浮士德》中，浮士德为了追求生存/生命的知识，不惜将自己的灵魂抵押给靡菲斯特。这高昂的代价并不过分，也许甚至还不奇怪。——今日的先锋诗人仍然会将这则神话变为自身亲历的实在。而巴别塔的故事则更有意味些。人发现了沟通灵魂的话语，就把自己置于觉悟的、反抗诸神的位置。代表人类精神某种高度的先锋诗歌，更一定是使各式权力"上帝"暴怒的语言！

如果说写作就是坐下来审判自己（易卜生语），真正的先锋诗歌写作是指更能将自我批判密切融于写作过程的特殊写作。而我们时代先锋诗的一个严重毛病，就是诗人把自己看得比诗更有价值。这一自恋传统可谓历久弥深，中国士大夫诗歌的沉沉华梦又一次得到整体性追复，他们可以安然瞑目了。但是不！我亦分明看到了为数不多的先锋诗人，他们在物质的贫穷中，坚持灵魂的高蹈和热爱斗争的生活；在母语的下滑中，保持锐利的提升和救赎。读着他们寄来的印制粗劣的民刊，我感动、警醒，这纯洁正义的童子军在坚持巷战，使先锋诗歌精神的生还具有可能。这是我信心的基础。要是没有他们，我们的诗歌，不，我们时代的精神生命还有什么希望呢？

最后，让我重新回到文章开头先锋诗歌的意识背景的两个动机这个问题上来。除了我上面的申说，我愿意引用尼采在《查拉图斯特拉如是说》中的话进一步隐喻性表明我的立场：

你有勇气吗，我的兄弟？
不是那众目睽睽之下的勇气
而是隐士与鹰隼的勇气
这是甚至连上帝也见证不到的！

那种知道恐惧但又征服恐惧的人
是有魄力的人；
他瞥见深渊，然而却带着高傲的情怀
那以鹰隼之眼打量深渊的人
——那以鹰隼的利爪把握深渊的人
才是具有勇气的人！

1993年3月

精神大势：三对“两难困境”的整合

在我诗歌艺术探询的道路上，曾留下许多轻描淡写的足印。于今想来，往日的迷梦是那么长久地羁留住我年轻的、颓废的、恬然自得的心。望着自己在一个时期写作的诗章，它们像幽深死寂的东方庭院，那么宽和、绮丽，那么空虚。是的，那时我涉世未深，隐逸趣味的血液暗中支配我，使我的审美情趣天然地朝着空灵静寂、萧然淡泊的士大夫气格打开。我将诗歌视作吟风弄月以调节心理平衡的迷香，即使其中保有一丝啸傲山林的狂悖，也是基于对现实生存的回避而发。渐渐地，我的阅历和生命体验告诉我，这种所谓物我合一的状态，这种幽寂清远的语境，并不能给现代诗带来任何意义上的深度，哪怕仅仅是激活它有力而持久的形式。难道我们写作是为了修炼成为一个隐逸者、山林居士或蔑视生存境况展示的狂生吗？在我古老的祖国，许多逝去的诗人难道真的在悦目娱耳的自然语象中，在狂浪无羁的个我精神游仙中，把持了生命意志的解放状态吗？不，他们的生平昭示我，在他们生存的遭际中，积压着苦难的雪被，满覆着漂泊的风尘。沉重的东方大梦中，应会有撕人心魄的尖叫，有自由的大树被伐倒时那失血而颤动的回声。但是，当他们拿起柔软的毛笔，失败的树叶便不再像旋风一样扑打他们的胸膛，而化为一缕轻烟似的哀伤，万顷悲风也化为温存的寂静。今天，我再读这些淡泊或华彩的诗章，它们开始失去了往日的辉光，使我的心变得隔膜、机械、木讷和空虚。我又一次理解了五四新文化运动的先驱们，为什么不约而同地首先向自身的传统开战。他们真的幼稚到不辨良莠的程度了吗？真的区分不出艺术在形式层面的高下了吗？不是，他们看到的乃是这活体代表的精神类型已经死去，正像一些有识之士说的：人类文化的不连续性往往是由于被中断的文化本身的某种欠缺造成的，它更多地表达了被中断的文化本身的内在变革要求。西方文化的入侵由中国精英知识分子来发动，这一定表明中国文化中欠缺某种东西，表明现代中国人在思索中国的价值形态时，从五千多年的历史文化中找不到某种确实可靠的东西。

传统诗歌情怀的中断，正好暴露出它存在的一个基本问题：现代诗人再也从中感受不到多少生命终极实在的显露，找不到今日继续持有精神高度的载力。诗歌仿佛已从与生存对抗和对称的状态中抽身离去，成为一种工艺制作。“心远地自偏”的今天，就等于坦告今天的人们精神内核的丧失。

朋友们，只要这种消闲之作不从本体上被生存“本质的知识”取代，现代诗就永远不会成为诗人为对抗绝望而作的持续努力；诗歌也就不会运行在我们本体生命力的深处，它只到达眼睛、皮肤、毛发，有如折扇所抚动的。手把折扇的小生、官人之类，口吐玄妙含混的话语，我们需要的难道真的是这一柄多余的饰物吗？

里尔克在《杜伊诺哀歌》（附录）中说过：“我们的使命就是把这个羸弱、短暂的人间大地深深地、痛苦地、充满激情地铭记在心，使它的本质在我们心中再一次‘不可见地’苏生。”这位诗哲的宣谕正道出了现代诗“苏生本质”的整合式诉求。

一、个体主体性对整体生存的包容

现代诗从内在精神上永远不会也不能放弃这种标度：它是一种词语的存在形式对生存/生命存在形式的揭示和对称。它以坚卓连贯的自足运动和词语间不懈的推进，显示了人对其宿命的永恒反抗。孤独，内省，死亡，时间是其内驱力。但与实证性的文本不同的是，它企图用词语拒绝这种本体上的“绝对后果”，完成诗歌精神的超越。它是对伟大过去的唤回，也是对未来盘诘的回答。因此，在现代诗中，我们发现了它非常强劲的张力地带：既揭示又拒绝，既自省又救赎。它对生命之终有一死肯定，它对精神广义的先死拒绝；它坚持写作就是坐下来审判自己，它又相信人是可救的，人是唯一能按自己想要写成的样子而创造自己的。

尼采在《查拉图斯特拉如是说》中，以拉倒天庭支柱的力量说过："你有勇气吗，我的兄弟？……不是那众目睽睽之下的勇气，而是隐士与鹰隼的勇气，这是甚至连上帝也见证不到的！……那种知道恐惧但又征服恐惧的人是有魄力的人；他瞥见深渊，然而却带着高傲的情怀。那以鹰隼之眼打量深渊的人，——那以鹰隼的利爪把握深渊的人，才是具有勇气的人。"这里，对见证者的弃置和俯临深渊的情怀，并不应导致现代诗变成那种浪漫主义式的自我夸大狂癖。对于一种成熟的现代主义智性诗歌来说，它的抗议是挽歌式的，隐忍着一种从自我到终极真实的痛苦转换。它在不可还原的词语事实中，表现的不是自我，而是比我更高的存在本身。这种无法仅用个体的力量达到的描述深度，诗人调动了人类伟大精神共时体的聚合能量。在人们看来，"表现个体还是表现整体"的二元对立选择，在真正杰出的诗人那里是不存在的，他完全可能从个体主体性出发而包容整体生存。因此，"在真理中歌唱是另一种呼吸"，它对日常生存的描述，常常会体现为"我"的不在场。广漠、苍凉、罪孽之上，有一种近乎天意的绝对诉说：

现在树叶越落越快
精心培育的花朵不会长开
保姆们进了坟墓之中
而童车仍在继续滚动

如果把奥登的揭示放到个我生命与广大生存的关联域来考察，情形就是，现代诗一旦化为词语事实，就承担着展开它自己的类群性动力系统。它的伟大意图和进程本身，不会充分由诗人个我的智性所控制和把握，这种个人体验的可怕的“继续滚动”，以难以忍受的强烈速度不停扩张，直至加入到人类精神共同体验到的生存真相之中。由对个我的不断“放弃”，到对人类生存的关怀，是一种合乎生命逻辑的结果，其前提是诗人已经培养起来的个体主体性。这与那种漠视个体的人，以集团目标压抑个我欲求的工具式诗作，是完全不同的两种创造力形态。前者否弃生命，后者将个体生命包容进人类命运之中。这种化有限精神实体进入更广阔的人类生存和生命势能的努力，不但使诗歌具有更不可被现代即时性欣快症消解的硬度，同时又保持了个人内在精神自由的必然发展。它真实、尖锐、高瞻、紧张，在肤浅的“我抒情”急遽衰落后，代之以一个更为可靠的历史立脚点——伟大精神共时体中的自我——为人类永恒的真理、正义、良知歌唱。

布罗茨基在论述曼德尔施塔姆的诗时指出：由于某种奇怪的原因，“诗人之死”这几个字听起来总是比“诗人之生”这几个字更为具体。或许这是因为“生命”和“诗人”这两个词从词义上来讲，从它们原有的模糊意义来讲几乎是同义词；而“死亡”——即使作为一个词——则差不多像诗人自己的作品即诗那样明确。① 这近乎是一种预结构形态存在的宿命。现代诗是诗人强使自己观看真实、残忍、荒诞的一条途径。但诗人关心的不只是自我生命的死亡，而是诗歌作为人类“个人文明”终端显示的死亡。现代诗从意味上最主要的特征是对生存的领悟（apprehend）。正像罗洛·梅揭示的那样，查阅韦伯斯特词典，我们发现，apprehend 一词的细节含义是“觉察，认识其意义，理解和把握”；但紧跟着另一层意思则是“预见到焦虑、烦恼和恐惧”。② 我以为，这是对“领悟”一词的整体性解释。它不仅关涉到词源学，更指向生命本体论。

① 布罗茨基《文明的孩子》，《现代世界诗坛》1988 年第 1 期。
② 罗洛·梅《爱与意志》，国际文化出版公司 1987 年版。

诗人的本质就是文本的存在，诗人能把语言变成提升自己和人类的精神事实。因此，我以为，“在真理中歌唱是另一种呼吸”的含义是：我们评判一首诗歌的价值时，不仅据以它展示个体生命的深度，还要以它照亮人类生存舞台的亮度贡献来衡量之。这种标准，使诗歌的价值可能被证明，而不是使之降低到纯粹士大夫式个人仕途忧怨或闺阁春情的狭隘水平上。

对诗人的有限生命来说，也只有从事关个人的具体处境出发，不断深入广博的对人类生存或命运的关怀，才能从根本上保证个我精神的不被取消。伟大的诗人真的这样做了，他们将“个我”与“整体”两重对立（如果真的是对立的话）矛盾中和为一，从而从一种个人隐语的范畴来对被遮蔽的实存情境做了有力的命名。艾略特就是这种杰出的典范。他的诗从“非个人化”开始，恰恰达成更高标度的“个人文明”；他永远不撇开类群的生存体验，最终却成为统摄几代诗人审美态度的力量，伟人自己的力量。在这种沉稳健硕的知性移动里，生存也许往往表现为空无的、自我耗尽的、受虐的状态，但是这种状态只是问题的起点，或者说是既成历史的残存物。在这起点和残存物之上，高蹈着“炼狱”的火焰，使人类精神历经着更高意义上的净化和强化。诗歌在此不再是诗人个人的安慰物、致幻剂，而成为人类中严肃负责者之间的广泛“交流”。“在真理中歌唱”就是雄怀广被，敢于使生命成为他之想成为者。这种存在的勇气，超越了中国士大夫式的个人高洁德行，而成为一种更彻底、更激进的对人类不屈精神共时体的加入和服从。这样的诗歌，不是国家主义的变种，却又带着民族精神的狂飙加入人类伟大诗阵的歌唱。

约翰·赫伊津哈在他的《中世纪的衰落》一书中指出这样一个精神事实：旧文化的没落与新文化的诞生一样富于教益。一个文明在日薄西山的时候，会在那一时代的生活方式、情感、心智和灵魂——即精神等方面提供比其早期阶段更多的东西。我以为，赫伊津哈的判断足以给我们启发。顽健封闭的东方诗歌大梦已经缓缓拉上幕帷，但这种事实的真实含义并不仅仅导向失败。它也许恰好成为更确实的起点及背景，悲观和乐观只能相对我们自己而发。在这个诗歌的巨大王国里，我们的祖先仅仅表达了一半或更多些，我们的不满是基于现代人面临的更为窘迫的生存处境。这与那种狂妄的民族虚无主义者的立场是相反对的。当我再也难以从“遗产”中找到激励我继续挺进的力量时，我有时会空虚难过得心碎。这是进化的终结吗？不，诗不是本然就有的，传统也不可能仅靠“承继”得来，它只能是无数代“当代”人写出来的“一些新词”。因此，我在文章开始时的历史反思和焦虑，是一种企图调整自身的原动力使然：那些肤浅的“民族遗产”卫道士不会抓住我的把柄，因为，只要反观历史，同样也能发现不断更新和扬弃旧质，恰好也是中国传统诗歌中曾经显豁后来中断的脾性。

二、虚无与充实的现代转换

上面，我们论述了一个诗人的写作向着成熟期逐步展开时常常发生的情势：封闭单向个我的隐去，和人类承担者渐渐显形成共相化。但是，这并不意味着诗人的作品会衰落成为众生咸宜的教条。要澄明真理和真正澄明真理，从来是两回事。它最终呈现，还指望一类深刻合格的读者的反应。

下面，我接着谈现代诗困境之二的“虚无”与“充实”的复杂整合关系。从价值论而非认识论意义上考察，虚无就不仅仅指向诗人个人的“虚无”体验。它不是一般的虚无，而是类群的广义的巨大的虚无。诗人将这巨大的虚无引入自身，和仅仅表达自身的虚无是两回事。前者是洞明，后者是哭诉。前者是介入和朗照，后者是昏暗。缘此，我们可以讨论现代诗另一种“变血为墨迹”的阵痛形式：揭示虚无，是为了与虚无对抗。

我们毕生追求的是“充实”、自由和光芒。生命经由母体的第一推动，就顽强地开启了它要求肉体与精神上升的马达。对诗人而言，生命的充实、自由和光芒，是需要并且也只能由语言来反观、审察、创化的。语言在这里，不仅仅是指固定下来的文本，它的内涵，还指向一切可以直觉到的方面。传统的诗人，在其所处的通常条件下，现世生命在诗章中达到了被把握的“清醒”意识。如果说他们的诗中还有盘诘及追慕的意味，那多少是由对“神”的吁唤和对现世命运遭际的简单抗议所致。因此，他们的诗，更多是建立在“充实”与“神圣”这两个节点构成的美丽拱环上。由于意识到神的型模才是最完整和最高洁的，这些诗人精神历史中最切实的痛苦可以简化为：人无法成为神，——这是“充实”的痛苦。“他祷告，它曾来相助，让他/从熟透的麦穗很快簸出谷物”。

然而，在现代诗驻足的实存土地上，要继续这一局面却愈来愈困难。在这项题为“虚无与充实的现代转换”的论列里，我要陈说的是，诗歌的培养基与过去的形态完全不同了。要言之，它不再基于“充实”的欣悦或痛苦，而是几乎相反，它基于“充实”所衍生的“虚无”。这种广阔的虚无，并不是指“无意义”“把不住重心”而言，它们在现代诗中常常意味着诗歌进入意义范畴的不可缺少的前提。干脆些说，现代诗的意义之一，乃是对这种“虚无”的特殊命名/关注。优秀的现代诗由对“虚无”本身的迷惘，到考察（深入其核心进行深度追问）、剥离（排除其边缘的、偶然的因素），这种巨大的转变昭示我们，“虚无”主题并不是无价值的、耗空的，可以简单悬置起来的状态，而是对诗人的责任感、思辨力的切实考验。就是说，在今天，作一个严肃诗人始终不得不对称或对置于他所展示的生存话题。一厢情愿地回避虚无感，缓和紧张，确实要舒服得多，但一个智者的力量却体现在他能够生活和对抗在虚无之中。诗人主体力量的壮大与其对抗物的复杂性增加是同步的。这样一来，对“虚无”的持久关注，就不再是耗损精神内核的缓慢过程：诗人通过把虚无纳入生命的话语而抗拒绝望。没有这种自觉的意识，现代诗就不可能得到锐利的保存和独具特性的进展。因为，“超越”和“超脱”不是一回事。美国存在主义神学家保罗·蒂利希表达过这样的意思：我们必须将生命的空虚、恐慌、焦虑，看作是可被叫作"执勤的自我肯定"的表现。没有带预感的恐惧，没有驱迫性的焦虑，没有切肤的空虚战栗，任何有限的存在形式都不可能真实地存在。按照保罗这个观点，对抗的勇气就是这样一种勇气："它欣然承担起由虚无体验所预感到的否定性，以达到更充分的肯定性。生物学上的自我肯定，就是指对匮乏、辛劳、不安全、痛苦、可能招致的毁灭等等的感受。没有这样的自我肯定，生命就不可能得到保存和发展。一个存在物的生命力愈强，它就愈能不顾由恐惧和焦虑发出的危险警告而肯定自身。"① 这里，"虚无"——"充实"并不是简单化的递进过程，而是一个问题的两个方面。而那种非此即彼的说教，往往掩盖了生存矛盾，而许诺给读者一张空头支票。浪漫主义诗人就是这样做的。正像艾略特曾诘问的那样：那些诗人往往依照他们想体验的感觉去写，而不是依照他们实际体验到的去写。艾略特的反驳可谓一针见血。中国现代诗写作历史总共不到七十年，多少也贯穿着这样的斗争：浪漫主义余绪与现代主义萌芽的斗争。撇开诗人的个人语型不谈，仅就其经验指向，我们也可以看出，对"虚无"这一基本母题的处理、理解，郭沫若等与象征派诗人是有天渊之别的。

在相当长的时期里，中国诗论界对现代诗与"虚无"关系的理解是简单化粗鄙化的。人们认为，直接处理"虚无"题材的现代诗人，就等于是愿活在虚无之中的虚无主义者。这种浅薄的观念不仅有害而且不符合实际。常识告诉我们，艺术的生命力量并不直接等于它的题材，而是源于诗人/诗章对这种题材的洞察，提审和个人隐喻系统的凸现能力。当现代诗人承担起已然存在的虚无状态，并将之揭示出来时，我们看到的并不是虚无本身，而是觉悟了的受体与虚无的对抗。听听骆一禾对《黑暗》这一永久现在时的"歌赞"，一个白热而纠结共生的精神大势意象：

① 保罗·蒂利希《存在的勇气》，贵州人民出版社1988年版。

在黑暗的笼罩中清澈见底是多么恐怖
在白闪闪的水面上下沉
在自己的光明中下沉
一直到老，至水底

在这里，敢于置身黑暗与虚无核心的诗人，才可能具有刺穿虚无本质的视力，他不是回避病态与危险，用人伦或空泛的道德高调去代替生存实在，而是“活动地存在”，“把个人的剧痛变为某种丰富而陌生、普遍而非个人化的东西”（艾略特语），在自己的光明中“下沉”。这种生命意志与虚无境遇构成共容体的意象，最终穿越了虚无而涉向光明的面额。这时，诗人的抗议便在虚无的生存“场”中分裂出一个高尚而歌唱着的圣洁灵魂。这样的诗人，才真正是追求光明的精灵。奥登正是在这个意义上才认为叶芝不是诅咒型诗人，而是教给人“赞誉”的诗人：

泥土啊，请接纳一个高贵的人，
威廉·叶芝已永远安寝；
让这爱尔兰的器皿安息吧，
它的诗篇已经洒尽。

黑暗的噩梦把生存覆盖，
欧罗巴所有的恶犬在狂吠，
尚存的国家还在等待，
它们又为自己的仇恨所隔开；

智能所受的耻辱
深深镌在人们的面孔，
而悲郁的大海已安歇，

在每只眼睛里封锁、冰结。

跟去吧，诗人，跟在后面，
直抵暗夜那虚无的深渊，
用你自由而坚定的声音，
仍旧告诉我们生命的欣欢。

靠耕耘一片诗田
把诅咒转变为葡萄园，
歌赞着人们的失败，
在欢腾中洞悉苦难；

从灵魂的一片沙漠中
让拯救的泉水喷泻，
在他的生命的牢狱中
教会自由者对生命的礼赞。

诗人置身于虚无的生存之中，但他的智慧和意志却不陷入这一片虚无。他是这虚无的离心部分。这种入而不合的态度，使他可能意识到正在发生的事态。他展开和揭示这虚无，从而影响这一趋势的发展方向。他的角度不是简单地从“前面”牵动我们，而是从内部推动我们觉悟——这就是问题的全部所在。

前面我已谈到，现代诗所面对的“虚无”，是由“充实”所造成的“虚无”。这种全新历史语境特殊性的“虚无”，体现在现代社会的重要标志是：人类意识/话语的空前趋同化、工具化和非人化。言辞在反复追加集约性密度的同时，指向了相反向度的耗尽状态。个体生命的原动力，面临着统一纳入细致被动分工和被权力话语强奸的危险。有如集装箱中“充实”的物质，精神也似乎被强行嵌入集装箱。似乎每个人活得都应该更顺役于权力主义者或物欲实现者。这种宰制性的“充实”心理，就成为阻止个体生命深入生存实在的东西。因此，这种由充实造成的虚无，就必然成为诗人对抗和揭示的对象。这种深入虚无并将之揭示出来的诗章，就成为反抗虚无的伟大见证。正如尼采所言：“艺术是对抗所有否定生命之意志的唯一优越的力量。艺术是杰出的反基督教者，反佛教者，反虚无主义者。”① 可以见出，对“虚无”的处理，从来就是不同的；我当然反对狭隘地理解“虚无”的诗人，他们是将虚无当作其财富，将“被抛”当作吁求同情的戏剧化情景。恰恰是这些软弱的诗人，在逃避权力话语这一写作立场时（这本是写作中的应有之义），却更深地跌入了空洞的、耗尽的共性型模之中。他们不是置身虚无的陷阱向上拔，而是呈重力加速度地向下旋转。他们在文本系列运行的轨道上，留下的仅是生命的碎片，可有可无的引证和封闭的经验之圈：从虚无到虚无，诗人并没有说出什么。而另一类诗人，则采取了“退出”陷阱的策略。诗歌的语言幻象，成为他们逃向安恬自得“田园”的幸福门户。这种诗人，并没有真正理解价值论主题意义上的“返回家园”的内质。他们对诗性的理解，仅仅到达明亮的修辞所造成的瞬间狂喜这一层面。这样的诗，不会像这些诗人自许的那样，将个人提升到精神和想象的高度，而是收缩和关闭对生存的心灵体验，造成的滞留在遣兴阶段的形形色色图画及即兴小札。因此，“退出”虚无陷阱的诗，并没有得到自由，反而是得到一种束缚。我说，这些诗人受着制约，他顺从，却要给人一个“反抗”的假面。

正面虚无并将之揭示出来的现代诗，就是与虚无对抗的诗，就是真正“充实”的诗。它源于个体生命的原动力，又完成对人类伟大精神共时体的包容。它在虚无的、混浊的、有罪的实存中，不放弃刺入这一核

① 《强力意志》第853条，第2节。

心并向这一核心放置军火的努力。这是更高意义上的充实：它成为广大虚无的离心部分。在与虚无的对抗中，实现自我和种族精神历史的再造。这乃是我所认同的现代意义上的虚无与充实的转换。

三、“漂泊与定居”合二而一

在文章的最后，我们谈现代诗性体验中两个貌似纠葛，实则趋达同一的母题：漂泊与定居。它作为古典哲学经院式的本体论，在现代诗中已嬗变为具体生命/生存的本体论了。优秀诗人的生命体验，同时朝两种向度敞开：一种是漂泊精神前倾的预言，使我们超逾现实的喧嚣，将批判力伸展于更为开阔的视域；一种则是对“远方”前景的“忤逆”，向内回溯，坚持高古凄怆的“家园之歌”。无论这两种向度多么不同，从根本上却共同昭示出整体生存中，自由与宿命、经验与超验、存在与虚无、分裂与自明、现实与理想等的双重对质矛盾。而且，无论是漂泊还是定居，都表明现代社会已经渐渐恶化了诗人赖以生存的精神根基，诗人们“生活在这个世界上，就像是异乡人在自己的家里一样……”。诗人亨利·沃恩在《人》这首诗里，曾用反讽的戏谑调性指出了人类的处境：

……人所有的依然是玩具或是烦恼
没有根，也没有系住的地方
他命途多舛，只有无休止的纷扰
在这个地球上四处奔忙
知道有一个家，却不知在何处
他说那地方太远太远
甚至已忘却了归路

敲遍世上的房门，漂泊流浪

嗜害，他的智力竟然不如石头
造物主恩赐它们某种潜伏的本能
在漆黑的夜晚，也能指向家
而人是一只木梭，在织机里
他的迂回曲折的通道中
上帝下令活动，却不曾安排休息

其实，沃恩的话用来描述现代诗人而不是人类的处境，则更为至切。一些诗人常常将诗歌视为其精神的定居之地，殊不知卓异的诗歌中即使是光辉明亮、潇洒出尘的境界，也必须在深处运行着诗人在自由意志与摧残间的战栗背景。诗人不该像沃恩诗中的“石头”，它宁静自守，但它的求生功能本然枯竭，它紧紧附着在大地的袋囊上，隐含着万劫不复的悲惨回音。人/诗人的生命难道也是模仿这种可怕的“回归”，这种死寂的“美文技艺”吗？我只能说，如果“定居”的含义是指向心灵和意志的绝望放弃，甚至连“怀疑”本身也被视为“怀疑”的对象，那么，它除了引导我们以放弃精神作为慰解外，并不能将我们领向任何意义上的精神性。这种诗歌精神性的死灭，绝不同于深刻的诗人精神深处至极的幻灭，甚至它也谈不上拥有死灭本身，因为它没有任何在生命意义上的延续感。我们曾错误地将这种诗歌视为更深奥的悲剧，其实它恰恰是深刻悲剧的砍伐者，它貌似清高澄明，骨子里却布满阴影，偷走灵魂，自恋瘫痪。

现代诗中的漂泊与定居，应是源于生存引发的悲痛。漂泊是诗人逼向有罪生存的批判历程；而定居，却不是至福的归家的结论。复杂经验既相迎承，又相纠葛，正像辛涅科尔在《欧伯曼》中说出的：“人注定是要毁灭的。也许如此，然而，就让我们在抗拒的行动中毁灭吧，如果等候在我们前面的是‘空无’，那么我们不当在意它，否则它将成为不可改变的运数！”在抗拒的行动中，漂泊与定居就不会是建立在二元对立基础上，它在杰出的诗人身上，表现为整体精神二而一的总和，是他自觉而非自发的选择和承担。

孤独、必死、焦虑、与众人分离，这一情势不仅仅是现代诗人存在体验的本质特征，因此，据此来判别他们与传统诗人的不同，是模糊而混乱的。我认为，传统诗歌重要的特征之一是它们充斥着对人自身能力的禁忌，它们的背景是人神同形。换句话说，如果人有望抵达神祇，上述体验就可能得到拯救。甚至文艺复兴带来的人的主体地位高扬，本质上也是一种畸形的滤色镜后的繁荣，它建立在“像天使、天神”的虚幻理想“人”那里。早期浪漫主义诗人，就是这一立场最激进的代表。历史已经证明，当人被剥夺了自身的本质而狂妄地以神自居时会发生什么情势。而现代诗人则将神悬置起来，它不但不再是精神虚构的存在，甚至也不再有可供安置人神冲突的战场。人类抛弃了神祇，就展开了生命内核的大迁徙，有人将此种情势描述为“弃家”，我倒认为，这是一次根本的“返回”——返回人本身。因而，现代诗中的孤独、焦虑等特征，不再是恐惧神的消失，而是仅仅是恐惧真实的“人”的消失。正是从这一点出发，现代诗中的孤独、必死、焦虑体验与传统诗体现出不同的意义。有批评家将此二元对立归统为理性与感性、社会与个人的对立，不过是证明了他们既无理性又无感性、既无力洞察社会又无法确立个人的盲目状态。

对漂泊与定居的共时处理，当它确实成为现代诗的原动力和基本结构元素时，恰恰代表着诗人理性畛域的综合性深度。对它的整合，带来的不是它的原始展示（或显现），而是新理性的建立。类似的例子就是弗洛伊德及其精神分析。弗洛伊德毕生开拓命名人的原始欲望的茫茫大海，但恰是他，而不是那些高喊真善美的人，为人类的“升华”之路指出了可能性。他不但可以称之为积极意义上的“清教徒”的典范，更可以称之为杰出的更高量级的“新理性”的典范。这种理论在普遍的误解中，仍然保持了它不可消解的理想气质和内在的“定居”感。要是我们同意上述类比，我们就可以对现代诗中“漂泊与定居”这一命题进行整体的而非割裂的深入探讨，从而得出二者互为表里的结论：二者本质上的不可分割性。

定居与漂泊互为前提与归宿。对这项二而一的互照/互指论题，不存在分隔后双重开掘的可能，否则你无法获得完整的自身。海德格尔说过：“唯有这样的人方可还乡，他备尝漂泊的艰辛，他在异地已领悟到求索之物的本性，因而还乡时得以有足够丰富的阅历。”（《诗·语言·思》）当诗人“定居”在丰富的生命内核之中时，“漂泊”才可能是有效的、丰富的；当诗人“漂泊”的精神历程不再是一种盲目和自恋的被动放逐时，“定居”才具有重建灵魂家园的积极性质。“漂泊”与“定居”，在这种共时的关系中，具有绝对的连体性，它们是可逆的、一个命题的两个方面。由此看出现代诗的意义之一，就是现代相对主义和怀疑精神导致的个人精神世界的不断消解/不断重构。因此，我以为二者不存在二元对立意义上的审美选择分野。我们通过诗歌的整体包容力量，在语言的现实中完整地呈现了漂泊/定居的生命。据此，我想说：丧失了漂泊能力的现代人，也就是丧失了定居生命状态的人。因为，人类生存的诗性体验和诗性的复杂深刻始终是也只能是这样：漂泊与定居——自我肯定、自我否定、自我否定之否定的无限历程。

漂泊是什么？它不过是人类精神的不断提升与历险。

定居是什么？它不过是人类漂泊精神由向外扩张不断转为内部纠葛的危险结果。

在这种意义上说，现代诗的三对“两难困境”应能完成整合。现代诗不应是我们的幻美之梦，而是经由语言显示的生命复杂经验的聚合。人在审美的世界里，自由意志是绝对的一。生命诗学与自由合一：

> 历史也许是奴役，
> 历史也许是自由。

看，那一张张脸一处处地方
随着尽其所能爱过它们的自身，
现在它们一起消失了，
它们在另一种形式下更新，变化。

——艾略特《四个四重奏·小吉丁》

1990年4月至5月

对有效性和活力的追寻

现在《诗刊》发起讨论“新诗标准”，我以为应将写作的“有效性”和“活力”考虑进来。诗写得是否“好”，长期以来是我们无须思考只凭习惯而接受的标准；但是，“好”的作品不一定是有活力的和有效的。

度过现代诗草创期的中国诗坛，“好诗”或许并不匮乏。我们在诗歌刊物和选本中，会看到如此众多的“好诗”在优雅地展示自己。它们从情调到技艺上都没有大毛病，美，和谐，完整，一些类聚化的哲理，一点灵动的感悟，一阵戏剧化的抒情，一缕轻烟似的自我迷恋和哀伤……如此等等，就是它们的基本范式。但是，这些诗也许是缺乏活力的、无效的，所有的“好”诗像一首诗，它们对当下生存、生命、语境几乎是一无所触。

面对这样的“好诗”，我宁可认同一些青年诗人写的与当下历史语境密切相关的粗粝、真实、有热情、有活力，也会有闪失的作品。凭我多年的写作经验，所谓的“好诗”，在当下中国诗坛的接受语境中，就是那些“无难度”（也就无闪失）的平庸的美文之作。它们是遣兴的，遵循既成的吟弄“规范”的，因此，我不妨借用此次讨论的说法将其称为“有标准却无难度”的写作。

在我看来，现代诗写作的标准，像一条不断后移的地平线，它不是一个具体的“地址”，也没有一个技艺上的稳定衡估指标。但是，这并不等于说现代诗写作可以信笔胡来。当“优美”“和谐”不再是现代诗的圭臬后，写作的活力，介入时代生存和生命的有效性，对母语可能性的挖掘，就成为诗人追寻的基本意向。

现代诗的活力，不仅是一个写作技艺问题，它涉及诗人对材料的敏识，对求真意志的坚持，对诗歌包容力的自觉。

有活力的诗，应有能力处理“非诗”材料，尽可能摆脱“素材洁癖”的诱惑，扩大语境的载力，使文本成为时代生活血肉之躯上的活体组织。

我之所以谈到“求真意志”，而不是谈“真理”，是因为对诗歌而言，直接处理绝对知识，有可能成为独断论的诗性演示。求真，是作为一种“意志”出现的，它保证了诗人与读者的平等对话、磋商，而不是自诩为真理在握去训诫读者。

诗歌的包容力，是指诗中应有复杂而内在的经验，容留诗人生命体验中的矛盾因素、逆反因素，使诗歌文本真正于我们的此在生命中扎下根。

我认为，像这样能与我们的生存发生本真关联的现代诗写作，才是“有效”的。

米沃什曾写过这样的诗句：“我的过去是一只蝴蝶愚蠢地跨海航行/我的未来是一座花园，厨子在里面割开公鸡的喉咙。”（《没有意义的交谈》）。这或许是诗人对某种无效写作的省思：一只蝴蝴拥有的只是轻盈和美质，它感动于大海的辽阔，却不知踏上的是一条力不胜任的旅途；而花园是鲜润美丽的，却传出了公鸡被剖开喉咙的扑腾声。这或许是诗歌只会捕捉幻美之境和只会空泛地呼唤“曙光”，而缺乏对生存和生命的深切洞识所带来的后果。

蝴蝶和公鸡本身也许没有错，但它们却在错误的时间来到了不适当的地点。在不期然中，成为淡化批判力度和价值关怀的帮闲者。米沃什后来在《可怜的诗人》中又如此写道：

> 现在，岁月已改变了我的血液/成千上万的星系在我的肉体内已出生过和死亡/我坐着，一个狡黠而愤怒的诗人/用不洁的斜视的眼神/掂量着手中的这支笔。

今天的诗人，就是这样的“一个人”：生存见证的迫切性与写作技艺的迫切性，二者已经不能割裂考察；吹号天使的单纯，变为生存追问者的“狡黠”；道德意义上的直接和“纯洁”，变为反讽的“不洁”与“斜视”。写作和阅读的前提，不再是不言自明的，而是需要重新“掂量”的。

把一首诗写得像“好诗”，并不困难。把一首诗写得有时代生存和生命的活力，才具有真正的难度。如果诗歌只是一种唯美的遣兴，一种自我抚慰的话语迷醉术，那么诗歌史上已有足够多的作品可以满足这个需要。我们之所以在今天继续写作，就是因为“唯美”和“迷醉”已不再是衡估诗歌成色的可靠标准。活力，是从写作发生学、题材和技艺，以及接受效果的综合效应提出的要求。

我以为，对活力和有效性的追寻，是“新诗”之“新”的依据和理由。

2001年12月2日

塑料骑士如是说

一

在当下诗坛，说自己“原创”不需要勇气和想象力；但要说自己在创造性加入传统，则需要巨大的勇气和想象力。

二

五四知识分子言说“反传统”，反而激发了国学的新思路；今天的知识分子高喊“民族性”，我看到的是“民族性”的消失。

三

集体乌托邦的建立，会导致专制主义；但个人乌托邦的阙如，会带来混世主义。

四

有些诗人的“灵气”“飘逸”是由于贫乏成就的。有些诗人的“含混”“复杂”同样如此。他们是走运的家伙。但是，他们骗不过真正的少数内行。

五

小说家是将人家的故事说给人家听还向人家要钱的人。诗人是将自己的心灵故事说给人家听并打算要钱的人。由于自己的故事未必精彩，因此现在的诗人有意培养自己的生活怪癖，自我戏剧化。

六

魏晋志怪既可以看作“前小说”，也可看作“先锋派”；“断竹，续竹，飞土，逐肉”既可视为“前诗歌”，亦可视为“新客观主义”。东西没变，是接受者的眼光变了。

七

诗的“粗鄙化”在今天更多存在于那些甜腻、平庸的“纯诗”中。那些从素材上处理“不洁”情境的诗人，却很可能有内在的高雅。

八

我看到，有的诗人与天使结缘太深，以致不得不成为表演者。我看到，有的诗人恨不得买断“新闻联播”宣布——“我愿忍受边缘的孤独!”

九

个人生命的有限性使我们在诗中往往无法正确提问。生命体验的差异使全称判断的总体经验往往成为令人费解的玩笑。

十

一个诗人在肯定地瞻念前程时，其实是在暗中祈祷偶然性鼎力佑助。

十一

诗中能被肉眼凡胎认识的魔鬼不失可爱，可怕的诗人是那种对魔鬼无比忠诚却假以圣洁之名。

十二

要记住：鱼儿在海洋中自由地遨游，同时也是因为它无法在陆地上活命。

十三

“性格即命运。”医学认为，内分泌的不同即性格。这么说导致了一个值得注意的结论：生理即命运。

十四

哲理诗人遇到无法厘清的难题而颓然掷笔的时候，我会喜欢他。让我请他喝一杯！因为强作解人比挽留困境更糟。

十五

从诗歌历史上看，异端邪说变为至理，与至理变为浅见蠢说的事……几乎一样多。

十六

长诗的魔力在于诗人“带错了路”，人物与作者的争辩之张力。中型诗的魔力在于在限量的旅程中诗人带我们去叩访“某个人”，开门的却是另一个人。在有魔力的短诗中，作者与“人物”是猝然一过，隐言不繁。——我说的是魔力，不是“魅力”。

十七

小说家依赖于一个已存的世界，而诗歌的真实性是没有见证者的。因此，即使那些较柔弱的诗人，也有坚强的一面。

十八

有一种诗人叫我悚然而惊：他的全部工作就是要“与众不同”。由于这不可能做到，他就专门怒斥别的诗人。他想，至少在这点上，他做到了“与众不同”。

十九

夜深人静。窗外飘起冬雪。这是天空中落下的唯一使人不必设防的东西。我在写诗。一切喧嚣止息了，我得以坐下来面对自己。我发现自己心灵中残酷、阴沉的一面。有时，写作就是坐下来审判自己。

二十

海德格尔说：“思就是诗。存在之思是诗的原初方式。”“语言是存在之家，诗人与思者是看家人。”

海德格尔的话道出了诗的本质。人与生存的相遇，从根本上说是在语言中发生的。诗之所以重要，就在于它不是一般的讲述，而是一种特殊的讲述。诗人应是对作为存在之家的深度语言沉思的人。他既言说又聆听。因此，一首有真义的诗，必会出现“我说”和“它说”的共鸣与对话关系。存在在思中形成诗后，诗人要聆听“语言自身的言说”。诗与思就这样共时而生，敞开存在。

二十一

现代性，对诗而言不应是个价值判断词语。《诗经》或李白、杜甫的诗，就诗人彼时亲历的历史语境而言，同样具有“现代性”。由于对过往的历史语境是无法“继承”的，我们今天追求现代性，无非是要解决语言与变化了的经验之间的矛盾关系，使语言更为有力地在扩大了的现实经验中扎下根。

诗是本真经验与语言之间彼此发现、彼此纠正的紧张关系的恰当解决。从这点看，我们和古人或许应有相同的见解。追求现代性不应造成我们与前人之间的屏障，而应是通道。

二十二

在诗中，想象力的“不洁”常是有活力的、迷人的，它捍卫了人对生命的提问；而在生活中，行为的不洁却是乏味的、令人讨厌的。在诗中，自恋地宣喻“善”是令人反感的；而实际行为的善，总是令人感动和赞美。由此可见，诗与生活常常构成某种“悖论”关系，对各自的情理逻辑我们不能简单混为一谈。

二十三

艾略特在《鸡尾酒会》中问道：什么是地狱？接着他就提出自己的答案：“地狱就是自己。”而萨特在《禁闭》中面对同样的问题时，却答道：“地狱即是他人。”

由此可知，诗人与小说家是不同的人。前者在对生命的内省中自我获启，后者在对生存的勘探中发现了“关系”。诗的创新在今天越来越困难，因为内省是无法轻易“发明”的。

二十四

有人认为，诗歌语言感染力的丧失是由于缺乏“优雅的”修辞。这像个“高中语文课代表”的见解。有人认为，诗歌语言感染力的不足，是由于缺乏激情的语调。这种看法是从“话剧演员”那儿得来的。

我认为，我们诗歌语言感染力的降低，并不在于缺少优雅和激情，而在于诗人没有意识到笨拙诚朴的力量。

1995年3月6日

诗的困境与生机

从上个世纪90年代开始，汉语诗歌面对着新的困境，这种困境是双重的：既来自写作，也来自接受方面。

先谈接受方面的困境。伴随着市场经济的广泛展开，我们的文化经历了巨大的变构和分化，成为一种特殊意义上的“工商业”。大众传媒很快活地几乎一夜间就实现了“转型”，小说和散文也半推半就地一路“顺应”下去。文学门类中，只有诗处于边缘的边缘，不仅是读者大众，即使是文学界也很少关心诗。华兹华斯曾说过一句非常憨实的话：“诗人就是对人们说话的人。”这说法不高深，却是至理。诗人说话没有人听，这就是我们面对的问题。简单指斥“文化工商业”，不会给我们的诗带来好的转机，也缺乏起码的合法性；冷傲地申斥大众跟不上诗人修辞基础的变化，在很多时候会像是诗人结起伙来撒娇。因为大众跟不上诗人修辞基础的变化本是正常的事。在现代社会，诗歌不可能再是多数人热衷或关心的东西，它很可能只活跃在某个特定的“精神社区”。我的说法会被认为是所谓的“精英立场”，但不是这样。我要说的是，我们的诗还远远没有对特定的精神社区的覆盖力，它成为诗人之间或诡异或粗鄙的“行话”。那些有文化教养和文学阅读习惯的“业外人士”也对诗歌敬（也没准儿是“厌”）而远之，这是让我愀然的事。因此，所谓“接受方面的困境”，不是指大众对诗的疏离，而是指本应拥有的特定精神社区的潜在读者群对诗的疏离。比如，我在大学文学院任教，带的是诗学研究生。在本科生和文学研究生中也很少有人读诗。这使我从另一思路，去想想诗歌自身的问题。

将思考限制在写作内部，我认为我们的诗歌存在的突出问题是缺乏现实经验的分量和对求真意志的悬搁。这两方面是互为表里彼此影响的。在世纪之交，诗歌界有几次大的论争，这些论争涉及了上述问题，但可惜它迅速跌落到派系之争，反而将问题遮蔽了。我们看到，诗人们都在谈诗歌应有对现实经验的包容力，但事实上其作品与此相距很远。以两种带有倾向性的写作为例：言称处理日常生活和口语语型的诗人们，其作品处理的“日常经验”主要是虚拟的极端恶俗的经验。诗中充斥的情境，更像是非文化反生活的“微型戏剧”。这骨子里是一种“主题先行”的概念化作品，它们不指向日常，倒指向反常；诗人扮饰的是一个戴铃铛帽的小丑的角色，通过表演自渎，达到满足自恋的目的。我接触过许多这样的诗人，他们人都不算坏，当他们说出有情理逻辑的话语，反而令你惊愕。这让我沉思其作品的表演性。还有另一类诗人，主要以文化批判姿态和隐喻语型写作，意欲以此处理现实经验。在他们看来，日常材料是有级度和质地上的区别的，诗人要择取的是那些“本质”“本源”“整体”性的东西。这样一来，他们的诗歌难免带有贬低生存中的矛盾性、差异性，强化其虚拟的孤高宣谕、道德优势的表演性。这是一种新的独断论，新的本质主义幻觉，它很可能对本真的现实经验一无所触。

这两大类带有普遍倾向性的诗歌写作，在其矛盾的背后，有着同等的写作根茎：对求真意志的悬搁，对“印象整饰”（Impression Management）的依赖。诗歌如果想使自身拥有现实经验的真确的分量，就要求诗人应尽量排除过多的印象整饰（不消说，彻底地排除不可能也不必要）。它要源于心灵，对应于此在的生存真相。而我们的诗歌，在写作行为之前就被诗人先验地设计好了情境定义、表演者形象定义。因此，经验的结构让位于“潜脚本”的结构，鲜活的生存体验让位于表演的惯例乃至准则。不同的诗人都在整饰自己，小丑和圣徒彼此之间的对抗性，却乏味地统一于其表演性。悬搁本真的自我意识，表演既久可能会相信自己的表演，认为自己是“真诚”的。我想，许多有文化教养和诗歌阅读习惯的人们之所以远离诗歌，厌恶其自以为聪敏的“印象整饰”写作，是一个重要原因——至少我询问过的我的学生们就多是如此。

作为一个“诗歌从业者”，我乐于承认，我们的先锋诗歌在技艺上已发展得比较成熟了。诗人们学会了振振有词地说：“重要的不是说什么，而是怎么说！”是的，这话没错儿，错的是对“怎么说”的狭隘化理解。“怎么说”，并不仅指向诗歌局部肌质上的机巧，它更关涉到说话者的姿态。如果诗人没有求真意志作为写作的内驱动，无论你说“口语”还是“雅语”，出现的都会是措辞学的花招儿。我无意于置身事外强装义角，我自己的一些诗也同样充斥着印象整饰，我的反思和批评首先针对自己——幸运的话，它或许会成为同行之间坦率的交流。

前不久，我和学生一起讨论了如文题所示“诗的困境与生机。”大家认为，其实能明确感到困境，本身就可能是生机的开始。如果我们的诗歌有着足够的现实经验的分量和对求真意志的承担，再加上很好的话语成色，它会成为令大众喜爱的东西吗？我仍然认为它肯定不会。那种“挟大众以灭诗歌”的论者，并无实事求是之意。但是，这样的诗歌会争取到本不该流失掉的特定精神社区的读者，这个争取读者的工作确实需要我们努力去做，这或许是我们的写作能解决的（或部分地解决的）事。困境和生机相距不远，我对诗坛的前景是有信心的，因为人需要真诚的沟通、磋商与对话，而诗是它们的形式之一。

2003年1月6日

现代诗：作为生存、历史、个体生命话语的“特殊知识”

——《学术思想评论》“学者访谈录”

问（李志清，下同）：90年代以来，先锋诗歌发生了较大变化，但如何评估这种变化，我看到了诗论界的不同说法。一种认为，它结束了80年代的“集体写作”，转入“个人写作”，诗歌向其本质回归；另一种说法则是90年代的诗歌过于趣味化，对我们置身其中的具体历史语境缺乏深入的揭示。我说的后一种观点，是包括你在内的几位诗评家。我的说法是否准确？

答（陈超，下同）：大致准确吧。但我不同意你将复杂的诗学纠葛分成“两派”。对我个人而言，从未放弃过对“个人写作”的肯定和身体力行。我认为，所谓“个人写作”，不是个狭隘的概念，它不是指诗人只关心个人生活，并以此为写作的基本材料。而是指从个体主体性出发，以独立的精神姿态和判断力去处理生存和生命中的问题。或者说，它不是个题材概念，而是个个人处理的“主题”概念。我要反对的是那种将“个人写作”内涵简化的做法。除此之外，还有人将“个人写作”当作一个“风格”概念来使用，同样也缩小了它的意义。

问：你认为，90年代以来的先锋诗歌面临的主要问题在哪里？

答：进入90年代以来，先锋诗有了新的发展。诗人们对诗歌的本体依据更加自觉地坚持，词汇量在加大，诗歌结构也日渐显出变奏精神。简单地说，先锋诗从“技术”上比较成熟了，结束了“草创期”的蹒跚之态。诗坛上“好诗”更多。但我想，我们对先锋诗的评估，并不应停留在“好诗”阶段。一首“好诗”，通向的往往不是生命/生存的原动力，而是已成诗歌谱系的经典文本。从这个立场出发，我愿意说，我们缺少更多的“重要的诗”。诗歌语型和结构的成熟，并不等于诗歌精神内核的坚实深刻。因此，单纯技术的成熟，只是滤色镜后面的成熟。在当下，这“滤色镜”乃是感伤的高雅和简单、贫弱的“后现代”能指迷恋构成。诗人们靠读书和仿写进行创作，对具体历史语境缺少研究或省察，总体格局是丧失了对生存——语言——个体生命严酷关系的进一步质询。诗歌成为新一轮的“美文修辞手艺”或蒙昧式的“口语”。

这样一来，诗歌的意义就以惊人的速率趋于失效、自我瓦解。诗歌成为遣兴的东西，而不是对生存/生命的特殊“命名”。我想，80年代中后期的先锋诗歌，在今天看来尽管显得“生”，但这个“生”，有双重含义：生涩与生龙活虎。那个时代的诗，在技术上有诸多问题，但有一点是了不起的：为诗歌主题的历险提供了继续进行的机会或可能。诗人更多直接处理“当代”题材，语言成为现实的人与生存临界点上真正的困境。语言的深渊被高高举起，人的现实境遇，经由这一“深渊”彰显出来。

比较而言，今天的诗不乏“美感”而缺少活力。能指链的无穷游动，使诗歌话语成为幻美之境的快急旅行，没有噬心的历史载力。或许这些诗人想引“超越现实”为立论依据。但我想说，这是一个体面的圈套。至少客观上如此。很明显，这种诗一点都不“超越现实”，而是更为“现实”所制导：它与目下**橡皮时代**一样，擦去隐痛，抹掉问号，彼此皆是非，尔后快乐逍遥。你消费高档商品，我消费语言，从根本上说，二者是不同半径上的同心圆。因此，我认为，近几年先锋诗歌面临的最严峻的问题乃是：如何由诗歌形式本体论深刻地趋向与之相应的生命/生存本体论，揭示那些只能经由诗歌揭示的“特殊的知识”，使之充满历史想象力而不是仅唯美想象力。

问：你又提到了“想象力”。的确，我发现在最近，这个诗歌写作的常识概念“想象力”，得到了批评家的垂青。在你的文章已多次提到“拯救想象力与竖立精神”是不二分的。还有论者提出要“捍卫想象力”。我想知道，此问题的提出是否恰好表现了诗论家缺少理论想象力呢？难道你们再也找不出有足够负荷的诗学概念了吗？

答：问题或许不像你说的那样简单。“想象力”的重新提出，并非是诗论界缺乏活力和敏感，而是第一次将此作为一个有待分析和命名的中性词来省察。我们是想从诗学词义使用的历史中找出一些基本词汇，赋予它当下特定历史语境的含义。具体到我，恰恰是从相对和怀疑立场来审视所谓“想象力”的。与你的说法相反，我正是在探询它的负荷。

作为诗歌写作者，长久以来我们养成一种无须思考只凭习惯就能接受的观念：诗要有丰沛的想象力。我们认定，这是奇异的力量，它许诺把我们从沉重刻板的现实中解放出来，“升华”到自由幻美的文本世界。在80年代里我们拒绝将诗作为意识形态对抗的工具，进入90年代我们又反思了它在80年代变成文化冲突的战场。公正地说，无论“工具”还是“战场”，它产生于当时特定历史语境都有其合理性（诗有诗的宿命），也并非没有出现重要的文本。但同时也将许多诗引入了迷失艺术本性的险境。但我更愿意面对的是，今天排除掉此两种姿态后，诗取得了哪些精进。写作不是观念的推衍，而是一字一字“写”出来的。我想追问：我们高倡的诗歌“想象力”具有怎样的质量？它是否就有合法权以拒绝接受批判的考察？如果有，它不是也变成了另一种绝对教条和先验设定了吗？我们在“想象”中丢失的智慧在哪里？我们在智慧中丢失的“想象”在哪里？它究竟在多大程度上体现了诗的本体自觉，而不是士大夫消闲遣兴之风的强迫性重复？它是否也和它欲取代的东西同样贫乏与“吓人”？

问：这种连炮式的质问我很不习惯。说实话，你的文章我是注意读的，但从语势上我不赞赏。你的质问是否太急切了？

答：关于我文章的毛病以后再谈（笑）。至于我的诘问，也许是过早的，但不是没有根据。80年代中后以降，诗歌有许多显豁变化。其重要标志之一，乃是诗人对语言的“构成性”有了自觉意识。他们的心境更“自如”，许多人使写作成为对自己想象力“才能”那喀索斯式的迷恋。这一惯性一直滑到今天。他们说自己是在“重构话语策略”，其作品不是“可读的”，而是“可写的”。对巴尔特理论的穿凿领会，使大量的诗呈现惊人的语言空转，即兴能指链的无穷游走。对此“创新”，批评家的确没有有效的解读方式。但也有另外的情况，为平衡自身窘境，以与创作保持“同步”，产生了一批“宏观”批评家。他们干脆弃置文本或一掠而过，用泛而不切的文献知识为作品归类。这样一来，最具个人私语性的诗，成为新一轮的集体写作。你的诗没有深度和包容力吗？不要紧，那是“零度写作”；你的诗结构松散吗？那正是解构了“线性视域”；你的诗牵意就词或词不达意吗？那是“切分话语”；你的诗缺乏个人性吗？那是在追求“不在的风格”；你的诗被内行排斥吗？你还不知道，那正说明你在“边缘”写作呢！我不想认为批评家是有意蛊惑“皇帝的新衣”，他们更可能是蛊惑的受动者。但这么说并不意味着其后果不同样可怕，他们不期然中已经把诗人在最放肆状态下也绝没有梦想到的“成就”命名出来了……

问：我看问题还有另一面。就是面对文学转型期，批评家产生了失语的惶恐。一些人归于观望，另一些则在努力适应新的文本事实。当然，后者中也不排除某些强作“解”人的可能。

答：我想，你认为我是“失语”那一类吧。我姑且先不否认这个词。但我没有“惶恐”。或许文学真到了你所谓的“转型期”。但对此说法，我宁引另一论。如果说我们的诗需要“转型”的话，那么其真正的背景在于具体历史语境的变化和出现了一批对深度写作进行探询的读者。

问：前一方面下面再谈，我倒想先听这是怎样一批读者。如何？

答：好。就我较广泛的接触而言，这些读者此前都写过诗，阅读视域比较广阔，也不限于文学。这使其不但在诗里寻求“美”，更寻求“重要性”。他们能将诗放在与其他文本（如现代小说）甚至人文学科比较的关联域上考察。他们不但对意识形态制导的红色选本文化后遗症诗歌鄙薄，对新时期以来“反思历史”唯独不反思个人，“启蒙大众”而自己巧妙置身“事”外的现代诗，亦持有足够警惕。同样，他们也不会接受“历史进步”的神话，对当前的玄学游戏写作，“超”现实主义写作，源于阅读的所谓“学者型写作”，欲望型写作，“后现代”填充式写作，“以笔为旗”的绝对情绪化写作，感伤娇弱的“缅怀”型写作报以盲目热情……

问：看来，你对当下诗论界的热门话题“后现代主义”有一定怀疑，或者说，你理解的“后现代”与一些诗评家是不同的。请谈谈你的意思。

答：首先，我认为这个话题的提出很有意义。第二，中国没有充分的“后现代”诗歌，但有些诗体现出“后现代”倾向。第三，衡量任何诗学向度，生存——语言——个体生命这个框架都不应也不能被悬置或取消。

让我具体来谈。“后现代主义”在诗论界提出的确有其意义。它至少将大家的目力转向了一种新的话语视域。在这一视域里，我们得以摆脱常识性的诗歌类型学、限定性，以及由此相应构成的精神话语等级制度，将诗学已凝恒的问题加深、扩大，保持它的现实活力，而不致使问题钝化或消失掉。

但肯定这个话语视域与如何理解它在当下使用中的意义是不同的两回事。就我的阅读范围而言，目前诗界一些人大谈“后现代主义”，不是将其作为一种话语视域、表达策略，而是将其作为价值判断的。他们的思路是，“后现代主义”是对现代主义的超越，是大众文化对精英文化的胜利，或许在他们看来，“看一个诗人是不是‘革命’的，拿什么做标准呢？拿什么去辨别他呢？只有一个标准，就是看他是不是愿意并且实行用后现代方式写作”。唐晓渡在一篇文章中准确地提出，这些人的运思方式与主流意识形态不谋而合，都表现出对“时间神话”的倚重，时间的前后成为价值上的高下。

的确，这种“时间神话”是我们这代人受红色选本文化教育所形成的独断论模式的周期性强迫重复。可惜，一些人看不到或不想省察这一点。即使退一步说，这些人所谈论的“后现代”，恰恰成为最没有“后现代”性的东西。因为，它丧失了真正有深度的“后现代”理论的怀疑和批判精神，丧失了其对语义耗空的焦虑，丧失了多元性，丧失了对意识形态和物质图腾双重暴力的急进反抗。他们的理论文本，常常是罗列许多文化“事件”，见不到有组织力的思想，牵意就词，十分“吓人”。剩下的是什么呢？对庸众趣味的快意追踪，并以此从事正名的“夺权”；由对拜金时代的生物性依恋引发的话语嬉戏，成批生产；新一轮历史决定论或庸俗进化论。如果说这一切也可以从西方某些“后现代”理论中找到对应根据的话，我要说，这些人找到的只是自己需要利用的部分，而且是西方某些“后现代”理论家最孱弱、最没有出息的部分。而与真正有力度的“后现代”理论家，如贝尔、罗蒂、杰母逊、哈贝马斯、利奥塔德及福柯等人，毫无共同之处。我们这里的“后现代”理论及诗歌是一种奇怪的东西，它不是激活而是平息了人的历史想象力，不是扩大了语言的困境而是阻死了语言的活力。这一点，用不着多说，只要看看他们选择的文本对象就清楚了。因为要“平面感”“价值弃置”“深度消解”“主体死亡”“反乌托邦写作”等等，汪国真也被他们置入“后现代”语境，并做出故作惊人的发现。那么，张恨水可不可以？刘兰芳可不可以？是否能准确地选择文本对象，实际上是对批评家专业能力的起码检验。

中国式的“后现代”倾向写作，其实在1984年后就出现了。我认为，它是指部分的“莽汉”“非非”“他们”“海上”，以及部分的严力、欧阳江河。它是先锋诗歌内部出现的话语交锋，是“现代性”的进一步变延或发展。以上这些诗群或个人，表现为：既拆除本质主义的深度，又拆除对深度的拆除；既消解价值，也消解对价值的消解；既反抗意识形态集体顺役的“崇高”，又使自由自为的个体主体性竖立；既采用习语、口语等“大众”语型，又通过这一语型来对“大众”进行讥讽……舍弃这些根本性的因素，我们就很难对有价值的中国式“后现代”倾向写作做出深切而有力的评估。

问：你刚才说，“如果说我们的诗需要‘转型’的话，那么其真正的背景在于具体历史语境的变化和出现了一批对深度写作进行探询的读者”。但我记得几年前你说过“诗人并不为读者写作”。我印象很深(笑)。

答：我是这么说的吗？如果是，那是我幼稚了。现在我更认为文本和读者是相互打开的。创作与接受各有过程和职能，是互动互识关系。诗人用不着自矜“我不需要读者”，合格读者从来是也不会不是我们写作最强烈快感和最噬心考验的来源之一。优秀诗人的标志之一，乃是既吸引范式读者而又能独立于他们的能力。舍此任何一端，一切会变得颇可怀疑。批评家也同样，他与创作保持对称关系，既不是诗人的西席或附属，也不是游离其外的书写者，而是深度盘诘或对话的谈伴。

问：那么，你刚才说要对“想象力”加以省察，是基于出现了一批“范式读者”吗？你不愿成为诗人的附属，难道又要成为读者的附属？

答：不，是诗歌写作的现实迫使我们认清其脆弱的一面。因此，我们有理由追问诗人，在其故作惊人地发现了“诗歌就是想象力超速飞翔”后，是怎样将写作者的“权利”变为某种“权力”的。

问：想象力是艺术的共性和特许。想象力高下直接决定艺术的价值乃是不争的事实。

答：在我这儿不存在“不争”的东西。我以为：第一，想象力在文学中是发生学问题而不是简单的价值论问题；第二，你不能将各类艺术笼统处理。比如，与美术、音乐中的想象力不同，诗歌话语固有的人文语境压力决定其想象力不但要有“超验想象力”，而且更要有历史想象力。今天，我以为后者更为重要。诗人的“功能”之一在于给个体生命经验以意义的结构，或对即将来临的可能性进行历史想象的参与……

问：“历史想象力”？这个词很有意思，它是一个偏正词组吗？

答：我想，它是互为限制、互为打开的可逆关系。简单说，它要求诗人具有历史意识和有组织力的思想，对生存——文化——个体生命之间真正临界点和真正困境的语言，有足够认识；能够将自由幻想和具体生存的真实性做扭结一体的游走，处理时代生活血肉之躯上的噬心主题。我认为，我们的诗匮乏的正是这种历史想象力，“历史修辞”。这样的诗，当然难以经受住诗与思的双重考验。

问：我认为，你现在总习惯于从诗歌功能角度发言。这么一来，诗歌不成了粗鄙的警世之音了？!

答：难道诗歌不是能指嬉戏或消费时代某类文化人的遣兴，就一定是粗鄙的警世之音？我并未提倡那种单义解读或箴言式写作。对此我不比你缺少足够的戒心。但是，排除简单化的训世姿态，并不意味着诗可以利用想象力为口实滥施话语暴政。我想，此二者尽管在向度上有所不同，但深入细辨，就会看出其间共有的独断论特征。它们强迫读者接受一种垂直支配的力量，将对作品“真实性”和“活力”的解释权全部收归诗人所有。我在一篇文章中谈到，由对“想象力”迷狂的膜拜，使不同语境的诗背后有着同等根茎：写作上的主观和绝对。诗人充分享受了想象的权力，流弊所及使写作成为“孩儿国”的恣情表达。他们绝对悬空地歌赞“高处”；绝对“实在”地宣泄欲望；绝对地认同历史决定论；绝对地“反历史”；绝对地“后现代”或绝对地反“后现代”；绝对要隐喻或绝对拒绝隐喻（后者是诗人“隐喻”想象力更惊人的表现）……“想象力”在“向前”奔驰，反正诗人不会“错”，孩子是不会“错”的，“想象力”也同样。

问：这么说我倒能接受你的质询了。昆德拉将这种“孩儿国”称作“幼儿统治”，一种以脆弱的绝对来冒充“严肃”，从而强加给人们童年期理想。

答：正是如此。在这些诗中，具体生存的真实性，悖论性，成人生命经验的复杂性，诗歌想象力的“量度”被弃置一旁。当然，这些诗在表达上有高下之别，但说到写作姿态上的差异，乃是聪明孩子与笨孩子的差异。说到底，这种非此即彼的二元对立，无助于加深诗歌的重要性；它使生存和文本都不再以“问题”的形式存在，而是以空前的速率简化乃至消失。说其与昔日意识形态的僵硬支配构成戏剧性对偶，并不是太耸人听闻的事实……

问：在抑制精神成长、加速集体遗忘方面，二者或许异曲同工。

答：这是一个更大的问题。但我们是否还是将话题限定在诗的“想象力”范围内？凝聚到一点上，有助于使问题加深，具有特指性。

问：你怎样从发生学而不是从状态上区分通常所言的想象力和“历史想象力”呢？

答：我一时还真说不全面。或许这个词的合法性同样有待进一步考察。我这么想，从发生上看，能不能说前者更依赖于天赋，而后者却必须是经过严格自我训练及文化视野形成的？

问：它不是自发而是自觉的。

答：对，它不是诗人灵感的快意抛散，而是其生命经验与具体生存——文化之间彼此呼应和观照产生的“特殊知识”。它是一种主动寻求限制的……呵，我可以这么说，历史想象力它是一种向度明确的“范畴想象力”，“意义内在结构关系想象力”。这样一来，“拯救想象力”就与保持住使生存——文本以问题形式存在，多有可通约之处。历史想象力既不依赖道德优势，也不依赖反道德优势；既不预先为自身注入“终极关怀”的价值，也不以亵渎“乌托邦神话”为起点/结穴。它的包容性和载力应大得多。

因此，我以为我们有必要打破诗的文体类型学和恒定性，探索与我们的生存和生命相应或对称的新的“历史想象力”写作可能。比如少数知识分子诗人已在做的限制超量的幻美想象，将叙事因素引入诗歌，扩大诗的词汇量和语型，综合处理构成性语言和人际交流话语，等等。但这样的诗也引来了问题，其大量跟随者是在展示或演示生活，细节的逼真和稠密使诗很滞重、混浊。这种混浊是表面的混浊，因为它在结构里缺少真正有力的多维内在矛盾，诗人的主体性几乎爬在“生活流”里流下去了。这也不是我所说的“历史想象力”。而我希望诗歌在构成性和叙述性话语中涉入分析因素，在“讲说”中要有对生存情境的穿透和“命名”；由个我经验的展示，发展到将其对象化的“自我研究”；从个体生命出发，包容人类生存情境。这是历史想象力要做的事。

问：我很难想象这种诗将会是何等面目。你能再谈得具体些吗？

答：我就怕你这么问。我若能说得“具体”，早就试着写去了。但作为一种向度，我可以举出当代的阿米亥、洛厄尔、赫鲁伯等。

我想将这种历史想象力激发的写作称为“准客观写作”（不消说，任何类型的写作都不会没有一点主观性），怀疑和相对立场的写作。它与前面所说的诗不同，更有别于目下的“新体验”和“新状态”小说。特别是在后者，乃是一种滤色镜后的写作，你瞧它们专事于对生活中“尴尬”或“欲望”因素的追摹。而准客观写作，则要求诗人控制自己的想象“才能”；避免处理“绝对知识”和假经验（文本仿写）；更不朝向平面化书写；而是忠实于成人精神世界的复杂性、矛盾性、可变性，在文本中自觉涉入足够多的追问、迟疑和互否……使语言在我们的生存经验和历史语境中真正扎根。

问：这不也是一种先验设定和教条吗？

答：也许是吧。但我认为这里有个区别：准客观写作是从批评的距离从事写作。诗人一边在书写，一边在分析自己书写中的具体历史语境真实性。不求决断，防止着想象力无边的僭妄。他应考虑到不同声部的“对话”，以求更广阔深入地揭示生存。

问：看来，你在诗的构架和肌质这两端是倾向于前者了？或者说你在传达性话语和自指性话语间更看重前者？诗不再以审美而是以“认识”为主要目的吗？

答：你也用上了连珠炮式的质问（笑）。先别这么肯定，我干吗要接受你强加给我的非此即彼背景。诗的力量和美恰恰来自二者的“共谋”而不是割裂。对生存和文本的双重关注，使“诗与思”共相展示，是诗人历史想象力的旨归，也是对诗人专业素质的根本衡量。因此，我以为我们诗歌的“美文”想象力已过度膨胀，而历史想象力却很匮乏。诗歌要保持想象力的有效性或持久价值感，有必要探索它可能具有的广大历史负荷。其实，诗歌想象力的有效释放与控制是互为条件的。这是任何好诗本来就应有的文体规范，只不过我今天更想着意强调“历史想象力”这缺少的一面。诗人的历史想象力体现出他们扎实的精神成长，因为它不会是速成的，需要付出高代价：思想的和技艺的。

问：你这样一路说下来，我基本理解了你的整体思路。这与目下文坛虽不够惹眼，但亦逐渐清晰起来的历史、历史意识、历史话语、历史写作理论有许多呼应之处。

答：我还没那么自觉。我只是想怎样使我们的诗更有时代的鼻息心音，更有重要性、包容力，成为合格读者放心不下要去阅读的“功课”。我前面已经说过，写作不是观念的推衍，而是一字一字“写”出来的。其实我的诗恰好是摆脱不了抒情和箴言写作，我的不满首先也是针对自己。

问：不知你是否感到，现在诗人对诗歌批评界怨诟颇多，你作为诗评家，如何理解这一情势？

答：我当然不仅是“感到”，而且“看到”了这种怨诟。这里面情况比较复杂。但我认为，我们还是应从批评自身的反省开始。从大的方面看，目下先锋诗歌批评仍过多固持于“外部”批评，大家更热衷于对诗潮现象的追踪和描述，而对某些重要的文本，缺乏微观实践的语义学超级细读/阐释。这样一来，面对“个人写作”的时代，诗评家仍然用对“集体写作”的概括方式进入，就使诗人对批评家的解读能力、批评想象力产生不满和怀疑。第二，诗评家缺少自己的“行规”意识。从广义的价值关怀、思辨理性、道德理性处理诗歌文本，是必要的。但很不够。批评，从某种意义上说，就是主动寻求一种困境，一种限制，一种专业态度。或用诗人们喜欢说的，就是使批评成为“内行”的批评。从具体历史语境出发，坚持诗歌的本体依据，将自己的诗学研究限制在高度专业化范围，是目下诗评家应考虑的问题。第三，对西方诗学的填充式仿写，往往使我们的诗学提出一些假问题。这些问题在本土没有真正的负荷，一提出就是失效的……

但我还认为，一些诗人对批评的怨诟，恐怕还有另外三个个人的“深层”原因。一是许多诗人是从现实功利的角度对批评产生不满的。他们的“那喀索斯情结”很严重，认为自己的诗与过去比好得不得了，重要得了不得。但实际上，这些诗缺乏诗人自夸的性质。想要写好和真正写好是两回事。在诗评家这里，后者是唯一的“现实”。诗评家只对此时代优秀的文本负责，而不对你诗人不同阶段的写作“成长”“进步”负责。二是对诗评家角色的误解。许多诗人将诗评家当作“裁判”，急欲一锤定音。这很可笑。诗评家与诗人的关系，不是“裁判”，而是也仅仅是他个人与诗歌文本间相互选择、相互发现的另一个独立“写作者”。他不求决断，但求将对话引向深入。他放弃批评的权力意图，是因为批评的活力，表现在批评家既深入创作又能独立于创作的精神能力。对批评家与诗人关系构成的新阶段缺乏自觉，当然会产生怨诟。三是对批评的不屑，在某些情况下是诗人玩弄的一种“智慧”。因为，你用轻慢的态度对待批评，仿佛天然地占有某种“优势”，像是比它站得更“高”。这样一来，可以掩饰自己诗歌的孱弱，将危机转嫁于“批评家的盲视”。在我看来，诗人的这种高傲脾性，骨子里恰恰是对批评的盲目崇奉所致。他要用对批评的蔑视给自己提供心理平衡，批评成为比其创作实力更“重要”的东西。

但我想，我们还是从对批评自身的反省出发为好。我相信，严肃的诗人也是从这点上对批评提出要求的。

问：最后一个问题，在拜金主义和权力主义共生的今日，先锋诗歌的前景或命运是否不容乐观？

答：我已在许多文章中谈过这一问题。这里约略补充一点。实际上，在任何时代，先锋诗歌的命运都不容“乐观”。先锋诗歌的写作，从来都不是寻求“适应”的写作。它有自己尖锐的精神中枢，有与险恶生存对称和对抗的方位。对先锋诗人来说，形式和意义在文本中是不二分的，本体论和功能论是综合处理的。其中任何一方都是对另一方的有效考验和证实。语词的力量深刻地介入具体历史语境，“对称和对抗”的方位，使其对生存/生命的研究、批判不可豁免。因此，不能简单地说“乐观”或“不乐观”。这样说，我更愿意将先锋诗歌面临的权力及“拜金时代”，视为其又置身于一个新的具体历史语境。对此语境做出深刻的文本反应，是先锋诗歌获得活力的“机会”——所谓“乐观”与否，都只能由诗人们的写作实绩给出。真正的诗歌来自于诗人内在的精神力量，它是不会被任何外在情势赐予或“收回”的。

的确，拜金主义和权力主义结盟，正在成为我们所面对的最强大的意识形态。这对先锋诗歌的考验又一次尖锐、集中地提了出来。它无法调和，难以折中，不容滑头。一些诗人通过大规模的语言骚乱来表现生命的紧张和愤怒，另一些诗人则采取理性的洞见，对生存/生命进行新的“命名”。这二者虽有精神上的高下，但骨子里都体现了对“存在”的特殊凝注，都是在追问生命的意义。而对具体历史语境的介入，是其写作的活生生的依据和源头。

我们所要警惕的倒是另一些诗人、诗论家。他们由过去对意识形态的反向寄生，很快转入对物质放纵主义的同步寄生。具体体现在，他们对诗歌价值的指认，已彻底依恃于消闲遣兴、插科打诨和欲望化书写。如果说先锋诗歌的命运“不容乐观”，我看就是真正的先锋诗人是否最终有心力和精神高度来抵制这种欲望图腾；以对抗和对称平衡自己的命运，在种族精神历史和语言下滑变薄的时代，坚持澄明真相，坚持一种“新理性”品质，坚持承担啮心历史语境，坚持诗歌的价值关怀。

如此说来，拜金时代先锋诗歌的命运，与其他时代并无更大不同。它呼唤我们将纯粹的个人抱负扩展为这时代良知的视力和重估价值的信心。说到底，先锋诗歌的“命运”，不会是某个时代的外部强行判加，它是也仅仅是掌握在少数真正严肃智慧的诗人手中。重要的是，经由我们对时代的深入分析，对写作的研究、思考，将这“被遗忘的存在”揭示出来，“直面首席法官缺席”的勇气（昆德拉语），戳破集体谎言的制导。没有什么能摧毁、消解真正的诗歌，除非我们自暴自弃。

沃伦说过，真正的诗歌不会是一种突然的下滑，或一种重力加速度的坠落。它必须在某种程度上涉及自身内部的互否和抵抗。如果它不是一种受到抵抗的运动，它就成为无关紧要的运动。——是的，正是在这里，我们得出了对今日先锋诗歌命运的动态把握。“乐观”和“悲观”，只是相对我们的意志、审美成色而发，而所谓“时代”条件，此刻反倒显得微不足道了。

1996年4月8日至10日

论意象与生命心象

意象的性质

现在是春天，广阔的原野上，大河展开它远接天空的舞蹈，草丛摇曳它坚韧冲动的绿色火焰。我们的生命，从冬天冷凝的黑斗篷中奔出来，加入这喧嚣和骚动的自然合唱。我们的心被猛烈地搅动了，它猎猎招展像大树，它应和着第一阵爆裂的冰排……

但是，我们感到了一种郁闷。因为，我们的语言和智慧，在天地之炉造化之冶中，显得那么无力，那么滞涩。我们能够想到和写出的陈旧诗句，背叛了我们的内心！它显得如此苍白，向度如此单一甚至单调。这时候，我们想到那些优秀的诗人，我们渴望他们出来"代替"我们说话。瞧瞧，他们来了，他们这样写春天：

> 通过绿色导火索催动花朵的力
> 催动我绿色的岁月；炸裂树根的力
> 是我的毁灭者。
> 而我喑哑，无法告知佝偻的玫瑰，
> 同一种冬天的热病压弯了我的青春。①

这是狄兰·托马斯对春天的感受。他将强烈的感情和智性，结结实实地压进了一个意象：春天植物的根茎成为咝咝啸鸣着的绿色导火索，它迅疾地闪灼，不可阻碍地奔驰，催开生命的花朵。也炸开了诗人块垒

---

① 狄兰·托马斯《通过绿色导火索催动花朵的力》，王烨、水琴译。

峥嵘的内心。对春天生殖力和生命力的感受，对新生与死亡的对称和对抗，都在这简洁而具体的意象营造中体现出来。而且，这组意象的内涵，并非是单一的而是多维的。它涉及了自身内部的斗争和摩擦："炸裂树根的力/是我的毁灭者。"新生和毁灭被结合为一体。当春天的复杂内涵被诗人用一枝"绿色导火索"拎出来时，它就在瞬间照亮了我们的心智，催动我们感官和知性开放，我们在领受到迷狂的审美快感时，同时也洞穿了事物的本质。

多多这样写春天：

雪锹铲平了冬天的额头/树木/我听到你嘹亮的声音

我听到滴水声——一阵化雪的激动/太阳的光芒像出炉的钢水倒进田野/它的光线从巨鸟展开双翼的方向投来/巨蟒，在卵石堆上摔打肉体/窗框，像酗酒大兵的嗓子在燃烧/我听到大海在铁皮屋顶上的喧嚣……

欧阳江河这样写春天：

喉咙感到融雪的强烈刺痛/春天的咕咕水泡冒出大地/梦中到来的大海，我紧紧压住的胸口/在经历了冬眠和干旱之后，又将经历/爱情的滚滚洪水和一束玫瑰/我的头上野蜂飞舞……①

这就是意象的魔力，它像一个精灵使诗歌充满生命感和洞彻力。这难道不是更真实、更不可替代的"春天"吗？

意象，是现代诗的基本艺术符号。它是诗人感情、智性和客观物体

---

① 以上二诗分别名为《春之舞》《春之声》。

在瞬间的综合。它暗示着诗人内心的图景。它锋利而具体，有着坚固的质量。因此，有心灵照彻的意象，也就是生命中的“心象”。

对意象的解释有很多。在我国，“意”和“象”的结合使用，最早见于《易·系辞》：“子曰：圣人立象以尽意。”后来的古典文论，谈到“窥意象而运斤”（刘勰），“意象欲出，造化已奇”（钟嵘）等，从而将意象这一概念更加自觉地发展运用于寻象以观意的诗歌评赏中。但就现代诗而言，“意象”的特指含义和复杂实验，则应追溯到美国诗人庞德及其追随者“意象派”（Imagism）诸诗人。

有趣的是，如果说庞德的意象诗是缤纷热闹的“花朵”，那么催动它的“绿色导火索”，正是坚实精致的中国古诗。庞德本人也不忌讳这一点。他深深钟情于中国古典诗歌，在他还未谙汉语时，就通过一些汉诗英译，接受了它们。他的一些小诗，颇似中国古典诗歌的变格形式，他还翻译过一本中国诗——《神州集》。这些仿作和意译之作，体现了庞德作为一个天才诗人的悟性。虽然庞德到后来，对汉语也是一知半解，但我们读了他的译作，不能不承认，他对意象的确有着神入的天才。他发现并突出了意象的重要性。他曾将李白的诗《古风第六》中的“惊沙乱海日”，译为“惊奇。沙漠在暴乱。大海的太阳”，突出了意象的互动性和坚实的质感。下面，是他从托称汉武帝刘彻的《落叶哀蝉曲》中悟得玄机，加入自己对意象的强调，写出的一首融意译与创造为一炉的小诗：

(原诗)

罗袂兮无声
玉墀兮尘生
虚房冷而寂寞
落叶依于重扃
望彼美女兮安得

感余心之未宁

(庞德诗)

绸裙的窸瑟再不复闻,
灰尘飘落在宫院里,
听不到脚步声,乱叶
飞旋着,静静地堆积,
她,我心中的欢乐,睡在下面。
一片潮湿的树叶粘在门槛上。①

也许我们要对庞德的误译报以会心一笑。但我们感到,这“一片潮湿的树叶”构成的单独意象,强烈地震动了我们的心。庞德的一门心思,也正是对“意象”这个天籁般的神奇之物的苦苦寻求、提炼。当这片叶子被诗人强调出来,那种忧凄的情愫、复杂的意味、坚定具体的质感,就在瞬间突入我们的内在生命;它提升了诗歌,使它不能被共性的传达式语言所稀释。“一片潮湿的树叶”,就这样深入到另一个“世界”的运转中。

意象是具体化了的感觉。从上面几段引诗中,我们可以得出,它必须有感官经验的具体、鲜活,并包孕着一定强度的心理能量。同时,对它高标准的要求是,它必须是诗人潜心营构的一次性创造和发现。当我们面对现代诗中一个个无可替代的优异意象时,要淡忘它是不可能的,它深深戳入,是的,我们只能让它无限弥散,达到我心与天地同参的境界。

由此可以看出,意象并非简单的“意+象”,它更类似于意和象的反

① 庞德《刘彻》,赵毅衡译。

复相乘，它的积数大小，既关涉到诗人创造力的强度，也关涉到接受者反应的敏锐度和紧张度。这就将“意象”与传统意义上的明喻、暗喻和简单类比式的象征区别开来了。

庞德心目中的意象，是“感情和知性在瞬间的复合体”，它的符号不像比喻和简单类比意义上的象征那样，“有一个固定的价值，好像算术中的1、2、7。意象派的意象是代数中的 a、b、x，其含意是变化的。作家用意象，不是要用它来支持什么信条，或经济的、伦理的体系，而是因为，他是通过这个意象思考和感觉的”[①]。对意象的要求，除了庞德给出的定义外，我们还可以说：它必须深入、锐利、具体、运动、简捷和具有质感，“闻到玫瑰花一样地感知思想”（艾略特语）。

现在，我们可以具体讨论几个问题了。

意象的来源

意象作为诗歌的基本艺术符号，是确保诗歌肌质的卫士。艾略特说：“一个著者的想象只有一部分是来自他的阅读。意象来自他从童年就开始的整个感性生活。我们所有人，在一生的所见、所闻、所感之中，某些意象（而不是另外一些）屡屡重现，充满着感情，情况不就是这样吗？一只鸟的啁啾，一尾鱼的跳跃，在一个特定的时间和地点，一朵花的芳香，德国一条山路上的一位老妇人，从窗口里看到的正赌牌的六个恶棍——在黑夜中，在法国一条铁路的小交叉站上，那里还有一辆水车。这样的记忆会有象征性的价值，但究竟象征着什么，我们无从知晓；因为它们代表了那种我们的目光不能透入的感情深处。”[②]艾略特在这段话中，强调了诗人对“感性生活”和“感情深处”屡屡跃动的经验记忆的怀恋与发现。这就从根本上道出了意象构成的基本条件。离开了对外界

① 转引郑敏《英美诗歌戏剧研究》，北京师范大学出版社1983年版。
② 艾略特《诗的功用与批评的功用》，裘小龙译。

事象的特殊敏感，不可能产生强有力的独异的意象；光有对外界事象的敏感，没有“感情深处”强劲的运动，也不可能产生高标准的心象。

但是，除去这些基本要素以外，我们说，意象的构成，还有赖于诗人艰砺而反复的言辞历险，他必须排除一般性的、人类共同使用后以至于已经磨秃、消解，没有实际意义的“意象”，从而写出充分个人化的瞬间的“一次性体验”。

我们都喜欢以致崇敬松柏，它四季常青，挺拔伟岸，它被千百个诗人歌咏，成为代表我们生命意志的客观对应物。但是，我们感到，正是在我们一次次重复性礼赞后，那些松柏，那些曾经激动我们、震颤我们心灵的圣树，它已经在枯燥的文本中死掉了。我们反复诘问自己：这个物象不美吗？不含有崇高的意味吗？它美，它崇高。那么，是我们的感情不深入，不真实吗？也不是。那么为什么，它，这个搅得我们心神不宁的大树，竟在我们的笔下变得如此呆滞、乏味，以致不能再洞彻诗的肺腑了呢？

是的，我们深切地体验到这种审美感受力的疲软，就说明我们的审美感受渴求到达真正创造的边缘了。接下来，我们就有可能进行全新的理解乃至创造。让我们看看西川是怎样写松柏的吧——

有朝一日我将长眠不醒
再也看不到北方大地上的柏树

这些神秘地祈祷着的柏树
这些黧黑的漏雨的庙堂
这些僵立在灯芯草上的燕子
这些油灯

有朝一日我将长眠不醒

而刮过柏树铁枝的风声保存在

一具尸体的心中[①]

在这首诗中，生命的明亮和疼痛，灵魂的美和高贵，毁灭与永生，宣喻和独白，都被这一棵“永恒的柏树”激活了。就这样，我们阅读中也让灵魂扎入树根，我们涌动的血液溶进树枝，我们的肢体变成树干，在北方的风中舞蹈。“黧黑的漏雨的教堂”这个意象是那么坚实、灵动。黧黑，暗示生命力的强劲。教堂，涵括崇高与救赎。而漏雨，则呈现了受难、贫瘠又坚贞、润泽的复杂意味。这一切，都紧紧地围绕在柏树这一具有鲜明质感的物象上，成为活的灵魂。因此，对意象的构成，我们就不得不涉及诗人独异超拔的言辞历险，他对心理时空的注意，他对通感和移情的强调，以及他巧妙地拨动情智象三位一体活力的个人心象创造。

也有许多意象的构成源于诗人有训练的阅读。优秀的诗人不可能不进行广泛而能动的阅读。那些杰出的诗歌大师为我们留下了现实世界之外的，另一个诗语的世界。那些独步风骚的意象，就像这世界中永远的灵魂植物，经得起我们反复地深入、体悟和摹仿。于是，我们会看到，在我们“今天”的写作中，有许多暗中支配着我们的原型意象。我们是带着对这些意象的回味，进一步深化或是扩大了它们。这样的例子不在少数。关键的问题不是它的原型，而是后来的诗人对这些原型的重新“发现”以及另铸奇辞的能力。

意象的类型

意象的类型很多，我们择其主要，列举如下：

---

① 西川《柏树》。

1. **自然意象**

这种意象从表面上看是诗人不经过变形，而又具有一定心理能量的自然物象。它要求的不是人为的牵制，而是物体或情景自身焕发出的意趣。请看韩东的《水渠》：

开凿一条水渠
晚景中，河岸是新的
没有草皮覆盖
根也不把它抓牢
一些沙粒还在滚动
从斜坡上，落水无声
窄小不能让船经过
但已挡住了小伙子们的一跃
水虽浅，已构成镜面
在各种虫子、飞鸟到来以前
也没有鱼和多余的气泡
没有人打算架桥

笔直的水渠是大地上简单又简单的事物
两小时以前
我叔叔的铁锹在土上拍打
他要计算土方和体会快感①

这首诗的核心意象就是“水渠”。它光线清晰，一切都浮在表面。诗人仿佛是一个迷醉却不动声色的旁观者，他相信他不必进行变形，自然意

① 韩东《水渠》，《他们》1989年5月号。

象本身就会“说出”很多。自然意象对诗人的考验在于选材和结构感。只有新鲜敏锐的选材和相当专业化的结构能力，才能驾驭它。描绘的“客观”性，语义的直接性，使自然意象伸出自身幽动的触角拂动了我们的心灵。这类自然意象在古今中外的优秀诗作中比比皆是，我们不必多说。

2. 情、智、象的瞬间综合体

这种意象是现代诗歌中最常见也最有影响的。它从本质上更能代表现代诗中意象一词的全面含义。它含蓄、集中、尖锐、富感性，同时又具有强烈的暗示能。因此，它得到了所有诗人的渴慕和创造。

这种意象，就是我们在前面谈到的“意象派”意义上的意象。作为情智象瞬间的综合体，它带给我们的感动和迷狂，是别种艺术话语难以替代的。它更富于心灵内容，具有洞透经验本质的视力。让我们看几首诗的片断：

二月。墨水足够用来痛哭！
大放悲声抒写二月，
直到轰响的泥泞
燃起黑色的春天。①

踏雪之前，我被另外的名字倾听。
风暴卷着羊群吹过我的面颊。②

酒的黝黑身躯
沉睡于坛子里，是一个更加乌黑更加新鲜的太阳。③

① 帕斯捷尔纳克《二月》，荀红军译。
② 欧阳江河《初雪》。
③ 帕斯《乌斯蒂卡》，王央乐译。

高原如猛虎，焚烧于激流暴跳的海滨

哦，只有光，落日浑圆地向你们泛滥，

大地悬挂在空中①

这样的例子俯拾即是。我们注意到，这四种意象同时具有情感、知性和质感特征。它是在一瞬间，一件外向的事物，猛烈地突入诗人生命内部，一下子震动和压迫着诗人将它用词语凝结下来。读这样的诗，我们的灵境仿佛被一把锤子敲开，在最短的时空，领受了充分的精神解放。优秀的诗歌意象或生命心象，就应具备浸入骨髓、激活血液、提升灵魂视线的力量。

3. **深层意象**

上面我们列举的两种意象，与这里要说的深层意象有某种联系，又有一些不同。自然意象自不待言；情智象的主观组合意象与深层意象相比，后者更突出了曲折、潜意识和大跨度暗示性的特征。因此，也有人将美国以罗伯特·布莱、詹姆斯·赖特和路易斯·辛普森等诗人为代表的所谓“深层意象派”，称为“新超现实主义”。的确，他们主张和实验的“深层意象”，在相当多的方面接近于欧洲20世纪30年代的超现实主义诗歌特征。

不为人知的尘埃靠近我们，

山丘那边，波浪撞碎在岸上，

林中落满我们从未见过的鸟，

渔网中装满黑沉沉的鱼。

入夜了，我们抬起头，夜在那里，

① 杨炼《诺日朗》。

它穿过星空之网而来，
穿过如茵的碧草，
从湖水，那避难之所上轻轻走来。

白天永不会终止，我们想；
我们的头发仿佛为日光而生；
但最终，夜的宁静之水将会升起，
我们的皮肤将远望，如在水中。[1]

此诗意象隐秘而具体，对人潜意识的开掘、非理性的梦境般漂流，都进行了精彩的表达。最后一节，诗人淡淡地想警醒读者，但前二节的非逻辑进展，又没有为这种淡淡警醒提供必要的知性“背景”，因此，我们只感到了对天地之“道”的整体感觉[2]，而不是直接的规则的比附、印证。这就是深层意象的魅力，它宽余、自由，为读者的解读提供了更柔韧的空间。

意象在诗歌结构中的功能

当我们结束了对意象构成和主要意象类型的讨论后，我们就该谈到意象在诗歌结构中的使用了。也可以说，我们知道了诗歌的基本艺术符号，那么，这些神奇而自足运作的精灵，是怎样组织句群从而完成一首完整纯粹的诗章呢？在诗的形体和秩序里，它们是怎样产生“能”的呢？它的艺术手段是怎样变化无端诱人深入啊。

① 布莱《入夜的惊恐》，西川译。
② 布莱诗对“道”的理解，受中国传统文化的影响。可参看赵毅衡的《第二次浪潮：中国诗歌对今日美国诗歌的影响》，《北京大学学报》1989 年第 2 期。

1. **意象的叠加、派生和交融**

意象作为有生命力的语言本体，不会是彼此独立不倚的——在那些复杂的诗章中尤其如此。意象的叠加、派生和交融，是指在一个意象上折射出另外的一个或几个意象。这些意象互动互补，渗透成一个复杂的意象结构。同时，这个结构具有所有参与合作的意象的特质和功能。它们向度也许一致，也许互悖，或更复杂难辨些，从而完成诗人更深层的寄托。正如意象诗的鼓吹者查理·奥森所言："一个感觉必须立即地和直接地通往另一个感觉……永远、永远一个知觉必须、必须、必须立即向另一个发展！"[①] 最简单的例子是大家耳熟能详的卞之琳的《水成岩》。而比较复杂的例子，请看一首诗的片断——

你跨过这道门槛。脚步那么轻盈。白昼像根大蜡烛吱吱燃着。牛乳遍野。摧动弯角般铮铮发亮的双叶草。你的脚背被戳开个窟窿。你痛吼三声下肢爆出蹄来。好一头神奇的公牛！斜日之光颤跳一下就熄灭了。遗下大滩蜡泪。我看见你消融在浓稠的奶汁中。[②]

这节诗，基本意象是一头巨牛。这头巨牛在《死城》中有如一个灾难和创生的咒符，反复而神秘地出现在全诗中。我们不谈全诗，只看看诗人意象叠加、派生和融合的技巧。在这一节中，"白昼像根大蜡烛吱吱燃着"，它又幻化成"牛乳遍野"。巨牛"痛吼三声下肢爆出蹄来"，而"斜日之光颤跳一下就熄灭了，遗下大滩蜡泪"。接着，巨牛亦消融在浓稠的奶汁中。这里，巨牛和巨烛反复叠加，牛乳和蜡泪彼此交融。巨牛成为巨烛，拥有了燃烧和爆裂的能量；巨烛亦成为巨牛，它流出的乃是源自生命体内的汁液。而巨牛和巨烛，又都共同运转于"白昼"与

---

① 转引彼德·琼斯编《意象派诗选》，裘小龙译。
② 廖亦武《死城》。

“斜日之光”的时空隐喻之中，成为互相牵制、纠葛，又互相加强、承接的意象综合体。此中，毁灭和创化，光芒和黑暗，生命和物质，自恋和自戕都达成不分彼此的一片。在这一片混沌中，我们却体味了生命原始动力的能量，这是单一的意象所无法代替的。如图：

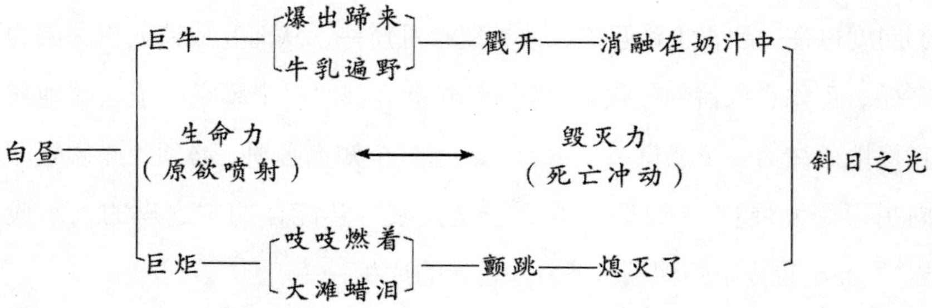

这节诗中，意象的叠加和派生、交融，还是属于比较简洁的类型。但是，我们也可以从这个简洁（不是简单）的例子中，了解到这种技巧的魅力了。由简洁到复杂，只要我们掌握了它的基本手段，再解读更深邃的诗歌也不会感到无门而入的困难。

2. **意象的切割和蒙太奇手法**

意象的切割和蒙太奇闪回，性质较为类似。我们看到许多诗，它仿佛不是潜心营造一个意象，而是用许多诗行，将它切割开，分解出更精确的、流动的，似断实连的句群活体组织。这些众多的组织，共同营造出一个完整的意象结构。就像电影中有特指意味的“蒙太奇”手法，一个个画面迅接掀磕，共同形成一个有意味的形式整体。

悬崖面上黑簇簇地站满了爱恋的人。
他们上面的太阳是一袋铁钉。春天的
最初的河流，藏在他们发间。
巨人把手伸入毒井里。

低下头，觉得我的脚，在他脑中走过。[1]

我们感到，诗中的画面是快速穿插、闪回、转换的，几乎是一闪而过。这节诗的主体意象是“悬崖上站满的爱恋的人”。但诗人接下来，写了五个彼此貌似无关的意象。装满铁钉的太阳，春天最初的河流，人们的黑发和河流的交融，把手伸入毒井里的巨人。我的脚在巨人脑中走过。这五个被切割开来的意象，共同呼应成一个功能场，它们扩大和加深了与“悬崖上站满的爱恋的人”这一主体意象的关系。精神的“乡愁”，无家可归的流浪感，光芒给人希望又刺瞎了人类的双眼，历史强人对众生的拯救和扼杀……都同时运作起来，我们在瞬息就涉过了“人道主义”的沧桑史。这种连锁性的打碎和承续两位一体的意象切割，的确给我们带来了生命和知性的双重洞开。它的情理逻辑是有完整向度的，而画面的转换，又依凭了诗人直觉萌生的、独一无二的复杂意象句群的梦境漂流。

但是，意象的切割和蒙太奇闪回的情况，在现代诗中表现花样是繁多的。它既可以用切割的手法连续排出一系列局部活体组织，这些众多的组织共同营造出一个完整的意象结构，形成一个有意味的形式整体；也可以为切割而切割，为闪回而闪回——现代诗高度自由的天性，决定了它有时就只为视觉的、冥觉的、嗅觉的、听觉的、冲动的快感而写作。这种言辞的奢侈，天赋的夸耀，同样能给我们带来超验而反功利的“能指链游走”的快乐。

为阴影说话。一架古筝在新近搭起的凉棚背后。山。积雨云。翠绿。一只手自空中拨弄这个世界。一种声音响动，使我们有了悦耳的姓名。我们行走，头顶着吹奏暑热的太阳，那烧红的喇叭。

① 戴维·盖斯科因《为人道主义辩护》，杨宪益译。

而干涸洼地里的草木植物已高过了眉眼。[①]

这种灵境洞开的“无目的性”，恰恰道出了审美快乐的“合目的性”。但要注意的是，这种意义上的诗歌，要求诗人的，不是“无目的”本身，而是这种“无目的”审美快感的质量。诗的纯粹度，的确不是由它是否排除“意义”决定的。而是它排除掉正常语义的牵制后，剩下的是什么。剩下的是：诗。是自在的文字本身的运动。——这样，诗人才能说，瞧瞧，另一个比我更纯粹而自足的生命问世了。这节诗的意象切割（主要体现在诗人对“光”和“声音”的分解上），也很好地说明了这一点。

3. 核心意象和寓言式意象在结构中的功能

核心意象是指现代诗中具有指示意味方向，反复出现，以至逼迫读者对它充分注意的意象。对这种意象的把握，是我们打开这首诗的最可靠的钥匙。

在体制短小的诗篇里，我们很容易找到核心意象。有许多诗的标题，其实就为我们指出了核心意象。如叶芝的《柯尔庄园的野天鹅》《驶向拜占庭》，埃利蒂斯的《疯狂的石榴树》等。但有许多鸿篇巨制，核心意象却不是那么容易一下子找到的。这时，除了我们用统计学的方法辨识意象一再重临的频率外；更重要的，也是唯一可靠的，则需要我们具有充分的背景知识、经验积累、专业化的阅读苦行，以及反复的掂量、深入和辨析。是的，如果在一首长诗中，特别是在那些伟大而渊深的划时代巨构中，我们读来读去只感到了它的繁富纵横，而没有找到索解它精神的核心意象，那么，真是太可惜、太不可忍受了。比如艾略特诗中，对“火”这一大核心意象的反复变奏和扩张，所蕴含的沉沦与拯救，祈祷与净化的复杂意味，我们不能进行整体的考察，那么，我们就无法理解诗人骨子里的基督教精神（灵魂得救的途径），也就不能像诗人一样得出“火焰与玫瑰

① 陈东东《即景与杂说》，原载《汉诗 1987—1988》。

融为一体”的本真体验来。[1]这种必须找到的核心意象，尤其体现在以“知”为主的现代诗中。它意味深永，渊源复杂，我们在读这类诗时，应该也必须在尊重文本的前提下，掌握和查阅相当数量的有关材料。否则，我们就只能像卡夫卡笔下的那个望着城堡又走不进去的人物了。

寓言式意象与核心意象不同（它更接近原型象征）。但是一般地说，寓言式意象往往在诗中就是核心意象。从它具有统领性这一点看，它与核心意象甚至是一回事。不同的是，寓言式意象强调的是事物或理念的“可公度性”，它的神话和宗教因素，决定了它的内涵是千百年人们使用过的词义历史中留下的积淀。这种积淀，既是意味的，又是审美的。在诗章中，它们往往带有生存大型记忆、重要母题的性质。如艾略特诗歌中（主要体现在《荒原》等长诗中），对神话寓言结构的扩展和重新加入。我国青年诗人江河的《太阳和他的反光》也具有类似的特征。这种带有种族历史和特定文化圈特质的寓言式意象，更多地带有种族大记忆的特质就不言自明了。

关于意象的种类和功能的几点简略补充

上面，我们对“意象的性质”“意象的来源”“意象的类型”“意象在诗章中的功能”这些基本问题做了讨论。而另一些相比之下较为次要的问题，我们在下面亦做一简略提示、说明。

其一，通感意象。指意象中各种感觉的渗合。如“正午的烈日砍出一阵阵光”（安·塞克斯顿），化视觉、温觉为触觉。“那些从死者骨头里伸出的枝叶/在把花的酒杯碰得叮当响”（芒克）化冥觉、视觉为听觉。“听这回声！回声传得很远像骏马，从中心驰开”（普拉斯），化听觉为视觉。“马儿走远了。把两胯的香味带给月亮摇晃的竹篮”（雪迪），化视觉、动觉为嗅觉、冥觉。等等。更多的通感意象是几种感觉不分主

① 参看艾略特诗集《四个四重奏》，裘小龙译。漓江出版社 1985 年版。

次更没先后，它们是同时来到诗人的创造中的，表现诗人复杂的体验。

其二，议论式意象。这种意象往往更多地带有判断、告知的色彩，它的“意义”大于形象。但如果使用得好，就能起到格外强烈的揭示效果。如“土地说：我要接近天空/于是，山脉耸起/人说：我要生活/于是，洪水退去/河流优美地流着”（江河）；“冬日的男孩一寸寸进步/他进步的热泪/焚烧了良心的海市蜃楼”（柏桦）。

其三，“无对象感”意象。这种意象不是源于现实物象和感性体验的积累，而是神奇的“无中生有”，与我们可介入的感性物质现实没有对应关系。如“那时候我已经来到赤道/那时候我已被时间锯开”（海子）；“在下午三点，灵魂，我记得你的模样/在凌晨三点，灵魂，请你开口说话”（西川）。

其四，象征性意象或通往象征的意象。一个意象被转换成一个隐喻，但如果它作为呈现与再现不断重复、持续，就变成了一个象征。像叶芝诗中的拜占庭，海子诗中的太阳和麦地，北岛诗中的海和云母，弗罗斯特诗中的林子和墙，等等。

此外，还可以列举很多：装饰性意象，描述性意象，动态意象，静态意象，点象，面象，远距离交易意象，单式意象，复式意象，扩张意象，内敛意象。如此列举下去，从不同的观照角度，会得出不同的意象性质。但基本的方面，还是我们在前面详加介绍的部分。故此不赘。

最后需要说明的是，古典诗中的意象与现代诗中意象的不同之处：前者更多是感受方式与物象的统一性带来的，强调其“原在”感，不变形。而后者更多是感受方式的主观性渗透带来的，强调“语言之象”的自足性、变形感。这是二者之间的差异，各有长处，不可彼此“取代”。但无论古典还是现代，优秀的意象都不仅是修辞手段，而是诗人的精神现实—生命心象。

1989年4月

生命体验与诗的象征

象征和象征主义概说

1986年深秋，我来到了中国西部。在铁路沮丧地收回它的双腿的地带，我第一次面对这粗粝、孤绝、阴沉和无垠的自然。我一直生活在内地，那种人群嚣嚷、物欲和技术正走向它的暴政的情势，使我时时感到要呕吐什么、拆毁什么的欲望。当时，我摆脱了同行的朋友，只身一人，在夜幕哆嗦着垂垂降临后，走到远离灯光的缓丘上。这时，天地混沌一片，沙漠风像几万只失败的狮子一齐啸吼，霎时间，我被自然的压迫感和恐惧感激励得发抖，仿佛到了宇宙的初创期，无限扩展的时间和空间一下子停滞了，我的心，我的“天灵盖”，仿佛被伟大而神奇的自然削去了……它作为“客观对应物”对应于我的心境；它契合了我的生命感受，扩大了我心中的黑暗；它成为我生命的一部分。西部的地貌对称于我久久淤积于心，而又说不出来的最隐秘的部分，它以具象的形式，整体性地与我的生命相遇，它代替我沉默如潮涌，将我抽象的悲怆凝为具象。如果我不是害怕自己笨拙的言辞，有辱诗歌这比我更高贵和重要的事物的话，如果没有艾略特有关“荒原”的命名的话，我也许会有一首诗的。但我知道，我的这种感受经验，从审美的特定含义上说，正是属于象征型的。

象征，是现代诗的基本艺术构成方法之一。如果从词源上考察，它源于古希腊语中的Symbol（象征）一词。它在希腊文中的原意是指，一块木板或一种陶器分成两半，主客双方各执其一，再次见面或联络时拼成一体，以保证相互接待和友谊的信物。其实，在我国古代，亦有对象征的类似解释，《周易》用卦爻等符号，象征自然变化和人事休咎，所谓“易者，象也；象也者，像也”[①]。由此可以见出，象征作为一个特定词语，它的基本含义就是用具体的物象符号，表达某种抽象精神或情感内涵。“象征要使人意识到的不是它本身那样一个具体的个别事物，而是它暗示出来的普遍意义”（黑格尔语）。

但是，我们这里的目的不是穷究象征的一般词汇意义。我们更感兴趣的，是它在现代诗（自19世纪末滥觞）中的全面激活、扩展和创造性实验。

大自然是一座神殿，那里有活的柱子
不时发出一些含糊不清的语音；
行人经过该处，穿过象征的森林，
森林露出亲切的眼光对人注视。

仿佛远远传来一些悠长的回音，
互相混成幽昧而深邃的统一体，
像黑夜又像光明一样茫无边际，
芳香、色彩、音响全在互相感应。

有些芳香新鲜得像儿童肌肤一样，
柔和得像双簧管，绿油油像牧场，
——另外一些，腐朽、丰富、得意扬扬。

具有一种无限物的扩展力量，
仿佛琥珀、麝香、安息香和乳香，

① 《易·系辞下》。

在歌唱着精神和感官的热狂！①

波德莱尔的这首《感应》，形象地道出了“象征”在现代诗中的特殊意义和价值。它有如一篇“象征主义宪章”，被不同语种翻译。这里，我们看出：诗人是将整个大自然看作富有象征意义的森林，外界事象与人的内心世界能够发生深入无间的互相感应契合；人的感官可以彼此沟通、渗透、转换，形成“联觉”或“通感”；诗人可以运用有色有声有形有味的物象世界来暗示内心的微妙世界。在这里，感应和契合，不再是单一的向外寻找，而是内外世界的相互打开。这种受惠于瑞典神秘主义哲学家安曼努尔·史威登堡“对应论”的观念在现代诗中的激活，早期象征主义诗人是功在不没的。正是从波德莱尔开始，象征在诗歌中不只是作为一般的“修辞”手法，而是作为整体的文学观念，艺术思维范式，乃至存在体验的理论基础、话语规则，被重新赋予现代性使命。稍后，他的重要追随者魏尔伦、兰波、马拉美，都通过自己卓异的创造活力，使早期象征主义诗歌在 19 世纪末 20 世纪初达到了强劲的一个高潮。而后期象征主义大师瓦雷里、里尔克、叶芝、艾略特及奥登，更加发展、光大、提升了象征这一创作原则的高度，它以坚实博大的势能，在现代诗中像地轴般运转着。这些情况说来话长。况且，我们所关心的并不是严格意义上的“象征主义”诗歌。因此，这里只约略提及几点，以明确象征主义诗歌与其他类型的诗歌之间的差异性：

第一，象征主义（symbolism）突破了现实主义复现事物的创作态度及手法，将诗歌话语的命名力倾注于深邃掩弥的内在精神世界。它所擅长的隐喻、暗示、穿透力，使内外世界达成整一存在；它注重揭示神秘与未知；它用有形体感和生命体验高度的审美形态，完成了诗人本质力量和内在精神的最高文本“真实”。因此，如果说现实主义诗歌的精义

① 波德莱尔《感应》，钱春绮译。

应在于“呈现一种实质”的话，那么，单一的现实主义诗歌手法恰恰成为没有现出“实质”（人的精神谜团）的现实主义。

第二，象征主义，特别是后期象征主义，结束了浪漫主义诗歌滥情易感的倾向，结束了用潜在散文意义解读诗歌的行为。它更加强调了诗之为诗的本体依据，表达了“散文的语言无法完全转述的部分”，它用暗示和含蓄代替直接抒情，用结结实实的象征体代替装饰性的工具化的形象比附。这就使诗歌具备了纯粹、自足的可能性。马拉美说，“与直接表达相反，我认为必须暗示。直接指出对象无异是把诗歌的魅力四去其三”。

第三，扩大和偏离了“美”在现代艺术中的含义，本质地表现了现代人的情感经验。这体现在象征主义诗歌中对“恶”，对“死亡”，对“孤独”和“忧郁”，对“神离去后人类精神乡愁”，等等，这一切生命体验的开掘和呈现。这样一来，诗歌既是纯粹的美感形态，同时亦具有揭示生存、洞开生命本质的视力。虽然具体到每个个别的诗人，情况有所不同，但总起来看，他们的诗除了表达“美”，也同时都具有某种“审丑”意义上的母题共性特征。

第四，许多象征主义诗人，强调诗歌音乐性的纯度。由传统诗歌对音律的自发使用，发展为本体论意义上的自觉创造。它作用于我们的听觉，更作用于我们的生命律动。因此，音乐性在某些象征主义诗人那里，不是仅仅作为手段，诗人借音韵以激发冥想，也使它几乎成了诗歌本体纯度的标的之一。音乐作为诗歌的一个感性动力，肯定不是可有可无的。但限于阅读原作的困难，我们无法领略它在象征主义诗歌中的魅力。我国的“象征派”诗人穆木天、王独清的早期诗作，颇得象征主义精髓之一的音乐性。我们可以阅读他们的诗歌来体会一下。①

第五，象征主义诗歌创作方法，包容了现代人文科学的某些实质性

① 见拙著《中国探索诗鉴赏辞典》，河北人民出版社1989年版。

成果，并成为与之同步的重要的“特殊知识”。那些杰出的象征主义诗人，以不同于哲学家的方式，同样达到了为人类生存命名的智性深度，获得了“诗人哲学家”的称誉。这就保证了象征主义诗派消失后，象征主义作为一场永久发展的“运动”，在世界诗歌内部，甚至在“现代知识型”变异的运转中，不断提供新的变格类型。

综上所述，我们可以对象征在现代诗中的基本性质有一个简单的认识了。与传统意义上的象征不同，它不只是简单的修辞手法，以此物比彼物；而是更为复杂的活生生的诗的灵魂本身，形体本身。现代意义上的象征，确当的含义应该是韦勒克指出的，“甲事物暗示了乙事物，但甲事物本身作为一种表现手段，也要求给予同样的注意”；现代象征不存在“诗所言”与“诗本身”的分离，其表达方式与内含是不二分的。它的意味并非确凿不移地落实到一个点上，而是多方向的压力共同趋向诗章，这样的意味要比其物象表面丰富得多。正像劳·坡林所言，“象征意义一般是如此广泛，以至于它能引起大量不同的特定意义。象征好像蛋白石，它的光能在慢慢转动的不同角度下放射不同的色彩”[①]。总之，暗示性、多义性及双重视野，是象征的美学特质。明白了这一点，我们接下来进一步讨论现代诗中象征的不同类型及其功能。

象征的类型和构成

1. 直接象征和“自然象征”

这两种象征常常交合在一起，它们的共同特征是：诗人直接将自然物象或事态纳入诗的结构之中，不渗入明显的主观变形和震惊感，而让自然物象（或事态）的形体，自身出来说话。请看美国诗人罗伯特·弗罗斯特的《雪夜林边逗留》：

① 劳·坡林《怎样欣赏英美诗歌》，殷宝书译。北京出版社1985年版。

我知道谁是这林子的主人，
尽管他的屋子远在村中，
他也看不见我在此逗留，
凝视这积满白雪的树林。

我的小马想必感到奇怪：
为何停在树林和冰封的湖边，
附近既看不到一间农舍，
又在一年中最黑暗的夜晚。

它轻轻地摇了一下佩铃，
探询是否出了什么差错。
林中毫无回响一片寂静，
只有微风习习雪花飘落。

这树林多么可爱、幽深，
但我必须履行我的诺言，
睡觉前还有许多路要走呵，
睡觉前还有许多路要赶。①

这首诗写得沉稳、朴素，没有夸张和变形，像宁谧恬淡的自然一样，“有大美而不言”。在这里，我们领略了林子、瑞雪、漂亮的小马、在黑暗中闪出微光的湖泊以及远方温馨的村庄——这一切，加上心情闲逸的诗人，共同组成了一幅静夜林雪图。我们读得安静，心音清晰，血流平缓。但是，读完全诗，我们似乎又放心不下。因为什么？敏慧的读

① 弗罗斯特《雪夜林边逗留》，顾子欣译。

者深入细辨后，终于发现，这幅静美的画面深处，潜潜地流淌着一种甜蜜的怅惘、无奈的幽默。自然是朴素美好而神秘的，它是上帝赐给我们的精神的粮食。可是，人生要承担许多义务，无论必须也罢，无论自愿也罢；无论求生本能驱使，还是欲壑难填，总之，我们必须抛下纯快乐原则的支配，疲劳地走向前方（而最后的前方就是坟墓），最后两行"睡觉前……"的重复，加重了其中对人生的象征性。这样一来，这里的物象与心境综合成一个象征：昭示出人的愿望和必须承担的使命（宿命？）之间难于调和的矛盾象征。至此，"睡觉前还有许多路要走呵，睡觉前还有许多路要赶"，就像一个自嘲的咒符，暗示了比它所涵括的表层意义大得多的深层象征意义（见图）：

形而下·自然或事态	形而上·象征暗示
神秘而永恒的林雪图	偶然的短时的逗留
"微风习习雪花飘落"	"一年中最黑暗的夜晚"
小马轻摇佩铃"感到奇怪"	"我必须履行我的诺言"
"这树林多么可爱、幽深"	"睡觉前还有许多路要赶"

现代诗中直接象征或自然象征，不是最基本、最常见的，它占的比重较小。一般说，它更多地使用在传统诗中，对现代诗强调的超验、神秘、曲喻等要素，常常构成抵触。能像弗罗斯特这般老到、沉稳、精致地使用直接象征的现代诗人，不是很多。而弗罗斯特的魅力也正在于他天才的、卓异的个人诗歌精神和措辞方式的建立。

2. **主客体互为"感应"的复杂象征**

这是标准意义上的、现代诗象征基本的构成方法。前面，我们已经对这种象征做了比较详细的理解，这里不再赘言。需要进一步涉及的是，到了后期象征主义诗人那里，象征的内涵变得空前深邃。它更多、也更成功地带有主知的特征，成为诗人复杂经验的聚合（最有效的例子，要数长诗）。为了节省篇幅，且让我们看一首小诗：

十一月有一具被烧焦的尸骸
在窗口摇晃
黑色的无力哭泣的光

十一月是被剥尽了外衣的核桃
黑色的无力哭泣的女人
酸雨中孤零零暴露的大脑

坠落和你不分先后
整个早晨　黑色的田野
白的霜

白的马群　白花花的海流
与二月对称地逝去
在天上　黑暗中充满不哭泣的光①

这首诗的象征意义是较为复杂的。但这种复杂的意义又紧紧凝聚于精确、具体、运动着的物象中。十一月的大地，是失败的大地，它被烧焦、剥尽、荒落。诗人面对酷厉的自然，找到了他内心的对应物：他的生命深处，也正是充满了这种被烧焦、剥尽的失败感。人和生存的对抗，在这里被提高到象征的高度，主客观得到了完整的感应契和。与直接象征不同，这里的象征，更多地带有隐喻的因素，它夸张、变形，承载着超量的负荷。其含义也是丰富的，它在失败的基调上，更显豁地涉入了孤傲、坚执，与死亡对称的立场。你看，尸骸被烧焦，但光在哭泣；衣服被剥尽，但大脑却裸露它自明的沟回。另外，与“黑”对峙

① 杨炼《十一月版画》。

的，还有“白”。最后，由第一节“在窗口摇晃　黑色的无力哭泣的光”，发展到结尾，“与二月对称地逝去　在天上　黑暗中充满不哭泣的光”。这就使全诗的象征，意味复杂，知性内涵深广，表达了诗人内在精神历史与外在自然物的相互选择和发现，成为标准意义上的、主客体互为“感应”的复杂象征。这一路象征，是现代诗中最基本的，出现频率最高的创作方法。需要我们注意的是，这种方法本身无所谓高下，重要的是它在一首诗中具体纹理的质量构成。所以，能对象征诗的艺术水准做出保证的，是诗人对生命体验的深度、其语言才能、对象征体内质挖掘其经验复杂性的创造活力。

3. 原型象征

这种象征是指诗人在具体写作中，从神话原型（archetype）或仪式，种族记忆或心理科学（特别是指精神分析学关于人的几种“情结”）母题中，找到象征体。它可以是物体，也可以是精神；它可以是人物，也可以是事态。这些象征体，往往是在历史进程中反复出现的，凝聚着人类从远古时代以来长期积淀的巨大的文化和心理能量。所以，它的语境承载力和情感内容，比个人心理经验强烈、连贯、深刻。[①]

艾略特的名作《荒原》，就涉入了大量的原型象征，并赋予其现代内涵。全诗借神话中古代渔王患病和寻找圣杯的古老传说，弗雷泽《金枝》中关于繁殖神的崇拜和仪式，以及《吠陀经》中有关“水”的喻象等，结构谋篇，写出了濒临死亡的现代文明这一人类正在经历的精神事实。[②]如果没有这些原型象征从内部支撑着《荒原》的构架，如此繁富纵横的意义，是很难组织得这般博大严谨且言说有据的。这种原型象征，现代诗中比比皆是。在我国新时期的诗坛上，自觉而成功地运用它，要说是以杨炼及江河为代表的“东方史诗”诗潮诸诗人。

① 可参看荣格《论分析心理学与诗歌艺术的关系》、弗莱《批评的解剖》等著作。

② 艾略特《荒原》，赵萝蕤译。原载《外国文艺》1980年第3期。

原型象征物在现代诗中，还常常以人格模式和情结模式的“个别”人物来达成实现。青年诗人欧阳江河在他的一篇论文中，很深刻地分析了“父亲”这一原型在现代诗中的文本含义。[①]在他看来，“父亲”作为一个原型象征，在柏桦笔下是诗人的自诩，是其强烈的自恋倾向、渺茫而难以发展的恋父情结，以及律己意识的奇特混合物。另一方面，父亲作为人类和种族的长者、大人物、至高至尊者，体现了那种把大同与称寡、共享与独具、拯救与胁迫、喊叫与耳语、袒露和隐私糅合在一起的复杂人格模式，体现了权力抒情化、统治博爱化的王者风范。白、尖锐、紧张、灼热，这是柏桦笔下的父亲的主要精神特征，它们共同暗示了某种不可避免的内心暴力事件和意志白刃战。而在欧阳江河自己的诗中，“父亲”作为一个重要原型，则是自我以外的他，是与众多孩子、与复数的我们划开来的单人称的他。这个他只与人类有关，而与个人无关。对他来说，只存在“人民”，不存在个别的人。历史就是他和人类的历史，他和人类像两个人，重量相当，彼此孤单和对峙。而在廖亦武的《死城》中，在万夏的《枭王》中，“阿拉法威”和“枭王”，已经从词语和幻象的领域，从精神和感情象征的领域，进入了历史的和文化的存在领域。

让我们看欧阳江河《乌托邦》一诗中，“父亲”原型的复杂含义——

他挥动屠刀，我们人头落地
没有他的刀，我们不会长出头颅
　　人头中一些嘴唇挂在树上

---

① 欧阳江河《对抗与对称：中国当代实验诗歌》，原载《艺术广角》1989年第1期。下面的观点是欧阳先生的，我这里引述，是因为我认为他说得更好、更精炼。

被风吹着长大，长到第七天
奇怪的叶子变成肺
水在中央感到肉体的围拢
月亮从里面流了出来
古稀之夜微微泛起
他渴了，树上的果子纷纷坠落
他饿了，地里的小麦立即成熟
我们丢了头，枯麦秸腰肢捆在一起
他的血制止了我们的伤口
我们以镜子为家，镜中有妻子
她们举一反三，身体搓为绳索
头发的黑色从梳子流走
物质回到一片白
酒回到粮食，秋天空如杯盏
一个秋天之后有许多个秋天
我们身上，头在离去
他的头经过众多人体到达狮子
他的预言穿行其间不置一词
众词向心，心向无起源的歧义
他对此涂一片鸦，写一树枯枝
寥寥数笔天气便冷了下来
他嚣张的器官却把我们引向春天
引向抒情，生殖，风俗描写
使我们的性别浓荫蔽日
最初不见光，他说有光就有了光
然后有了马，他又说白马不是马
他说过一遍的话我们一再重复

他别的器官被我们集体借用
我们用他的脸安排眉眼的位置
用他的手抚摸，挑起，伸向茫然
他不来，女子三千终生不孕
幽会营养不足，空出子宫
像隔壁的房间无人居住
门在纸上开着
进去一次就变成装饰
他病了，世界白得像一座医院
他睡去，到处的夜晚不敢开灯
整个白昼我们足不出户
闭门无事，遁形莲花自开自落
而他睁大的眼睛镶满四壁
让玻璃进入空气
比光更深地向影子出发
地上没有他的影子
天上不会长出太阳
他的影子独一无二
一时弓箭齐发，射落九个太阳
他悬挂版图，方圆千里空无人烟
他颁布战争，一个国家草木皆兵
我们当行未行，姿势静如植物
根部以下埋进土地
千里之外，他一走动就踩着我们
我们躺下如纪律或台阶
一级级升向他历代的王位
他生生灭灭在每日每时

他度过百年使之短暂如一瞬

他年轻时，我们的先祖不敢老去

当他老了，我们的儿子不敢降生①

这里的“他”，“父亲”：是上帝，王者，暴君，英雄，文化强人，思想大盗，拯救者，超人和历史的混合物。诗人对“父亲”的诠解融入了圣经语段，意识形态惯用语，神话原型，行业熟语，悖论语式等。这个卡里斯玛“原型”人物几乎是全息的。我们不能二元对立地说，诗人是在赞美他还是在诅咒他，是在认同他还是在亵渎他。“父亲”也充满了自相缠绕的矛盾力量：荒谬与创造，清醒与专制，绝望中的希望，或然中的必然，诞生和自毁，乱伦和生命力，等等——不同向度反复加入的压力，使这个原型象征具有了超量的情感和知性负荷。这种既恋父又抗父情结导致的结果是，使此诗处于一个悬浮的、自卑的又是快意的角度，返回了人类根子中具有普遍意义的原型主题，同时揭示了人类生存中“极权主义群众心理学”的共相。

原型象征还表现在不同时代诗人沿着同一向度前进，一代代加深和扩展其原型主题。如“走入地狱”是贯穿西方诗歌的原型象征之一。古希腊诗人荷马，古罗马诗人维吉尔，意大利诗人但丁，英籍美国诗人艾略特及美国诗人克莱恩和普拉斯……都以此为原型象征，写出了一些代表作品。

4. 私设象征与公共象征

公共象征是指在某种文化语境和历史传统中，固定下来的为人们广泛采用的象征。由于它的形成时间久远，代代相袭，读者一望便知其暗示旨归。如十字架象征苦难，太阳象征光明和希望，鸽子象征和平，竹子象征气节，等等。诗人常常使用这类规定象征，使诗篇沉稳有力又能

① 欧阳江河《乌托邦·我们》，原载《巴蜀现代诗群》1987卷。

使读者比较容易地进入。因此，公共象征又叫传统象征。

私设象征又叫个人象征。它是诗人在作品中靠一定方法建立的象征。“个人象征暗示一个系统，而一个细心的研究者能够像一个密码员破译一种陌生的密码一样解开它。”① 这种象征，潜藏着诗人巨大的个体生命体验，是诗人独异的创造。而且，这种象征的形成，往往靠诗人在诗篇中复现、暗示、强化，渐渐累加心理能量，才能为读者会意和探究。如艾略特诗中的“水”“火”；叶芝笔下的“圆锥体”“拜占庭”等即属这种私设象征。现代诗中私设象征的使用很普遍，我们可以通过阅读来仔细体会其个人话语深渊般的魅力。②

象征在组织语境中的功能

上面，我们已经讨论了象征的不同类型及构成。那么，在组织诗歌语境中它们的功能是怎样的呢？它们为什么不是一般意义上的“修辞手法”，而是诗的本体构成呢？让我们择其主要分而述之。

1. 整体性象征和局部性象征

整体性象征是指诗人在诗章中，借助一个整一而内涵丰富的象征体，展开创造，从而使全诗集中、强烈、紧张，完成情感和智力的寄托。如海子的长诗《太阳》，廖亦武的长诗《死城》，兰波的短诗《醉舟》等，即属此类象征。但要进一步说明的是，整体性象征并非简单的同一向度意念的类聚，在现代诗中，它往往胀满自身内部的冲突、摩擦和变奏。它表现了诗人在一个象征整体中展开复杂的斗争，让各种有力的意识相谋、互斥，而又始终严整得寂静如初的结构能力。关于这一点，我们后面还要涉及。

---

① 韦勒克、沃伦《文学理论》，三联书店 1984 年版。

② 读者可看青年诗人骆一禾的诗《蜜》。这是骆一禾的私设象征，“蜜”的内涵迥然不同于约定俗成的概念，它是苦难、高蹈、献身和修远的统一体。篇幅太长，这里只好割爱。

局部性象征是一个相对的概念，它本身并不能构成完整自足的艺术品。在现代诗中，象征体往往不是一个，而是许多个。出现在诗章中，不起主体的决定性作用，而又绝非装饰的象征体，就大部分是局部性象征了。比如艾略特的《荒原》一诗，整体象征是“荒原”，暗示了一战后人类精神的枯寂、死亡，它的构成主要是“水”“火”的交替延展。而另外一些象征体，如对弈、平庸无聊的小酒店、泰晤士河的景象、伦敦桥上的人流，等等，其含义大于物象或事态自身的象征体，就是局部象征。由此看出，局部象征是相对于整体象征而言的。它的功能与整体象征不同，但它绝非可有可无。如果说整体象征是诗的大脑，那么局部象征就像一根根神经。它组织架构了诗章的发展，是必不可少的。

2. **单主题象征与多主题象征**

单主题象征是指象征含义在语境中是集中而单纯的。诗人无论是采用私设象征还是公共象征，都指向某种含义。简言之，主题是明确的、集中的。

如里尔克的《豹》：

它的目光被那走不完的铁栏
缠得这般疲倦，什么也不能收留。
它好像只有千条的铁栏杆，
千条的铁栏后便没有宇宙。

强韧的脚步迈着柔软的步容，
步容在这极小的圈中旋转，
仿佛力之舞围绕着一个中心，
在中心一个伟大的意志昏眩。

只有时眼帘无声地撩起，

于是有一幅图像浸入，

通过四肢紧张的静寂——

在心中化为乌有。[1]

这里的豹是象征体，里尔克通过这个象征体，表达了自己生命深处的隐痛。你强悍，你深刻，但这是个有着千条铁栏杆的囚禁与压抑的世界，你只能在围闭中自省——自戕——自灭。“仿佛力之舞围绕着一个中心，在中心一个伟大的意志昏眩”，至此，诗人用豹象征着情怀、良知、真理和宗教的意志的受创感，我们可以一眼望出了。这是诗人流出的苦难的泪水，它深刻、崇高，而内涵又毫不含糊。这种单主题象征，多出现于短诗中。如果一首长诗是单主题象征的，那么搞不好就会使读者感到节奏滞缓，意义进展拖沓，不能带来陌生感和紧张感了。

多主题象征是指象征体含义在诗章中是复杂而非单一的。无论是诗人私设的象征体，还是他采用了公共象征，它们都不仅具有一种含义，而是一种以上（两种或更多些）的含义。这种多主题象征具有更广阔更玄邃的张力智力空间，索解它往往比较困难，但它带给我们的审美享受和灵魂洞开也更充足更恒久。

这种多主题象征，往往体现在体制宏伟的长诗和反讽意味的诗中。且以多多的短诗《火光深处》为例：

忧郁的船经过我的双眼

从马眼中我望到整个大海

一种危险吸引着我——我信

分开海浪，你会从海底一路走来

陆上，闲着船无用的影子，天上

① 里尔克《豹》，冯至译。

太阳烧红最后一只铜盘
然后，怎样地，从天空循到大海
——一种晕眩的感觉
好像月亮巨大的臀部在窗口滚动
除我无人相信
如果我是别人

会看到我正是盲人
当一个城市像一位作家一样
当爱好冒险的头颅放在钢轨上
钢轨一直延伸到天际
像你——正在路程上
迎着朝阳抖动着一件小衣裳
光线迷了你的双眼啊，无人相信
我是你的记忆
我是你的爱人
在一个坏天气中我在用力摔打桌椅
大海倾斜，海水进入贝壳的一刻
我不信。我浸满泪水的眼睛无人相信
就像倾斜的天空，你在走来
总是在向我走来
整个大海随你移动
噢，我再没有见过，再也没有见过
没有大海之前的国土……

这首诗的基本象征体是“海水”。大海在诗人眼中，是危险的又是充满诱惑的，是个体生命的原欲又是摧毁个体生命的力量。它与“天空”对称，成为丰富得足以囊括死亡和新生，复杂得使人恐惧又教人感动的“爱人”。因此，这里的“海水”类似于“火光深处”，集暴力焚毁与澄明创化为一身，纳死亡冲动与原欲喷发为一体……表达了诗人复杂而“晕眩”的整体认识。这首诗的象征主题较为复杂，但深入细辨，它也基本是建立在灵与肉二元对立基础上的。而更多的现代诗中，多主题象征表现更为复杂，往往是首位、本源、正面、核心，被次项、衍生、负面、边缘所消解，互指互动复调式地生成。这样的诗，带给批评家的震颤和解读兴趣，比单主题象征要强烈得多。

3. 反向式象征和系统象征

反向式象征是建立在公共象征基础上的。无“正向”何来反向？它以尖锐而意外的、违背公共象征内涵的意味，表达诗人深刻的意识。通俗地说，反向式象征就是诗人翻转公共象征的正面，将其负面揭示出来，更深入地颠覆解构其正面“本质”。如：

我把长城庄严地放上北方的山峦
像晃动几千年沉重的锁链
像高举刚刚死去的儿子
他的躯体还在我的手中抽搐
……①

将民族生存的反思凝入反向式象征中，“长城”的公共象征内涵被颠覆掉了。再如：

一瞬间——
崩坍停止了，

① 欧阳江河《祖国呵，祖国》。

江边高垒着巨人的头颅。

戴孝的帆船，
缓缓走过，
展开了暗黄的尸布。

多少秀美的绿树，
被痛苦扭弯了身躯，
在把勇士哭抚。
……①

这是特定时代诗人情绪的象征。“长江”在这里不再是祖国骄傲的象征，而是祖国的眼泪。

更显豁的例子还数芒克的《阳光中的向日葵》——

你看到了吗
你看到阳光中的那棵向日葵了吗
你看它，它没有低下头
而是在把头转向身后
它把头转了过去
就好像是为了一口咬断
那套在它脖子上的
那牵在太阳手中的绳索

你看到它了吗

① 顾城《结束》。

你看到那棵昂着头
怒视着太阳的向日葵了吗
它的头几乎已把太阳遮住
它的头即使是在太阳被遮住的时候
也依然在闪耀着光芒

你看到那棵向日葵了吗
你应该走近它去看看
你走近它你便会发现
它的生命是和土地连在一起的
你走近它你顿时就会觉得
它脚下的那片泥土
你每抓起一把
都一定会攥出血来

向日葵在我们社会是一个意识形态话语的公共象征，它的含义确定不移。但芒克运用了反向象征，有力地表达了一代觉醒的青年，对极“左”专制的背叛。它是那么鲜明强烈，使向日葵这个被特定历史涂改、扭曲了的象征物，重新焕发出反向之光。

反向象征还常常表现在长诗的局部象征上，这里仅举艾略特《荒原》的开头一节，看看诗人是如何反向地认识“四月”和“冬天”的：

四月是最残忍的一个月，荒地上
长着丁香，把回忆和欲望
参合在一起，又让春雨
催促那些迟钝的根芽。
冬天使人们温暖，大地

给助人遗忘的雪覆盖着，又叫

枯干的球根提供少许生命。[1]

下面谈系统象征。系统象征不是指一首诗中的象征。而是指一个诗人，在比较长的创作历史中，反复使用一个或几个象征体。这些象征体的内涵，在诗人这里是相对稳定的，或有规律地整体发展着的。如博尔赫斯笔下一再出现的“迷宫”“镜子”等象征体；北岛笔下的海滩、石头；海子笔下的太阳、赤道、麦子等，均属这等系统象征。这一点，我们必须通过一定量的细读，才能体味出来。此处不赘。

4. 象征功能的几点简略补充

除了上述问题之外，还有一些象征功能在现代诗中出现，如点象征和线性象征（凝结和流动）；超验象征和“人—事”象征（冥觉和叙述性转喻）；玄学象征和巫术象征（智能的和仪式的）；此在象征和彼岸象征（现实感和超越感的哲学意味）等等，不一而足。我们不必设置得这般琐屑，但求有所了解即可。

如果说意象是现代诗的基本艺术符号，是建筑诗歌大厦必不可少的“预制板”、砖石，那么象征则是大厦的落成，使之具有深层结构的光芒和整体性。总之，象征与意象一样，在优秀的诗中，应是生命体验与语言相遇的结果，而不仅是一种“手艺”。

1989年3月

① 艾略特《荒原》，赵萝蕤译。

论现代诗结构的基本问题

一

结构，是文学批评中最常使用的术语。但也恰因其最常使用，它成了一个全能的参照术语，它的具体语义变得甚为广阔。不同的诗人和批评家在不同的语境中使用“结构”一词，所指涉的对象可能完全不同。比如，我们说诗的“构架”（即：使作品意义得以连贯的逻辑和情感线索）乃是诗的结构的主要指涉对象；但是，难道诗的“肌质”（即：诗中可感触的语象、句群、声音等无法用散文转述的部分、非逻辑部分）不是诗的结构的主要指涉对象吗？离开后者，前者又在哪里存身呢？

因此，人们只好宽泛地说，“结构”就是作品展开的整体，是意义的组织、各种成分的关联组合，既是外在的，又是内在的，它是诗中那一整套相互关系。

但是，问题又出来了。20世纪50年代兴起的“结构主义文学批评”认为，任何文化现象、文化产品，都是一种社会体制，一种由规范和规则组成的深层系统。具体到文学作品，他们所称的“结构”的含义，是指具体的作品只有依赖于“系统”才能取得存在的意义。这样一来，一首诗的“结构”，将不再是独立自足、有本体意义的东西，它的存在取决于文学大系统乃至社会文化心理对它的决定作用。正像结构主义语言学开创者索绪尔将“语言”和“言语”分开一样，“语言”是整个符号系统，“言语”是具体的使用（不同的音响、字词句等）。索绪尔突出了“语言系统”的结构性质，否认了具体的言语有独立自足的意义。

“结构主义”之“结构”观，扩大了我们的研究视域，在宽泛的“文类研究”上确有敏识之处。但是它对具体文本结构的研究，缺乏实用功能。如果一首诗歌不存在有机的具体结构，凡对它的论析或解读都要涉入“文类”的一般原理及类聚化的社会文化规则，那么，我们如何区分好诗和差诗？我们根据什么说某首诗是深刻而完整的、某首诗是肤浅而破碎的？你怎样把艾略特的《四个四重奏》与某文学青年的习作的结构放在一个平面来考察其高下？标准在哪里？

因此，我承认“结构主义”发现的价值，但我更愿坚持认为——一首诗是有结构的，那些优秀的作品会带来一个有机的独特的整体，它具有自觉的情理线索和彼此呼应的细部技艺环节，它有语境内部的统一性、张力关系、动态平衡。一句话，它应具有自身具足的、持续性的、意义深远的东西。

美国诗人加里·斯奈德写过一首《石砌的马道》，谈到了诗歌结构的自觉意识：

把这些词儿像石头一样
放在你的思想前面
　　　　安放结实，用手
选好位置，放在
有意识的身体前
　　　　放在时间和空间里
树皮、树叶、墙那样结实，
　　　　这石砌的马道：
有银河里的圆石
　　　　有迷路的行星
这些诗，这些人
　　　　这些无主的马匹
拖着鞍具——
　　　　岩石般脚步稳扎。

这些星球，就像在无限的

　　　　四维空间中

下围棋

　　　　在薄薄的土层中

有蚂蚁，有卵石，每块石头都是一个词

　　　　一块溪水冲圆的石头

花岗岩；遍体渗透了

　　　　火和重量的痛苦

沉晶体和沉积层火烫地联结起

　　　　所有的变化，在事物中

也在思想里。

——赵毅衡　译

《石砌的马道》写出了诗人对诗歌结构、技艺、语言、经验承载力的自觉意识。写诗，是“技艺考验真诚”（庞德语）的功课。诗人要将每个词语“像石头一样/放在你的思想前面/安放结实”；对词语的语义积淀做“偏移”时也应有自觉的分寸感，“放在时间和空间里”掂量。要将“银河里的圆石，迷路的行星”，组织成坚实的有意味的棋盘般的沉晶体；要使“无主的马匹”配上结构的鞍具，有方向感地行进，“岩石般脚步稳扎”；词语应有足够的生命体验的浸透，词语的石头应“遍体渗透了火和重量的痛苦”，使之既是事物，也是思想。只有这样，诗章才会成为“石砌的马道”，坚实、硬健、优美地通向读者的心灵。

1977年，保罗·杰尼森采访了斯奈德。针对人们对“自然诗人”和“灵感”的误解，斯奈德说了这样的话：

在写诗之前，我通常会感到我在观察某些特定的事物，我必须了解它们，而它们开始在我的生命里发展，后来诗就从它们当中流出来了。我要透过表面，了解诗歌材料的结构与根本知识……作为一个诗人，我是从我自己的手艺的角度来理解的。我学习要成为一个匠人，真正需要掌握什么，专心致志真正意味着什么，工作意味着什么。要严肃地对待你的手艺，而不是胡来……诗的语言与它的历史环环相扣，作用在于沟通与我们自己深层无意识的联系——这一点通过练习会有所提高。至于自我表现，虽然一开始这么做挺好，但“自我”不会做出诗的表现。

——《真实的工作》

将这番自述与此诗对读，我们会更深地理解斯奈德的诗歌自觉的结构意识。

结构，其最基本的功能就是塑型，使诗意化为坚实的文本。有人认为，既有诗意，自然就有结构了。其实不然。我们都吃过果酱，就其滋味和营养成分而言，它与苹果无大异，但苹果显然比果酱更美，更有结构感，它的秘密就在于“成型”。

“新批评”理论家布鲁克斯和沃伦在《理解诗歌》一书中谈到诗歌结构的有机性和互动性，认为一首好诗各部分的组合关系如同有机体的器官，移动或否定其中任何一个部分，就会不可避免地损坏或改变了作品的意味。如彭斯写过这样的诗句：

月亮沉入白色的波涛，
我的岁月也在下沉，哦！

他们问，能否把最后这个似乎无关紧要的感叹词“哦”移一下位置？变为——

我的岁月，哦，也在下沉！

显然不好，“因为原诗把这个嗟叹放在行尾的强调位置上，表明诗人是把整个句子写完才感到诗的全部力量的。”一个小小的叹词，在诗中亦有准确而内在的“不可易性”，更遑论其他了。可见，无论是传统诗歌还是现代诗，对结构的自觉意识都是不可或缺的。这是我们对结构的一般理解。

除去如上一般理解，单就现代诗的结构而言，它有哪些重要特征呢？亦即与传统诗歌的结构相比较，现代诗更强调怎样的“结构原则”呢？下面，让我们围绕这个差异性来谈。

二

现代诗与传统诗比较，更强调结构的包容力和形式的开放性。在现代诗人笔下，抒情或叙述性的运行线索往往不是单维直线的，而是扭结交错的。诗人由此获致的结构更像是一个话语“磁场”，各部分之间抛弃了机械决定论的因果性，而寻求心灵变动不居又完整内敛的效果。以伊丽莎白·毕肖普的《小习作》（1947）为例——

想想天空中徘徊的令人不安的风暴
像一只狗在寻找安身之处
听听它的咆哮。

在黑暗中，那些红木门栓
对它的注视毫无反应
那粗制纤维组成的巢穴，

那里偶然有一只鹭鸟会低垂自己的脑袋
抖着羽毛，嘴里发着无人理解的自语
当周围的水开始闪亮。

想想林荫大道和小棕榈树
所有行列中的躯干突然闪现
像一把把柔弱的鱼骨。

那里在下雨。人行道上
每一条缝隙里的杂草
被击打、被浸湿，海水变得新鲜。

现在风暴再次离去，轻微的
序列，猛然照亮了战争的场景
每一个都在“田野的另一个地方”。

想想拴在红木桩或桥柱上的游艇中
某个沉睡的人
想想他似乎安然无恙，没有受到一丝惊扰。

——马骅 译

“小习作”这一命题有双重寓意。其一，从写作技艺上说，是诗人在进行某种修辞和结构实验。它的修辞实验体现在，诗人以冷静客观的态度，分别对独立的事象细节进行了素描，小狗、鹭鸟、树木、杂草、海水、游艇、沉睡的人，无不形神毕肖，呼之欲出。它的结构实验体现在，几项彼此似乎是独立的事象，被结合在一个有机的话语场中，像磁场或一组群雕，以其空间感的均衡，“共振”出其内在的统一暗示性。在写作技艺的意义上，它的确是“小习作”（取其修辞与结构实验之意）。其二，反讽性克制陈述的寓意。我们注意到，诗中描述的事象在冷静的日常情境状态下却又充满内在的紧张感：天空中徘徊着令人不安的风暴，像狗在无告地咆哮着寻找安身之处。鹭鸟脑袋低垂，嘴里发出无人理解的自语。树木像一把尖厉又柔弱的鱼骨。海水因涨潮变得新鲜，而某人还沉睡在游艇中。在此，平静感与不祥感奇异地在一个结构中反向拉开，诗中“和弦”般的隐喻结构使人既迷醉又惊悚。解体的现实带来了开放的结构形式。但仍是完整的。

这首诗写于1947年，二战的硝烟刚刚平息，“风暴再次离去”，但令人恐怖的惨痛经验已噬心地刻在人的记忆中，它们随时会在心象的“轻微序列，猛然照亮战争的场景”。有如超现实主义画家达利的名画“内战的预感”一样，对战争的恐怖甚至已点点滴滴侵入了人的梦境。在此，“某个沉睡的人/想想他似乎安然无恙，没有受到一丝惊扰”，就含有沉痛的反讽性。诗人但愿“他”和平的不受惊扰的人生成为恒久的现实，而不是即刻的“小习作”。

的确，现代诗结构的包容力和形式的开放性是互为因果的。诗人们不满足于有限的经验，总是想法寻求多重声部的整一效果。如果说毕肖普的诗体现为散点共振结构的话，那么，加拿大诗人迈克尔·昂达奇则采取了双线并进的结构写出了《日期》一诗。解读此诗，有助于理解现代诗结构特性。

显然我错过了伟大的时机
我的诞生没有任何预兆
只逢温斯顿·丘吉尔的结婚纪念。
没有纪念碑淌血，这一天
没有签订特别的条约
这是季节性平淡无奇的日子。

我用母亲的八个月自我安慰
当她在锡兰因怀孕汗流浃背

一个仆人从甬道缓步而来
端着一盘加冰的冷饮，
一伙朋友来看她
抚慰她的形状，而我
吮吸着生命线，
华莱士·史蒂文斯在康涅狄克州安坐
桌上摆着一杯橘子汁
天气很热他只穿着短裤
在一封信的背面
开始写《长着胡须身着盛装的人》。

那一夜我的母亲已入睡
她非凡的肚皮
由屋里的风扇吹凉
史蒂文斯把词放在一起
让它们生长成句子
将它们修改
整形，那页纸突然
成为一个前所未有的思想
他的心指示他的手
随心所欲地移动
他看见他的手在说
思想永不完结，不，永不
而我在母亲的肚皮里生长
就像康涅狄克窗外的花瓣。

——汤潮　译

这首诗具有双重平行的主题声部。其一是诗人叙写想象中母亲在锡兰（今斯里兰卡，是昂达奇出生和度过青少年时代的地方）孕育“我”的过程，并歌颂母爱；其二是通过对象征主义诗歌大师史蒂文斯写作方式的描述，表达出诗人对现代诗歌“发生学”的独特认识。两个主题彼此交织，互为比拟，其完美的双线并进结构，令人叹服。

由于诗歌话语特有的暗示力，“日期”，对诗人们来说往往具有特别的含义。我们熟悉许多浪漫主义诗人、艺术家的传记，他们喜欢给自己被孕育和出生的日期涂上一层神秘不凡的色彩。或是有重大历史事件，或是有神奇的预兆发生。更有趣的是，有许多诞生日本是平淡无奇的诗人，也要查年月，查星座，硬要将自己与过去历史上的某位杰出人物联系在一起，以显示自己的不俗。甚至更有趣的是还有人称：“我与XX大师虽远隔十几万里，但却是处于同一纬度的！”

然而，作为一个带有后现代主义倾向的诗人，昂达奇对这类故作神秘、攀附名人的“日期”蛊惑者，进行了解构和“祛魅”。他诙谐地说：“显然我错过了伟大的时机/我的诞生没有任何预兆”，“没有纪念碑淌血，这一天/没有签订特别的条约/这是季节性平淡无奇的日子”。为了增强诗歌反讽和解构的深度，诗人亦不免“淘气”一下，他说，他的诞生日“只逢温斯顿·丘吉尔的结婚纪念”。将英国首相丘吉尔的结婚纪念日与一个斯里兰卡初生的婴儿硬联系在一起，这八竿子打不着的“联系”，实在令人大跌眼镜！这正是昂达奇对那些故作风雅、制造“自我神话”者们的滑稽摹仿（戏仿）/反讽。

“我”的孕育和诞生是平淡无奇的。其实，谁的诞生又不是如此？而从另一重更深刻的意义上看，每个人的孕育和诞生又都是不平凡的。是母亲孕育和生下了我们，怀孕和分娩对任何女性的身体来说都等于是一次重创。世上一切慈祥而无私的母爱，就这样在平凡中放射出了伟大而恒久的光芒。诗人对母亲怀着深深的敬爱和感激之情，他想象出母亲“因怀孕而汗流浃背”的漫长时日，想象出作为胎儿的自己，怎样“吮吸着生命线”，“在母亲的肚皮里生长”。诗人用笔简省而深情存焉。以上是此诗的声部之一。

与此相应，这首诗的第二重声部是有关“诗歌发生学”的（即诗的“孕育”和“分娩”）。诗人引入了对美国象征主义大师史蒂文斯诗歌创作方式的描述。史蒂文斯（1879—1955）被称为“诗人中的诗人”，与庞德、艾略特、威廉斯齐名。他特别强调艺术想象力的作用，认为想象力能使混乱的世界获得秩序。他的诗总是在纯粹而神奇的形象中富含抽象的哲思，他说，“诗的理论就是生命的理论”（《纽黑文的一个普通夜晚》），诗由诗人孕育而生出，既是抽象的“最高虚构的笔记”，又与具象的现实生存密切相关。昂达奇信任这个说法。在他看来，写诗乃是一种创造、生育，诗固然令人幸福和迷醉，但它们却是诗人对词语艰辛地寻找和孕育的结果。这一点正与女性的怀孕、生产相似。如同母亲在燠热的锡兰经历身体的阵痛，史蒂文斯也在燠热的康涅狄克州经历着将感受化为墨迹的“阵痛”；如同母亲“无中生有”地将我带来世界，诗人也经由想象力“无中生有”地给世界带来一首精纯的诗歌！——“史蒂文斯把词放在一起/让它们生长成句子/将它们修改，整形/那页纸突然/成为一个前所未有的思想”，就道出了诗人对诗歌神奇的发生学领悟后的惊喜之情。最后，诗人说“我在母亲的肚皮里生长/就像康涅狄克窗外的花瓣”。此为一笔两写。诗歌的双重声部在结构中完美地扭结一体，带给我们有关生命感受和诗歌结构的双重深度感。

这首诗写得诙谐舒展又优雅精审，使我们得以在反讽中听到严肃，在紧张中感到幸福。诗人以非凡的结构能力，使公共化的生育经验与私人化的写作经验恰切地平行比拟，彼此交织和延续——最终又聚焦于对“原创力”“原生力”的探究与吟述，其诗歌神秘的自律性和创造的自由快感同时得以呈现。正像史蒂文斯喜欢在诗中处理“写作”主题（以诗论诗），但又避免了诗歌说理的枯燥一样，昂达奇这首“关于诗的诗”，也将理论的洞见建立在对直觉的鲜活捕捉中，从而使这首诗在经验包容力、审美结构魅力和诗学理念诠释上均令人赞叹。

现代诗与传统诗比较，更强调“深层结构”的重要性。这与诗歌由传统向现代发展所带来的整体修辞基础的变化密切相关。不是说传统诗歌不讲究“深层结构”，而是说在传统诗中，其“深层结构”常常是个别句群或语段的，而非整体性的。现代诗人认为，诗歌应深入人内心的隐秘世界，反对单维度的直陈其事，直抒胸臆，强调在表层文本之下应有深层文本，使读者在阅读过程中获得超量的审美和智性的启发。以温斯坦·休·奥登的名作《一片片树叶纷纷下降》为例，全诗如下：

一片片树叶纷纷下降，
乳妈的花朵不再开放；
乳妈们已进入坟冢，
一辆辆童车却继续滚动。

左右隔壁的饶舌的邻居，
夺走了我们真实的乐趣；
敏捷的双手准会冻僵，
孤独地放在单个的膝上。

身后的死神势头凶猛，
冷酷地监视我们的行踪，
傲慢地举起直挺的臂膀，
以虚假的爱的姿态进行刁难。

林中的树木叶儿光秃，
饥肠辘辘的野人牢骚满腹；

歌喉嘹亮的夜莺成了哑巴，
美丽的天使也不再顾及它。

刺骨的寒冷使人难以忍受，
高山不可能提前昂起可爱的小头，
它某一天会撒下白花花的瀑布，
但愿能解除游客最后的痛苦。

——吴德艺　译

很显然，在阅读这类现代诗时，我们会感到它在表层结构下，有着深层的象征暗示结构。这种深层结构的出现，与现代诗修辞基础由抒情吟唱转向隐喻暗示有关。让我们来看其暗示性：

此诗写于1936年，是奥登短诗中著名的一首。这首诗的自然场景是深秋迟暮，但自然场景只是诗人孤独痛苦心灵的隐喻。美国当代诗论家伊丽莎白·朱在《诗歌理解和欣赏最新指南》一书中指出了此诗深层结构的含义："奥登这首诗是通过'心灵的研究'看到的幻景，没有离群索居、远离尘嚣的极乐感，只有与世隔绝的痛苦折磨；诗人意识到的只是没有任何友情和伴侣的感觉，而不是他与自然神交的知觉。这是个人在一个破碎的世界里绝望的一瞥，这个世界上没有信仰，没有中心，谁也不能放心地依靠一个稳定的社会和它的传统。"对这个时代，奥登毫不过分地命名为"焦虑的时代"，这首诗在私人隐喻中，负载着更为普通的社会意义。

此诗开始一节，写出了无中心无信仰的时代发生的加速度坠落的场景。悲风扑打落叶，花朵凋零，乳妈已死掉入葬，但无人照管的童车还在继续滚动。"乳妈"在此喻指曾经安顿过人类心灵的稳定人文价值感，现在它消失了，死掉了。"童车却继续滚动"，隐喻无知并缺少精神皈依的人们在惊恐中逃亡，人在迷失方向的时候，往往跑得更快。伊丽莎白·朱准确地指出："真正的悲剧在于：没有新的成熟的独立自主来代替已逝去的一切。乳妈离去了，个人和民族仍坐在他们的童车里，没有足够的能力去支配自己的命运"（出处同上）。

对整个时代进行了宏观命名之后，诗人进入了具体细节。在此时代，人与人彼此隔膜、木讷和空虚，没有温情、理解和沟通。仿佛是一个个自闭症患者，"敏捷的双手准会冻僵/孤独地放在单个的膝上"。人们在活着，但心灵已濒临"死亡"，"身后的死神势头凶猛/冷酷地监视我们的行踪"，它甚至还傲慢地抬手招呼我们，这虚伪的"抚慰"是对活不好又不甘死去的犹豫的人们的"刁难"。

秋风迟暮过去后，就是更可怕的严冬。从"一片片树叶纷纷下降"到这里的"林中的树木叶儿光秃"，不过是转瞬间的事，时代的坠落已无法挽救。那些"童车里的孩子"，灵魂愈加焦渴，他们生在文明社会，但精神却匮乏，像"饥肠辘辘的野人牢骚满腹"。文艺复兴以来，人的主体性的高扬不见了，艺术和宗教也不再能滋润人的心田，"歌喉嘹亮的夜莺成了哑巴/美丽的天使也不再顾及它"（在西方诗歌语义积淀中，"夜莺"隐喻爱情、歌唱、罗曼蒂克的想象力；而"天使"则是宗教中启迪人类心灵的"吹号者"）。时代的"时令"已是"刺骨寒冷使人难以忍受"，但提升救赎它的可能性是否纯系空想呢？面对这一问题，奥登心怀忐忑，最后一节语义迟疑，亦此亦彼，他犹犹豫豫地述说内心的一点希望：现在山峰垒满了冰雪，但愿能有一日春光来临，烫化这冰雪，淌下纯洁清洌的瀑布，洗濯时代的污垢，清洁人类的精神。这正是基督徒的奥登既洞识生存丑恶又不甘于时代定局，企图以爱来升华人类的信念之体现。因为，爱是如此重要，"我们必须相爱，否则死亡"（奥登《1993 年 9 月 1 日》）。

这首诗在具体的场景描叙中凝注了深层的智性内涵，使具象与抽象化若无痕地融为一体，成功地体现了智性诗歌将"思想知觉化"的创作追求。而从结构角度看，它有着深层结构的特性，即语言学家乔姆斯基所说的“表层结构属于语言行为，深层结构属于语言能力”。今天，对某些后现代主义诗歌来说，已不再执着于“深层结构”，但就现代主义诗歌而言，深层结构仍属惯例。

现代诗与传统诗比较，更强调结构中的张力或曰紧张关系。这使得诗人在考虑一首诗的结构时，会容留经验中的矛盾性、互否性，而非平稳有序的“起承转合”。英国批评家瑞恰慈在《文学批评原理》一书中，谈到了现代诗的包容力有赖于结构安排上的“对立冲动”感。他认为，诗歌不能满足于有限的经验，而应在结构中包容和综合不同性质的冲动，并使对立的冲动取得平衡。这种说法，与我们常说的现代诗的“张力”结构十分类似。

关于诗歌的“张力”，从不同的角度看会有不同的理解。从诗歌话语的特殊性上看，美国批评家泰特认为：诗歌语言必须既有“外延”，又有“内涵”。外延即诗歌语言的词典意义、字面意义，而内涵则是其暗示意义、象征意义、比喻意义以及感情色彩等等。一个好的诗人，既要倚重内涵，也要倚重外延。也就是说既须有丰富的暗示及联想激发力的内涵；又要有理念的澄明性，因为忽视外延将导致晦涩和结构的混乱。外延与内涵既共存而又相互对立，张力由此而产生（见《诗的张力》）。泰特是从诗歌语言角度谈及张力的，而从诗歌结构的角度看，“张力”又是何等含义呢？其实，就“张力”一词的普遍用法而言，我们更重视的是它所指称的诗歌结构中的互补因素、逆反因素、对立因素之间的冲突抵触，并最终达成的相对平衡，亦即诗歌结构的复杂承载性。（“张力”的物理学定义有助于我们理解其诗学定义，前者指的是不同方向的作用力所产生的物体内部的拉力。对等比附，诗歌亦然。）

不是说传统诗歌结构就没有张力，而是说现代诗结构更强调张力。二者之间的差异性体现在，前者往往靠克服结构中的逆反因素获得结构的和谐平稳，而后者往往靠“捍卫”结构中的冲突矛盾获得“复杂经验的聚合”。很明显，几种相近的意味组合在一起就没有多少张力，而几种相异的意味组合在一起才会有强烈的张力。诚如罗伯特·潘·沃伦所言：“一首诗要成功，就必须要赢得自己。它是一种有方向前进的运动，但是如果它不是一种受到抵抗的运动，它就成为无关紧要的运动。而好的诗必须在某种程度上涉及抵抗。”（《纯诗与非纯诗》）相近意味的组合是“加法”，相异意味的组合是“乘法”，显然，“和”与“乘积”在含量上是不同的。且以西尔维娅·普拉斯的《晨歌》为例：

爱情使你开动，像一只肥胖的金表。
助产士拍击你的脚掌，你赤裸的哭叫
在风雨中落巢。

我们的声音回荡，夸大着你的到来。新的偶像。
在透风的博物馆里，你的裸体
给我们的安全投下阴影。我们站在四周，茫然如墙。

如同滴下一面镜子反映自身
被风的手慢慢擦掉的云
我不是你的母亲。

你飞蛾般的呼吸
在扁平的粉玫瑰中彻夜闪烁。我醒来谛听：
遥远的大海在我耳中波动。

一声哭嚷，我翻身落床，裹着维多利亚式的睡袍，
像笨重的奶牛，像花蕾。
你的嘴像猫的嘴洞开纯净。窗格

漂白且吞噬它黯淡的星。现在你试试
撒一把音符，
清澈的元音像气球飞升。

——唐晓渡　译

要真正理解《晨歌》，应该略略了解一下它的写作背景。《晨歌》写于1962年底，其时诗人的女儿弗莉达刚刚两岁，小儿子尼克还不到一岁。这首诗的完成距诗人自杀只有两个月的时间，诗人的心挣扎于孩子的“晨歌”与自己的“挽歌”之间。我们知道，普拉斯在爱情婚姻上是不幸的，写此诗时她已与休斯分居，在她许多诗的情境中，对“丈夫”（乃至“父亲系统”——男性霸权）的形象有着怨愤。望着孩子尼克那纯洁而无辜的小脸，她一方面充满母亲温柔明亮的深情，另一方面又会因联想到其父亲，而产生出一丝的叹怨。特别是当时自己正处于是否撒手尘寰的犹豫中，想着孩子今后痛苦而孤单的际遇，不禁一阵阵凄楚。这首诗就游走于温柔、明亮、叹怨和凄楚的复杂感情之间。这决定了此诗的巨大张力结构。

“爱情使你开动，像一只肥胖的金表”，孩子是父母爱情的结晶，但钟表又提示了以往爱情的流逝和生命时间的催促。诗人复杂的感情在一开始就显现了。孩子出生了，他的哭叫本是自然的反应，但对诗人彼时心境而言，他仿佛是在哭诉着自己降生在一个“风雨”飘摇即将破碎的家庭。挣扎于“活还是死”的噬心纠结中的诗人，既钟爱自己的骨肉，又有一种深深的“陌生”：孩子的到来是对母亲、父亲珍贵的赐福，是博物馆中的“新的偶像”；但也正因他的出世，动摇了诗人弃世的决心，给她的“安全”投下了阴影（普拉斯难耐生命的痛苦，屡次在诗中歌唱死亡带来的“安全”——“我的生命在拆解/通往安全的伊甸园”），使她“茫然如墙”。这种被围困的感觉愈来愈深，竟使诗人发出令人难以理解的尖叫："我不是你的母亲。"你的出世有如"我"生命汁液滴沥出的"镜子"，它映照了"我"的不幸，"我"的生命也是"风雨中的巢"，它终将被一阵悲风擦去。

对孩子，母亲的心是凄楚、愧疚的。望着他粉玫瑰一样的睡脸，听着他轻盈纯净的飞蛾般的呼吸，诗人的思绪一时安详温暖，一时又乱云飞渡。"遥远的大海在我耳中波动"，道出了诗人被毁灭冲动所激励的灵魂（大海是普拉斯诗歌中隐喻死亡的核心语象之一，如"镜中的一场动乱/大海击碎了它的灰色"，"心脏闭合了——大海的浪潮涌来涌去"，"漩涡，把石头和天空/把一切铆固在一体"，"像一群蓝色的孩子/在无边的大网中呼叫/死神用它葳蕤的手/引诱他们走向末日"，如此等等)。

接下来，此诗的语境突然大面积变异了。如阵阵清风吹拂，一扫上面的艰涩、悲凉，而代之以清新、温暖的日常化情境。因为孩子睡醒了，"一声哭嚷"，抻回了母亲那颗苍凉远举的心。这是多么爱孩子又尽职的母亲呵，她马上翻身落床，给孩子喂奶，"像笨重的奶牛"，更像轻柔地绽开微笑的"花蕾"。孩子纯洁而无辜，像小猫一样张嘴吮吸乳汁。曙色渐白，新的一天开始了，孩子咿咿呀呀的声音，像撒出一把音符，"清澈的元音像气球飞升"——诗人内心彼此纠葛的两种经验，暂时得以平衡，但内在结构的冲突张力，需要我们从戛然而止的"缄默""空白"处探询。

在此文结束时，笔者尚需做如下说明：

第一，我从包容力、深层结构、张力结构三个方面，谈了现代诗与传统诗相比较所体现出的在结构意识上的差异性。这种差异性，只是就宏观的结构取向而言，而非简单绝对的指认。这三个特性，在传统诗中当然也能够找到，但毕竟没有上升为潮流性的结构原则。

第二，许多诗学论者将"反讽"也视为现代诗的重要"结构原则"，在《反讽——一种结构原则》一文中，布鲁克斯认为，"反讽是语境对一个陈述语的歪曲”，“是诗的本质”。我以为，这是从诗歌语言的特殊性角度提出问题的，而非从结构的角度提出问题。反讽可分为两大类：总体结构的反讽和局部话语的反讽。前者需要考虑到诗人对特殊的语境以及更为普遍的社会、文化、道德氛围的深刻理解穿透力；后者则与措辞学中的佯谬、双关、悖论至切相关。反讽，作为一种说话的方式，它表达的意义与声称的或表面的意义不同，甚至常常相反。文本中的词句受到语境的压力而意义发生扭曲，所言非所指，正话反说，旁敲侧击，带来鲜明的谐谑讥诮意味。正是由于以上原因，我没有将“反讽”列入“现代诗结构的基本问题”中，它是一个独立、复杂、歧义迭出的大问题，涉及具体历史语境下现代诗人的母题取向、情感经验模式和措辞习尚等，远非“结构”所能论析和涵盖。布鲁克斯在《反讽——一种结构原则》中称，“它记录下诗中不相容成分的张力关系，这些张力关系被合成一个整体。反讽承认强制因素。”如果这样来谈结构意义上的反讽，那就与我们上面论述的三个方面融合了。我认为，这样界定反讽，显得较为狭隘（这是由宽泛带来的狭隘。“压力面积越大，压强反而越小”——物理学上的定律同样适用于文学批评）。

第三，本文论述的只是“现代诗结构的基本问题”，并非具体作品的结构方式。对后者的辨识和分析，有兴趣的读者可参阅拙著《20 世纪中国探索诗鉴赏》《当代外国诗歌佳作导读》。

1996 年 2 月写成，2002 年 1 月修改

“我说”与“它说”：极端的写作

一

海德格尔在《诗·语言·思》中尝言：“语言言说。人言说在于他回答语言。这种回答是一种倾听。其言说在它被言说中为我们言说。”的确，让语言自身说话看似玄奥，其中却有更深的道理，每一个有经验的优秀诗人都不会不理解它。我们常说，诗人发现语言、创造语言，从某种意义上讲，这个说法是对的。但是，当一个人的写作水准进入更高阶段，他会体悟到语言的“自动性质”。超现实主义诗歌的理念之一即“自动写作”，排除它过分依赖于此写作理念的一面，我们仍会感到这种极端的写作带来的某种合理性和有效性。

在超现实主义实验诗中，语言不单是通过其负荷着的整一的思想而存在的，它不再是一种工具，而是一种功能；或者说，话语本身就构成了意义和事件，而无须向读者表明它代表什么东西（它自已就是自足的东西）。诗的创造，如欧阳江河所说，就是“为了救出几个字，单音节的感动”，这些言辞，可以“折一个房间”，可以构成另一个姓氏。也就是说，诗的语言产生后，脱离诗人的另一个生命形式出现了。诗人在事先无法把握它，待它自动呈现后，一些孤立、偶然的意味开始说话，这种语言的客观性所蕴含的实质，竟教写作者吃惊，“有些念头相见恨晚”（《打字机》）。在这种实验性写作过程中，不存在先给定的诗歌内涵，诗人冥行擿埴，只是循着某种神秘的预感前进。结构也不再是属性，而是实质，它渐渐被言语在白纸上显形，一行一行被字词的偶然性垂直竖立起来。这时，说话的主角，是结构和言语自身，它的力量和美不仅属于诗人，更属于它自身和那些优秀的读者。实验诗歌言辞之间的关系意向，不是一对一的指涉，而成为不确定的、具有无限值的文本。这种结构的出现，令许多当年的“先锋”诗人、诗评家感到被弃置和气闷，是可以预料中的事情。这种分歧是诗歌发展的必然。罗兰·巴尔特针对当时出现的超现实主义诗歌说：“在现代诗歌中，关系只是字词的蔓延，字词是‘住所’……诗歌的字词永远不可能是虚假的，因为，它本身就是完整的，它闪烁着无限的自由之光，时刻准备照耀那些不确定而有可能呈现的千姿百态的关系……诗歌的字词是一个无直接过去的行动、一个无背景的行动，它只呈现所有与它密不可分的本源所反射的浓密阴影……现代诗歌是一种客观的诗歌。自然本性成为一种孤独而可怕的客观物的断续，因为，这些客观物只有一些潜在的关系，没有人能为它们选择一个特定的含义或一个用途、一个效应，没有人能强加给它们一种等级，没有人能把它们局限于一种精神行为或一种意向的意义……诗歌字词的爆炸所建立的是一个绝对的客观物；自然本性变成一种垂直的系列，客观物一下子竖立起来，充满着所有可能发生的事：它只能标明一个未填满的同时也是可怕的世界。”（《写作的零度》）在这里，我之所以背离我一贯的行文作风，而大段引用别人的观点，是由于巴尔特的话表述得那么清晰、绝对，要么接受，要么反对，来不得半点骑墙。首先他是针对现代诗的语言而发，但对现代诗结构的嬗变亦同样一针见血。说到底，结构是语言的组织关系。当我们谈到一座建筑的质量时，我们谈的不是它的材料和材料构成的方式吗？

二

就“自动写作”有道理一面的性质而言，我以为它源于诗人对语言的无力和耗空状态所表现出的高度焦灼感和拯救意志。“让语言自身言说”，是我们这个缺乏精神创造活力的时代里，少数觉悟分子找到的一种对失败感的心理补偿。相对于那些投靠大众话语的诗人而言，极端写作状态下的诗人，意味着自身属于一个狭小的特殊精神社区。他并不因为自己是一个被大众接受的诗人而体现意义，相反，正因为他是一个诗人才不被大众接受。与通常的认识类型相反，极端写作的诗人并不是主观主义者。如果他是主观的，他就会把语言充分情感化、心理化，在命定的姿势中语言最终被诗人淹没、取代。而事实恰好相反，语言被书写后，必须摆脱其对诗人的依附，它成为没有寄主的独立自足的东西。一方面它成为结束书写后诗人审查、评估的客体；另一方面它常常又意味着对书写者的背叛、曲意、暴力和警示——原初意图中被否认的部分却由自己的手在白纸上显形。这种情形类似于镜中自我的影像，二者面对，各不相让，方向恰好相反。

极端写作状态随时面临着将要发生的事件，它是和动作（书写）同时出现的崭新叙述。在诗性场景（scene）中，它具有无限可能的速度。时间跨度混茫不羁，表层结构和深层结构的区别不复存在，它把诗人独白转换成多声部的对话。这样一来，上下文本之间发生了意义的自由竞争，变奏，展延，毁形。它时刻昭示着歧义和否定自身的因素，“误读”在此变为最根本的“正读”：一个客观的文本，就其本质而言，永远不应完成和终结，而是新新顿起不懈地朝未来开放。

极端写作或自动写作，消灭了诗人的权威，它使写作成为话语对诗人舒心强迫的过程。不是诗人的凸现，而是语言的凸现；不是情感的缓解应力模式，而是母语的潜能投射，使诗歌成为词与物之间的一种特殊嬉戏与交锋。这里，写作本身就是诗歌的“主题”。

极端写作产生的诗章，不是可读的（lisible），而是可写的（scriptible）。它狂暴地打击读者的预结构期待。但它又空前绝后地体现出对读者的尊敬和温情：它保有更充分的可供读者参与语词事件的权利；阅读本身也变为一种特殊类型的写作活动。

从社会意识形态的意义上考察，极端写作者不是权力主义者。它也许适宜于这样评估：文本向自由敞开自己？

三

在早期现代诗的时代，诗歌的结构与一般抒情散文的结构差异并不太大。而极端写作制导下的“实验诗”概念的提出，除了意识背景与言语方式区别于早期现代诗以外，我以为，更直接显赫的根据是，在诗歌话语结构上，它背叛了早期现代诗。它要求于读者的注意类型和阅读态度，更为能动、复杂，它永远处于召唤状态，它逃离了诗人自我中心的立场，变为文本中心。在实验诗中，结构不是被造的、不是依靠它所负荷着的“思想”而存在的。它无须向读者表明它代表什么意义和暗示什么事件，语言自身就足以构成意义和事件了。它的对话者是高高在上的绝对的语言可能性，而不是像艾略特在“三种声音”中所指出的之一：自言自语。这样一来，实验诗在结构上对已有的诗歌类型进行了空前的毁形，但它的目的当然不是破坏，它是带着对语言结构的新贡献一起到来的。

我以为，如果说所有的艺术理论都具有可证伪性，而极端写作中的实验诗、现代美术、现代音乐这三者是例外。有时，它们是无背景的行为过程，是垂直降临的精神事实。在这里，语言结构永远不可能是虚假的。具体到实验诗来说，它的语言结构特征和贡献是：字词关系的偶然性、互否性、互动性、孤立自足性、言语本身的自动势能，以及对“误读”概念的弃置。实验诗就这样成为诗歌写作者和少数范式读者的狭小社区。那些习惯于以史为咏、以事为咏、以理为咏、以情为咏的读者，面对实验诗必须调整期待视野，变为以字为咏、以词为咏、以“神”为咏。这样一来，诗歌写作和阅读就成了神圣的“无中生有”。这种孤立、尖锐、元诗的创造活动，使人类的语言能力得到了更快的飞翔。那些被文化和既往精神等级制度所判定为非本质的、负面的、边缘的东西，猛烈地被重新拎出来，照亮，成为新的圣物。如此说来，实验诗对诗歌语言结构的贡献就不仅是改变了它的形体和秩序，而是为之更新和提供了一整套包括意识背景、言语构成、语感声响、价值标准在内的新的写作方式和阅读方式。在这里，如果说有什么东西遭到毁坏的话，那绝不是诗歌的肌质，而是那些非诗的因素和惰性的阅读态度。

我以为汉语中的实验诗歌，与西方此类诗相比，可能又有其特殊性和新的可能性。在西语构成的实验性诗歌中，除去与汉语实验诗在言语和结构上同构的方面外，不同的是，它一般通过动词时态和词形的变化，指向某个时间和发动者。而汉语实验诗，则可以放弃动词在整个语境中的时间及关系，而直接构成环境。这种纯粹客观的形成性结构，带给读者的往往是一派天地同参的神秘气息。汉语作为“孤立语”（缺乏词严格的内部形态和语法范畴，以词序和虚词来补充其形态的不足。汉语从本质上是单音节语），在词义表意上有灵活性，可以逸出词义系统，产生临时的、灵活的词义，需要读者“意会”。这种特殊的语言类别，其词素或单字本身就具有了硬度。它们在诗中发散、盘桓、难以逆料，呈现了更为深广的复义、歧义、含混、反讽、张力——自身就包含了松动恒定结构的动力因素——等等。如果我们相信了西诗现代倾向的出现（意象主义）是受到中国古典诗歌的启发这一说法，那么，我们是不是可以说，汉语的本源中就存在着拆散固定文本结构，使之变为更灵动的、闪烁的、动机与效果对立的、多向度文本的、客观性的无限自由之光呢？所以，对实验诗理论而言，西式“细读”并不能包打汉语实验诗批评的天下。那么，如何找到一种更适切、更锐利、来不得半点骑墙式的解释模式，就成了 1985 年之后现代诗批评家们的难题。

当我说极端写作实验诗不再是通过诗人出来说话，而是由字词本身出来说话时，我是被迫采取的极端说法。这个问题的辨证表述应当是：语言结构与诗人之间，不再是后者赋予前者，而是一种双方彼此的照亮、选择和发现。在没有写作之前，传统的写作是诗思已先然存在，“胸有成竹”；而实验诗则是，诗思在写作中与文本一点一点同步出现的，它的结构就这样被偶然地一点一点竖立起来。诗人循着一种神圣的预感前进，他并不清晰语言结构的深处究竟发生了什么冲突，他必须承受“天才”所唤醒的压力，忘掉“诗所言”，专注“诗本身”。如果说常规诗歌语义是连贯的跳跃线条，“极端写作”的诗就是发散式的晶体点状面，是依靠纯语事实的构架来支撑的。前者直线运动到一个终的结束，后者互动、摩擦，分裂成更小的微粒。前者构成“意思”，后者构成“意味”。前者是由粮食酿成的酒，后者是酒精燃烧时发出的热能。前者是存在，后者是空无。前者是地面，后者是地面和天空两面拉开的力量：看不见却可以触摸，听不到却可以感受。

法国诗人让·贝罗尔说，“在诗最成功的瞬间，总有一个‘我说’和‘它说’交相辉映。有时诗人掌握话语，有时话语支配诗人；有时诗人使用话语，而有时是话语在呼唤诗人”（《诗在话语的空间相互追逐》）。正是从这个特定的意义上说，由话语自身出来“说话”的极端写作，获具了它应有的价值。

1989年4月29日

认识现代诗

“一个新词犹如在讨论园地里播下的一粒新种。”①

当我们写下“现代诗”这三个字时，会意识到它早已不是什么“新词”了。但是，它肯定是一粒永动而坚实的“新种”。每一个严肃对待生命、生存和艺术变构的人，尤其是当他具有感应现代诗质的经验积累、知识智能准备，特别是他同时具有必要的天赋和机缘时，他就会让这粒伟大而精致的“新种”，在他的生命中反复爆裂、发芽、开花、结果。对他而言，“现代诗”成为他精神历程中特殊的有关生命体验的“特殊知识”，而不仅仅是士大夫式的适性得意的消闲；它是源自生命底渊的欣悦和疼痛，是语言与生命尖锐的相互发现与洞彻，是回击死亡的圣物，是背负十字架又在天上行走的心路历程。正是在这种剧烈而充满精神启发快感的残酷摩擦中，在这种纯粹又奇异的形式感体验中，他发现写作是值得的，艺术是比我们的存在更高贵也更重要的。它加深扩大提升了我们。因此，现代诗与现代人的生命是同构的。

现代诗就是具有现代倾向的诗歌。它相对于西方的古典诗歌，特别是 19 世纪浪漫主义和现实主义诗歌而言。作为跨人文语境中的我国现代诗，其产生和发展壮大，同样是受惠于诗人们对西方现代诗的从追摹到发展为自己的创造。因此，现代诗是 19 世纪末在西方出现，20 世纪酿成具有国际规模的现代诗潮的综合名称。现代诗名目繁多，乱花迷眼，但内容上的标新立异式的“文化灾变”感和形式上的实验性是其基本特征。它的“基本元素”是：意象主义诗歌，象征主义诗歌，表现主

① 维特根斯坦《文化和价值》，清华大学出版社 1987 年版。

义诗歌，未来主义诗歌，超现实主义诗歌。这几种元素的衍生体和分蘖体，当然也可溯回其母体了。

现代诗的意识背景和语言态度、精神结构和基本艺术符号，与古典诗、近代诗深为不同。我们知道，文艺复兴以来（历经古典主义、启蒙运动、浪漫主义、批判现实主义文学），人的主体地位得到高扬。这种强劲的人文主义和理性主义势能，一直贯穿了几个世纪。莎士比亚在《哈姆雷特》中写道："人类是一种多么了不得的杰作！多么高贵的理性！多么伟大的力量！多么优美的仪表！多么文雅的举动！在行为上多么像一个天使！在智慧上多么像一个天神！宇宙的精华！万物的灵长！"对人的这种无以复加的赞美，到了19世纪末的现代诗人那里，就变成了失效而薄脆的幻想、廉价乐观主义者的神话。我们知道，自19世纪末开始，人类精神史上出现了对传统中的客观主义、绝对主义、本质主义进行挑战的浪潮。整个20世纪思想史的主导倾向成为主观主义、相对主义、怀疑主义、多元主义、非理性主义。人的生命意志、本能、存在状况，人的自由，人的出路……得到充分揭示。生存的困厄，精神的漂泊无依，肉体的我、感觉的我、分裂的我、绝望的我，错综而来。生命深层的历险，作为比理性更强大的生存意志，比已有"文本"更充足更真实的潜在"文本源"，得到了纵深而疼痛的开掘。生命意志对历史决定论的逾越，原始冲动对理性教条的逾越，精神自由对物利欲求的逾越，个我生命对生存压力的逾越，人在死亡之前与死亡的对峙和人对自我局限的逾越，这一切——构成了现代诗最噬心最了不起的基本命题。传统的现实主义诗歌、浪漫主义诗歌，是没有遇到更回答不了这些挑战的。因此，非理性也好，悲观论也好，荒诞感也好，在现代诗中的真实含义比人们意识到的辞典意义或道德意义要复杂和深展得多。如果我们知道用直尺去量圆柱体只能得出物体的一部分特性的话，我们对现代诗中反理性产生的"新理性"、悲观中诞生的生命高蹈、荒诞里潜藏的根本真实，就不会感到意外和隔膜了。而这一切都已被现代主义诗歌大师们的杰出劳动证明和竖起了，以至于对它的论述变得不证自明。

现代诗的意义当然不仅体现于此。它在艺术形式上的创造，它所确立的一套形式原则、规范、经验和知识的总和，是我们更感兴趣的方面。在这一点上，我们可以借鉴的地方更多。

在诗歌与现实的关系上，现代诗提供了新的认识类型。在现实主义或浪漫主义诗歌中，诗歌的任务或是印证式地再现生活，或是受动性地直接歌咏或慨叹生活融解在创作主体心中的情愫。诗人要做的工作是，对生活现实中发出的信息进行具有一定高度的整理、加工或重新组织。谁干得出色，谁就赢了。这些诗当然有自己的长处，但从诗歌本体角度看，又有一定缺陷：在这里，对艺术价值的解释权是在生活那里，诗歌的主角不是语言形式，而是生活，或者至多是产生形式的诗人。而现代诗的价值准则是，语言比生活更真实，形式比诗人更重要。在这里，客观事象是不真实的，它遮蔽了艺术家微弱的目力。而生命底渊中冲腾和嚣叫着的瞬间印象，梦幻与冥觉，直觉与潜意识，象征与现代知性，才是唯一可靠的、没有见证者的绝对真实。这种破天荒的意识一旦苏醒就无法重新睡去，写诗就这样成为一个“舒心而艰砺”的形式苦行，一种纯语的个人乌托邦。不是诗人的观察，而是诗人的灵魂话语构成了诗歌的存在。因此，诗歌真实的观念到这里发生了动摇，但它的目的当然不是弃置“真实”，而是寻求骨子里的内与外相互打开的终极真实。以艾略特为代表的一路知性诗人，正是在这里完成了生活真实与艺术真实的包容和互涉，从而成为这个世界里“特殊的知识”的发现者。而更多的现代诗人却猛烈地摆脱了思辨理性，为我们提供了一个高高在上的、纯粹的个人隐语世界。区别他们的高下，既有历史评判又有艺术评判的不同法则，作为现代诗的两格，我们看重的是二者之间共同的生命形式特征。

对语言的崇拜是现代诗的特征。诗歌作为文学中的文学，其主要荣誉是诗能更充分地使用个别字、词。在传统的诗歌写作中，语言或者是盛载“意思”的容器，或者是先于诗人写作而存在的可公度语义符号，而在现代诗中，语言与感觉同步发生，具有诗人注入的个人信息。在此，语言本身就是自足的构成，它通过诗人的天赋、智慧、秩序感和形体感的努力，最终成为独立于诗人之外的、积极和自我运动的、比诗人更无常更有生命力的精灵。由此来看，“不是诗人写诗，而是诗写诗人”，这句话并非通常意义上的比喻或夸张，而实在是严格的对语言内在奥秘的理论表述。“形式决定内容”，只有在这一意义上是无可辩驳的事实。从象征派及意象派诗歌对语言的形成性发现，到后来一切严肃的现代诗人对语言无限可能性所进行的创造，我们都可以看出现代诗对语言性质和功能的全新警惕与挖掘。诗歌形式感的重新确认是现代诗的又一标志。一般地说，现代诗弃置了传统诗歌的形式和格律。这并非艺术上的“无政府主义”所致。在现代诗人看来，诗歌重要的不是视觉上的整饬和听觉上的旋律感、节奏感。决定诗之为诗的重要依据是诗歌肌质上的浓度与力度，诗歌对生命深层另一世界提示和呈现的能量之强弱。从这个意义上说，现代诗不是一般地反传统，几乎相反，它是要“返”回真正诗歌的根底。现代诗的精神内核是什么？是诗。是正常的散文语言无法转述的部分。因此，我们不是在当下的“遗产继承者”的诗中（“遗产”不等于“传统”，后者是活的，需要创造性加入之），而恰恰是在现代诗中发现了至强的本体依据。它作用于我们的生命，协和着我们灵魂和肉体的迂回升沉，紧张和震惊，陌生和对切分话语的节奏渴望。直观、错觉和幻觉，白日梦和种族记忆，通感和移情，象征和语音漂流，生存结构和个体生命结构，复杂经验聚合的深度文本……这一切，均在现代诗的形式中得到深度综合处理。只有这种意义上的“形式感”，才能使我们从传统诗形式的集约化、标准化、工具化、非人化中解放出来，满足现代意识贯注的一颗颗健全而挑剔的头脑。因此，在现代诗中，形式确实就是“一切”：内容是完成了的形式；形式是达到了目的的内容。甚至更夸张些说，现代诗不是单一的文学，它更接近于艺术，接近于绘画、音乐和现代舞蹈。它强调形式为第一要素：谁能把构图、色彩和绘画，谁能把音程、调性和乐曲，谁能把舞蹈和舞者——分开?!

对现代诗意义、技艺和功能的揭示，需要我们深入一个个具体的文本。这里，对其性质的解释，就一定显得泛而不精。现代诗的内质，是发展着的、永远向未来开放的。它对传统诗质，在超越的同时又要追复。因此，我们必须树立一种相对的、形成性的认识观念，切忌停滞不前。伽达默尔说得好："真正的理解不是去克服理解的历史局限，而是承认并正确地对待这一历史性。"（《真理与方法》）

1988年2月4日

“正典”与独立的“诠释”

——论现代诗人与传统的能动关系

1989年，我发表了一篇谈现代诗与传统之关系的论文《不留余地》，这是一篇反诘性的文章。当时，我的想法是，站在纯理论的角度，论述传统与创新之间的互动关系。我已做好准备，回答来自各方面的疑问或驳难。但是出乎我的意料，这篇不留余地的文章被许多朋友认为是稳重而求实的。这的确符合我的想法。不留余地，应该是指在论证上毫不骑墙，不要滑头，而不是指立论上简单化的走极端。近两年过去，我感到对这个问题还有话说。这里，我想从一个诗人具体的写作态度上，来谈谈现代诗的“继承传统与创新”问题。

现代诗的“继承与创新”，是一个非常复杂的问题。严肃的诗人在这个问题上都不可能没有自己的认识。“继承”，作为一个学术语汇，除了“文艺政策”意义上的引导外，对具体的诗歌写作而言，其语义是含混的、可选择的。在这里，我首先想指出，流行于市面上的对“继承”的理解，是得到了主流意识形态正统文化圈的支持的。它是指对中国古老诗歌传统的回归和摹仿。这种民族主义的“继承观”，含有相当成分的不容分说因素。因此，它的地位总是被认为优于及先于创新，它仿佛总是首位的、本质的、正面和核心的。如果一个诗人从表面的语言效果或诗歌体式上表现了向传统的摹拟，那么，他的诗就被先在地给了意义。他的平庸和懒怠，他的守旧和迟钝，也仿佛可以得到这种先在给定的包庇。这样的例子不在少数。因此，要想匡正这种肤浅的“继承观”（如果它的确称得上一“观”的话），的确是非常麻烦的事。因为建立在一正一反二元对立基础上的理论背景和创作模式，已使人们习惯于非此即彼的思维轨程。你要站出来反诘这种诗，立刻就被置于“反传统，反继承”一边。这种得到正统文化强权支持的势力，可以超出文学讨论之外借助意识形态的力量来居“高”临下地结束这种讨论的平等性质。由是，我们看到了这样的事实：诗歌理论界仿佛真的营垒分明，空手入白刃，一方是“遗产派”，另一方是“西崽”。双方都由捍卫自己的观点，发展到赌气，围攻。这种由显示、演示发展到指示的“论争”，扩大了人们的盲目，遮蔽了问题的本源。因此，它给了我们热闹，但没有多少启发。

当我们排除了对“继承”这一问题的表面理解后，我们才能真正触及它的内质。广义的传统，并不仅仅是我们见到的文化“遗产”，具体到文学来说就不仅仅是可见的文本。传统既是实体存在，同时也是一种功能。因此，我们置身其中的今天的生活中，最寻常、最微小的东西，都含有一定意义上的传统因素。大到人文地理、国家民族、精神社区、人的生存、历史事件等，小到一个词素、一句话、一种表情、一个姿势语或动作。而在现代诗人的写作中，传统体现为诗人与民族气质、与文化、与语言、与类群的能动关系。没有传统的诗将无法在民族中真正存活，所以，我不认为只背弃了古典诗歌艺术形式和审美素材的，得到今天广大读者认同或热爱的现代诗，就真的完全背弃了什么“传统”。传统作为一个无限扩大的“文本”，它从来就没有也不可能离开我们。有的只是那种不愿正视和承认传统无所不在的幼稚的理论态度。

但是，问题的症结或许不在这里。在一个优秀诗人的写作中，“继承”传统首先是指非常复杂化的、自觉化的对母语及民族气质更深度的理解和发现。因此，我们不可能置身传统之外是一回事，而对它的深入理解并自觉创化及重新生成则是另一回事。在这里，我可以说，从理论上完全否弃传统的人，和那些皮相地摹拟传统格式的人，是一个战壕里发生内讧的战友。他们从客观上达成合谋：拒绝深入传统。

那么，接下来的问题是，我们的诗歌传统是什么呢？在讨论中，任何问题都必须有一个核心，正是这个核心，防止着讨论的自由游离。树立并加深这个核心，不但是一个理论家必备的素质，更是他的天职。既然我们讨论的问题是如何深入传统（而不是谁在传统之“外”），我们就必须涉及诗歌传统的明确的细节含义，特别是过去诗歌模式所遗留下来的价值、原则、规范、经验和知识的总和。于是，我看到了对传统特质的众说纷纭的理解：

人民性，
忧患意识，
现实主义，
浪漫主义，
言志咏怀，
缘情说，
以史为咏……

天人合一，
言无言，
自然泛我化，
赋比兴，
游仙精神，
淡泊，
乐感，
佯狂，
意境说……

前七项也可以说是任何民族的诗歌发展到特定阶段的共性特征，后九项则基本显示了传统诗歌（又岂止是诗歌）的个性特征。即使如此，我仍然看出了后九项与前七项间诸多因素彼此的纠葛、互否、运动和更新。面对这种复杂的情势，我们如何确立自己写作的而不仅是发表“宣言”的立脚点呢？如何在这种种的相对性、复杂性面前得到一种自明意识的支持呢？或者，我们深入传统仅仅是为了重温旧梦吗？如果不是，我们又怎样区分什么是创作而什么是描红呢？迷信和教条难道就是那么容易从我们的意识深处排除吗？因此，当我们声称要回归或是“继承”传统时，传统首先站出来说：“我的特质在哪儿？请先指明。”

我认为，这种无法有公认权威的茫然局面，只能由真正严肃而优秀的诗人自己出来主持，他与传统的关系成为“正典”与独立“诠释”的关系。

所以，我坚持我一贯的立场，即：对诗人个人的写作而言，“继承”传统不会是一种轻而易举的被动的行为。这里，永远包含着对其积极能动的选择、变构、剥离和重新“发现”。传统与现代，是互相打开的。因而，传统只能是“当代”重新理解中的传统，它首要的因素不是自在的、固定不变的，它永远包含着创造的因素在内。对传统的“继承”，从最高价值上说，只能是传统意义的重新“生成”过程。传统对我们现代诗人来说，它既不会是可以包打天下的利器，也不只是需要加以克服的消极滞塞因素。它仅是一种无限大的可能，真正的价值只能相对于我们的智力深度及语言能力的实践而确定。传统是需要也只能由无数个“当代”反复发现和给定；诗人对传统的意义，是他的写作实践及实绩所赋予的。“继承”活动在本质属性上是与“创造性理解”同时到来的。正由于我们带着某些异质的冲动加入了传统，传统才得以存在和发展。所谓“继承”传统，实际上当然就首先包括了发展、揳入新的因素，使旧有的传统格局发生变动，包括改变秩序和重新“陌生”化等运动在内。

理论家要做的一种工作也许是“整理传统”，使之类型化、标准化、整体化和稳定化；而诗人，则永远带着合理的主观性、相对性、创化自豪感，去重新加入、解析、生成“传统”中的某一种或几种可能性因素。在后者这里，“继承”永远不是一种复制的过程，不是去“媚”文化意义上的“俗”。在民族杰出诗歌的伟大共时体中，由于自身内部的复杂性，呈现在诗人面前的传统，无所谓什么本来面目。不是理论宣言或低能的诗评家自以为是的“全面判断”，而是诗人的天才、创造活力和成见构成了他与传统那种能动的关系。他使传统中某一局部因素的价值隆起，而舍弃了另一些，甚至是更极端地排除了它们。这难道真的是反传统吗？如果硬要说，我愿意说这些诗人是在“返”传统，返回传统中最优秀的根子之一。让我们看看上面我列出的十六项传统概念，我们会得出一个认识：变革，建设，改造，发现，是每代自觉的诗人对传统的基本态度，同时也是传统本身题中的要义。因此，只强调被动摹仿，只寄生于僵化的对传统的认识的人，他们恰恰是“继承”到了反继承的程度。这难道不正是一种盲目守旧（他们却说真正的诗人在“盲目创新”）的态度吗？守旧而盲目，还不如自觉地守旧。我们树立了对传统中诸多因素的取舍、改造和发现这样的能动立场，就决定了传统（至少对我们这种立场的现代诗人而言）不再是一成不变的、前在的、僵固的东西，而始终是可供选择的、偏离的、流变的双向过程或多向过程。

在本文的开头，我强调了我的立场的基点是一个诗人“具体的写作”。现在，我可以进一步说：继承与创新，在这个特定的基点上，不再是两个词，而是二者构成的一个“新词”。由此衍生出的另一个极而言之的说法是，不只是传统决定或造就了杰出的诗人，有时几乎相反，是杰出的诗人“生下了”传统。作为杰出的诗人，他的某部分意识背景和隐语世界必须是独一无二的。它（诗人或诗歌文本）存在于传统之内，同时又制约和改造了传统；它（诗人或诗歌文本）逃避了传统的控制，反而从更高的层次加入并丰富了传统。这里不存在拟古不拟古的问题，只存在通过词语建立另一个生存——文化——个体生命话语世界的问题；不存在是否符合某一类老式读者阅读类型的问题，只存在通过新的创造去同时创造出新的读者的问题；不存在我们能否让“遗产”不朽的问题，只存在传统是否能使今天之诗秘响旁通内力远出的问题——我们是为揭示生存/生命而写作的，我们又不是邮差。因此，真正杰出的诗歌（诗人），它（他）同传统的关系，就一定是一种奇妙而模糊不清的、张力极大的、可变的和间接的功能场；这种既增补又超越，既深入又剥离，既是共时体的一部分又是隆起的个别性价值……的能动关系，我们在历代诗歌大师身上不是一再地看到吗？文学史已有的经验和知识，已给我们提供了理解这一现象的可能范围。难道我们还用得着调动更复杂的个人的智力因素吗？

但是，我这里也许不用谈什么大师。就谈谈我们，这些普通的正在写作的诗人。既然对传统不存在绝对客观的、唯一全面的理解，那么，你依据什么说“我继承了传统”？即使如此，又如何肯定你的“继承”是合理的、正极的，而不是负面的，甚至伪装的呢？如果传统中那些已被它自身的运动淘汰了的劣质因素，以及那些阻碍历史进程、沉迷小农经济，甚至对现代人的生存状况起恶化作用的因素，也被你和对诗歌审美性格的沿袭一道“继承”下来呢？因此，对那种只提“继承”，而不能进一步阐明或是有意地缩小、减少、低估传统中矛盾性和劣根性的诗人及理论家，我们在今天尤其应当对其进行必需的鉴别、评断和驳斥。传统的力量在现代的体现结果是，一部分传统在我们的母语和生命内核中，成为血素而不是假发或真发的“辫子军”。另一部分传统“正典”用文本固定下来，成为随时可能被各种向度打开光芒的、绝对“共时性”中创造和激发的、自由诠释的活跃存在。而具体到一个诗人的写作，最终可靠的东西，就一定主要不是什么理念上是否“继承”传统的形模，而主要是你以什么方式、什么高度、什么天赋去重新对待和发展激活传统的。因此，你的话语能力、自觉程度、理性、意志、天赋、直觉、情感表现力等，并不能先在和天然地得到拟古性“继承”这一立足点的保证。只有被当代“成见”所理解的历史，才是有价值的有作用的文学史，否则，一切创造都谈不上。

文化艺术的价值从来都是寓于评价或解析之中的，而且只能在“今天”的评价和解析中得到体现。所谓“解释学的循环”理论，给我们以重要启示。而对传统价值的理解方式尤其如此。这种高度的整理、加工和重新变构能力，我们可以在“文艺复兴”时期大师们对古希腊、罗马艺术的重新发现、洞开和“生还”中见到。近的说，我们也可以在现代主义大师艾略特、叶芝、埃利蒂斯、帕斯、布罗茨基等人的写作中见出。在新时期中国大陆的诗坛上，我们更直接地从杨炼、江河、海子、骆一禾、张枣、柏桦以及《现代汉诗》某些诗人的创作中，见到了这种能动而深刻的传统新认识观。恰恰是在他们身上（而不是在整天高喊“继承”的拟古主义者身上），我感到了东方的博大和幽深，平静与流连光景，语言的疼痛和火光。所谓传统的真实和活力，离开今天的诗人充满个性色彩的巨大变构能力和纵深加入能力，我们能从哪里找到呢？传统←→现代，就这样活在自觉的诗人精神历史的深处，成为一种无所不在的启示和骨头、血浆。用自己话语的血液，去黏合几个世纪的椎骨，优秀的诗人就是这样带着天才而勤谨的能动精神，扩展并加深了传统的语境，强化了它被诗人意识到的某些本质因素，并最终使之成为**活生生的今天的一部分**。所谓民族特色，所谓东方感的现代诗歌，只有在这种自觉的创造意识高度下，才具有真实、结实、落实的广阔可能。

最后，我想用克尔凯郭尔的话结束此文。这位大哲是这样说的——

> 不愿劳动者不得食，只能受到欺哄，就像众神用一个虚无缥缈的形象代替爱人来欺哄俄耳甫斯：因为他太纤弱，缺乏勇气；因为他是一个弹三角琴的，而不是一个男子汉。不愿劳动者必须注意一下关于以色列处女们的那段话，因为他只能生出一阵清风；
>
> **而愿意工作的人却会生出他的父亲**。

1990年8月

诗歌信仰与“个人乌托邦”

假如纯正伟大的诗歌正在消逝，从何处可以使之保留并且深刻地前进呢？当然，纯正和伟大在今天已经不只意味着广泛而实用的社会承诺。它更接近于诗人个人的理想和抱负，更多地有赖于诗人坚执艺术的信仰。这就是说，诗歌的挑战不是针对什么“诗坛”的，它几乎主要是针对个人的。因此，我一向鄙薄那些只知叹怨诗坛如何萎缩如何扯淡的人，他们对诗人的本质所知甚少。

在涉及诗歌艺术问题时，我们很少谈到信仰。但我们在谈到所谓社会问题时，却常常动用它。其实，诗歌作为诗歌，它本身就是诗人信仰的对象，这种信仰是绝对无条件的。因此，信仰在这里作为一个特殊的词语，就成为存在中的特种存在，几乎是最高的纯存在——不是什么存在的投影，而是存在本身。这种话，在一些人听来也许颇为刺耳，他们说这是一种逃避，断隔了诗通向现实的大门。而我认为，事实几乎相反。如果我们不走向个体生命的核心，不拥有个人的语言立场和隐语世界，那么，我们才是真正地逃避生存呢。当代严肃艺术的一个根本的标志，就是在时代的物化和媚俗中，保持独立个人的精神性。精神的价值难道是权力话语和金钱给定的吗？如果是，我们就应重新去认识世界文学史了。如果不是，那么，那些拥有诗歌信仰和个人乌托邦的诗人，怎么会是逃避现实、背离人生呢？因此，纯粹个人乌托邦的营造者，那些在生存困厄中拥有诗歌信仰的诗人，他们不是表现什么“自我”，而是将自我和读者提升到诗的高度。他们不想用诗去追踪什么生活，而是让生活反过来摹仿一下诗歌。诗歌将人类照亮，使之与权力和下滑抗衡。这种尊重个性、维护人的尊严的东西，难道不正是现实生存价值本身的应有之义吗？

然而，如果有人问我，你所说的诗歌信仰与“个人乌托邦”，究竟意味着什么？有没有更为具体的界定？那么，我将感到为难。因为，假如我为这两个偏正词组做了严格的概念限定，就同时否定了我反对独断论而尊重个人信仰的一贯立场。但是，你们已经注意到了，我在文章的开头说过“纯正”“伟大”这两个形容词。我认为，“信仰”和“乌托邦”虽然具体的内涵可以多种多样，但“纯正”和“伟大”却是这多种多样中的统一，是优秀诗人共同的精神守则。作为严肃的文学性个人，首先应具备的恐怕就是这两点。这是个前提。现在，我们可以将问题进一步明确了。

诗歌比我们诗人高贵，正与理想和现实相同。我不同意用教徒对宗教的信仰比拟诗人与诗歌的关系。首先，宗教是蔑视个人的，这一点毫无疑问。我认为更应指出的是，宗教徒只是单向地要求精神沐浴，要求一种承诺、拯救。而诗歌对诗人而言，远比这更为凶险、艰砺。它是一种写作中的个人苦行，是“上帝”的血被诗人重新流出，是先代严肃深刻的诗人捐躯的精神又一次返回普遍生灵的上界。而与教徒的安泰、依恃不同，真正的诗人永远是在离心中历险，在古老的信仰中忍受失败。因此，“诗歌”只是作为“信仰”而信仰，作为“乌托邦”而乌托邦。它永远不会是一个具体的地址，而是一种不可能中的可能。所以，真正的诗人最深的隐痛不是什么得不到承认，更不是什么得不到现实利益。而是面对生存和生命他永远不敢说“我写好了”，永远也不敢放弃牺牲的准备。而这一切，又怎能指望没有艺术信仰的人理解呢？确实，诗歌作为一种信仰与“个人乌托邦”，并不是为了满足诗人个人的超离愿望。对真正的诗人来说，甚至根本都不是。他还没能确有“自己”，怎么谈得上超离呢？当诗人在经历孤寂和敌意时，他对此已经麻木不仁。因为，纯正伟大的诗歌大师，为他们树立了榜样，使他们热爱一种斗争的生活。但那些挂在生命尖钩上的意象，那生存的压迫在他们生命中跺着脚震颤着的结构，是如此渊深难求！怎么会是什么个人超离和逃避呢？怎么会是淡化时代和人生呢？不是，诗歌信仰和“个人乌托邦”沉重的分量已将他们的青春压弯。这实实在在是一种最初和最终的人生经历的现实。

也许说到这里，那些批评者的怒气可以平息下来了。艺术，作为一个基本词汇，不是不言自明的。它是一门需要我们终生学习的功课，至少是应该思量再三的重要信念。我不反对艺术之外的人群对之提出唯现实目的的要求。但我想说，艺术家包括那些认为自己是要搞艺术批评的人，首先要明确艺术自身的依据和目的。这是对话的基础。除了实用性之外，你能对艺术的要素做出更实在的讨论吗？或者反过来说，如果艺术对你而言只不过是一种实现目的的工具，那么，你本来可以更捷便地找到更顺手的工具啊。不妨再进一步说，对纯正、伟大的艺术你视而不见，对提升人的生命体验到达诗的高度的东西你满怀怨愤，这难道不正是一种反现实的态度吗？到这里，我可以说，如果说艺术有目的，那就是它在普遍的压抑和物化潮流里，维持个人精神的独立性、纯洁性，使民族的语言和审美不断提高、发展。诗歌尊敬人民，诗人热爱人民，只能拿出最卓越的东西，而不是迁就权力及时尚。这是时代的吁求，也是艺术发展的规律。文学史上我们的先祖这样做了，我们今天仍然要这样做。

上面的盘诘似乎离开了我想要说明的论题。这种陈旧的盘诘为什么一再成为诗论界反复纠缠的问题，以至我不得不在这里再次扯到它呢？这本身就说明受控的理论发展是多么滞缓、乏味。艾略特在《哲人歌德》一文中谈到，“探讨诗歌信仰与哲学信仰的关系，以及诗人对哲学系统的态度（无论是信仰还是接受）性质，不会使我们有多大收获，相反会使我们离题太远”。事实上，某些论者就简单将诗歌信仰与强制意识形态顺役直接对位了。他们看来，如果一个诗人拥有对诗歌艺术的虔诚信仰，坚持自己的乌托邦，那么，就可以说这个诗人是淡化甚至是反对诗歌为人生歌唱，是“十足的资产阶级艺术观”。这种说法太可怕了。倒不是它可能断送一个诗人的艺术生命，因为真正的诗人谁也不可能断送；可怕的正是艾略特所说的“离题太远”。它将使问题浅淡、无聊、混乱，会使那些在经验和修养上缺乏准备的更年轻的一代文学爱好者，对艺术没有深入而健康的理解，成为空发牢骚而毫无创造能力的保守型庸人。事实上，这种所谓的诗歌“新人”已经大批出现，他们不再为提高艺术而费心，却整日在瞅机会，摸题材行情，他们的物质欲望在诗中找到了一种变格形式。

让我们回到问题的开头。我说过，诗歌的挑战不是针对什么“诗坛”的，而是针对个人的。说到底，真正的诗人除去理论意义上的位置外，就他个人的写作而言，他跟“诗坛”有什么关系呢？这个问题的辩证表述是，他难道不是仅仅作为一个个人与“诗坛”发生关系吗？既然如此，诗歌信仰与“个人乌托邦”的提出，就不仅是事关某个人的抱负，而同时关涉到整个当代诗歌史的情况。每一个具体的个人共同汇聚成一个社区，在诗歌的社区内，我们鼓励的恰恰就是这种内在的个人性，或者说“个人乌托邦”。问题到这里，已经与本文开头不尽相同，它开始偏离、互动，但又更内在地靠近论题。或者说，这是互为因果互为表里的两个方面。正是因此，诗歌信仰与“个人乌托邦”的提出，并不表明我在诗歌立场上要掀起什么反动。我所说的，只是诗歌创作中的基本问题。我希望那些关心我的同志意识到这一点，免得我们再一次进行那种不能接火的“论争”。

是的，诗歌信仰！我们几乎从来不提到它。这个不证自明的道理使我如此煞有介事，是希望能教一些朋友感到亲切，类似一种怀旧的情感罢。而说到什么启发或领导潮流，特别是什么“背离了××方向”之类，我怎能奢望这些。

1990年11月3日秋雨

论诗与思

思就是诗

海德格尔在《林中路》中说："思就是诗。尽管并不就是诗歌意义的一种诗。存在之思是诗的源初方式。正是在此思中，语言才第一次成为语言，亦即进入自己的本质。存在之思道出存在的真理的口述。存在之思就是最初的诗。存在之思是原诗（Urdichtung），一切诗歌由它生发，哪怕是艺术的诗的作品，只要它们是属于语言的范围成为作品的，都是如此。广义和狭义上的所有诗，从其根基来看就是思。思的诗化的本质（das dichtende Wesen des Denkens）维护着存在的真理的统辖，因为真理思地诗化。"

海德格尔这段话道出了语言及诗的本质。只要人类这一特殊语言物种存在，诗与思的共相展现就会永世不绝地重复。本真的诗，从诞生到完成，所呈示的不朽功业，不是岁月积累的碎屑，不是退入人的原始本能发出的宣泄，不是修辞和咒语的炫惑，而是一种特殊的"命名"。它坚持刺入生存的本质，道出真相/真理，为人类的再生提供"语言作为存在之家"的保证。诗人为神圣的东西命名，也为生存的压抑命名，前者体现为大生命家宅的庆典，后者体现为从遮蔽到澄明的拯救。诗歌，就这样成为既为人创造，又创造着人的最了然、最精审的形式。考虑到语言艺术与真理之间这种二而一的本质关联，一个陈述句就产生了：

诗歌是估量生命之思无限可能性的尝试。

活　力

我没有体验过任何一种语言生命的内在震颤像我在写作中或是在阅

读伟大的诗章中那样：它使我忧惧，分裂，在我的生命内核中置放军火。

它让我深深感到一种放逐。实在世界退隐了，“天空”太高，我攀不上去；大地太浑浊，我难以触及更深的层面。在没有结实可靠背景的生存中，诗语出来为我造出一个天地。也许，即使在诗章中，我也未能发现生命的出路到底是什么，但至少诗歌使我体验到一种自觉的放逐感或悬置感。它使与人的存在密切相关的问题加深并保持了活力。而不是使问题不了了之地钝化和消失。

伟大梦想

有一种倾向，总把感觉错认为是诗。人们企图依赖诗歌，留住那些已被现代高强度刺激抹掉的梦想世界。其实，一切皆流，无物常驻，依赖梦想最终也会被梦想抹掉。

诗，如果不对梦想本身进行反思，梦想也会成为失去活性的存在。它最终从诗人的生命中抽身而去，成为异化人的野蛮力量。梦想应该是诗人对生存的寓言化追问，因此，我们担心的不仅是梦想的泛滥，更是伟大梦想的丧失。

人摹仿诗

人通过反观自身得以真实的存在。诗却更先描述出一种比人的存在更伟大、尊严、高蹈的存在。不是诗歌摹仿人，而是诗歌让人达到它。

接近诗歌是一件危险的事情。

但不去接近更为危险。

镜　像

我想，诗歌是人创造的伟大存在。但也可能没有一个物种像人一样与诗歌存在着“不协调”的关系。诗歌使许多人的真相败露，甚至揭示出人与动物的等式关系。人创造出诗歌，就同时承担起对自身种种歧途的审判。他要追溯“虚无”“时间”“存在”……这些词生存论的词源，他要置身于终极焦虑的核心。

但人类的限度真的能趋临神圣之物吗？

我常常这样想：有时诗歌就像镜像中的我，两个人面对面站着，方向却正好相反。

悖论结盟

在我的书案上，有一幅可能长久不会拿走的字条。它是一则对话：

当格劳肯（Glaucon）听到苏格拉底描述理想的生存形式后，反诘道：“苏格拉底，我不信在地球上的什么地方有这样一座上帝之城（City of God）。”

苏格拉底回答说：“无论天堂中有没有这样一座城市，或者地球上有没有这样一座城市，有智慧的人都将循着这城市的方式而生活，并以此装点自己的家。”

——对我来说，这则对话有如人类精神历史中怀疑主义和理想主义的两大巨流纠葛在一起，冲激、互否、盘诘；怀疑的勇气和拯救的勇气相互依存，它们加深了生存的问题，扩展了生命的“无知”。正是这种永恒的相互追问，使生命之思保持了活力。它们的对称和对抗，使生命的问题永久归结为追问过程本身，而不是简单地消解或给出单向度的“结论”。

不管我们有限的生命是如何启示的，让我们不要再用简单的二元对立方式将生存判然划分为“我不信”或“我坚信”。作为一个自觉的诗人，他永远是以“我不信”的方式“坚信”着，同时又以“我坚信”的方式“不信”。他从这种神秘的悖论结盟中，发现了接受困境的勇气。这种勇气，建立在他终其一生与缺席的“真理”之个人交往中。

如果诗性不仅仅是一种审美属性，同时更是一种对罪愆的揭示、对权力主义话语的回击、令人不安的谶语、晦暗与澄明的奇特混合物，以及对尽可能广泛的人类生存的综合探究的话，我们就无法想象“我不信”和“我相信”是绝对互不相容的。这种不可化解性的共时存在，使人类诗歌得以形成亘古迄今脉动不息的伟大共时体，使不同时代的诗人共同为一首永远无法完成的矛盾的“大诗章”做出持续的努力。的确，无论是神圣的还是世俗的作品，只要它是重要的，我都会从光明中读到冷彻骨髓的语像；反之，从死亡移近的阴影中感到黄金时代式的原初统一的光芒。

高峻和寒冷

周天寒彻的十二月，雪在天山峰巅闪烁。我面对它，恍如发现了人与诗这一对关系的隐喻。诗人创造能力的成长，和对象高度的增加是同步发生的。

伟大艺术共同潜在的主题，其实就是人勇于对高峻和寒冷的占据。孱弱的诗人畏惧自己走到这种极端的绝境，杰出的诗人却将之视为未被消解的肯定物，并以之来证明自己的存在。

曼德尔施塔姆写道：

我冻得直哆嗦，
我想缄口无言。
而黄金在天空舞蹈，
命令我歌唱！

整体性

我反对诗歌中权力主义式的论调，在他们看来，诗，要么唯美而摒弃对存在之思的呈现，要么坚持从一种理念出发最终揭示它。前者被称为纯艺术，后者被称为深刻的哲思。

这是一种非此即彼的诗歌观念。它可能源于极权政治的思路或习惯。而我看到优秀的诗常常是这样：在词语的历险中，倾注着诗人生命中最持久的思想、感情和经验；在智力的快速运动中，闪射出纯形式的欣悦和自足。

谁能将火焰的光、热和形体剥离？这也许是科学家热衷的事情。诗人倾心的是不可分离的整体性。

无见证者

尼采说：你有勇气吗，我的兄弟？……不是那众目睽睽之下的勇气，而是隐士与鹰隼的勇气，这是甚至连上帝也见证不到的勇气。那种知道恐惧但又征服恐惧的人是有魄力的人；他瞥见深渊，然而却带着高傲的情怀。那以鹰隼之眼打量深渊的人，——那以鹰隼的利爪把握深渊的人，才是具有勇气的人。

我曾经望到深渊，但它带给我的是眩晕和危险的冲击。我的失败，也许是太渴求见证者了。这在我的写作生涯中，成为无谓的精神耗损。尼采，谢谢你强力意志的提醒。

好诗和伟大的诗

我这样区分好诗和伟大的诗：前者体现为完美，无懈可击，有如一粒饱满润泽的珍珠，让人观赏。后者也许常常不够完美，但它却是能产生下一代生命的卵子，无数的诗人继续创造了它之所是。

困　境

诗歌的进步并不是指前辈诗人困境的解决，而是将困境扩大、加深，是生存问题无限性的反映。

写　作

夜深人静，窗外飘起最初的冬雪，这是天空中落下的唯一使人不必设防的东西。我今年的大部分诗篇，是在这时完成。

一切喧嚣止息了，我得以坐下来面对自己。我发现了自己灵魂中残酷、冷漠的一面。这使我深信易卜生的体验，生存就是与灵魂中的魔鬼作战，写作就是坐下来审判自己。

思乡病

思乡病：现代诗的一个基本母题。有些诗人找到的是精神避难的伊甸园，另一些诗人却寻找另一种更危险的精神家乡。前者以安恬为终的，后者以历险为终的。前者自恋，后者自审。我热爱那些历险的诗人。说到底，精神的家园除去我们自身的火般的挣扎过程外，能到哪里寻找呢？

风　车

在青岛海滨，黄昏。我久久凝望着远方哥特式建筑尖顶上的一架风车。我心中涌出热泪，写下向你致意的诗行——

冥界的冠冕。行走但无踪迹。
血液被狂风吹空，留下十字架的创伤。
谁疼痛地把你仰望，谁的泪水
像云阵中依稀的星光？

我看见逝者正找回还乡的草径，
诗篇过处，万籁都是悲响。
乌托邦的留守者，灰烬中旋转的毛瑟枪，
走在天空的傻瓜方阵，噢风车
谁的灵魂被你的叶片刨得雪亮？

这疲倦的童子军在坚持巷战，
禁欲的天空又纯洁又凄凉！
瞧，生命就要流尽……
离心啊，眩晕啊，这摔出体外的心脏！

在污染的海岸谁向你致敬，
波涛中沉没着家乡的谷仓？
夜色即近，风展乌云，来路苍茫，
谁将坚持听从你的吁唤：
在广阔的伤痛中拼命高蹈，
在贫穷中感受狂飙的方向？

使上帝震怒的话语

我总觉得《圣经》有一段故事是饶有深意的：

洪水大劫之后，挪亚子孙在新的世界繁衍生息。他们成群向东迁徙，走到示拿地方，发现一片沃野，遂定居下来。“咱们在这里建一座城，城中建一座塔，塔顶通天。做个纪念，留给子孙，传留后世。”

巴别塔就这样耸立起来了。

那塔节节升高，直插霄汉。这件事惊动了上帝。耶和华降临现场，看到人们挥汗如雨而配合默契。他对天使说，“看哪，他们的动作这样协调一致，整齐划一，靠的是同一种语言。如今建城建塔，往后做起别的事来，就没有不成的了。看来我们得变乱他们的口音，使他们的语言彼此不通”。——接下来的事，我想大家都会知道了。

诗歌同样是人类共同的话语，是人类伟大精神共时体存在的对话场所，是使“上帝”及权势者震怒的话语。

天使与撒旦

美，过去一向被诗人视为诗歌的核心问题。但我们今天面临的已不仅是寻求美的问题，而是如何去判定美的问题。美已经对其自身提出了疑问：我是什么？

我们知道，天使是美的，撒旦是丑的。但我们也知道，天使永远只能是孩子，长不大；撒旦却能经历地狱之苦，是位成熟的英雄。

传统和先锋

我想，我们是不是不要再纠缠在“传统”和“先锋”这对立状态的争执上？事实往往是这样：如果诗歌的确有最高限值，我们不妨建立这样两个极——“揭示生存/生命的诗”和“作为一种行当的诗”。这似乎更有意义些。如屈原的《天问》作为传统，和今天相对主义、怀疑主义的精神意向恰恰是共时性的。将诗作为个体生命对生存的追问，和当作一种修辞技艺的行当，这不是新与旧的区分，而是真理和谬误的区分。

在场和消失

诗歌作为一种独立自足的存在，源始于诗人生命深层的冲动。但生命深层的冲动常常成为惰性诗人敷衍写诗的借口。因此，真正的诗歌不迁就一切，包括“我”那点可怜的原动力。它关心的不是“我”在场，恰恰是“我”的消失。

隐去诗人的面目，将生命的活力让给诗歌本身吧！

承　担

艾略特将自己第一首伟大的诗篇（不是第一首诗）命名为《荒原》。这是对人类文明解体、信仰丧失的经典性命名。有人看到的是诗人的绝望，有人看到的却是敢于承担绝望的勇气。

攫　住

深刻的诗篇常常呈现出生命本身被语言攫住时的状态。正是在这种状态中，生存的终极实在才可能显露出来。“攫住”是一种互为纠葛的力量，它使我们转向与语言的斗争；因为另外的选择就是放弃和沉沦——攫住状态的消失。

展　开

帕斯卡尔在《思想录》中说：“正要写下我自己的思想的时候，它却时而逃逸了；然而这使我记起了自己的脆弱，以及自己时时刻刻都会遗忘；这一事实所教导我的，并不亚于我那被遗忘的思想，因为我祈求的只不过是要认识自己的虚无而已。”

诗歌写作常常也伴随着这样一种虚无的状态，它使我怀疑语词的力量，甚至颓然掷笔。但我知道，这种虚无和怀疑，其本身含有自我肯定的因素。重要的只是，是在虚无和怀疑中止步，还是将之在灵魂中更广泛地展开……

向　下

冬天的夜晚，北风打开天宇。在一切都冻得哆嗦的西部，我和朋友来到一段废弃的大川。

裸露的河床铺满乱石。狞厉、冰凉。缝隙中挤着污浊的雪霰。我们踏上它，感到热血从脚踵升起。这是些战败者的头颅。广阔的空无和黑暗，在我体内发出回声。

河床缓慢而坚定地向下划破……每一步都仿佛是一种尽头。两岸起伏的沙砾，像是土地裸露的神经，它努力向下压迫，使河床趋向于金属。

走，向下！我点燃了一蓬沙棘，从黑暗和寒冷中，骑上窃来的有限光明。

我听到我的胯骨在歌唱，我感到祖先曾这样用身体和血液思想。

来路不远。我知道只要稍稍返身，就可以爬上堤岸，融进稀疏的人间灯火。但是，我被这种怯懦激励得愤怒！我必须比黑暗更黑，去经历坠落的眩晕。失败的巨川上，走着两个扭曲身体的人。

河床在三公里处砉然开阔。它猛烈下陷，犹如来到地狱之门。我看到朋友噙着泪水，在一片昏昧的冥光中，他不屑的脸第一次充满了高贵谦卑的表情。

我想，现在我们已没有更好的退路，一种巨大的恐惧压迫我们走向完成。

就在这一瞬间，我们同时迈出向下的一步。要是我们不选择这一条向下而危险的道路，留在我们心中的危险和黑暗会更深些。

走下去，去经历命定的核心。让我们看看在坚硬而冰冷的川底，灵魂是不是望得更远。寂静被滚落的石块割开，我们摸着它向下。在这黑暗而洞开的墓茔中，我的心开始抬起双翼。

这是与地狱对称和对抗的力量！我们跪在谷底的干雪中，把地狱追逐。它终于道出了真相：向下之路也是头颅飞翔之路，当我们愤怒地刺入地狱之中，地狱已经死去。

——第二天我从梦中醒来，在身体高热中完成了《青铜墓地》。这是我第一首充满光明的诗章，而它却是地狱的赐予。

完善者

在语词的历险中，我发现了许多小小的完善者。他们使我快乐，但不是那种值得我重视的人。我向这样的诗人致敬：他们的不完善是因为其奋力企及之物的高阔。

祈　祷

我也想在心中默祷——“啊！敬爱的牧神，以及本地的一切神灵，请保佑我具有内在灵魂的美，保佑我内外和谐、表里如一。让我相信智慧即是富足，让我拥有对于生活节制者是恰如其分的财富。”这是古希腊一位被判处死刑后拒绝逃走的圣者说的话（公元前 470—前 399）。

钻　探

我的一位研究地球科学的朋友告诉我：研究地球内部现在有各种途径，其中最直接的方法是用钻探。但打超过数公里的深钻，现在的技术还不可能。另外一个方法则是利用地震波的传播进行推测，因为地震时从震源发生的波会在地球内部传播。

我由此推想，研究生命的本质，诗歌也是有效的方法之一。在各种科学的“钻探”暂时未能触及的层面，我们可以利用诗人的生命体验揭示人类灵魂的无限可能性。诗人是最敏感的人类触角，是幽微或剧烈的“地震波”，杰出的诗章常常扮演着先知的角色……

问　答

“我总是找不到更能说明自己的诗歌语言，我向哪儿去找它们呢？”一位三年级的大学生问我。

“诗人和语言永远是呈相互选择和发现状态的。它们彼此向对方趋进和拓展。说老实话，没有人能拍着胸脯担保他找到了永远适切自己的语言。有时是诗人写诗，有时是诗写诗人。然而，没有可以寻找的东西了吗？到底还是有一种东西可以寻找，那就是寻找本身。”我不认为我的回答意味着对诗人与语言残酷关系的妥协。

体内能量的转化

有人说：“诗是突然而至的不可重复的一次性灵感引爆。”他向我朗诵了 D. 托马斯的诗，“瞧，这完全是神赐的灵感。”

对此我能说什么呢？还是让 D. 托马斯自己说吧——

“诗歌是竭其体力和脑力去建立一个形式上天衣无缝的词的框架……用它来保留创造性的大脑和身体的一些真实动机和力量。对我来说，诗的冲动和灵感仅仅是一种突如其来的体内能量，向构造和技巧能力的转化。”

价　值

我们时代诗歌的一个严重毛病就是诗人把自己看得比诗更有价值。

再剥夺

诗歌所构筑的世界，是由一系列强有力的隐喻达成。但是，如果其内部没有被思考震撼的活力，隐喻就可能变为对修辞的盲目服从。这样的结果是，人被生存异化之后，又一次被语言异化；人被生存剥夺之后，被语言再剥夺。让那些孱弱的诗人拈花微笑吧，我们去领受“变血为墨迹的阵痛”（艾略特语）。

海子生还

1989年4月2日，我从北京朋友的电话中知道海子殉诗。人们说，他用身躯和头颅最后撞响了世纪末的竖琴。他把太阳的灵魂融进了语言的最后光芒……

这类的话让我感动。但又让我不满。因为这话含有一切结束了的意味。可当时，我却说不清这种不满的根据。

现在，我知道海子之死，实际上完成了浪漫主义史诗的普遍生还。在海子的长梦中，他被继起的诗人包围，仿佛一个种族的诗歌大梦在他的氛围中升起。这种血缘幻象会以不同方式（甚至反对的）体现在未来写作的运转中……海子是得永生的。

体　会

假如要我拣出一条写作现代诗的体会说与你们，我想它会使许多人感到诧异：现代诗是最不自由的诗歌形式。它不仅关涉诗章，而且关涉诗句；它不仅关涉诗句，而且关涉词语；它不仅关涉词语，而且关涉词素；它不仅使词素用力，而且要求“词根”用力。

轮　回

启示录式的反讽贯穿在现代诗词语的历险中。我认为，这种因素的出现，使读诗成为死亡与新生两个词族的混合舞蹈。讴歌死亡的诗人，不一定受动于自毁激情，恰好相反，他祈祷的是烈火中钢的轮回。这一点，脆弱的读者是看不到的。

立　场

如果伟大见证的诗歌存在，我对人类的信心就会存在。我将诗歌看作半人性向人性的艰难过渡。诗歌的历史应该看作真理呈现自身的历史。伟大的诗歌不宽恕一切，包括诗人自身。消灭诗歌是对人类精神最根本的迫害。我们考察一个时代，有一条屡试不爽的方法：看它对诗歌的态度。

火　光

我的心又一次回到火光深处。在我持久的写作中，火光这个词语，总是引起我的惊愕。作为诗歌的伟大元素，我知道它的出现，往往携带着与燃烧和毁灭有关的一切。它是光，革命，炽热，能量，破碎，耗尽，失败，冰冷，死亡。它牵引出整整一系列母语，使永恒、上升与终有一死、堕落这些彼此纠葛的概念相沟通。因此，我不想将它仅表述为某种激动人心的抒情，或仅在黑暗和冷漠中发掘光明的要素。我同样不能说，它是诗人偶然发出的灵魂的惊呼，这惊呼导源于即时性的不能忍受寒冷和苦难。或是甘愿负罪的人本天性。无论如何，我也不想将它理解为神性的光照。大化流行，生生不息，在我们习见的事物中，火光像黑暗一样，都是人类共时承受的。如此说来，我凝神已久的火光，是与罪孽搏斗中的诗人生命熔炉的瞬间完整显形。至少这种品质，从屈原和荷马的诗意中，已然显示。后起的诗人，将会不断扩张，加深它。如果有一天，这个词汇蜕变为本然意义上的或单向度的洁癖，我以为它就昭示了诗的消逝……

宿命或抚慰

看，我的双手彼此领悟，我辛劳的
脸庞在双手中得以休息。
这使我有一丝感觉，
可谁敢断言这样就是存在？

无数个深夜，当我心力交瘁时，我会反复深入到我热爱的诗人里尔克的精神氛围中，这种空的满，灭的生，有如尖锐的冰凉的刀片，划开我的心，让它流出鲜热的本质。这样，我会得到一种近乎宿命般的抚慰：是啊，对于存在，我们又能说什么？特别是对诗——这种深入生存又一再被生存逃离、追问、否定的语言形式——我们究竟能说出什么呢？那种在生存与诗语的临界点上走钢丝的人，难道真的能够解剖、剥离、判断、扬弃出什么是真正的价值，而不会坠身于这冰冷的钢丝之下吗？这简直是一场无望的赌博。那么，一个不是出于自发而是自觉地选择了诗歌批评的人，就是一个主动寻求困境、主动吁求灵魂一次次寂灭再返生的人。我是在严格的事业意义上谈及诗歌批评这种特定的理论行为。

所以，真正的诗歌批评并不能妄想获取一种永恒的价值。它只是一种近乎价值的可能，一种启示：它索求的东西不在它之外，而它却仅是一种姿势或一种不断培育起来又不断反思放弃的动作本身。重要的是永远抗拒结论，不断抵制下滑，而且同时要有将灵魂语言的囚牢坐穿的勇气。

反　抗

现代诗人与过往诗人一个基本的不同点是：后者在诗歌背景上，有一种千年圣福的爱，上帝之光的普照。而前者则必须在上帝死了之后，为自己造出一个词语的“上帝”。这意味着诗人将创世纪的原因从上帝那里收回，他使得世间一切事物，要重新经受诗语的检验。这是一种天然地反抗诸神的姿势，它保持了现代诗结构的巨大危险张力。

启蒙者

真正的诗人常常是这样：他描绘的地狱，不是萨特所说的“他人”，而是自己。他通过自己，审判生存的根基。不要相信那些“纯洁”的启蒙者，他们才真是老谋深算，他要代替神祇，而使自己在被审判中永久缺席。因此，我忍不住要对他们说：启蒙人者啊，请先使自己启蒙吧。

神谕的别种解释

古希腊阿波罗神庙上有一条神谕：认识你自己。

这条神谕曾经是含糊的，可选择的，现在它已经不再是那样了。“认识你自己”，就是说你只是一个人，不要以神明自居。认识你自己，与认识神明同样艰难，却更为重要。

失败与成功

诗歌是诗人的生命方式。从此意义推想，诗歌生成的过程是高于一切功利性结果的。但我知道，许多诗人渴慕的仅是公众认可的“成功”。我想起了帕斯捷尔纳克的话：“别人沿着你刚走过的脚印，紧随着你走路寸步不离。但你自己，可不应该把失败和胜利分开。”

诗歌话语二种

▲垂直坠落，用陨石的声音述说。它带给你们天外的奇迹。在地面它安详，在天文家的锤子下它已死亡。这就是诗的语言，无法穿透，每一次剖解都是一种伤害。

轻盈吹拂，用风的声音述说，没有核心。你们看到树在晃动，那不是风，风是空无，你们听到的只是耳膜的颤动。风起于无端，涉过了漫长的年代，是神的翅羽在飘荡，尔后它宁息。或者是马的眸子，涣散而凝神。在黄昏你们望着它不要说话。它比语言重要，因为它不再是语言。在马的眸子里，我感动得不敢吭声。

不是母亲的话语，是母亲砧捣寒衣的声音。你用心听到它，无法转述。你不会感到陌生，但又永远不能熟悉。这就是诗的语言，它近乎不在，你相信了它，你活得温柔。

▲河流经过的地方永远在变幻，卵石和沙砾被淘洗得干净。但这与水无关。水的心思只是流动，你看到发电站的轮子在旋转，水车浇灌了燃烧的麦田。请不要对水感恩，因为它有用。水只是水，是自在流动的意志，不是你利用的东西。水比人类的存在更古老，也更高贵。

草地蓬松，昆虫细细理着触须。这不是诗，诗不是草的形体，而是草叶里流动的绿汁。它不能看到，你得用舌头尝，让它们流入你的动脉。人类对草的理解，比不上任何一只幼鹿。

诗歌在你手边，又在万有之外，你们看到的是你们肉身的影像，不是诗本身。诗神的旨意不可受造。你们只能一点点排除错误，劳作，等待，而接近它的元始。

诗学与诗歌

在我的诗学研究中，我同时用诗歌写作来省察我的理论文字。我发现它们常常是两极运动的，诗歌和诗学一样，往往从反思对方开始。诗歌的固执是诗歌的必要，诗学的固执也同样是诗学的必要。一首优秀的诗歌，将有可能成为新诗学的感性表述；而一个有真值的诗学表述，则有可能成为新诗歌诞生的契机。我不放弃诗歌写作的动机，乃因我将之视为对新诗学发展的一项有意实验或至少是一项必需的训练。而不是像我的朋友们所说：是诗学研究兴味索然之后的心理补偿。因此，在我来说，诗歌的产生没有捷径，就是说：它源于一种完整自觉的构想。这也许是我的诗与职业诗人不同之处。

损耗或奉献

人的爱心是有定量的吗？弗洛伊德认为，当人爱他人之时，他对自己的爱将会有所损耗。我有时感到，这种情形有些类似于诗人对诗歌和对自我的关系。他用常人对待自己的方式来对待诗歌，他用常人对待别人的方式来对待自己。诗人的本性乃是献出他的生命建造词语的魂灵……

理　性

现代主义诗歌的出现，刷新了诗歌的基本构成。在我这里，常常会有人问到“我为什么读不懂，是不是我太理性化了？”对此我不知如何答对。但就我的体验，一首有难度的现代主义创作，我们之所以读不懂，原因更多不是由于我们的“太理性化”。恰恰相反，是我们的“理性”，只是生存功利衍生的道理，而不是生命意志与天地之道的合一。因此，这时代多么需要健全的理性啊！生存功利衍生的“道理”，对人这“思想的芦苇”而言，恰恰是反理性的、苟且的。

灵 感

我愿意这样来理解诗歌写作中“灵感”（Inspiration）一词的含义：第一，它不是柏拉图所言的“神赐的迷狂”；第二，它不是浪漫主义诗人所言的“个人天才”；第三，它不是许多现代诗人所言的潜意识原欲冲动。

如果的确有“灵感”存在的话，它是指一个诗人不能有力地处理某一突发精神状态时，所产生的焦虑和痛苦之情。当诗人脑中突然呈现了一个很有意味的词根、句型，甚至精纯的几行诗句时，他不是得意扬扬地迅速处理掉它，而是强烈地意识到一种绝望的、边缘人的境遇：它来了，那么神奇！我难道再也不可能超越和提升它了吗？如果是这样，“灵感”就成了最终的得胜者，它把持并阻死了通往更深广境界的道路，它限制了我为避免轻飘而作的艰砺持续的努力。

正是在这里，杰出的诗人意识到灵感的危险性和无用性。瓦雷里曾这样表述过自己的立场：

灵感派诗人不过是些“短命的通灵鬼”。只有灵感并不足以造就一位诗人。那种在睡梦中看到了一件珍宝，醒来后发现它在床下闪闪发光的情形更不值一谈。在极强的光芒下，闪光的并非都是金子。一百次产生绝妙灵感的瞬间也构不成一首诗。因为诗是一种延续性的发展，如同随时间变化的容貌；纯自然的诗只是在心灵中产生的庞杂的形象和声音的意外相会。因此，倘若我们想写一部由一系列成功之笔组成的作品，并使其首尾连贯，就必须有相当大的耐心、韧性和高超的技艺。我宁愿在完全自觉的完全清醒的意识活动下写些稍差的文字，也不愿意借助灵感在自我之外创作一部名篇佳作。因为一道闪光对我毫无益处，它只能使我自我欣赏。较之等待着四处制造几个来去无常的电闪雷鸣，我更喜欢学会依照自己的意向迸射出一束小小的火花（《瓦雷里全集》I）。

我们不能认为瓦雷里是否认灵感的存在。但如何理解这种存在的意义，却是诗人的深刻之处。灵感的来临，在不同诗人的心目中具有不同意味和价值。瓦雷里还这样幽默地表述过：灵感常像是上帝无偿地赠给我们第一句，而我们必须自己来写第二句，而且无愧于它那神赐的“兄长”。为使第二句能同上帝的馈赠相媲美，就是用上全部经验和才能也不过分——请让我们铭记诗人的教诲。

绝望的激情

中国的先锋诗歌始终面临着这样噬心的纠葛：个体生命的激情与权力法则间的对称和争辩。这种情势，使先锋诗歌得以隆起 20 世纪以降中国始终闭抑着的精神分裂主题。因此，分裂这一语词，在西方意味着技术的暴力带给人类的后果；而在中国，是体现为诗人对权力主义暴力所萌生的作为个人的复杂防卫机制。由此导出中国先锋诗歌与西诗的不同向度：前者从个体生命出发，趋向呈现一种种族主义的良心，高峻的绝望之美；后者更关心个体生命的无助和空虚。这种分歧，可以通俗地表述为理想主义和理性主义的空虚。在没有神的世界上，理性主义的空虚并不妨碍诗人从空虚中抽身退步转入对个体生命的思考，而理想主义的空虚则会产生一种比空虚更紧张的白热乌托邦倾向。乌托邦的本质是激情的，火焰，天空，歌唱。

置身于乌托邦话语的风暴中，中国先锋诗歌必然始终与激情为伴。这种激情，有时也表现为吁求大自然的温抚和先民智慧的光照。或表现为向暧昧不明的道义祈祷。诗人们在激情的深渊中漫游，他们必须承受没有可靠源头的、沦失自身的危险，无畏地展现道德形而上学和浪漫主义的赤诚之心。现代诗的发轫集团——受火山燃灼般挣扎的食指及追随者同仁——最先接过了屈原的士的“比德”传统，一系列耳目错置的私设象征，从根本上具有激情化的等次关系：善与恶、真与假、美与丑、灵与肉、有与无、精神与物质、秩序与混乱、集团与个人……其中前一项始终是首位、本质、核心的，后一项则是负面、边缘、逸出的。“朦胧诗”的激情模式，影响了后一代新新顿起的诗人。他们用更放阔、高蹈、绝望的引吭，使中国先锋诗歌更充分地体现出跨文化语境的东方现代诗性质。

这种富于清教气息的诗歌话语，即使是在昭现启示录般的燎烈哲思时，依然充满纯洁。诗人们很像苏克阿赫拉斯诞生的圣者奥古斯丁（Aurelius Augustinus）那样呼告：“真理啊，我心的光明，希望不是我内心的黑暗在对我讲话！我向着黑暗漂流，为黑暗所笼罩，但在黑暗之中，即使在黑暗之中，我也热爱你。”但是，无宗教的种族现实中，并没有为诗人们提供宗教感赖以发展的前提，这使得这些浪漫主义才子成为疼痛卓立的“单足人”。最激进的步骤是海子和戈麦，他们以爆发性的自杀，摆脱了本不可能存在的“神性安慰”。诗人之死，并不意味着激情的终结，反之，更加深和扩展了“失乐园”式的激情宣告：浓烈的血液联想，更成为乌托邦的驱动力量，一种寻找“王”“黄金时代”“源始统一”“种族幻象”的后浪漫主义诗潮，轰轰烈烈地加入了海子式的神圣文本系谱。

激情一词，不只是在其写作方式，而是在其生命方式意义上被我使用的。它是一种古老的无限度，一种中国诗人和生存交手的真正命运。无论什么东西都难以导致中国先锋诗人对激情的放弃，因为激情本身就是诗人放弃一切东西的结果。

语言的缺席

1988 年深秋，我在太行山深处的一个贫瘠小村写计划中的一组诗《四种元素王族的舞蹈》。这是我朋友的故乡。每天黄昏，我都要攀到峭拔的山巅，仿佛由母语的中心开始，一步一步临近危险的边缘。北方滞缓的日落，被西风拧成模糊的一片。天空中阵阵血霞，与漫山的红叶在我灵魂中交会。持久的攀缘，使我皮鞋的边缘变得破旧，山间尖啸的岚气，涤漱着我谦卑的胸膛。一切都遥远了，沉睡了，北方的落日庄严地展开着，我待的地方，是诗歌铺成烈焰和鲜血卷宗的地方。自然的晚祷开始了——我仿佛听到彼岸铜钟缭绕……大化流行，生生不息，在我们一闪的生命中，诗歌乃是这苍凉与高歌的部分，是死亡之岸伟大的救赎和祈祷。面对这一切，我的手哆嗦着，我放弃了写作。我知道词语的背叛开始了。如果我勉强写下这组诗，在我的生命中，将永远被这壮硕的日落杀死。有时，语言的缺席，可以保持生命体验的在场。

澄　明

诗就是思。思就是使遮蔽得到澄明。澄明就是光芒朗照（Lichtung）。光芒朗照的词根是“光”（das Licht，Light）。歌德临终时吐出的话语是“再亮些”！诗人啊，让我们渺小的生命投入祖国语言的火阵吧……

写于 1987 年至 1989 年间

守旧者说

——在一个诗歌讨论会上的发言

刚才几位朋友的发言令我困惑。这种困惑倒不是由于他们的立场如此坚执，表述如此玄秘。而是它的简单、刻薄。他们共同强调了对批评和形式自律的怀疑，乃至不屑。在他们看来，诗歌源始于神秘的、无端的灵气冲动，和对字词的率意组合。也可以说，从神秘始到神秘终。这种立场被冠以不容分说的先锋意识，以致任何方式的反诘，都显得陈腐、反动、不值一谈。但是，我不以为然。我想说，我们的诗人，最欠缺的恰好是他们反对的东西。他们的诗，之所以常年旋转在原地，而缺乏真实的进展，一个重要原因就是对写作中清醒自觉状态的寻求和持有，抱着盲目的排斥心理。下面请让我申说一下我的立场。

诗人，意味着有能力使用一种特殊语言的人。或者退一步说，是一种至切地意识到写作者的能力和话语愿望之间严厉关系的人。诗的发生，也许会源于一种突临的想象，或对某个语词、短句的特殊敏感，甚至是一个标题的闪现使诗人趋向于完成。但是，对我来说，这种所谓“神赐的迷狂”，正是我们需要抗拒的东西。特别当它是一种公认的美文，而不是我们自己的生命经久寻找、耐心期待的东西时，尤其是这样。一首成色十足的、质地坚实的诗，需要我们付出艰苦的劳动，反复地研讨、比较、推翻、改进，它是有意识的，有目标（或方向）的；它需要一点一点达成，或放弃。在这个过程中，每个词素都要发挥着自身的全部能量，对此，就是付出科学话语的一切严谨态度，也不为过分。从根本上说，诗歌是关于个体生命的科学，它的隐喻系统不是为着掩弥个体生命的内核，而是以更精确的、“直捷”的语义抵达并揭示它。诗语的具象性质，是和这个目标一同到来的，至于修辞上的努力，只能以上述目标的实现程度评估。

如果我们不是想作为一个“神童”炫惑于一时（或一生），而是想成为终生持续不息的写作者，那么，我们就注定了要在更严酷的、呕心沥血的工作中，时时将自己的“灵气”放在清醒的批评和思考中审查。诗人不仅需要“灵气”，更需要对“灵气”的控制，使之成为自明的、朗照的完整意向。这时，对理论批评和形式自律的自觉探究，就成为必须。好诗不是影子或虚像，好诗是生命与话语的最深刻交锋。这种交锋具有时间上的延续性。一首好诗，其光芒是呈迸射状，但这种“迸射”是长久砥砺机锋的结果。它不仅光亮尖新，突兀一闪，有如一道光线；它更应是锋利的，一下一下研磨而成的刃口，它照射并划破我们，作用于生命，成为“特殊的知识”。要想抗拒“灵气”的吸引力是很难的，沉思、判断、抉择是我们脆弱的心智难以承受的。特别是在这样一个视思想的匮乏和缺陷为优势的虚构的中国式“后现代诗潮”出现的时代，任何意义的“反”，都会得到庸众肯定的反应。“反”，往往先声夺人；似乎天然持有超越的姿态。中国新诗没有持续精神和形式历史的状态，难道在我们这一代仍会薪尽火传吗？

刚才有位朋友提到了“纯诗”。在他看来，所谓“纯诗”就是这种神秘无端的、唯美文的（我之所以不用“唯美主义”这个概念，是因为他对此概念亦有很大歪曲），零度的东西。他甚至提到了瓦雷里的诗学立场和创作。在此，我要说，他的发言不是由于无知，就一定是有意曲解。瓦雷里所陈说的“纯诗”，其中一个重要内涵恰恰是对写作中语言意识的自觉性的强调。他说，“如果我们能够借助于一部诗体或非诗体作品给人以我们的思想、形象和语言表达方式之间的‘相互’关系所构成的完整体系的印象——这个体系特别适合于创造心灵的情感状态，这大致就是纯诗所面临的问题了。”这里，不仅有思想——形象——表达方式之间的完整体系的强调，而且还强调了“创造心灵的情感状态”。

这种缺一不可的自觉态度，与这位朋友所谈的“纯诗”有丝毫相同之处吗？如果有，请予以证实。

我倒知道，瓦雷里一生的写作（其中二十余年消影诗坛，我将之理解为潜“写作”状态），始终体现出对理论和批评的重视，对形式的自觉把握、省察。一句话，对有清醒意识支配的写作方式的尊敬和身体力行。他始终是将批评密切地融于创作的诗人。他说过这样的话：我宁愿在完全自觉清醒的状态下写些稍差的东西，也不愿利用灵气创作一篇“好诗”。一百次产生绝妙灵感的瞬间也构不成一首诗，如果我们想写一部由一系列成功之笔组成的诗篇，并使之完整自足，就必须付出更大的耐心、韧性和反复磨砺的技艺。

这次讨论会的主题是诗的“创新”问题。我不知道发起这次会议的朋友是在什么意义上理解“创新”的。我想，任何有价值的“创新”，必以维护诗歌的严肃性即本体依据为起点和归宿。舍弃这一点，我们就无法或没有必要大谈“诗歌”；而单单涉及“造反”“毁形”的帮会式聚首，是我讨厌的。

的确，我们的写作缺乏的不是“神秘”和“灵气”，而是比这更为致命的东西：一个诗人对自己更严格的更高的要求，对诗的敬畏，对母语的深层把握，对意义和本源的索求。因此，我宁愿是一个“守旧者”，一个对叶芝所说的“永恒不朽的手工艺精品”充满渴慕的人。

1989年2月

诗人的散文

大诗人布罗茨基曾以“诗人与散文”为题写过一篇著名的文章，不过这篇文章散文家读了一定会蹙额的。因为它充满了一个诗人在审美上的傲慢。布罗茨基说：“平等这一概念不属于艺术固有的本质，作家的思想存在着等级观念。在这一观念中，诗歌的地位高于散文，从原则上说，诗人的地位也优于散文作家。其所以如此，主要原因不在于诗歌的历史较之散文更为悠久，却在于诗人能在贫寒的境地坐下来写诗，而处于类似窘迫环境中的散文作家几乎不会产生写诗的念头。”

布罗茨基是坚持纯正艺术理想的诗人，他对不同文类的价值衡估，竟然涉及了写作者的生命格调和精神向度。诗歌，由于其在现代社会已成为“献给无限的少数人的艺术”，所以坚持诗歌写作，似乎天然地带有“不计代价地苦苦坚持赠送礼品”的悲壮性质——一种写作伦理上的纯洁性。布罗茨基所说的“散文作家”，不仅是指狭义的“散文家”，因为在西方习惯上讲，散文（prose）是一个与韵文相对的概念。它是将小说、话剧、多类文章都包括在内的。因此，他又说，散文作家的心里十分清楚，“诗歌所带给他的实惠比散文少得多，而且来得慢。”

作为一个诗人，布罗茨基的话我当然很喜欢听。特别是考虑到当下众多小说家和散文家半推半就地与“市场经济接轨”，诗人的“贫穷而听着风声也是好的”的生命情调，尤其感人至深。但是，逾出这个带有“写作伦理指控”的生存语境，回到艺术本身，我会感到布罗茨基的话又有其泛而不切的特征。如果我们接受了他这种理念，那么诗人写散文就成为一种向物质时代妥协的行为。

情况显然不是如此。从 90 年代开始，诗人写散文成为我国文坛的显豁景致。开始时，我以为这不过是诗人在挥笔写诗的间歇中撒下的不经意的“余墨”，后来，看到他们如此量高质精的散文，才知道他们其实是极为认真地对待散文写作的。正如于坚在《棕皮手记·后记》中所说，散文不是他写诗之余的副产品，“我以为作品就是作品，不存在主副之分。如果有意识地这么做，那么对一个作家来说，是非常糟糕的事。读者为什么要读一位作家的副产品呢?”

考量“诗人与散文”的关系是有趣的。我乐于以我熟悉的先锋诗人为例，对之进行快意的描述或“猜测”。由于本人近年来也写了较多的散文、随笔，所以有胆量描述之——若说偏了，大不了像老伽达默尔所言，“说到底，一切理解都是自我理解。”

90年代以来，兼有诗与散文两套笔墨，且同时精进的先锋诗人，在我看来是钟鸣、于坚、王小妮、西川、庞培、柏桦、王家新、杨炼、车前子、阿坚、耿占春等。这些诗人都是先锋诗界的翘楚，因此他们对散文的理解就自然地带有与诗歌平行比照的背景。一般地说，诗歌的语词是凌空垂直而下的，它依赖于诗人的经验和超验的双重想象力。没有一点超验性的诗歌，就缺乏诗所特有的劲道。

但是，问题也恰好出在这里。超验，往往通向形而上的“神”“道”“灵魂”“本源”“基础”“整体”“实质”，如此等等。这些问题，都是无法被此在的人所能证实，亦无法证伪的。对此，诗人只能“蛮横”地设定一个超时间、超历史的框架来保障实施。诗中的“圣词”现象，“绝对知识”和“独与天地精神相往还”姿态，都与此相关。这就使诗歌写作带有“非历史”化倾向和表达上的“洁癖”，难以有力地处理具体时代语境和日常生活经验。

我不是否弃诗人对超验世界的处理，因为它是诗人的“天职”之一。但是，超验往往会通向绝对主义乃至独断论。而散文与诗歌相比，涵纳矛盾的可能性更大些，在素材上更能容忍“不洁”。如果说诗是舞蹈，散文是走路，那么是否可以说，舞蹈关注的是自身的美，而走路却有可能流连沿途环境，与遇到的“邻人”对话？

我注意到，先锋诗人的散文写作，就充满了对话和自我对话感。对话不是“精英独白”，它无意于引领——启蒙——训诫众人，而是平等地交流、沟通、磋商。它更令人愉快和安慰些。对此，毋庸我多说。而值得特别说说的是，先锋诗人的散文与常规散文家不同，他们还喜欢“自我对话”。似乎在“我”之外，还有一个生灵也在写作，构成“双声的独唱”。西川、钟鸣、王小妮、柏桦、杨炼、耿占春的文本，在这一点上尤其明显。在此，我看到了他们“自我的多样性”。以往在他们的诗歌中被忽略、被贬低乃至被删除的那部分“我”（矛盾、反讽、自嘲、淘气、欲望、凡庸、郁结的“我”），得以坦率地现身说话。不是对“意识”幻象的观照，而是对情境-对话的陈述，使诗人获具了“自我祛魅”的写作快乐。这几位诗人，其诗与散文像鸟的双翼，精彩地在写作中达成了平衡。他们的性情，被连根拖起。考虑到他们诗歌的高贵质地，诗人形象的严谨，其散文别有一种令人感动又开怀的世俗惦念。

与此密切相关，先锋诗人的散文，还有一个特点，即对事物本真细节的“超级细写”。

我无意于质询诗歌对灵魂“隐语”的创造，只是想说，一个真正的写作者，在他的内心深处总还有一种细密的日常经验，在被压抑既久后要寻找一个通道迸涌而出。它无关乎形而上，无关乎先验真理，无关乎终极价值。但是，它对活生生的个体生命而言，具有不可或缺的重要性。一般来讲，诗歌话语的“筛眼”太大了，难以挽留那些琐屑、分散、黏稠、减速、延宕、不发光、限量的日常经验。

我注意到，不是那些专门的所谓“艺术散文家”，而是90年代以来先锋诗人笔下的散文，更具有对细节挥之不去的专注，对心灵细密“纹理”的呈现。就近年出版的诗人散文随笔集来看，于坚的《人间笔记》《棕皮手记》及“云南系列”，王小妮的《我们是害虫》《派什么人去受难》《谁负责给我们好心情》《目击疼痛》《手执一枝黄花》，阿坚的

《流浪内蒙》，钟鸣的三卷本《旁观者》，西川的《让蒙面人说话》《水渍》，庞培的《五种回忆》《低语》，车前子的《明月前身》《手艺的黄昏》《小记事本》，柏桦的《左边》，姚振函的《平静之美》……都使我惊异地看到诗人对本真细节的“显微镜”般的捕捉和精湛的描述才能。特别是于坚，对“超级细写”的贡献具有开拓意义，影响到许多诗人的写作前提、语言态度。

在这样的散文里，诗人普遍为自己的“音高设限”，将隐喻、暗示“砍光伐尽”，使文本有一种宽徐、素朴、稳定的语调和毛茸茸的质感。或许他们在漫长的诗歌写作中太少有对具体生活细节的“凝神”了，此番一定要狠狠追补，向“现象”敞开，让事物说话。这真是充满“悖谬”的情况——照说散文家更应专注于细节的本真，现在却由诗人出来成功地强化了这一点——“艺术散文家”都在忙着营造陈腐的“美雅之趣”呢。

先锋诗人的散文写作经验，也有益地浸渍到他们的诗歌写作技艺中。其明显标志是文体界限的松动，叙事性肌质的增强，语型语调的灵活多变，语境充满了活力和现实感。

这里顺便多说几句。其实，20世纪以来，世界文坛也渐渐显豁地出现了模糊或松动文体界限的趋势。文学从业者的“身份”变得较前暧昧起来。现代语言意识的普遍自觉，使众多的写作者意识到，写作，无非就是人与“话语”发生的特殊周旋、磋商、交锋，以此揭示生存，挖掘生命体验，挽留想象力，享受书写的欢愉。人与语言的关系，比人与文体的关系更致命，更有难度，更紧张。不是恪守文体的规范，而是探寻、挖掘语言的奥秘，构成了有效的写作者创造力的向度。

我想，一个成熟的写作者面对的不仅是狭隘的“文体意识”，而是更为开阔的“调动整个文学话语去讲话”的能力。不论是诗歌，还是小说、散文乃至文论，无非都是“文本”；而写作者最终需要捍卫的，不是什么先验设定的绝对文体界限，而是保证写作的活力、自由和有效性，“在词语的密林中，我找寻引动我的东西。”至于这个东西是否适合于某文体的元范式，则是第二义的问题，甚至不再是问题。那些给文学带来冲击和新的可能性的人，恰好都是敢于异质混成地松动文类界限的写作者。先锋派作家诗人自不待言，即使是理论家如罗兰·巴尔特、本雅明、德里达、布鲁姆、德鲁兹、保罗·德曼等等，也都是自如地运用多种语型、语码的“多功能文士”，遂成为广义的“作家”一员。

我看到，90 年代先锋诗人有意消除文体“等级观念”，与其他文体“调情”，让散文话语嫁接（甚至“焊接”）到诗歌中，的确有助于扩大诗歌的载力、韧度、鲜润感、可信感。诗歌于此不会消解，它的根茎反而成为随机应变、多方汲取养分的精灵。当下诗歌的丰富健旺已证明了这一点。而散文家、小说家借鉴诗歌话语的“跨文体写作”，也为滞缓的文本注入了“强心剂”。

以上我只是从“对超验性的局部抑制”“对话意识的增强”“超级细写的出场”“散文对诗的渗透带来的文体界限松动”这四个方面谈了先锋诗人的散文。它们不是对诗人散文的全面概括。欢迎对此问题有兴趣的朋友补充和校正。

米沃什曾狡黠地提问：“蛇的腰有多长？”而诗人与散文的关系，也是一个“蛇腰”问题。可以说它没有，也可以说它——要多少段就有多少段。

2001 年 9 月 1 日

关于当下诗歌的讲谈

今天要讲的是当前诗歌。在眼下的文坛，诗歌已变成了次要的文学类型。如果我们的海报换成讲小说，我想来的人会很多。你们环顾一下四面的书架，几乎没诗集。但我不认为诗歌真比小说“次要”，它有自己独特的依据和使命。任何时代，小说都会比诗歌读者多。在古代，小说是“说话”，吸引着达官显贵，文人墨客，走卒贩夫，引车卖浆之类。诗，基本上是在士大夫阶层流传的。中国史官文化的诸多忌讳，使人们将被蒙蔽的压抑转向演义。读（那时是“听”）小说不需要训练，读诗就不一样了。可以说，诗不一定是贵族的艺术，但一定是少数人的艺术。这些人关心语言内部的奥秘，有点脆弱，或者说是敏感，对生存抱着某种程度的怀疑，再就是性格内向。能不能说诗人是病人（众笑）？呵，是生存的坏天气最先反映在他们身上，尼采就说过艺术家的神经症特征。这种神经症具有预言功能，因为时代的分裂是由一个个血肉之躯负荷着的，诗人先行一步敞露了时代总的性格状态。奥顿在1947年出版了他的诗集《焦虑的时代》，这是预言，我们看到“焦虑”这词，现在已是规范的哲学命题了。这个世纪快过去了，我想下个世纪恐怕奥顿的命名仍更为准确有效。艾略特对他那时代的命名是“荒原”，到奥顿则进一步具体化。“荒原”指向文化、社会。“焦虑”指向了每个具体的生命、个人。所以我说诗人是“病人”，他发烧啊，更能感受冷漠的处境。诗人是报警的孩子，他们将生存的压抑转变为有益的东西，这是更高层次上的健康维度。因此，写诗和读诗的人不会也不能太多，登高一呼应者云集说的是政治家、演说家，诗是一对一的，哪怕有一万个读者也是一对一。前者是鼓动，后者是对话、沟通。关于诗歌的景气与否，在我这儿已不是问题，如果今天来几百人，把讲台搬到外面，会吓我一跳。

我主要搞诗歌研究，但因为在学校教的是当代文学和哲学，所以对小说现状并不陌生，读得比较多。我觉得新时期以来的文学，诗歌一直走在小说前面。狄兰有一句诗“通过绿色导火索催动花朵的力”，我想诗歌就是这绿色导火索，它催开了新体验的小说。当然，花朵更引人注目。你看，孙甘露、林白、陈染、韩东、朱文、海男，过去都写诗，除韩东外，影响都不大，但一写小说，一下冒尖了。就是不一样。诗歌给文学提供了许多东西，可以大采诗歌之气。朦胧诗使小说家发现了语言的自足性、构成性，语言由工具变成唯一亲在的“事实”。应该说，语言目的性的转换是新时期文学最根本的进展。第三代诗在 1984 年就转向欲望奇观，能指迷恋，私语化，非崇高，这些都在 90 年代的小说中表现出来了。眼下特别扎眼的“女性主义小说”，比照一下诗人翟永明、陆忆敏、伊蕾、唐亚平，也看不出前者有多少突破之处。要知道这些女诗人的巅峰期是在 1986 年前后。我不是要让诗与小说比个高下，而是说诗一直没有得到准确的评估。

90 年代以来，诗坛面目很难用理论性很强、线条感很强的说法概括。去年我到贵州参加了“当前诗歌状态讨论会”，今年又到山东开《诗刊》的“诗歌理论研讨会”。第一个会比较“前卫”，活跃的诗人、论家几乎到齐，后一个会更多是中年诗评家、诗人。但这两个会有个共同特点，就是“无焦点碰撞”。大家都有许多话要讲，可关心的问题大不一样，自说自话。诗坛真是无焦点了，大家心思复杂。这一方面表明诗歌理论已被迫转入描述、猜测，另一方面说明诗歌写作已进入“个人化”阶段。但是，既可以描述，就意味着诗歌写作仍有相对宽泛的几种走向。

我认为，首先值得一说的是诗人普遍对诗的道德升华表现了怀疑。这种怀疑不是什么“反道德”。因为“反道德”是一种寄生性写作，它存在的依据是寄生在对立面道德上的。它是一种新的独断论。而我说的对道德升华的怀疑有更为深厚的文化背景。诗人们发现，五四以来的新诗，普遍是将启蒙导入简单的道德升华，又由这种道德升华通向某种意识形态制度的。诗人如果不将道德升华视作一个需要研究的问题，而是作为结论，那么其后果是可怕的。在一个没有理性精神历史的国家，没有怀疑传统的文化语境中，道德升华很容易被文化中的腐朽部分、专制成分所利用。40 年代初至“文革”，这种道德升华，变成了“脱胎换骨”、洗澡、做“新人”的意识形态改造机制。昆德拉在其小说《生活在别处》中分析了一种叫“抒情态度”的东西，他说他亲睹了“由刽子手和诗人联合统治”的时代。这时代的特征就是渴望绝对升华，渴望绝对价值。这样一来，诗歌成了配合思想“改造”主题的东西。因此，从学理上说，“三突出”文学也是道德“升华”至极点的产物，然后崩断。90 年代以来，许多重要的诗人创作发生了明显变化。比如西川，写出了《瞬间到底能持续多久》《芳名》《汇合》《哈德门笔记》等。这些诗与他早年比，显得复杂、迟疑，有一种多音齐鸣的效果。为什么大家更喜欢他《在哈尔盖仰望星空》一类的诗，因为这类诗从精神维度上吻合了我们的心理定式，有一种“净化”效果。我也很喜欢这首诗，但与他的近作相比，我更觉得后者体现了西川的精进、包容力、写作的活力。西川近作在保留了诗歌神秘性的同时，恰当地引入了世俗性。我 1993 年写的一篇《印象或潜对话》，其中有一节谈西川的诗。但今天再写他，那一篇东西就只能作废，他变成另一个诗人了。他诗中很少有道德升华的东西，由歌唱变成了质询、陈述，还有妙不可言的饶舌。王家新前些年的诗很响亮，凌厉，速度较快，但你们读读他去年的《纪念》等，变得曲延、喑哑、内在。还有一位贵州的郑单衣，此人名气不大，但诗写得很好。我熟悉他早年的诗，去年想写一篇评论，找来近作一读，变化太大了，真有不知从何谈起之感。他早年的诗是透明的、清纯的，一股溪流向前涌。但近来的《昏迷》组诗，像一团彼此缠绕冲撞的线条，不过这线条是画在一个圆球上，像埃舍尔的怪圈。评论遇到了难题。你很难理清诗人的基本意向，他扩大了我们的茫然，扩大了诗歌的载力。你也可以说郑单衣还是抒情，但这种抒情显然缺乏我们习惯的特征。能不能说他是用抒情消灭抒情（众笑）。这是我谈的第一个走向。

我谈的第二个走向是，诗在近年呈现了小说化趋势（即叙述成分增大）。如果说新时期以来诗歌给予小说的影响很大，那么90年代诗却从小说中讨来了新的说法。过去，诗歌写作是有预先设定的姿势的。语言是垂直的，背景是在后台，诗人强迫读者与他“立约”，语言的真实性不需要语言之外的东西验证。但很快，诗人就被小说的姿态吸引。因为正如布罗茨基所说：“我是二流岁月的忠实臣子，我所有的想法都是二流的。”我理解布罗茨基主要是指诗与具体历史语境的关系。那么也可以说，在二流岁月写一流岁月的诗，是可疑的，它依赖于那个时代诗人写的结果，而不是依赖让我们写的力量。小说与诗相比，在占有经验的本真丰富上，在结构的矛盾网罟上，在话语方式的此在性上，都有更大的优势。诗歌要与当下生存有血肉关联，这几点是必须的。诗歌在眼下，已不是一种简单的文体特征，而像一种独立的文化学科，它要处理技术和人文学科无力面对或轻慢忽略的东西，就是具体的人、生命、时代的潜流。因此，诗人们开始关心生活的细节、对话、叙述的准确、俗语和流行语中蕴藏的大量生存信息。这样一来，诗变得滞缓、庞杂、互否，充满了生存情境和事件。孙文波和肖开愚、张曙光，在这方面走得较早，最极端的是孙文波。他最近写了一首《祖国之书，或其他》，从诗名上你根本判断不出他要写什么，但诗中就是写一个人，陷于种种复杂纠葛中的人。这个人不是贝娄那个“晃来晃去的人”，他定力很强，懒得行动，但内心却是乱云飞渡。我可以说，孙文波的这个人物，能成为一代知识分子中某类的原型，所谓“典型人物”。他与刘索拉、徐星、王朔小说中的人物不同，他心思乱如麻，生死皆苍茫。他不是时代的风云人物，也不是反英雄的英雄，而是头脑和身体之外的“心灵”。我认为，这样的形象提供的东西更丰富。还有一个杭州的刘翔，此人写诗也写诗评，我现在最看好的青年一代批评家就是刘翔和北京的臧棣。此二人提供的思考、话语方式与我们这一批诗评家很不同，刘翔是新历史主义诗评的代表，臧棣是诗歌写作问题的专家。他们二人的文章令人耳目一新，虽没有冲击力和所谓轰动，但背叛更内在化更有分量了。今天不谈诗评。刘翔去年修改完成了一首长诗《他》，最初动笔在 1991 年。“他”首先就是一种客观的质询、描述，是一种人之状态。描述、陈说，使“他”上升到“他者”，最终引出与我们的存在密切相关的问题。这首诗的“小说性”在于，内中有许多声部的斗争，它是一场书生式的盘诘，意念的客观性造成诗歌的沉稳，人物的精神历史得到展示。刘翔不是在抒发、告白，而是在叙述、分析。可不可以说，这是一种心理小说化的诗？还有许多诗人，由留恋自我变成揭示生存、观照他人，其作品着力刻画或探究人物、事件。当然，80 年代李钢也喜欢写“人物”，诸如船长、舰长、水兵之类，但这人物是李钢歌唱的材料，是道具不是重心。王家新给我的一封信有个说法很好，他说诗人们由关心写诗到关心写作，写作是一件更开阔的事情。诗人没必要作茧自缚。

我谈的第三个走向是诗歌结构的变化。这一点是由前二点自然携带出来的。近年的诗，你们深入细辨一下，会发现结构中具有很强的变奏感。朦胧诗的结构基本是圆的，北岛、舒婷、江河、顾城均如此，所谓“沧海月明珠有泪”，晶莹、有泪、（圆）珍珠。不过杨炼喜欢给这颗珠子打上对称性的戳点，如果将点连起来还是能合拢。新生代诗打破这种圆，成为发散式的射线，所谓“锦瑟无端五十弦”。但是诗的发生可能“无端”，若一直无端走下去就成了无赖（众笑）。呵，我是说在艺术结构上偷懒，并利用这种偷懒成为一种“开放优势”吓唬读者是不可取的。90 年代以来的许多诗，超越了朦胧诗，也摆脱了新生代。诗人写作中是有基本主题的，往往凝结在某一象征体或某一人物上，但这一核心材料却没有单向度的内涵，而是随着写作的呈示或展开，其各种可能性向度发生深入、逆转、自悖，在相对集中稳定的语境中，构成多向同构效应。诗人在写作，但不是胸有成竹一路写开，也不是东一下西一下，而是他要与核心材料“商量”，让它吸收尽可能多的意向。这样一来，诗歌的流向是充满理性感的（如果理性其根本特征就是怀疑的话），不是垂直下来无中生有，而是给一首诗以成长的时间。诗歌需要成长，我认为一首不是自身成长起来的诗，而是被诗人一下“生下来”的诗是可疑的。90 年代的许多诗为什么是中型诗？分小标号 1，2，3……就是因为这种变奏的要求。一个基本材料要不断发展，不断呼应、对话，太短了不行啊。最终，不同向度内敛向一个核心，“此情可待成追忆，只是当时已惘然”。我认为，诗还是应该有线条，你说诗是凝结、色块，那你去看绘画好了。莱辛对诗和画的区分今天还有效的。作为时间艺术，诗的线条不应是单线、乱线，而是多重线索的有力扭结，凝为自我生长发育的矩阵，相互撞击，相互制约，任何一点都可引向核心。我可以负责地告诉大家，80 年代的许多诗你们读不懂，毋宁说是诗人与读者双方的原因；90 年代的优秀诗作，只要你具备一定的准备，终会读懂并获益。它们会对得起你们付出的劳动。

众所周知，现在的诗坛是“共识破裂”的诗坛，那种习惯于吹起床号“统一操练”的独断论做法，让人厌烦。诗歌是个体生命的真实展开，每个成熟的诗人对诗体会愈深入，就愈能感到它迫使你缄默的力量。诗人像鱼在水中默默游动，侧身擦过冰川或游向暖水，冷暖自知。鱼从不欢嚷或流泪，对置身其中的水域它心里有数。因此，我上边的“说法”只能代表自己。

综上所说，我认为，对诗的反思应兼顾文体和意义这两个方面。诗歌在今天为什么衰落？不要一味埋怨“市场霸权”，因为市场经济并不只是中国诗人特有的境遇。从世界范围看，恰好是市场经济空前膨胀的国家产生了无数杰出的诗人。返身自省，我最后再为前两个问题，从诗歌文体特性的角度补充一点看法：我想，是否应当追问一下，我们的诗歌意识是否出了问题？诗这种文体，以抒情为要。而抒情的“我”，与诗中的“说话人”在我们心目中是同一个人。正是我们的诗缺乏“他”或“戏剧独白”的声部，没有叶芝式的“面具”理念，使得诗人在抒发感情时心怀忐忑。诗人要在诗中极为美化自己，使自己更“正确”、更“体面”。他害怕暴露自己的矛盾、“不洁”。其实，读者最鄙薄诗人由自我迷恋制造的道德神话，一些诗人至今还在盲目制造或自觉利用这种道德神话，使诗坛上圣词满天飞，圣人遍地走。这是一些心机甚深的“圣人”，骨子里浸渍着本质主义和精神等级制独断论的福尔马林溶液。读者从成千上万的诗篇中读出的只是一个总语义“俺是个好人，你们不是。”他们能不弃诗而去吗？

因此，我想我们应给诗歌增加声部，将抒情中的“我”由矫饰的既在、统一的道德教条，扩展为更具有生命体验真实感的矛盾的我、分裂的我、有待争辩和探询的我。考虑到人性的弱点，我想这个不够“体面”的我可由本真的叙事性或自我对象化的“戏剧独白”人物来承担。同时，还因为，单纯由“我”来抒发内心的不洁与惶惑，也常常会变为另一意义上的道德自恋。这样，也会使诗丧失经验的包容性和对他人讲话的能力。艾略特笔下的“普鲁弗洛克”，贝利曼笔下的“亨利”，既是“他”，又是“我”，矛盾的经验在此汇合，彼此盘诘、对话，生命的真切体验于此浮现。

随着“起床号”的失效，那种统一的精神高地开始了降旗仪式。每一个有效的诗人写作的材料和立场是有巨大差异的。尊重这种差异，就是尊重写作的伦理。我们已置身于相对主义和怀疑主义的时代语境中，价值指认的多元化，杂语并置多元共生，是我们不习惯也要学会习惯的。精神高地的旗帜倾向于删除个人灵魂中的问题，它透支了“向上”“升华”的优势，不容诗与思的追问。其实，什么是“高地”？如何论证它的合法性与优势？这是问题的关键——论证的前提恰好是需要论证的。难怪许多诗人热衷于不着边际的“宏大抒情”，他们只能笼统地称之为“远方”“光芒”“飞翔”。诗人没有处理真实体验的勇气和能力，没有看到日常事务的诗意；仅仅由于贫乏，他们“飞翔”起来了。以上反思，同时也针对我自己。

小说是将人们生活的故事讲给生活中的人听，诗人是将自己的情感“故事”（或“事故”）讲给人听。二者“讲说”的方式不同，但“真实性”在此是共同的底线和标高。关于艺术的说法言人人殊聚讼纷纭，但我现在感到最会心的还是罗丹说过的一句大实话：“艺术是学习真实的功课。”

总之，我们需要从根上想想“问题”的症结。但毋庸悲观，“问”和“题”是可以互相打开的。诗歌应有能力突破“体面的我”“引领者的我”，放弃大一统的抒情语法，糅合进叙述和戏剧独白语型，这对结束独断论的“圣人”身份至关重要。在简单化的二元对立、元话语、道德幻觉消解后，诗人面对的是一片充满新的生机和材料载力的原野，还有什么比这种考验更富于魔力和重量？诗人不必自暴自弃，也不必妄自尊大。真挚的灵魂对话与沟通是人类永远需要的，问题在于我们是否吸收或转化了更多可能性的说话方式。

1995年3月14日于北京万圣书园

观　点

——略谈近年诗歌走向，兼为80年代诗歌一辩

近来诗论界有种趋势，就是基本否定80年代诗歌。主要论点是："乌托邦写作""寄生性写作""意识形态写作""运动型写作"。此几项指责抽空具体含义看，有一定道理。其学理依据是后现代理论主张的"非体制化""权力话语批判""对整体与确定性的颠覆""强调差异性""稗史叙述"等等。但简单将这些适合西方具体历史语境的说法原样引进，会遮蔽本土人文格局的特殊性，形成新一轮独断论。

中国现代诗不会是"第二次发明的自行车"，它与我们置身其中的生存现实有致命关联。同样的词语，一旦置换语境，将显现不同的功能。如关于"乌托邦"，它如果只是作为诗人个人的隐语范畴、精神完型，而非集体顺役体制，那么，它是每个成熟诗人都应自觉树立的写作前提。也恰是各具内质的个人乌托邦，才对共名体制化乌托邦进行了有效抵制，捍卫了"多元共生"中一元的质量。关于"寄生性写作"，指斥者认为80年代诗长久旋绕于"文革"记忆，是对灾难材料的寄生。我认为，这正是80年代诗的历史载力所在，是诗人为反抗"集体遗忘"所做的痛苦努力。在种族精神历史产生巨大灾变后，诗人的责任不是匆匆清理废墟，而是勘探其难为人知的复杂由来，并对它周期性强迫重临的现实可能预支出焦虑。"局外人"式的悬置、冷傲，无助于价值重建工作，也无助于本真有效的诗学转型。关于"意识形态写作"，我以为，此词语是含混的、可选择的。诗歌作为对生存/生命和话语奥秘的探寻，在素材上天然地应具更大包容性和吸收转化功能。"意识形态批判"是与我们当下生存和习语世界密切相关的"现实"，是诗人写作中"历史

想象力”及语言批判之重要义项，关键是在具体处理上应削平话语等级制度，将之视为“日常”材料，而不是被它垂直或反向支配。因此，以“意识形态”说事，骨子里是“非意识形态”利用“意识形态禁忌”做出的假文章。至于“运动型写作”，我以为亦应求实视之。20世纪是“文化地震”的世纪，在思想史、文化史、艺术史上，构成了剧烈错动和迁徙。这些宏观的变化“级度”，很少或不可能由个人完成。“运动型写作”，正是国际现代主义诗潮的普遍特征，中国现代诗亦如此。它通过“运动”，激发和召唤一些诗人在美学和思想上的主导趋向，从约略共识的写作纲领中寻求自律、难度，以求维护“现代性”这一特殊精神社区的鲜明感、孤立性，防止其为正统文化圈所消解和误读。事实证明，真正的翘楚从未被“运动”淹没，反而吸收了充足的“地力”，成为更具包容力的“个人”。

以上所说，意在厘清这几个“大词”的复杂可能，并不意味着80年代诗歌真正完满地做到了这些。因此，对它的指责不仅泛而不切，而且还有贫乏中的再次剥夺之嫌。我的“辩护”只是要肯定80年代诗向这些方面的努力。朋友们知我恕我，我均坦然心领。

说到“90年代诗歌”，我认为亦应小心辨析。我不同意某些同行在谈论诗歌时表现出的对线性时间的依赖。他们将完整的“以十纪年”看得太神秘和重要了，忘记了诗歌写作正是时间向空间的转化。因此，在他们眼里时间只昭示未来，从不会回应历史。仿佛时间一进入90年代，诗坛迎来了垂直降临的“美丽新世界”，80年代的“失误”“迷途”结束了，眼前是一片“明朗的天”。

这些相信“时间神话”的论者多少都是健忘的。在我看来，“90年代诗歌”这一整体概念有很大可疑之处。80年代末，历史的剧烈错动给诗人带来了深深的茫然和无告，在有效写作的缺席中诗人进入了90年代。因此，90年代初期的诗坛有两种声音：一种是颂体调性的农耕庆典，诗人以降格的巴洛克语型书写“家园”，诗成为遣兴或道德自恋的工具，对具体生存情境缺乏起码的敏感。另一种是迷恋于“能指”，“悬置历史意识和价值关怀”的中国式的口语“后现代”。这两类诗充斥当时诗坛，从某种意义上说它们共同充任了“橡皮时代”体面又安全的角色。现代诗由生存、历史、个体生命话语的“特殊知识”，蜕变为某类文人的闲适趣味。大约在 1994 年前后，诗坛集中出现了新的声音。从茫然中走出的一批诗人，重新意识到诗歌活力的源头乃是对具体历史语境和当代日常情境的深度处理，写出了此时代恰当、准确的诗歌话语。因此，如果说“90 年代诗歌”的确有新变化，必须排除最初的几年。我反对用“90 年代”这一完整时空指认，来掩盖其内部完全不同的创造力形态，而使大量士大夫吟弄之风和平面话语嬉戏的东西一道搭上“新变化”的火车。这辆火车被编号为“新天地 1990”。我的“90 年代”不在这辆走私车上。

那么，90 年代中后诗歌的精神气象和书写格局比照从前发生了哪些变化呢？限于篇幅我只能以“提纲”的形式谈五点（全面论列有待更合适的场合）。第一，80 年代诗歌侧重于生命冲动的表达，诗人不断为词语注入新感性，是一种抒情和体验写作。近年的诗则致力于对具体生存处境的显现，词语负荷着较多历史文化内涵，是一种叙述和反讽型写作。第二，80 年代诗人的“怀疑主义”建立在一般认识论背景上，他们不堪忍受这噬心状态，企望找到最终可靠的价值安慰。因此，挽歌和咒语背后隐藏着“光明”。而近年诗中之“怀疑主义”，更多建立在本体论背景上。诗人不但愿意忍受相对主义和怀疑，将之视为诗歌的基本成分、存在依据，而且还在努力捍卫“怀疑主义”，时刻警惕它被技术时代微笑的暴力和物质放纵主义许诺的“进步”幻觉所消解。第三，80 年代大多数诗人看重词语间偶然冲撞产生的超验效果，其文本呈迸射状态。他们对阅读中的“过度阐释”期待较高。近年的诗，更喜欢按照清醒的意向选择恰当的词语，其内涵准确、稳定、内敛、完整。诗人吁求

"合法阐释"，不大信任读者"超量再创造"的僭妄价值。第四，80 年代的诗之"晦涩"，更多是追求修辞效果所致。我们毋宁说这晦涩不乏语言内部秘密的"自动性"。近年的诗仍然晦涩，但它是由于诗人深入探寻生存、情感经验和语言内部可能性互动的结果。诗人要在文本中设置彼此盘诘、互否、对话的不同声部，其意义之间的深度争辩带来的晦涩，是一种清醒状态下主动寻求的困境，它必定缺乏"自动性"，是一种"自觉性"。第五，80 年代的诗灵机四溢开出各式"花朵"，但我们看不清其根茎。近年的诗多为"特殊知识"型，根茎扎得较深——虽然"花朵"不那么漂亮。

我如此描述近年诗歌的变化，有人会说：这不是要倒退到"现代主义"阶段吗？在他们那里，80 年代是中国诗坛的现代主义时期，而 90 年代诗坛已进入（或："必须"进入？）"后现代"。80 年代的现代主义"太强大了"，形成滞塞，要"继续前进"，必从反现代主义做起。这是他们论说诗坛的前提——但我以为，这是个假前提。现代主义的一个重要特征就是探寻生存和生命的基本母题，树立经典性。在写作的技术环节上，表现为诗人对建构内涵稳定的个人完整隐语世界的自觉和对知性的倾心。依照这一常识，我不知道 80 年代的现代主义"强大"在哪里？对前提的不明确导致了一系列不明确——情况大抵如此。

这么说下来，还有一个陷阱需要绕开。我这里的发言可能会使某些朋友误会，认为我吁唤今天的诗应走向高标准的"现代主义"。因此，我要说明这个意思：虽然我承认西方现代主义诗人是我们学习的"恩师"，但我们也没有"义务"和兴趣扮演其在东方的亚种。他们的诗再好，也代替和解决不了我们对跨文化语境中的现实题材的有效处理。在现代诗草创阶段之后，我们仍长久依赖文献学意义上的"主义"划分，是危险的。说到底，对具体历史语境的分析和研究，对母语内部复杂性及人文积淀的洞开，对个体生命的本真呈现，永远应是我们在衡量和反省自身写作价值时朴实而可靠的尺度。它们不是由"主义"给出，而是诗歌这一古老文体得以存在的理由和保持现实活力的内在依恃。80年代的诗庄严地完成了它能完成的部分（诗有诗的宿命），近年的诗正是在这一继续起作用的“大级度”中精进——尽管不会没有“知识型构”和情感经验的显著变异，在一个精神历史发生“偶然”断裂的时代之交，由“花朵”逆而向下挖掘和培养“根茎”，这一道路是中国诗人奇妙的宿命。如果我们总要“埋葬过去”，自诩为什么“今日先锋”不断“从零开始”，那或许真会有变成零的危险。

这就是我的观点。

1999年11月

2000年的诗歌？

2000年是20世纪最后一年。当我应邀为《文艺报》撰写一篇描述这一年诗坛状貌的文章时，心情难免有些异样。它是一个“关口”吗？它含蕴着什么特别的信息吗？它是否与以往的诗歌有着显豁的脱节？或者，在新旧世纪的临界点上，诗人们提醒自己去做新的诗歌价值重建工作？

1999年，诗坛爆发了激烈的论战。它给诗界乃至整个文学界造成这样的印象：诗歌在新世纪前夜发生了惊人的“断裂”“清场”，两大创造力形态——“知识分子写作”和“民间写作”——已到了水火不容的关头。然而，当论战的硝烟散尽，我们真正面对问题本身时便会发现，它所涉及的问题都是80年代中期以降诗学论争中已澄清的问题。它并没有提出属于自己的问题。但是我不同意用“利益之争”去指认这场论战。我认为，尽管它在诗学分量上乏善可陈，但仍然标示了诗人们对写作的热情，对活力的追寻，对性情的张扬。一位热心现代汉语诗歌研究的外国学者曾对我说：“我很羡慕中国诗坛有这样令人激动的论战。这在我们那里是难以想象的。”是的，80年代诗坛发生的基本震荡，在今天形成了更深刻更恒久的影响，诗人们变得更为自觉了——经验特异性，风格，技艺和诗运传承。

考察2000年的诗歌，我没有发现诗人们因论战而刻意地减缩自己审美想象力和精神向度的畛域。比如极力倡导“民间写作”“口语写作”的诗人于坚，在《酒吧里的圣诞节》《短篇集》中，既保持了切入生存细节的姿态，又有对“知识”“西方资源”的处理。而被视为“知识分子写作”主要代表诗人的西川，在《我看见，我听见》等组诗中，将本真的生命体验与鲜润的形而上奇思异想扭结一体，表现了更为开阔的包容能力。诗就是诗，它有自己独特的本体依据和使命。不论一个诗人怎样宣谕自己坚守某种写作方案，最终他都要听命于诗歌本身的召唤。当然，我们也看到了一些为“论战”所囿，把诗当作论战“脚注”或“时尚趣味”来写的“民间”诗人，但最终受到损害的是诗和他们自己。

由此看来，所谓“2000 年的诗歌”，与此前的诗歌并无什么不同。它既非“关口”，亦无“特别的信息”，它只不过是年度中一些诗人写下的一些质地优异或有闪失的作品而已。对 2000 年诗坛的描述，我不必强装义角地申辩什么，也不必故作高深地仅为这一年的诗坛“提炼和命名”什么。虽然我一直关注着“诗歌产业”的丰歉，但我的阅读视域毕竟是有限的。标题中的问号，既表明我对以“年代”为限论述诗歌的怀疑，也表明我对自己阅读视域不宽的忐忑。当然，它还有对“新旧世纪临界点”的祛魅。

从上个世纪 90 年代开始，汉诗诗歌走向了自己背叛“镜式诗学”的集群式进程。如果说 80 年代诗歌已有背叛的先声，那也只是体现在少数新锐的写作之中。而 90 年代——当然包括“2000 年”——的诗歌，这种背叛几欲成为诗人们不期然中的“共识”。所谓“镜式诗学”，是指诗人认为在生存现象背后有一个“绝对本质”，诗人的心灵犹如一面镜子，它要真实地反映这个本质，使诗歌话语符合这个先验的“真理”“基础”。写作成为对既成“本质”的被动认同。然而，随着生活的教诲和诗性的觉悟，这种先验设定的超时间、超历史的框架失效了，具体的历史语境和生存细节成为新的出发点。诗人们普遍认为，即使有可靠的标准告诉我们诗歌与“本质”和“真理”相接触了，那也不值得欣喜。“诗有别材，诗有别趣”，它的劲道和职能不是卑屈地依附于“合理性”和“本质主义”，而是使心灵得到自由、欢愉、安慰。2000 年的诗坛，没有出现令人悚然而惊继而弃之一旁的“大诗”，它是由一首首文明的、对话的、有趣的、陶冶性情的“小诗”构成。

我们看到，在20世纪90年代走向成熟的青年诗人，在这一年有着不凡的表现，臧棣发表了《美国梦》《镜子》《飞越大洋》等诗作。在这些作品中，他以磋商、周旋、反讽的笔调，写出了浸渍在个人生活细节中的时代的“原子”，令人迷醉，令人宽怀。杨键同样在倾心于“个人生活史”的描述，与臧棣的密致不同，他追求一种疏朗而氤氲的感伤格调。《哭泣》写一场有关戒烟的对话：“你为什么不把烟戒掉？”“试过好多次了。”诗人听到这些琐碎的对话，悄悄流下了泪水。生活在沉潜地流淌，能够谛听它的声音就是生命的赐福，“我为我的幸福哭了/为我的灵魂像夜晚一样清新，哭了/我就这样流着泪/感受那幸福的起伏”。姜涛的《情人节》和《慢跑者》在对事象纹理的剖露中，表现出他所心仪的一种“在表象的、细节的、叙述性段落，和某种整体的、有机的、知识性引申之间”构成的双重视野。诗人关心的不是“我”，而是“我”对日常生活的感悟。这是智力与情感混而难辨的综合表现，但它们指向的却不是道德评判，而是心灵别具魔力的“迟疑”。追求“真理”的激情仿佛已变得格外遥远，2000年的诗歌在一种“小型”的吟述中，使读者获得了宽慰和幸福。如果我们去读在2000年构成“事件”的“2000年诗歌大联展”（《作家》《上海文学》合办）上的诗作，我们会感到诗歌的确变“小”了，但在质地上更为令人满意了。

如果按照以往相对明晰的几种诗歌范式来考察2000年的诗坛，我们会有些茫然。“现实主义”“浪漫主义”“意象派”“象征主义”“超现实主义”“新古典主义”“后现代主义”……各种范式都不再被诗人们急切地追摹和认同，诗歌已无法被纳入已成谱系来指认了。因为说到底，诗歌来源于诗人的“个人诗泉”，是一种内心涌动着的力量促使我们拿起笔写作，而非是已成的别人写作的“结果”。诗坛出现了综合创造力展示的景观。王小妮和王家新在新一代诗人眼中已算“老诗人”了，他们都被诗论界编织入“朦胧诗的感应者”行列。按照“朦胧诗”的常规形式——隐喻、象征、内敛化途径——我们几乎无法辨认他们近年诗作与此有何干系。王小妮的《脆弱为什么来得这么快》《1999年末，在大西北》《和爸爸说话》等组诗，从语型上变得更为异质混成。口语、俗语、人文话语以及形成性语言，被奇异地糅为一体，诗人没有认派归宗的热情，她自如地游走于各种语型之间，完成了向各种范式“采气”，最后化为个人化的创造的工作。王家新的组诗《第42个夏季》《1998年春节》，将叙事性、戏剧独白、格言戏拟和形而上沉思做出了多音齐鸣的展示。诗人追寻的是诗歌话语的“有效性”，而非那种表面化的统一和流畅。由此看来，诗歌的探索之途永无尽期，但撬动它的阿基米德点却只有一个：个体生命的经久体验。如果说已成的诗歌范式可资借鉴，那它也只是作为能使我们达到吟述本真心灵的手段，它的职能在于激发和维护写作的自由，而不是减缩、压抑乃至删除它们。因此，它永远会面临“不够用”的挑战，使我们始于创造的压力，继续更高的追问和整合。麦城是2000年引人注目的青年诗人之一。在由《当代作家评论》、作家出版社、《上海文学》联合召开的“麦城诗歌作品研讨会”上，批评家和诗人们对麦城诗歌的“谱系承传”感到一种茫然的欣快。《麦城诗集》的开放的形式、流动的结构、中心词语与边缘词语的“蛮横”焊接，体现了新一代诗人随机应变的敏捷和灵动。他的诗风亲切而诙谐，虽不乏骨肉沉痛的底蕴，但最终是温馨和善良统摄了杂语喧哗或奇思异想。它让我们感到“陌生”，但骨子里却又“熟悉”，诗人的生命状态与语言达到了“同一”，这正是我们感到亲切而“熟悉”的地方。2000年的诗坛，是走向综合创造的诗坛。除上述诗人外，在综合创造上给我留下鲜明印象的诗作还有林莽的《时光一去就不再回来》，西渡的组诗《公共时代的菜园》，尹丽川的《现实两种》，朱朱的组诗《瘟疫及其他》，孙文波的《上苑短歌集》，翟永明的《更衣室》《军装秀》，钟鸣的《我，或哈姆雷特敲门》，张曙光的《十年》，潞潞的《一场暴雨的痕迹》，蒋浩的《说吧，成都》，蓝蓝的《生活》《纠正》，陆忆敏的《教孩子们伟大的诗》……在这些诗作中，我们看到了修辞基础的个人化。正如策兰所言，诗人或许曾被各种认知理念和写作范式“锁住”过，但在心灵最深的地方，最终“会爬出你自己”。

或许是一种巧合，我在重新检视2000年诗歌时发现一个有趣的现象——都市诗歌的大面积耸起。中国现代诗在某种意义上可称为“乡村自然语象诗歌”。这既是指题材，更是指一种文化心态。从题材上看，诗人们热衷于美丽的大自然风光，并将田园景色作为心灵“家园”的最好对应物。从文化心态上看，诗人们认为都市生来就是没有诗意的，它是僵硬的水泥、钢铁和制度的混合物。这或许与中国古老的流连光景、明心见性的诗歌传统有关。诗人要证明自己趣味的“合法性”，暗中便祈求某个元抒情、元叙述的支撑，使诗歌的总背景带有祈祷文的性质。90年代中期以降，都市诗歌成为诗坛显豁的现象，而作为我论列“切片”的2000年诗坛，这一现象几欲成为主流。大量都市题材的诗作，展示了复杂、紧张、压力重重的都市人的心态。这里有激烈的文化冲突的论辩性话语，有人面浮现其中的现代器物的闪掠，有都市的喧嚷、速度，有闲暇的文学从业者在都市刺激下的奇思异想。我本人很欣赏“乡村自然语象诗歌”，但不同意将之作为现代人灵魂的超脱之地，更不同意将此作为使诗与思“纯正”的保证。都市诗歌并不意味着对都市本身的激赏，也不意味着对都市的反讽和批判。它提供了一个中性的话语场所，是诗人想象力和经验敏识的新的培养基地。诗人完全可以将乡村与城市、幽居和介入综合处理，在复杂的应力模式中表现异质经验的混成状态。正如史蒂文斯所言：“依然幽居象牙塔中，但又坚持认为如果不是因为从塔顶可以俯瞰公共垃圾堆和广告牌，那么塔里的生活实在难以忍受……他是一个隐士，独与日月相栖，却又坚持要看破报纸。”诗人阿坚的《自由宣言》，在我看来是这一年都市诗歌的成熟之作。它由101首短制构成。诗中的“我”，是一个都市“老顽童”形象，这个人物以近乎谈话的风格道出了一部都市的“慵懒哲学趣话”。在这种诙谐的零章片段里，在这种笔随心走的口语表达中，所谓“纯正的‘家园’”措辞更像是一种陈词滥调。写到佳胜之处，我们会发现诗中的“我”是由几种彼此矛盾的声部构成，它们在争辩、周旋、抚慰，表现了都市人们“自我”的多样性，而不是依赖于一个稳定完整的“精神家园”，发出单调的祈祷嗓音。沈苇的《文工团》《混血的城》，郁葱的《倾诉》，张执浩的《音乐学院的秋天》，杨克的《太原》，叶辉的《叙事》，陈东东的《旅行家》，胡续冬的《到哪里能买到两斤毛豆》，徐江的《“面的”哥儿》，侯马的《九三年》，张新泉的《在低处歌唱》，安琪的《事故》，桑克的《夜泊秦淮》，南野的《无记忆的体会》，韩作荣的《自画像》，李元胜的《重庆生活》，万夏的《九点的夜来香》等，都是在这一年中给我留下较为深刻印象的表现都市生活的诗作。它们中的“说话人”（或与诗人同一，或是诗人虚拟的戏剧性人物），耽于对城市生活的体味和描述；这些形象或“心象”，都不是城市中的风云人物、“成功人士”，而是最普通的、诚朴率真的芸芸众生。在这里，我们纠正了以往的看法，我们发现了琐屑、庸常、劳顿、闪烁的都市生活的诗意；我们从内心发出真挚的赞叹：“作一个处变不惊、充满个人希望的普通人是怎样令人鼓舞，说到底，是怎样的杰作！”诗歌的题材和意识背景是在任何地方都能找到的，我们怎能确认我们找到的“乡村诗意”就是安顿灵魂的终极性的“家园”，而不是因为我们缺乏敏识和想象力所致呢？

以上我从“背叛镜式诗学”“对综合创造力的挖掘”“都市诗歌的大面积耸起”这三个方面谈论了2000年的诗坛。正如任何“纵览”式的文章都无法避免特定的切入角度一样，本文也注定带有划地自牢、视域不宽的缺陷。与其说这是对2000年度诗坛的观感，莫如说也是我对近两三年来诗坛状貌的大致印象——只不过“物理时空”的年度为我的论述提供了一个“讨巧”的机会。我侥幸地想，在这一年诗歌创作绝对的“偶然性”中，是否有着某种相对的“必然性”？限于本人精神构架完形的狭隘以及论述的方便，这一年中其他诗人的精彩之作不能一一论及了。好在《文艺报》还组织了其他论述此命题的文字，读者可以对读、补充。我的观点亦希望得到诗坛志友的校正、驳斥。

诗就是诗。揭示生存，眷念生命，探询语言，闪耀性情，是任何时代的诗人们共同的姿势和声音。2000 年的诗坛，诗人们在彼此吟述着“相互补充”的情感故事，并邀约更多的读者分享，同驻诗意光阴。面对种种“市场经济时代是诗歌的终结”的浅见蠡说，我认为：只要人类存在，诗意的栖居就永无终结。人们永远需要真实的声音，充满热情和活力的声音，富于平等和友好精神的抚慰心灵的声音，令人兴奋和迷醉的声音。相信当下和未来的诗歌吧，它是对短暂人生的赐福——是诗（狭义和广义），使我们的心灵获得了越来越多的澄明、自由、幸福和安慰。

2001 年 1 月 8 日

如此指斥是否性急？

由于忝列“先锋批评家”一员，我有时会被刊物约写“先锋文学现状或走势”之类的文章。其实在我心中，好作品就是好作品，是否属于“先锋”倒无关紧要。我之所以专注于先锋文学批评，是由于它给批评家提供的诠释负荷更大，我乐于为某些读者搭个桥。我认为，关于文学的价值确认，不同的说法可能都有道理；如果你是个成熟的作家，就该把你的个人方式发挥到你能力的极限。作家诗人还应是“自扫门前雪”，将自己手上的工作做好，多元共生的文坛局面自会形成。

但我越来越多地看到，有一些“著名”或不太“著名”的作家、批评家，自己门口乱七八糟，也没心归置，一心按“文学卫生检查团”团长要求自己，喝东斥西专拣“先锋文学”巡回骂个遍，直到哗的一声滑倒在自家门前的烂泥上。

不要认为这种喝东斥西没“效果”，它以巨大的分贝数影响了大众传媒。一时间以“先锋的衰落”“先锋文学的末途”之类为标题的文章屡见报章。它们在总体的文化语境中制造了一种对先锋文学“指控”的气氛，并迷惑了文学受众的视野。大众媒体的拿手戏就是简化、缩略问题，我尊重这个行当的特性和嗜好。但要知道，这次指控的源头却是来自文学界自身，这就不能不使我们正面回应了。某些昔日的“先锋作家”也受到了指控气氛的影响，纷纷“调整”“转型”，以求加入主流文学，使自己变得体面，让作品在对读者的影响力和世俗功利的“收益”上都更为稳妥。

我想，人们对先锋文学的指斥是否太性急了？

中国先锋文学若按通常的看法，上世纪三四十年代间间断断地出现过萌芽——李金发、穆木天及其“象征派”；戴望舒、卞之琳及其“现代派”；刘呐鸥、施蛰存及其“新感觉派”；陶晶孙、陈楚淮及其“实验剧”；徐讦、无名氏及其“后期现代派小说”；穆旦、袁可嘉及其“九叶派”——后来就中断了。直到上世纪80年代中期才形成“现象”。前后零碎时间加起来，也不过二十来年。参照这一文学史链条，中国先锋文学还是个“小伙子”。但我要说，中国先锋作家真是“不软”，一边收获成色较好的粮食，一边还得在文学之外“防灾减灾”。就这么过来了，怎不让人敬重？先锋文学肯定有种种缺失，但它为中国文坛带来的三项成果是有目共睹的——

其一，写作中个体主体性的确立，使个体生命的体验高于任何形式的集体顺役。先锋文学在某种程度上使其修辞基础、叙事模式的嬗变，摆脱了对事实表象的被动依附性，它不是还原现实，而是加深和拓展我们的“现实感”。在此，“现实”不是与人的生命体验无关的既在的表象，而是在写作中被生命体验所“发明”出来的东西。在文学中，个人经验与集体经验的“脱节”，个人话语与总体话语的“错位”，常常会带来更为撼人的“心理真实”。

其二，捍卫了文学的本体依据。由过往文学的“写什么”，到先锋文学的“怎么写”，体现了文学意识的自觉。语言在文学中不再仅仅是负载意义的工具，而是作家艺术想象力与生存交锋的唯一“事实”。语言形式的复杂性，使现实与寓言具有了“异质混成”的聚合感，增强了文学对生存的命名力量。文类的界限被松动了，成为“主权未明的领土”，话语的可能性得到扩展。

其三，对跨文化语境中的世界文学的倾心关注，开阔了文学的精神视域，使我们具备了由“民族性”到“人类性”的眼光。

——这三项成果，已足够教人深深赞叹了。

中国先锋文学也就二十多岁，还是个小伙子，那一身蛮劲儿还没真正释放出来呢。因此，对“他”，我是特别关注。小伙子免不了莽撞，不成熟，但充满了活力和创造性，我们应给“他”充分的发展时间和机会，而不是急急忙忙地从根儿上将他“丢翻”。事实上，谁也不能将他“丢翻”。我不说一个民族的文学中不能没有前卫的探索，不说一个种族的言语发展，离不开实验性的“变构”与激活，这些话有待更合适的人说。我只想低调地说，读先锋文学，是许多人的兴趣、瘾头，它提供的个体生命体验的内容，有许多的确是常规文学形式提供不了的。在今天，兴趣和独异性，可能是谁也无权无能力干涉的。就算下一道命令将先锋文学都烧光了，那我们也可以再写。先锋文学的最低定位、也没准儿是最高定位就是它有活力有原创精神，它使我们感到自己生命中的奇思异想并不孤单，原来别人也那么想过。

“文学卫生检查团”指责先锋文学“逃避时代”，而在我看来，如今的时代就是重视精神自由、提倡个性独立的时代。先锋诗人作家从骨子里正加促了时代的前进。反之，那种大一统的精神模式，才是真正的逃避时代呢。他们指斥先锋文学的另一点是“失落了人文精神”，对此我要说：真正的“人文精神”的重要义项之一，正是保护个人自由表达和创造的权利。此外顺便一说，“人文精神”有就是有，没有就是没有，真有的就不会失落，失落的恰好说明它从来就没真有过。从语用学上看，这一指斥是矛盾的。先锋文学家并不认为自己是“真理”“本质”“良知”的天然代言人，他们不是训诫读者，而是与之磋商、沟通、对话。这正是放弃精神等级制的人文精神之体现。

而对先锋文学最严厉的指责是，它没有“历史意识”，专注于“个人经验”。我认为，一般地说，写出具体历史语境的真实性，是任何严肃作家的愿望。但如何理解“真实”的含义，却言人人殊。在许多作家看来，小说诗歌中的“历史意识”有赖于“宏大叙事”，他们追索处理的是那些具有社会幅度感、体积感的可“类聚”的事件。在此，个人命运和生存细节被遮蔽了。这种作品的声音总是高亢的，它们曾经体现为意识形态的高音喇叭；后来又出现了本质主义精英启蒙“吹号天使”的喇叭；现在则是物欲放纵主义微笑的柔软暴力的喇叭。这三种喇叭虽然内质不同，但或许有相似的功能：基于一种历史决定论，去遗忘或抹掉个人生命的记忆，简化或贬低个人心灵的困境。

然而，我在众多先锋作家、诗人笔下，看到了他们对“音高的设限”或曰“历史的个人化”。他们将历史的沉痛化为内在的个体生命经历，它烛照了个体生命存在中最幽微、最晦涩的角落，以本真的个性化体验，折射出具体的历史症候，把读者引向更广阔的暗示性空间。他们将个人经验总结成特殊的“限量的历史”，在限量中，凸现文学话语的穿透力。在此，“越少即越多”“越小即越大”——它不是材料体积的宏大，而是认识力的宏大，书写命名力的博大。先锋文学消解了三种“喇叭”，但是它并没有放弃文学介入“历史”的功能。

这种申辩是不是很累？但还是值得一说。

中国大陆先锋文学就是个小伙子，出点儿闪失也是精彩的闪光。小伙子日子还长呢，还有的是成熟的时间。俗话说，“岁月催人老”，这话平和也对头。但弄成“人催岁月老”就有些无趣。我认为，小伙子就该有个小伙子样儿，用不着提前倒背手迈方步。

我是在“差异性”的角度为先锋文学辩护的，而不是独断的价值指认。说到底，文学的方式多种多样，角徵不同，分途策驭，都有可能出彩。像任何作家一样，先锋文学作家当然应该接受有道理的批评；反过来说，批评者也要有能力使批评批到点子上，不要将艺术民主的“权利”变为快意鸣鞭的“权力”。现在，为数不多的先锋作家诗人在埋头写作，自甘“边缘”，我想，还是让我们多给他们以鼓励和赞叹。

2001年5月6日

我看当下诗歌争论中的四个问题

当下诗歌面临着许多有争议的“问题”，其实任何文学艺术形式都面临着自己的问题。“问题”在此不是个贬义词，“问”和“题”是可以相互打开的。有些问题是真确的，可以回答；有些问题是虚假的，可以指出其虚假之处后扔到一边不再搭理。下面，我谈谈对当下诗歌界四个显豁问题的看法。我要求自己笔随心走直接表达，不绕弯子。因为，诗论界的问题就是绕弯子。在正文之前，让我先把这个“问题”废掉。

一、为什么诗歌读者如此之少？

用不着争辩说诗歌的读者不少，大家心里都清楚，它是很少。你到书店看看，几千平米的地方，诗集只有可怜的一平米。人们说，是诗写得都不好，所以没人读。这是市场经济时代最省事最振振有词的说法。但我认为，这是胡说。反观新诗 80 年的历史，现在的诗可以傲视过去任何巅峰时期的诗。我看过去最好的诗人艾青、戴望舒、冯至、李金发、卞之琳、穆旦的诗，从意蕴含量到技艺含量，是在北岛、多多、西川、于坚、柏桦、臧棣等人之下。而且，就数量而言，当下能数得上的优秀诗人，比之过去 80 年还要多得多。

诗歌读者少，是这个时代的羞耻，而不是诗歌本身的羞耻。就总体精神状貌而言，这个时代的读者是实利型的读者。他们需要现世现报的东西，“有用就是真理”。他们活得忙忙叨叨，仅有的余暇要用来找刺激。肥皂剧、小报、流行歌曲，是他们本能的选择。小说的读者较诗歌为多，是因为当下小说打点儿情欲的擦边球；散文的读者较诗歌为多，是由于散文可以窥秘，或可以摹仿“识字人”的生活方式使自己附庸风雅。说到底，这都是不同半径的同心圆，那“圆心”就是“实利”。

这时代特立独行的人太少，关心灵魂问题的人太少，受过合格的艺术教育的人太少（瞧瞧那些大学的文学教师、博导，他们怎有能力启发真正的艺术趣味？）有沉思默想习惯的人太少，能体会语言本身劲道的人太少，有内在情趣的人太少，容忍奇思异想之无用性的人太少，安静地坐在家中阅读的人太少，有诗歌敏识力的图书编辑太少，够格的文学出版社社长太少（或没有）。

因此，我的看法是，人们不读现代诗也不是什么过错，他们与诗并无仇恨，只是没有任何关系。既然没有关系，就不必以全称的“读者群”来比照现代诗的冷落了。写好写坏，诗的读者终归是少。我要反对的是那种认为是诗都写得不好或用“看不懂”来指责诗人的人。我的观感是，“能看懂”的诗占绝大多数，如报纸上的，《诗刊》《星星》等各类刊物上的，他们也不看或看不上，他们专拣看不懂的诗看，结果一肚子憋闷。他们是想求个调和，“又懂点又不懂”。他们需要平均数水准的诗，比如余光中之类。余光中的修养是一个油滑文人的修养，文人的写作兼顾个人性情和读者接受这两方面。而纯粹的诗人，面对的是生命体验与语言的奥秘，是诗本身的成色。因此把诗写好就是了，读者少虽令人叹息，但也是诗人无法改变的。这不光是中国的现实，也是全球的现实。

二、某些诗评家为什么也说“读不懂”？

最近，关于现代诗“读不懂”“现代诗已走向末路”的呼告不绝于耳。发出惊呼的，不仅有那些几十年一贯制“战斗立场鲜明”的指责者，还有几位在 20 世纪 80 年代初为朦胧诗辩护的诗评家。虽然他们的知识型构、审美起点不同，但客观上却形成了一股“合力”，笼罩在诗歌批评界上空的是一团焦躁、愤激、悲观的气流。对此，我以为是不公正的。

现代诗之“读不懂”，恐怕也是世界范围内的问题。我认为，表达方式的含混乃至晦涩，是 20 世纪现代艺术（文学、美术、音乐等）的共同特征之一，很难想象哪一种现代艺术与“晦涩”无关。人们不理解现代美术和音乐，会老实地承认自己理解力、审美感受力跟不上艺术家；可对现代诗“读不懂”，他就敢空前自信地认定是诗人在“胡闹”，而从不想是否自己有问题。这种姿态算是敬重诗歌还是轻慢诗歌？难道现代诗不是某种有关生存和生命复杂经验的特殊“知识”，一门高尚而难能的语言技艺吗？凭什么它就应该是类聚化的老少咸宜的“哲理”，一种行云流水消闲遣兴的“雅好”？

现代诗之“读不懂”涉及方方面面，此处不便赘述。我想从不同的意识背景形成的不同审美创造力形态上，来简述造成分歧的一个主要原因。我们过去习见的诗歌，主题是鲜明的。诗人自诩为众人的代言人，并担保自己能分辨二元对立中的“真善美”/“假恶丑”。这样的诗当然也不乏精品，但在现代条件下，它骨子里却以僭妄的姿态简化、消解了生命体验的复杂性、真实性，成为柔软的权力话语的补充。生存和生命在更普遍的状态下是充满悖论、缠绕、互否特征的，二元对立的处理肯定遮蔽了许多“问题”。某一类现代诗力图捍卫这些被粗暴地抹杀的“问题”，呈现复杂经验的聚合。因此，其主题更富于包容性：生命和话语历险中彼此冲撞、摩擦、盘诘的不同义项，在一个结构中对抗共生、同时存在，多音齐鸣地争辩，小心翼翼地变奏，以求摆脱独断论立场。这样一来，诗歌的主题就变得含混多义，没有居高临下的“启蒙”和“教育”的主题，而是面对复杂经验时，诗人与合格读者平等地沟通和对话。因此，这些现代诗是消除意识形态和“道德”权势的诗，是自由知识分子心灵和话语世界的交流场所，是对生命和语言“问题”的艰难探询，而不是强作解人的“结论”。

生存和生命的复杂体现在诗中，必然带来语言的复杂。某个时代诗歌活力的标志之一，就是它是否为我们带来了新的修辞基础、新的命名，带来新的“语法”。多声部对话、反讽、玄学性、佯谬、个人隐喻等，作为现代诗语境中的基本成分，使不熟悉它们的评论家感到“气愤”。这可以理解。但若以此指斥现代诗是“胡闹”，则未免太过性急。读不懂可以先不读，若要发言，则应检查一下自己的前期准备、阅读前提、“话语场所”，以使自己的言说能作为恰当的学理问题而不是情绪化对立，免得“车走雷声语未通”。你对现代诗话语的技术环节不够了解，很可能你的批判就是无效的。比如，诗人要设置“多声部争辩”，你批评他“主题不鲜明”；诗人要反讽，你批评他“不庄重”；诗人要追求“互文性”，你批评他“脱离现实生活”；如此等等。现代诗欢迎批评，但它需要真正准确、内行的批评，这种批评应是洞透之后的质询。

在所谓“否定式思维”自以为预支了“深刻”的浮躁文论环境中，浅薄的批判性正在成为新一轮的教条。

三、为什么会有“知识分子写作”？

“知识分子”在“文革”期间是意识形态改造机制的主要对象，在今天又成为被嘲弄的族类。前后不同的是，今天的民众并不歧视知识分子，恰好是一些自诩为“民间”代表的作家诗人及批评家在践踏他们。这是为什么？

这就是中国式的“后现代主义”给我们出的令人啼笑皆非的“难题”。知识分子并非指一般意义上的受过高等教育的人，或依附于体制的文化人。我们都知道，在当下复杂的历史语境中，它是特指那些具有独立思考、独立判断的精神和能力的人；是那些以理智和自由、社会公正的信念，对所有扼杀他们的势力发出质询、批判的人。这样的人在目下中国是太少了。但令我诧异的是，我看到的攻讦恰好多是针对他们的。知识分子应对所处时代的噬心问题以及知识分子本身进行深入思考和批判，从历史上看，他们是人类文明传统及可能性前景的主要保护者与瞩望者之一。真正的知识分子，不但要思考某一时期的局部问题，他还应有能力超越眼前利益，为社会和文化的未来命运投注智慧和行动。普泛地说，现代知识分子主要靠精神/智能体现价值。但他们维护的不是静态的知识，而是从具体历史、文化及个人本真经验出发，通过深入研究、批判、证伪、猜测、想象，以求不断提供更有说服力的新的精神/智能成果。知识分子族群在具体的世界观、理论与方法、观察与实践，乃至知识构成和个人趣味上或许会有根本差异，但我认为，我上述约略的概括，应是区分知识分子和非知识分子的起码标志。我不理解，按照这大家明了的标志，知识分子（当然包括知识分子诗人）为何一再受到恶意的诋毁？90 年代以来，知识分子诗人力求做到的就是扩大诗的承载力，将生存、生活、生命、知性、知识做出个人化的发现，于坚某些诗也同样如此。生存和理念之间不是“你死我活”的冰炭关系，而可以是扭结一体的，异质混成的，多音齐鸣的，综合处理的。“知识分子写作”的提出正是与此密切相关的概念，强调的是对生命、生存、文化、语言等的广泛探询，对写作技艺的专业自觉，对以往被夸张或煽情化了的“知识分子精神”的反省和批判，并警惕种种极端主义思潮假借知识分子之名给文化带来危害。在此义项关系里，“知识分子”不是“诗人”的限制成分，而是二者彼此激活、不断开放的盘诘关系。我置身诗坛已有 20 年，基本了解诗坛上重要的当代诗人的精神建构及文本。批评家职业道德的底线要求我这样陈说：“知识分子诗人”在 80 年代中期，为抵制几乎泛滥成灾的日常主义趣味诗歌，而去寻求情感的高贵和写作的难度。有些诗人使自己的写作指向了“纯诗”，但由此也使其诗与“生活”不够贴近。而口语化的日常主义趣味诗歌，有对世俗生活的介入，但不少文本的意味和形式缺乏“被再读”的魅力，流弊所及指向插科打诨。二者相比，无论是疏离“生活”，还是疏离诗歌，都让人惋惜。作为批评家同时也写诗的我，由于生性“退让”，当时只分别肯定了双方的长处。从《生命诗学》的一些文章中可看出我的姿态。但 80 年代末以后，被称为“知识分子诗人”的人，反省了自己以往诗歌的不足，开始提高自身综合处理时代生活、历史、文化的能力；以个人经验、知识品位、诗歌技艺的修养和旺盛的创造力，使诗歌走向了融合和更为广阔的境地。恰好是被所谓“民间”诗人集中攻击的诗人西川、王家新、欧阳江河、臧棣、孙文波、西渡等人，在这方面的表现尤其令人瞩目。令我不解的是，攻讦者攻击的正是已发生了变化的他们，而对“纯诗”阶段的个别诗人，却意味深长地“肯定”。这就使人弄不清其“立场”的高妙处何在了。大家都明白，“民间”与“知识分子”根本不是对立关系，排除掉与写作无关的对“民间”的利用，我理解的“民间”，是指非体制化的、对文学存在的理由和价值的坚持。它与利欲或策略无关，更不应是一个预先赋予价值的“新”神话。它是一个实践的概念，真正的价值只能由文本的质量给出。

我早在许多文章中谈过，现代诗中的“知识”是“特殊知识”。用“特殊”来限制和修正“知识”，意在陈明它是一种与矛盾修辞、多音争辩、互否、悖论、反讽、历史想象力对生存现状的复合感受有关的“知识”。在一个思想、“感性”与技术和物质放纵主义同步的集约化、标准化的干涸的社会文化环境中，这种“特殊知识”恰好是对绝对主义知识、二元对立知识及唯理主义崇拜和历史决定论的颠覆。后者简化乃至抹杀了世界和人生（包括审美）的问题，前者捍卫了世界和人生以探询问题的形式存在。就世界范围内的现代文学艺术而言，我们看到那些具有知识分子精神的文学家更有力地将理智的深刻内省和感性的解放凝为一体。在此，“特殊知识”以其特有的细节含义，重新厘定了诗歌（文学）中“知识”的定义。从某一角度讲，我愿将它作为一个“新感性”的审美的批判的词语。它要反抗的不仅是意识形态压抑、工具理性、科技霸权，而且还有受动的消闲遣兴、取媚市场、自我精神剥夺的伪感性“奇观”。“特殊知识”是否定精神、批判精神、自由探询、历史想象力的综合，是诗人对于生命、自由、美、责任的自觉。也可以简言之，它是一种现代经验的复杂“知识”，是诗人立场下的相对主义和怀疑主义的“特殊知识”。它要消解“牢不可破”的形而上学，消解自以为客观的统一性和确定性，捍卫写作的自由、差异性以及介入生存的有效性活力。我认为，“知识分子诗人”及于坚本人的某些诗都在趋向于此。于坚现在大力攻击知识分子写作，并大谈“原在”“原天地之美”，但他自珍的主要作品如《〇档案》《对一只乌鸦的命名》等（我本人也充分肯定这些作品），我看不出与我的说法有何出入。用他的“新”说法解释他自己的这类作品都有气短的感觉。我认为，于坚这类诗从知识系谱上来自于语言哲学中的“语言批判”及卡尔·波普尔。因此，他用不着自相矛盾地否定“知识分子写作”。

四、“身体性”是诗的福音还是末路？

上个世纪 90 年代末，诗人伊沙等人倡言诗的“身体性”，继起的《下半身》诗人干脆将之作为诗学的关键词；诗人于坚也在此前将“身体性”视为诗的要义之一。现在，“身体性”几欲成为聚讼纷纭的词语，有人将之视为诗的福音，有人将之视为诗的末路。

对我而言，好诗不可能排斥广义的身体性，而身体性并不等于好诗。说到底，这是个语言表达的问题。

其实，朦胧诗人多多、芒克、严力，第三代诗人中的莽汉主义、女性诗、非非，其诗中均不乏“身体性”。只不过他们没有如此专注地使之变为一个标准。“身体性”在此是自然地出现的。

上世纪 90 年代中期至今，“身体性”的强调提出，是针对诗歌界在素材上的“禁忌”、诗歌的智性倾向而发。我认为，“身体性”的含义应是广泛的，它包含人的感觉、生理体验、无意识的情绪、诗中生命的节奏，当然更包含人的原始冲动。世上之所以有“诗”这种东西的存在，就是因为人类感到有许多体验是“头脑”无法表述的。如果这么认为，那么“身体性”乃诗中应有之义，用不着如此费力地呐喊——这种呐喊，若在“十七年”“文革”，乃至上个世纪 70 年代末发出，是更有意义的。今天再喊，难免有拿常识当秘密的味道。

其实，不管主张“身体性”的诗人怎样面面俱到地“论证”，我看他们实质上——有诗为证——是要表达原始欲望的冲击力，“性”题材的合法性。这倒使问题简单了。我不妨删繁就“要”，就说说“性”吧。

性，是人的主要体验之一。按照乔伊斯·布拉泽的说法，正常的男性平均20分钟想到一次性（当然不是规律性的“每20分钟”，而是“平均”，包括意识与潜意识）。因此，诗歌表现“性”，并没什么大惊小怪的。但是人除了“性”，还有诸多时时伴随他们的“事”与“想”，因此，你不能说没有“性”的诗，就不够真实。小说家阿城就说过，“文革”时他感到匮乏的是食物和书，而主要不是什么“性”。弗洛伊德的“泛性论”有其敏识之处，但将一切归为性，就显得神经质。许多精神分析批评家往往把一切凹圆形的东西（水杯、池塘、花朵、洞穴等）解读为女性特征，把一切长形的东西（塔、尖岭、钢笔、刀剑等）解读为男性特征。这是戴着“性”的有色眼镜看一切，有点幼稚，有点书生气，有点可怜兮兮。我不反对诗歌写性，我要反对的是将之视为“唯此为大”的教条主义诗学。我要反对的是以此为说词，使自己的诗具有题材上透支的优势。而考虑到伊沙及“下半身”某些“性”诗体现出的性别歧视，我要说，这里的“性解放”其实特别封闭，特别陈腐，特别封建，完全是一群土鳖乍见红灯区的欢呼。

于坚强调“身体性”，他的“身体”是广义的。性与其他，都得以自然地呈现。他没有在相反的姿态上“谈性色变”。而上面诗人的性诗，却有着“谈性色变”的紧张感，“逾矩”的秘密快感，宣言感，自我感动的“破禁区”感，“我豁出去了”的自我恐吓的夸张感。这是没必要的，小伙子小丫头们。

因此，我的想法是，“身体性”的含义是广泛的，不要轻易为之划定畛域。性，是诗歌处理的材料之一，应平和视之。性，既不是高尚的也不是卑下的。我们在涉及它时，不应自诩为什么“勇士”，更不应自贬为“我就是流氓”。这太可笑了，你就那么重要吗？只因为你突然知道你有“性”？——“身体性”不是诗的末路和福音，只是材料之一类。

2000年5月写成

2002年1月补充

“人”的放逐

——对几种流行诗潮的异议

在近年来的文学艺术中，诗歌仍然是最敏感最躁动不安的品种。其扬弃旧质、接纳创造新质的努力是令人瞩目的。诗人创造意识的进一步强化，使艺术更新的周期不断缩短。但当我荡开一些距离，冷静地考察目前某几种流行诗潮时，我陷入了怅惘。我感到，这些诗歌题材和手法的更新，并没能在更高意义上为作为生命体验的诗带来蓬勃的生命。当一些诗人不愿对过往诗歌追摹而急切寻找新的审美创造方式时，却进入了一种盲目的状态，造成诗歌中“人”的放逐。

让我们来看几种流行诗潮。

西北的边塞诗为诗坛吹进了一股豪壮的沙漠风。这路诗人以他们对社会现实热态的参与意识、乐观的浪漫胸怀，对花花绿绿软语呢喃的诗风起了某种廓清的作用。这是他们对当代诗坛的贡献。但如果不是故作违心之论，有良知的读者越来越感到，这股猛烈的沙漠风渐渐显出了内力不足的迹象。坦率地说，当目力穿透大漠、荒原、山鹰、骆驼、胡杨、沙枣……后，我们感到了某种失落的遗憾。当然不是所有的西北诗人都一样（昌耀要杰出得多，独立得多），但就这个诗潮的总流向看，在自然的浑茫感和皮相的人类生命力感的简单相加外，它并没有带给人们更多的东西。我们很少见到这种诗潮对于人——复杂深邃的内宇宙、内自然的展示；表面的人与自然的冲突代替了人生命内部的搏斗。这样一来，“人”在许多诗中实际被淹没为一种铺垫性因素而非目的性因素了，文学对象的主体地位发生了倾斜。那些酷烈雄奇的自然景观及民俗、民情、民风的外在描写，提供给读者的仅是一种地域性感受而非灵魂生态的思考。实践对现实种种复杂的抗争被某种简单的“崇高”所统摄，一味拔高的歌喉使许多读者感到了疲惫。我想，这种态势的形成实际上暗合了一种陈旧的歌咏唯自然的诗歌观念（哪怕这多么违背这些诗人的初衷)。对于西部开拓者深厚矛盾的生命精神世界，这些诗只是做了很有限度的展示。所以，尽管许多诗人才情勃勃，笔补造化，但由于他们对外部世界倾注了过多热情而忽视了对生命内部世界的探索，他们的诗就没有从根本上超越旧有的诗歌，达到前辈诗人未曾涉足的领域。

另一种诗潮由鄙薄直接尾随政治事件的诗（这是对的)，而陷入了廉价的唯美的沼地。这些诗人追求所谓全神贯注无功利目的的“纯美”境界，凭着敏锐的悟性一路写开。其中当然不乏独标逸韵的佳篇，但同时也产生了大量供匠人把玩的玲珑剔透的小东西。诗歌中生命的唤醒和自觉被一种孱弱的空灵澄澈所取代。我觉得，对“纯美”的追求，在某种意义上体现了诗歌本体的自觉，但如以放逐“人”在诗中的主体地位为代价，这种“纯美”就会贬值。诗歌的生命力更多地取决于它对人的态度，对人性挖掘的深度，对经验和智慧话语的深刻展现。在人性全面开放的今天，士大夫式的吟弄之风早被那些有思想的读者弃置了。真善美是艺术金字塔的三条边，诗歌对于人生的意义不只是表现美，它更有人的主体意识多层次多方面展现的任务。离开了对生命意志的关注，一切的美便失去了意义。从某一方面说，美就是纯粹人性的感性显现，是以自由自为的创造力为归宿的人的精神和实践力量的总和。基于这一点，我认为，放逐了“人”的诗，“美”是不可能达到终极目的的。正如胡风先生所言：“丢掉了人生就等于丢掉了艺术自己。”（《关于人与诗，关于第二义的诗人》)

还有一种是被某些理论家封为“现代史诗”的诗潮。这是一个颇为复杂的流行诗潮，其内部诗歌的质量是相差很远的。这个诗潮的总体特征是从历史渗入文化，渗入天地自然界。在“历史-文化”的审美空间里表现古代东方的博大智慧。这些诗人的用意在于“回归东方”，这是具有使命感的。他们中一二人的创作无愧于东方/现代相互激活的称号。许多文章充分地估价了这些诗的意义，这里不再过多论及。我想谈的是，当我们从最初的激动中冷静下来，不无遗憾地感到，这种诗风中更多的诗所展现的境界和给读者的审美感受，离“意识到的历史内容”相去较远，在某种程度上捉弄了人们的期待。如某些神话题材的诗，为了回归苍朴冲淡的传统审美性格，一厢情愿地改造压抑的华夏情感履历，牺牲了对历史和现实中人性的深刻探究批判。在纵向的民族文化传统与横向的当代人类文明上，显得执迷前者而漠视后者。诗人所暗示的个人象征系统，忽略时间感，推重空间感，诗歌在现实的“人”的牺牲下，换取的仅是古典美学性格的回归。这既为现代诗拓宽了领域，同时又造成现代诗的降格。另一些诗人，展现了原始迷信中神力、自然力及易经八卦、佛、道等综合的诗美空间。读过几首优秀之作，我感到东方古代智慧以强烈而连贯的力量迎面扑来，而且从精神内核上是属现代的和东方的。但这路诗人人数颇多，在哲学层次上是不同的。我们不能由于几颗珍珠而对大量的泥沙表示同样敬重。我们看到不少诗，或沉溺于狂热的宗教仪式，或被动停在易经八卦佛门道祖等的往古循环之中，仿佛唱出的是祀神的祭歌。这些与高水准的“东方现代诗”有着内在的精神上的差异。这些诗中，高远的神性凌驾在现实的人性之上，人被贬低为附属性对象，人的太阳被神的香火窒息。在对神的膜拜中，常常将人的生命意志排挤到渺小丑陋的位置；实际上是用否定的思辨方法论证了现实世界的虚幻不定，“以无为本”。甚至入佛释道，廉价地预售给人们弃现实人生入“彼岸世界”的入门券——丧失了人自身。历史上经文宝卷的流传，确曾对诗之发展起了一些作用，但在走向现代化社会的今天再来炒冷饭，追求一种浅薄的“悟透世事”，是很无聊也很危险的。我认为，无论是那种面壁冥思的“真空”体验般的诗，由“虚”“静”境界衍生的随遇而安的人生哲学的诗，还是那种滤尽苦难焦虑的人对苦难生存历史深刻反省的诗，抑或对古文化不加选择全面皈依的诗……都栖息着大量的封建文化内容。我们的民族意识被封建社会铸造了几千年，我们的脉管里至今有古老的污血在流动。挣脱这锁链，放出这污血，是我们几代人无法回避的严峻使命。我不是反对对传统文化、美学体系的承继，但在这承继的链条中我们充任何种角色，这才是问题的实质。要是我们为了神性而放逐人性，为了祖宗而牺牲活人，我们要丧失的就绝不仅仅是艺术。

以上只是就当前盛行的几种诗潮所体现的共同缺憾做一简单论述。我们无论如何不能忽略这些诗人超拔的才气，对艺术的虔诚。正是这些感动了我，使我能够无拘无碍地对同代人倾吐衷肠，向他们提供我一个方面的思考。在诗歌艺术手法的探索及题材领域的拓展上，他们表现出了一些创造性，但却没能达到“人”的驰骋。对于当代诗坛，他们贡献了独异的果实，但也放弃了他们更应该贡献的东西。从根本上说，诗歌艺术形式的变化，会给诗注入一针强心剂、输入一些血，但诗歌真正意义上的生命搏动、自身的造血功能，却主要是受惠于“在每个时代历史地发生了变化的人的本性”（《资本论》第一卷669页）。无论是叙事性还是抒情性的文学样式，它的基础和最高本质只能是人的生存体验。它们的美学深度、哲学深度最终只能取决于人这个标尺。文学在创造美、发现美，也可以认为是在创造人、发现人。诗歌在深刻展示人的理智、意志、情感、情绪、本能、欲望上，有着别的文学样式难以替代的优势。这不是苛求诗，而是它自身的使命。对生存体验在诗中主体地位的不明确，就可能导致一系列不明确。诗歌就难以达到一种哲学—美学意义上的“人”的自觉，丧失了它以特有的方式，对人类在生存中的特殊位置进行不断深入的思考。

人是主体的原则，是所有文学样式的基本原则。这是带有质的规定性的原则，严肃的诗人是别无选择的。从这个意义上说，我认为人在诗中地位的差异，其间就不是创新与守旧的区别，而是真理和谬误的区别了。泰纳说，表现经久而深刻的艺术，生命力才能恒久。所谓经久而深刻的艺术，泰纳是指人性而言。人是艺术变革中主体地位确定无疑的永远占据者。一定历史阶段上的人性，永远是构成这一阶段艺术创造的总中心，是它的最高本质，也决定它的不朽或速朽。纵观人类文明史，不断揭示人、发现人是一种不可逆转的潮流。从神本物本发展到人本，正是历史上勇敢而深刻的思想家艺术家们带血的贡献。就诗史而言，我们看到，当诗人独异的审美创造力与那个时代人性的表现、发现达到深深的默契时，一代诗歌巨子便可能应运而生。我们似乎可以得出如下结论：当一种新的审美感知方式取代旧的审美感知方式时，它同时意味着人的本质力量的又一次被唤醒，而不是其他。

因此，前面论及的几种流行诗潮带着较明显的缺憾大举踏入诗坛，就很难使人平静。在肯定它们对诗坛做出不小贡献的前提下，及时对它们共同的弱点提出异议我以为是必要的。在当前“创作自由”口号的良好态势下，虽然诗坛呈现了一派繁荣景象，但仍不时给人以成批生产的雷同感觉。不是绿色的就难以生长，而诗的绿色汁液是只有从“人”这个万古常新的命题中才能源源不断地吮取的。当我们对皮相摹写客观事象和变相向权力主义者邀宠的诗风进行清算时，我们并不意味着放弃现实的、实践的人的观念。如果我们从过往诗歌一味追求社会性效果，而漠视审美效果这一贫血性兴奋中挣脱出来，转而为不自觉地淡忘了人的生命作为诗歌对象的主体地位，我们将会再次导致令人痛心的贫血。这样，在不断走向开放的时代面前，在不断自由地外现的人性面前，诗歌将可能重新陷入尴尬和脆薄。

1986年4月

答诗人周涛的“十三问”

周涛是我尊敬的诗人、作家。80年代以降，在我关注的少数中年诗人中，他是排在前十位的；近年他很少写诗，他的散文写作却又以粗犷浑莽和清畅谐谑的奇妙混合使我喜爱。1995年末我读了他发表在《绿风》上的《新诗十三问》，应当说我吃了一惊。我反复看了两遍“十三问”，“吃惊”却消失了。那年头，正值中国文坛“后现代”吵嚷得紧，我知道“后现代”有一条重要的特征乃是“戏仿”，即通过戏谑模仿大众趣味、立场，达到对这趣味、立场的讥讽。当时文学界炙手可热的两本小说——戴维·洛奇的《小世界》和巴塞尔姆的《白雪公主》——正是戏仿的杰作。我想，一贯作风幽默的老周涛这番戏仿很到位，颇可解颐。但我的理解现在看是错了。《星星》诗刊辟专栏讨论“十三问”，应当说编辑部及周涛本人都是将此作为一种严肃的观点、不容回避的质询对待的。因此，我也以严肃的态度试答这“十三问”，就教于周涛和各位方家。

第一问

问：新诗兴于本世纪初，现在到了本世纪末了。新文化运动以来公认为合乎历史潮流的“诗界革命”，是否应该到了重新研究总结成败得失的时候了呢？

答：的确到了应重新研究总结的时候。“诗界革命”由梁启超提出，其基本内容是“过渡时代，必有革命。然革命者，当革其精神，非革其形式。吾党近好言诗界革命。虽然，若以堆积满纸新名词为革命，是又满洲政府变法维新之类也。能以旧风格含新意境，斯可以举革命之实矣”（《饮冰室诗话·六三》）。我以为，梁启超的说法含有深刻的内在矛盾。对诗而言，形式与内容犹如火焰的形体和光热，不可简单二分。内容乃完成了的形式。在所有文学类型中，诗是更要求对“能指”倾心关注的，因此，真正的“革命之实”，只能是以新风格含新意境。梁启超特别推崇的“诗界革命典范”黄遵宪，恰好是属于在诗歌本体意义上无效的诗人。我们总结这场“诗界革命”，应指出其忽略形式变构、过分偏重社会功利的一面。实际上，这种偏执给诗带来的伤害几乎贯穿了一个世纪，它以种种变格方式制约着新诗的发展。

第二问

问：新诗是怎样诞生的？这个婴儿究竟有没有联结于民族文化之母的脐带？随着它渐渐长成少年，人们是不是发现它越来越像异国人了？

答：我认为，新诗之所以诞生乃是由于旧体诗已经难以表达现代人的生存体验和生命状态。最早写作新诗的人，是那个时代最优秀的知识分子之一部分，而且是旧学功底堪称深厚的人；他们选择新诗是因为从旧诗中再也难以找到**足以准确内在**地表达本真心灵的东西。旧体诗被中断，应当说是它本身的某种欠缺造成。我愿意这样表述这一事实：新诗的诞生是旧诗内在变革的要求。新诗与旧体诗是诗歌家族中的子与父，不是敌人，但不会也不能相同。对此二者，我持平和态度。而且我要说，恰恰是被人们指责的“现代诗”，在骨子里与优秀的古典诗歌诗更有气脉的相通：坚持着诗“不能为散文语言完全转述”的肌质。而那些高喊“继承传统”的诗人，其实只是受苏联红色选本文化制导的“社会主义现实主义”诗歌的平庸仿写者。他们认识不到这一点，谬托“传统”，反而伤害了传统中最有价值的方面。但我基本会心周涛的另一问，我也感到新诗“越来越像异国人”。我不是指形式和语型，而是指近年来诗歌对具体历史语境的缺席，对种族生存和生命缺乏深层探询。许多优秀的诗人急于发展“国际读者”，这一巨大的写作幻觉现在已引起诗坛批评，这是令我们欣慰的。

第三问

问：毛泽东是和新文化运动一起成长的革命家，而他却只写旧体诗词不写新诗，甚至有传言说他曾道：“新诗给一百块大洋也不看。”是毛泽东看不懂新诗的奥妙吗？

答：毛泽东是革命家、领袖。但我认为，对文学而言，他也是众多读者中的一个。毛泽东与广大读者一样有自己选择读物的权利，有表达自己文学趣尚的权利，这很正常，很美好。但不正常也不美好的是，人们将他的每句话都当作“最高指示”。并利用意识形态压迫为正常的讨论做“结论”。毛泽东只写旧体诗且写得很好并不奇怪，他喜欢这么写。正像塞内加尔总统、伟大的革命家桑戈尔只写“现代诗”且颇为“前卫”一样正常。毛泽东完全可能“看不懂新诗的奥妙”，正像我看不懂京剧的奥妙。但我们不应将此作为评断新诗和京剧的标准。

第四问

问：请注意这样一个事实：毛泽东多次高度赞扬鲁迅和鲁迅的旧体诗，却从没有称赞过任何一位新诗人的作品（包括郭沫若），这是为什么？

答：如果第三问中的“传言”属实，再加上我上述回答，此问题应该说无须再问。毛泽东的称赞是一个标准，但不是所有的标准。比如，毛泽东称赞旧体诗中的“三李”，“却从没有称赞过”更多诗人，“这是为什么？”朴素的回答是：他的心灵在此找到了回应。

第五问

问：“古典诗词与民歌相结合”的新诗发展方向，有多少诗人是真正理解了？又有几首诗可以算得上是成功的探索呢？

答：“古典诗词与民歌相结合”的新诗发展方向已被写作实践证明很难走通。即使走得通，它也只是方向之一。新诗的发展方向不能由先验设定。写作的问题只有在写作实践中解决。能否换一下问题的向度，试问：对这一“发展方向”真正理解了又怎样？“多少诗人”受主流意识形态支配身体力行这一方向，为什么没有“几首诗可以算得上是成功的探索”？难道不会是这一“发展方向”有问题，而一定是那“多少诗人”有问题吗？

第六问

问：新诗发展的大方向是不是错了？如果不错，为什么这条路越走越窄？如果错了，那么会不会是一个延续了近百年的大误会？

答：新诗的发展道路的确格外曲折。如果说其“大方向”曾经“错了”，我倾向于认为它是指那种根深蒂固的“工具论”对艺术的伤害，对个体生命话语的抑制。失去对诗歌本体依据的尊重，失去对个体生命体验的捍卫，就等于坦告诗的消失。但新诗的道路并非“越走越窄”，进入新时期以来，它是“越走越宽”。在过去极“左”“非常年代”里，诗歌的“宽广道路”是虚假的，主题及题材是被规定好的，话语形式也彼此相似。十万个诗人写同一首诗不是“宽”。而十个诗人各自表达自己对生命的感悟也并不“窄”。如果认为新诗的发展是“延续了近百年的大误会”，那么我想说，这种“认为”才真正是一个可怕的误会。可以放心的是，这一更可怕的误会连一年都不会延续。

第七问

问：是诗这种古老艺术形式的末日呢？还是一群误入歧途的诗人的末日？

答：真正的诗和真正的诗人才开始走向新生。曾经甚嚣尘上的伪诗和应制诗人也谈不上走向末日，因为他们与诗无关。

第八问

问：没有什么比文学更鲜明地带着本民族文化传统的胎记，因而更没有什么比诗继承得更纯粹。当我们读了几首半懂不懂的译诗，数念着一些数典忘祖的外国诗人的名字时，是不是内心也隐隐升起一些羞愧呢？

答：这个问题与第二问多有重复。的确，“民族文化传统”不应漠视，但它是气脉、精血。这不是那些简单化的拟古主义者能真正理解的。正像当年庞德从中国古典诗歌中汲取活力不影响他骨子里的西方气脉精血一样，今天的诗人也不必“羞愧”从异民族诗歌中汲取活力。只“数念”一些外国诗人并不等于数典忘祖，重要的是写出的文本是否脱离具体历史语境。

第九问

问：现在社会上流传的那些民谣是不是诗？为什么它们能不胫而走，诗人是否应该从中学习一些什么？

答：民谣就是民谣，不是诗。或准确地说它只属诗的一个细小的分支。民谣之“不胫而走”，是因为它泼辣地表达了公众的心情，特别是那类讥刺世风、抨击官僚主义的民谣，令人难以忘怀。但亦应注意，许多民谣最后的效果是“哄然一笑”，从客观上消解了生存中的噬心痛苦，将一切变作一场玩笑。它以滑稽代替荒诞，以自嘲代替辛酸，以无奈代替追问。对它的功能应怀有敬意，但更应保持诗人对生存境遇的严肃质询，对生命本质的深层探索。

第十问

问：中国是不是应该有这样一家诗刊——它首先赢得整个文艺界和知识界的重视和尊重，并因此扩散到它影响更多的读者？

答：理想的说法当然是“应该有”。但所谓的“文艺界和知识界”

是指哪些人？我看到现代诗已“扩散到它影响了更多的读者”，但它几乎没有“赢得整个文艺界和知识界的重视和尊重”。我想反过来问：一个不重视和尊重诗歌精进现实的“文艺界和知识界”，凭什么让诗人去“赢得”?！又据何要求诗人重视和尊敬他们?！

第十一问

问：现在发表一点诗是不是太容易了？敢于自称诗人或著名诗人的是不是太多了？是诗太好写了吗？

答：真正优秀的诗发表还不太容易。这也可以部分解释为何诗歌民刊自“今天诗群”以来一直未曾低落。我认为它们的质量并不次于任何公开出版物。至于“自称诗人或著名诗人的”究竟是哪些人，需要具体指出。事实上，被传媒和主流文坛称为“著名诗人”、甚至“进了文学史”的，倒真有一些低劣的写家。我希望周涛指责的首先是这部分人。

第十二问

问：如果说诗歌界或诗歌评论家不懂诗，是不是能算刻薄之词？

答：从某种意义上说不算刻薄。但此问题亦应具体化。需要补充的是，“懂”的标准是什么？在我看来，周涛的“十三问”中，至少其三、其四、其五、其六、其九，是属于“不懂新诗”的外行才会提出的问题。我不相信周涛真的会提出这些问题。老周涛要高明得多！但实实在在又的确是他“掷出了”这些“大问号”。如果他是在问别人，我为此惊愕、不满；如果他更主要是在问自己，我为这位曾写出过《神山》《云游》《野马群》等诗集的诗人感到难过。

第十三问

问：诗人昌耀以其 40 年的杰出成就活在当世，“两鬓苍苍十指黑”，“心忧炭贱愿天寒”，请问识人者谁？那些有影响力的文坛大人物都在干什么？我怀疑那些大文学家究竟是不是真正爱文学？

答：这一问端的正气凛然！有理有据！我完全同意！有理是因为昌耀的创作堪称“杰出”，有据是因为周涛在此问中有特指性。除昌耀外，诗坛被遮蔽更深的杰出诗人至少还应包括食指、芒克。穆旦的真正价值也是近期才被认识……

但写到这里，我忽生一问，如按照周涛的“十三问”一一来要求，昌耀也“杰出”不到哪里，他也应算“误入歧途”的人。因此，我不免又怀疑周涛的前十二问是在玩“后现代”的“戏仿”——但愿如此。

1997年1月6日

坚冰下的溪流

——谈“白洋淀诗群”

一

斯宾格勒在他的《西方的没落》第一版序言中说：“一个在历史上不可缺少的观念并不是产生于某一个时代，而是它自身创造那个时代。”的确如此。就中国当代探索诗而言，它恰恰出现于一个黑暗而疯狂的年代，一个与一切纯洁的诗歌为敌的年代。但是，我们也可以反过来说，这些探索诗本身也创造了它自己的“时代”，一个与黑暗和文化专制格格不入的一代人光荣与梦想的时代。

1983年，徐敬亚发表了《崛起的诗群》一文。此文开头，有一句著名的论断：“我郑重地请诗人和批评家记住 1980 年”，因为这一年，在徐敬亚看来是当代诗歌现代倾向兴起的年代。与我们大家一样，那时的徐敬亚对当代诗歌探索的历史了解不够。它似乎给人留下了这样的潜在背景，朦胧诗的全面兴起，是当时中国“思想解放”运动带来的结果。

随着历史时针沉重地扫过，有一些问题得以水落石出。现在，我们知道，对中国当代诗歌探索的历史而言，更需要提醒人们记住的年代，是 60 年代末——比 1980 年要早十余年。

食指等人的诗，正是在这个险恶黑暗的时代擦亮了一些文学青年的眼睛，更新了他们的情感。从 60 年代末到 70 年代中期，在北京形成了一股地下诗歌写作潮流，这股潮流在文化专制的坚冰下默默涌动，其中，“白洋淀诗群”是特别值得我们重视的。

“白洋淀诗群”，是指 60 年代末到 70 年代中期（1969—1976），一批由北京赴河北水乡白洋淀插队的知青构成的诗歌创作群体。主要成员有芒克、多多、根子、方含、林莽、宋海泉、潘青萍、陶雒诵、戎雪兰、赵哲、杨桦、周陲等。此外，还应包含虽未到白洋淀插队，但与这些人交往密切，常赴白洋淀以诗会友、交流思想的文学青年，如北岛、江河、彭刚、严力、史保嘉、陈凯歌、甘铁生等人。后者是广义的“白洋淀诗群”成员。

1968年后，正值狂热的红卫兵运动退潮期。这一代青年，曾被一场“红色”蒙昧主义热风卷向街头，此时又被一场冷雨冲向僻远的山乡角落“扎根”。当时，去兵团、农场插队，是一种待遇，只有“红五类”才能享有这种资格。另一些激进的青年人，选择了比兵团、农场更为艰苦的穷乡僻壤，以此磨炼自己。“白洋淀诗群”人员的情况与以上二者不同。他们大多出身于知识分子、干部、艺术家家庭。对“文化大革命”而言，他们大多是被动的游离者、“逍遥派”。多是几个好朋友结伴到白洋淀插队，带有某种“兄弟”一同出走的性质。如芒克、多多、根子就在同一村插队，白洋淀一个名叫“淀头”的村子，成为“白洋淀诗群”的核心。

“白洋淀诗群”的形成，与其人文环境、地理位置有关。白洋淀距北京不足二百里，各种“犯禁的”新思潮的萌芽会很快传导过来。70年代初，北京青年“地下阅读”黄皮书（当时的内部发行读物）热潮同时在白洋淀展开。除去西方现代哲学特别是存在主义著作片断及被查封的《奥涅金》《当代英雄》《红楼梦》等外，这些青年还读到了刚刚译出供“批判”用的《麦田里的守望者》《带星星的火车票》《在路上》《娘子谷及其他》《多雪的冬天》及现代派诗作。这些自由不羁的灵魂诉说，使他们饱享了偷食禁果的快乐，也开启了他们的心智。此外，白洋淀水乡百姓人性刚正，与兵团、农场的管理干部相比，更少被当时无所不在的“阶级斗争”之弦所统摄。无论“红五类”还是“黑五类”，只要你为人仗义咱们就是一类。正是在这种特殊的人文、地理环境下，使分散于白洋淀周围各村落的文学青年，进行创作、交流并形成了那个时代特殊的探索性诗群。

二

“白洋淀诗群”的创作以手抄形式流传。在那个年代，不仅没有任何发表的可能，而且还要冒着意识形态压迫的危险。或许因此有人认为，这些诗歌只是针对这种压迫的自觉反抗。在读了他们的主要作品后，我认为问题没有如此“严重”，或更确切地说，问题比这更“严重”得多。

“白洋淀诗歌”的作者，一般地说是个人主义者、自由主义者。他们的诗即使触及“政治”，也常常是从个人立场出发，笔随心走，抒写一颗颗迷惘、渴望、丰沛的心灵。

太阳升起来，
天空血淋淋的，
犹如一块盾牌。

日子像囚徒一样被放逐，
没有人来问我，
没有人宽恕我。

——芒克

从北京到绿色的西双版纳
我带回一只蝴蝶
它是我的岁月
美丽的、干枯的
夹进了时间的书页

从北京到西双版纳

岁月消失在路上

——方含

从内在精神构成上，白洋淀诗人与被意识形态顺役的十七年诗歌不同，同时也与遇罗克、张志新们深为不同。后者将自己置身于或服从或毁灭的十字架上，为种族的良知唤醒，不惜洒出去一腔热血。而白洋淀诗人与其说是反抗，不如说是陶醉——陶醉于自抚伤痛的审美冲动中。确切地说，这也是一种反抗，而且具有与后者不同且无法为之替代的力度。它第一次将反抗的起点，移回到每个个体生命自身，将各种不同类型的集体主义面孔转换为具体的个人。它发现了不依赖于外界情势所左右的，个人在审美迷醉中独立的力量感与价值感。从人格心理学的角度来说，个人的发现，完全可能是精神自觉所拥有的主要成果。

布罗茨基在诺贝尔文学奖受奖演说中表达过这样的意思：如果艺术能教导一些什么，那就是人的条件的个人性质。作为个人事业的最古老也最不夸张的形式，是它在一个人身上有意或无意地培养成一种个性的和与世隔绝的独立感——这就使他从一个社会的动物变成一个可以感知的"我"。就因为这个原因，特别是文学，尤其是诗歌，是不会被那些公益提倡者、群众的主子、历史必然性的传令官们所完全喜欢的。换句话说，在公益提倡者们和群众的统治者们所倾向于操使的那些个小小的"零"里面，诗人引入了"句号、逗号和负号"，将每一个"零"改变成为一个小小的人的面孔。虽然往往不那么漂亮。

正是这种写作基点的个人主义自由立场，使"白洋淀诗群"在那个特定的时代具有了比其创作者意识到的要多得多的意义。这些非功利的纯洁而颓废、温暖又冷酷的尚有些粗糙的文本，无意中却充任了专制集体顺役时代的颠覆者和抗争者的角色。这些"淘气的顽童"，同时又是一群"报警的孩子"。从芒克的大量短诗中，从根子狞厉磅礴的《三月与末日》中，从多多残酷怨愤的《手艺》中，从林莽忧患而明亮的《悼1974年》中，从宋海泉怜悯沉重的《流浪汉之歌》中，我们同样看到了一个个活生生的个人面孔。在今天或许许多人会对这些诗歌的艺术成色漠然置之，但在我看来，它们从精神内核上是不朽的。我相信这样的评价并不过分。

三

与“人”的初步觉醒相伴而生，“白洋淀诗群”还体现出对诗歌本体的初步觉醒。40年代中期以降，中国主流诗歌开始呈现出加速度的粗鄙化进程。十七年诗歌越来越远离其本体依据，成为“历史乌托邦”意识形态的工具。这一情势在权力主义役使下，到“文化大革命”期间发展到恶性高潮。

用不着深入细辨，我们就会看出“白洋淀诗群”的诗，从结构到话语构成，与十七年的诗歌之间的刺眼反差。在他们的诗歌中，你看不到“红梅”“青松”“红旗”“铁拳”这些已被意识形态话语滥用而耗空的僵滞筹码。代之出现的是灌注着个人心理能量的语象：

暗褐色的心，像一块加热又冷却过
十九次的钢，安详、沉重
永远不再闪烁

——根子

果子熟了，
这红色的血！
我的果园染红了，
同一块天空的夜晚。

——芒克

一条浸血的飘带散发不穷的腥气

吸引四面八方的恶狗狂吠通宵

从那个迷信的时辰起

祖国，就被另一个父亲领走

——多多

苦难被无情地折断了

流出了石油一样漆黑的血液

用苦艾酒洗浇一下受创的灵魂

剖开脚下的土地

掩埋下这颗幽咽的心

——林莽

实事求是地说，这些话语形式放在中国新诗史最初十几年的语境中看，特别是与40年代的“九叶派”相比，它算不上新鲜和陌生。但要是我们收回眼量，就会发现它产生于十七年诗歌苍白贫瘠的大一统模式后，具有怎样的意义和价值。在诗歌本体构成上，它们追复了暗示、象征、隐喻等诗性话语，对诗歌的肌质进行了严肃强调。他们不曾为了简单的宣泄而轻慢艺术本身；在当时所可能的条件下，对艺术的圣殿，奉献出虔诚的朝圣之心。在这个诗群中，弥漫着一种无形的“艺术准则”，尽管每个诗人的创造力形态不同，但对现代主义的认同，却是其共同的尺度。芒克、根子、多多的诗，在当时更能得到大家的推重，被广泛传抄、体悟。这里，没有别的什么好讲，除了艺术品位的“实力”还是“实力”。

“白洋淀诗群”作为一个独特的精神社区，彼此间的切磋，“较量”

个人创造力形态的独立，也是很明显的。诗歌是个体灵魂的房子，从根本上说只有高度个人化的竖立，才是有价值的竖立。相濡以沫或间断的聚首生活，并没有使他们的诗给人以集体生产的印象。芒克的诗简隽明亮，散发着青春健康的鼻息和心音，他从个体生命的真切状态出发，白洋淀水乡明媚犷悍的景色正好对应了他自由的心灵。即使那些展示精神颓丧的诗，也丝毫没有一般知青作品（包括新时期以后的知青文学）惯有的"落难秀才"的怨气，而是饱满、鲜活、不羁的快活流浪。根子的诗则是滞缓地旋流着，辽阔、喑哑，"狠歹歹"地呈现着被抛的青春。多多的诗歌快放、尖新，在抽象的"肉感"中，通过个人经验处理某种意识形态质询和存在主义主题。方含是一个谣曲型诗人，几乎一直坚持着诗歌的咏唱性质。他看重诗歌的秩序、语言的华美，淡淡的怅惘美妙迷人。林莽的诗，内在、诚恳、温润，从感伤浪漫调式逐渐走上了冷静而丰富的现代主义范畴。宋海泉的诗，我只看过一首《流浪汉之歌》，这首诗显示出他扎实的语言功底和较强的结构能力。诗风是食指式的整饬、和谐，不是从语型上而在精神内核上更贴近现代主义。据说他还有一首长诗《海盗船谣》，是他走向现代主义的代表之作，可惜已散失。限于篇幅，这里我只能谈到狭义的"白洋淀诗群"。与此诗群休戚相关的诗人，如北岛、江河、彭刚、史保嘉等，不在论列之内。读者可以感到，后面提到的这几位诗人，也有着自己独异的创造力形态和审美理想，与他们的诗友判然分明。这种独立创造的艺术精神，在任何时候都是弥足珍贵的。

四

"白洋淀诗群"从成形期算起，距今已有二十多个年头了。这是一群产生于黑暗年代而在诗中创造个体生命小小的光明，在集体顺役时代坚持个人主义自由灵魂的美丽青春。他们的创造动力，没有任何功利企图，完全自发于灵魂的独白和对话。这种对个体生命、对艺术的自觉的感人信念，在今天依然值得我们尊敬和学习。

事实使人们得出这样的结论：广义的“白洋淀诗群”（包括更早的先驱食指等的诗），是70年代末以降广泛涌流的“朦胧诗潮”（以《今天》创刊为重要标志）酝酿的重要环境，是其“组织”基础。这坚冰下的溪流，苍茫时刻的竖琴，理应得到历史的充分评估。要是有人断言这些诗在今天已不值得提起，那他就既没有理解这些诗歌，也没有理解当时诗人所生活的时代，更没有真正省察过我们今天所生活的时代。

1968年，20岁的食指写下了这样的诗句：

不管人们对于我们腐烂的皮肉
那些迷途的惆怅、失败的苦痛
是寄予感动的热泪、深切的同情
还是给以轻蔑的嘲笑、辛辣的嘲讽

我坚信人们对于我们的脊骨
那无数次的探索、迷途、失败和成功
一定会给予热情、客观、公正的评定
是的，我焦急地等待着他们的评定

尽管经历了漫长而沉重的岁月，诗人的等待没有落空。当我第二次随芒克、林莽、宋海泉踏上白洋淀的土地，我感到了它精神上巨大的载力。

1994年7月4日至8日断续草成

红色苍凉时代的歌声

——谈“知青歌曲”

今天，喜欢文学和艺术的年轻人已很少用笔记本抄点什么。他可以买到喜欢的书和歌集，他会有码得老高的磁带和光盘。一笔一画地抄，那太费事啦。他们可能没兴趣去问问40岁往上的老“青年”，在热爱艺术的青春时代会留下点什么以为纪念。

在我书桌底层有一摞笔记本。各色塑料皮的、牛皮纸面的，大小不等，一律装订粗糙污渍斑斑。翻开首页，是印刷体毛主席最高指示。可后面手抄的内容却有违导师教诲。那是我和姐姐在非常年代抄录的被封禁的“封资修”糖衣炮弹，诗、小说片断、格言、中外歌曲。其中有一本多抄“知青歌曲”，它和一支老式“蝴蝶牌”木格口琴包在一块。多年了，我忘不了姐姐捧琴含胸吹奏知青歌曲时那恍惚的表情；更忘不了每年春节探家时，与我们共同的朋友们，随琴音哼唱它们的情形。这歌声与当时的时代氛围格格不入，它既是一种秘密的陶醉，也是一种微弱的离心力量。

时间已过去二十多年。每年总会有一天，我翻翻那摞本子，读读那些诗，唱唱那些歌。我感到踏实，觉得我的心好好的没变。可光景真的变啦。80年代中期，我到河南出差，买到一盒名曰《动荡》的磁带，上面有几首我熟悉的知青歌曲。回来一听气得我立马把它砸了——想想看，那些在你心上划过深道的歌，被一干哆啦巴叽或贴假胸毛的家伙唱成港台流行调调，你除去把它砸掉，还能他妈的怎样？

知识青年上山下乡，从1968年毛主席号令“知识青年到农村去，接受贫下中农再教育，很有必要”算起，至今整整30周年。作为一种强制的政治制度，它是摧残性的。至少有1600万知识青年，最好的年华给毁了。它究竟埋没或耽误了多少人才，恐怕永远无法真正算清。但青年有压抑不住的生命活力，即使在那红色苍凉时代，他们中的许多人，也悄悄展示着被各种卡子卡得变了形的才华。仅就文学和艺术而言，就有“地下”创作的“知青诗歌”“知青小说”“知青歌曲”等等。这些制作，没有丝毫功利之心，完全源于灵魂的自白和对话。在当时，它不但不可能发表，甚至你创作就会有入狱的危险。但它们顽强地写出并生存下来，像特殊的密件，无声而迅速地传布开去。“知青歌曲”与“知青文学”（如“白洋淀诗群”）一样，是特殊时代本真人性的吟诉。它苍凉，忧郁，无告，自嘲；同时又有放达、浪迹感，四海之内皆兄弟的豪气。它是当时仅有的心灵之歌，正像“文革”中的“地下文学”才是那时代真正的文学一样。

你随便翻开一首知青地下创作的歌曲，将之与当时的歌集《红歌大家唱》《战地新歌》比较，一眼就会发现它们完全不同。后者是一个强大的蒙昧阵营发出的声音，它是极权政治高度自恋，以僭妄的语法制导匿名的“革命人民”唱出的。你感受不到具体的人性的心音、体温，触摸不到人的生命欣悦和忧戚中自然发出的音调。而知青歌曲，其明显标志之一是“人性”的苏醒。尽管不同的歌会有不同的意味，但它们的创作起点和“修辞”基础却很相似，它指向小写的“我”，经由个体生命的“我”，再传递给无数具体的个人。你几乎找不到“我们”这一指称。细读当时手抄的知青歌曲，它们没有一行直接涉及意识形态对抗主题。但为何当时会发生红色恐怖下对这些歌曲作者的追查、关押？而有抄歌本的青年都像藏“反动”传单般绞尽脑汁秘藏它们？原因之一很简单：在一个消灭“人性”的时代，你只要自觉到自己是有独立感情、独立思想的人，并要表达这种感情，你就自发地站在了主流意识形态“天敌”的一边。

火车，火车，慢些走/让我再看一看远走的朋友/带泪的双手，挥也挥不够/火车一声长笛，我们就分了手，我们就分了手……

——《火车慢些走》

从地角到天边，路途多遥远/离别了家乡，告别了父母，泪水就涌上心间/昨天夜晚间，妈妈走到我身边/她轻轻抚摸着孩儿的瘦脸，泪水就挂满腮边/“昔日孩儿多康健，如今瘦得多可怜”/我忙睁眼四下张望，醒来却是在梦间……/几度风和雨，几多苦和甜/我脚下踩满了无数伤感，无数辛酸……

——《地角天边》

这些歌曲，只是表达了一个知青游子最直接最本能的感情。它笔随心走，不事雕琢，却深深触动了一代人的心。这人性之歌，飞遍祖国各地的知青点，一句一句都让他们感到缓慢绵亘的噬心痛楚。在这里，时代的隐痛是由每个具体个人的血肉之躯承受的。知青创作并唱它，是一种自抚伤痛的叹息，并没有直接对当时历史语境的否决。但恰好是这种人性立场的叹息，将各种类型的集体主义暴力面孔，转换为具体的“我”；将可以类聚的红色政治动物，变为一个小小的“人”。人性的光，即使再微弱，也会携带着深厚的正义感和自由背景。它客观上与当时的历史语境构成刺目反差，其厄运恐怕是其年轻的作者难以料想的。

或许是某些知青意识到这一点，在他们创作的歌曲中，试图以双声话语弥合或“掩护”个人本真的情感，来一番小心翼翼的中和。这些歌在个人情感的抒发中，巧妙地吸收和转化了当时意识形态流行话语，以求使得作品“半合法化”，至少是不招致灭顶之灾。

我要到那遥远的山西去把那农民当/离别了我那可爱的北京和家乡/亲人含泪来相送/声声嘱咐我记心上/父母呵，您别难过，莫悲伤/您的教养我永远记心上/待到明年春节时/定返家乡来探望……

我要到那遥远的山西去把锄头扛/离别了我那亲密的战友痛断肠/紧紧拥抱心潮涌/泪水相流就落肩上/战友呵，你别流泪，莫失望/广阔天地你我就向前闯/待等明年秋过后/重返家乡来探望……

——《北京知青之歌》

但对这样的写作“策略”，无论是主流意识形态，还是知青们，均有“会心”之处。对前者，它是被点名批判并追查作者的“要歌”；而我还能忆起当时朋友们唱到“战友呵”后两句时，突然憋不住的粗放大笑，自我解嘲。另一首《南京知青思乡曲》流传更广，新时期后我从许多知青回忆文章中才知道，原来，我们唱过的这支歌，在祖国大江南北、乡野牧区、茶林渔场，都曾传遍。其主要原因应该是，这支歌更单纯，并有些“明亮的尾巴”掩护，而且几乎没有明显的忧郁、寂寞之情，它就是南京知青怀乡时产生的地缘骄傲感，此意蕴基本“合法”。曲调也是朗健、明快、跳宕的——

蓝蓝的天上，白云在飞翔/美丽的扬子江畔是/可爱的南京古城，我的家乡/啊，彩虹般的大桥，直上云霄横越南北/雄伟的钟山脚下是我可爱的家乡……

告别了妈妈，再见吧故乡/金色的学生时代已转入青春史册/一去难复往/啊，未来的道路多么艰难，曲折又漫长/生活的脚印深浅走在偏僻的异乡……

跟着太阳出，伴着月亮归/沉重地修理地球是光荣神圣的天职，我的命运/啊，用我的双手绣红了地球，绣红了宇宙/幸福的明天相信吧一定会到来……

与《北京知青之歌》比较，这首歌显然更不该遭到围剿、追捕。即便“莫须有”先生来了，极端的做法也该是批评作者的“小资情调”，扼制其传播，作者受警告处分。但“左”爷比“莫”爷厉害得多。此歌作者任毅被捕入狱，判刑10年（见《海南纪实》1989年卷《我的被捕入狱》，任毅文）。当时的传媒不也说“前途是光明的，道路是曲折的”，“打出一个红彤彤的宇宙”吗？是的，“我们”可以这样说，但“你；我；他”不能。人性觉悟的少数知青作为特殊的社群，必须受到更严格的注视、“关心”，不能有独立的意念。主流意识形态要扼制的就是个体生命的人性立场，自由无羁的表情。

虽然我手抄的知青歌本没有标出作品成型日期，但我现在想，从内容上我们可以约略看出，它们产生于不同的时期。早期的歌曲，凄清而有节制，苦闷但又坦荡。我宁愿想象，它们还剩有红卫兵精神的余热，“生活在别处”式的感情。这些创作者，在歌中寄予了忧伤；又通过忧伤的仪式化，将自己转换为一个可供自我欣赏的对象。是啊，它感动人们，在歌的自娱中体会到，祖国农村大地处处是一样有魅力的青春，发育的骨骼，闪光的肌肉。“四海为家”“在路上”，那是一代人命运悲欢与共的呼应感。但到中、后期的知青歌曲，这种内在的开阔不见了。社会的某种松动，使不同家庭背景和个人“生存能力”的知青，有了不同的命途：有些人办了回城，参军，“推荐上大学”，如此等等。此时出现的知青歌曲，出现了极度的绝望、颓丧、阴郁。可想见其出于长期滞留贫困农村返城无门的知青之手，这些歌更加个人化。

> 失去了伙伴的人，形神两分离/太阳、星星、月亮、小雨，和我无关系/世上人，讥笑我，精神病患者/我有青春但被埋没，有谁同情我……一个人静静地走/眼泪默默地流/眼看秋去冬将来临，雪花飘飘落……
>
> ——《精神病患者》

风呵风呵吹个不停/流下的眼泪结成了冰/我穿的衣衫是破破烂烂/怎么能挡得住这刺骨的风……

——《流浪者》

鸟儿拼命地唱，花儿任性地开/你们太痛快！太痛快/鸟儿为什么唱，花儿为什么开/你们太奇怪！太奇怪……鸟儿从此不再唱/花儿从此不许开/我不要这疯狂的世界！这疯狂的世界……

——《疯狂的世界》

这种声音，可能发自一颗被长久弃置而彻底冻实的心。它是由此裂骨爆发出来的，具有尖厉而嘶哑的冲击性。我们很难想象唱着它，是对痛苦的缓解应力，而毋宁说它连自我慰藉都不屑了。其歌词更加赤裸，不留余地。歌中的形象，是一个身份暧昧的人，是整个世界除以二剩下的那个单数。他懒得叙述自己的知青身份，宁愿以贫寒阴沉的流浪者自居。甚至有些像是被放逐的撒旦，冷傲、狂悖，色厉内荏但决不低头。但是，针对当时具体历史语境而言，我们应该承认，这种反应在另一维度上是准确、深刻的。它不够"美"，但更有活力。而且它有一种特殊的视角，就是它不将这些颓丧的表述限制在"宿命"的范围内。他的青春在挣扎，他不认为"我命该如此"。这是它与早期知青歌曲比照体现的不同之处。因此，我们设想在某种意义上，它骨子里来自更根本的漂泊的"无产者"，清贫的"左边"。但却是从"右边"出发达到的。另一首同类歌曲，会给我们的设想提供依据，道是：

是谁制造了钞票，你在世上逞霸道/有人为你卖儿卖女，有人为你去坐牢/一张张钞票，一双双镣铐/钞票，你这杀人不见血的刀……

——《钞票镣铐》

这代人毕竟打有特定时代、特定精神历史、特定教育结果的胎印。从另一角度说，此歌是红色选本文化教育后的扭曲表述，似乎也不是不可以的。这是荒凉痛苦的青春，中国的青春，纯洁又贫瘠、冰冷又温热的青春。它是真切的。从黄孩子心中流出的血，有着祖国持之以恒的温度和……惨烈。

知青歌曲的另一鲜明“主题”——爱情。今天的年轻人不会理解，咏唱爱情在“文革”时，根本是不允许的。“文革”前十七年的文学作品，是有爱情描写的。但它们更像是“选劳模”“选党的忠实儿子（或女儿)”。以情诗名满天下的诗人闻捷，就毫不感到难受地写过：“要我嫁给你吗？你胸前少一枚奖章”，“等我成了劳动模范，等你当了生产队长”。到“文革”期间，连这等升华（降低?）的爱情也不能表现了。爱情要的是个人的“心灵”，而时代要的是大写的“头脑”——红色头脑。于是，爱情成为禁区。但青年的心和青春的欲望是压抑不住的。他们冒着危险也要体验爱，表达爱。最初，知青歌曲表达爱情，多是唱现成的土风民歌爱情小调，十七年的电影插曲和外国爱情歌曲。其中唱得最多的是苏联歌。我的抄歌本上有《莫斯科郊外的晚上》《喀秋莎》《红莓花儿开》《灯光》《苏丽珂》《山楂树》《草原》《田野静悄悄》等歌。姐姐除此外，我记得还抄有其他国家的歌曲，如《深深的海洋》《红河谷》《星星索》《在路旁》《宝贝》等等。很快，知青自己创作的爱情歌曲出现了。它有中国青年人土生土长、恰切传神的意味。虽不曾“打败”洋歌，但也影响广泛、深入人心。这些歌，调性是本土的，扎根在民族音乐程式的土壤，不像洋歌那么深致悠扬，却体现出某种灼热和实在。

夏季流浪的人归来/荷花它水中开/花香水美人人爱/爱情深如海/哥是叶来妹是花/风吹就摇摆——我的小妹呀……

——《四季歌》

小船又穿过千层的波浪/鸟儿在天空自由来往/天空中飞来了百灵鸟/只有那百灵自由飞翔……/正当这清晨黎明的曙光/小伙子心中把往事回想/回想起当年的松花江畔/松花江畔你我的故乡/又到离别分手的时光/少女的心似翻腾海洋/我想要和你交个朋友/就怕你刺痛我的心房/小河的水呀松花江的浪/小船在江面上自由荡漾/江岸上传来了迷人的歌声/这歌声拍打着绿色的波浪……

——《江上恋歌》

我要追，我要追/我要追你追到底/我要追，我就要追/我要追你追到底/我知道你并不爱我/我知道他在你的心里/可我真心爱你爱你/我要追到底……/不论天涯海角/不论你理不理我/我是真心爱你的人/我要追到底

——《我要追》

这种情歌既有深情，又有些诙谐，是源于"世俗体验"的。它或许还有些粗鄙，但亦有敞亮的底气。因其简易鲜明，一下就学会唱开了。但也有更为缠绵缱绻的，其曲调比较文人化，歌词也复杂些：

听窗外雨声滴滴打窗沿/回忆往事如梦烟/爱人别离在何方/噢，几时能相见/雨呀，雨呀请你告诉她/我的心儿没有变/就是再等她十年二十年/也要再相见

我的爱人心已变心已变/夜半梦里泪涟涟/记得最后一句话/噢，永远在心间/雨呀，雨呀请你告诉我/为什么她儿心容易变/不管是再等十年二十年/也要和她再相见

——《我的心儿没有变》

桂花儿飘香/我又来到这小小的院子里/以往欢乐今朝凄凉/愁也不胜愁/自己做错了，怪不得别人/自己做自己受……

桂花儿飘香/我又来到这小小的院子里/谁的青春谁不怜惜/往事谁来提/自己做错了，怪不得别人/他遥遥无归期……

——《桂花飘香》

这些情歌，在明亮的语境中，却有着内在的微妙纠葛。爱与怨含混难辨，自怜又自悔，欲言又止，知其不可而为之，比较准确地传达了初恋者舒心的忧郁。其曲，变化较复杂；其词，雅致委婉，料想其出于与艺术工作有关者家庭子女之手。总之，知青爱情歌曲，摆脱了以往“十七年”爱情表达中的社会、政治内容，写出了爱的单纯和单纯中的复杂。从一见钟情到心心相印，一颗年轻的心在爱和审美的迷醉中，找到了荒凉人生的一点价值感和可靠的慰藉。它们也是对扼杀爱与人性之体制的柔性抗议。另外一些爱情歌曲，除表达爱，还涉入更强烈的知青身世感，如《小小油灯》《七十五天》。

毕业于城市学校的知识青年，上山下乡或支边，其实少数人自50年代末就开始了。那时，它并不是一种强制性的制度。当时许多“有理想有志气”的青年，是自觉自愿奔赴祖国最需要的地方。他们将自己的行动看作实现共产主义理想的一个具体的步骤。因此，其心态应是健朗而平和的，较少有被抛置感。在精神构成上，他们与主流意识形态较吻合，故没有形成特定的亚文化现象。

而60年代末至70年代中期，知青上山下乡成为坚硬的政治制度的一部分。几乎整整一代人的青春，被不容分说地规定了“命运”。（我承认，其中也会有少量知识青年，是将宿命也视为伟大使命的。但即使是这些人，当亦不难推想其热烈、自豪中，也会伴随着苍凉和迷茫。）他们对艰辛的岁月今天也是怀恋的，这点不容怀疑；但痛苦更会是真切的，连心灵带肉体的。正是这代人，特殊的命运才使之形成了独标情愫的“知青文艺亚文化”现象。它值得我们重视与研究。而拙文谈不上研究，只是一篇随笔。

红色苍凉时代的歌声，它今后还会在千千万万个手抄歌本里栖息与珍存吗？它曾是他们清苦又骄傲的心灵的“精品屋”，它是他们一代人总体性格中的一部分。瞧，那歌本被翻开了，它是逝去岁月的一页页简陋但有劲儿的翅膀……

1998年 12月

朦胧诗中的“现实主义精神”

从1980年开始，对朦胧诗的争论至今已有三年。对朦胧诗的指责，除去说其形式上“取法西方现代派诗歌”外，人们还指责它“没有对时代的关切”“对现实采取冷漠的回避姿势”。御用文人对前者的指责，当然是有“根据”的。只是我认为，取法西方现代派诗歌并没有什么不好。它说明我们的诗人从中国士大夫传统的诗歌中，再也找不到确实可靠的东西来表现今天的生命困境。而对后一种指责，我想说，这些“评论家”不是基于幼稚的盲视，则一定是别有用心。

在我看来，朦胧诗在意义范畴中，最感人的贡献，恰恰在于这些诗人对时代、对生存、对人性的关切。这是真正的关切，有正义感和良知的关切。说他们“回避现实”的人，大多是那种习惯于“紧跟”即时性政策的人。这种人除了迎和政治时尚外，对真正的生存往往视而不见。下面，我想从朦胧诗中的现实主义精神（不是写作手法）这个角度，回答指责者的诘问。

70年代末，在关于真、关于形象思维、关于形式和手法等看法陷入一片争执的时候，“朦胧诗”从那笼罩着的一团驳杂声中，用低哑而灼热的歌喉冷傲地凸现出来。不管众多的目光放射出多么复杂的成分：欣喜、喝彩、厌恶、冷漠、疑惑、不屑……或是别的什么，它毕竟以挣扎出母腔的生气牵引着整个诗坛（不，文坛）的目光。从1980年开始，对它的争议由熊熊的烈焰变成白热。各路观点在意识形态潮涨潮落中虽给人以轮流坐庄的表面印象，可“朦胧诗”始终没有泯灭，并由前些年“地下”局部渗透，到今日重重扬起潮头。这是中国诗坛的一大幸事。但幸中更有不幸。这些年的争议，总的看是当双方思辨的子弹在将要触及问题的靶心时，突然无力地中断了自己的射程。那些被称作“朦胧诗派”领袖人物的青年诗人及诗作的价值，又未必能被即使撰文颂扬他、如痴如醉仿效它的人们所认识，这又未免有些可悲了。

多年来，我们已经习惯于把任何作品简单地离析为内容、形式两块绝缘体。这种皮相的批评方法对于发展更高层次的文学批评形态不啻是一种绞杀。对“朦胧诗”的批评也是这样。如果我们回顾一下前几年的批评就会感到，它们对“朦胧诗”本质意义上的探究是多么有限。论战的双方几乎都宁愿仅从诗歌手法上的特征去划定“朦胧诗”的疆域。有些文章也为某个深刻的方向捅了个洞，但由于缺乏内行的解读和自信，它本身却显得孱弱无力。这样一来，问题的头绪越来越杂，论题也越来越显得无聊。最后，甚至那些被“朦胧诗派”所鄙薄的诗匠，因为在外在的修辞手法上模仿了“朦胧诗”的皮毛，也被一概地称为“朦胧”。这是多么莫名其糊涂的抬举！不能分清这种士大夫式的吟弄和那种严肃而警拔的“朦胧”是两个品种，一切的争议都要贬值。请比较它们的模样：

我的心/是一座孤岛/四周无涯的海浪/把我紧紧拥抱/于是，在谁也看不见的/深深的海底/我抛下了爱的锚

——《岛》

这样的诗，在手法上隐含着“朦胧诗派”的某些特征，它们在目下的刊物上四处甜甜地挤眉弄眼，以致使人看不出哪篇更有价值。我们不妨再听听“朦胧诗人”的声音：

一声枪响/地平线倾斜了/摇晃着，翻转过来/海鸥死了/热血烫卷了硕大的蒲叶

这是北岛同样写的《岛》中的一节。这首诗在他整个创作中显然并

非精心之作。但即使这样的意象小札，也是诗人从最深层的地火中烧灼出的颤抖的声音，有着广阔而渊深的内心世界的宏伟结构做基础。这是“文革”期间整个时代泪眼模糊的悲愤形象，而绝不是故弄冷涩意象供人把玩的东西。在北岛、舒婷、芒克、江河、杨炼、顾城这些诗人心目中堪称是创作的东西，都是从心灵深处裂骨爆发出来的声音，而非妙手可著的赝品。即使从手法上看，它离崛起于40年代末叶郑敏、辛笛、穆旦诸君走得并不远。只是因为这路诗风建国后被冷冻起来，新时期突然顶出地壳，对于听惯了圆润流丽或轰轰隆隆调子的许多人来说，未免太“古怪”了。于是被蔑称为“朦胧”。这些诗明明是丹柯的心在燃烧，可有些人宁愿把它与扑朔不定的霓虹灯混在一起。这种深刻的误解加宽了本来可以渐渐沟通的裂谷。1874年，莫奈自信地把《日出——印象》这幅融解着闪烁的晨光，流动着飘拂大气的油画送去展出。顷刻，招来了气势汹汹的箭镞。一个尖刻的批评家创造了“印象派”这一讽刺性称谓。有趣的是，莫奈和他的同行者高傲地接受了它，并很快酿成一个影响深远的国际性绘画运动。然而，所谓“朦胧诗人”的境遇与莫奈深为不同。如果说“印象派”的戏称多少道出了此派的内质，那么，把血与红酒的混同却教北岛们难以忍受。

“朦胧诗人”是带着深刻的疑惧和痛苦来到诗的国度的。个体主体性的觉醒，是朦胧诗的重要特征。人道主义精神的圣火再一次点燃了他们的诗观念。在他们的意识里，生活和美不再是廉价的，他们以带血的头颅撞开了诗的大门。诗对于他们来说，是介入生存的一种手段，他们的目的是要人们看到民族的面孔在异化的社会中曾怎样痛苦地抽搐。他们不再相信自己在现代迷信的“宗教”星图中的陪衬位置，而坚信自己是广阔生存中并不逊色的各种星体。作为一个有独立思考精神，有社会责任感和自我创造力、自我尊严的活生生的主体的形象，在他们的诗中复活了。新异的诗出现了。有许多惊羡这种诗的人开始盲目模仿其外在手法，简单领会其诗情，逐渐发展到数量浩繁的脱离生存一味咀嚼一己悲欢、自拂伤痛的呻吟之作。这种落寞的情致恰恰是对“朦胧诗”的背离。如果肯公正地对“朦胧诗人”的诗作做一全面考察，就会感到，他们并非要脱离生活，而是要以更深刻的方式重新理解和评判生存以感知它的底蕴。他们从探求人的内心世界最深处入手，将内外现实看作处于同一变化中的两个潜在成分，并且能用一种整体上的逻辑和理智来控制诗思。因此，当有些人告诉他们诗歌要成为忠实反映现实生活的“镜子”，他们根本就不想听。对这种建立在对过往历史进行痛切反思基础上的诗作来说，首先不容置疑的是心灵历程的真实写照，是人是主体的觉醒；而以隐喻—象征为中心的话语，有助于展示内/外双重视野。可见，肤浅地划分什么民族艺术与横的移置的分野，就根本搔不到痒处。这种诗歌主题的性质和历史原因都是一目了然的，因此，即便是诗中的悲郁、感伤甚至某种绝望，也不只是抒情主体狭小的感受，更是时代的痛切和不安。在民族从血泊中和泪水中站着的时候，他们不屑于编织一些引人入胜的华美境界或用天真的呼喊去安抚人们饱经忧患的灵魂。而宁愿以深刻的暗示和披肝沥胆的独白，去体现一种深切把握生存的理性力度。在善与恶剧烈的格斗中表达心灵的失衡，这使得朦胧诗有一种以崇高为特征的“悲剧美”格调。有必要说明，他们的许多诗产生在60年代末至70年代中，生存黑暗和文化封锁格外严酷的岁月。一面扑向可能的光明，一面追抚现实的伤痛，人们对这种复杂的心境和迷离的手法所运载的特殊意蕴，是不难领会的。

北岛无疑是“朦胧诗派”的首席人物。他是一个忧患的诗人。这座尖峭孤独的岛，有时让我想起鲁迅的那两株枣树。他在刺着“飘满了死者弯曲的倒影”的“镀金的天空”。如果说“从星星般的弹孔中，流出了血红的黎明”是深刻地写出了实践对现实抗争的哲理，歌颂了一种坚韧苦难的献身美；那么，“卑鄙是卑鄙者的通行证，高尚是高尚者的墓志铭”又何尝不是对“十年内乱”的一言蔽之?！北岛强烈的战斗人格和深刻的怀疑主义精神，被内在地融入了象征、暗喻之中。在诗艺上，他带来了简劲和神奇的奇妙混合。舒婷诗歌总的指向是表现对人性的一种关切。在她美丽的忧伤中，时时跃动着一位敏感多思的诗人对人的挚爱。她的忧郁里那种反抗而又被现实的积重所压抑的冲突，实际上暗示着一种打破压抑的呼告性。这正是一个忠实的灵魂对生存独异的审美观照的结果。她的作品绝少纯粹的“亮色”，但在她灵魂的自我对话、争辩乃至格斗里，又时时让读者看到理想世界冒出海面的双桅帆影。读者信赖她，相信她的倾诉，理解她的深情。许多初入诗坛的人学习舒婷的“忧伤”，不惜神经质地折磨自己力图折磨出“忧伤”的感受来，结果只剩下平庸的叹息。把这种失误统统捧给舒婷，岂不是太没有眼力、太不公正了吗？芒克是朦胧诗中的先驱之一，他基于自由的天性发出的声音，有一种透明的犀利。《阳光中的向日葵》等作品，对一代人的觉醒而言，堪称是碑铭式的镌刻。这类诗是时代的，也是个人化的——将个人体验扩展到了整体时代的广度。

江河像是在平原迈开步伐的大河，恢宏而凝重。他诗歌的走向一直是沿着对本民族历史文化的反思向纵深行进，有一种史诗性。在敏感地感应世界现代潮流时，逐渐以一种旷达的弹性的态度，执着地梳理本土审美性格中的“天人合一”式的沉静明彻，从文化角度发掘种族生存之根。杨炼近年有意选择了那些高远而辉煌的题材，他不像有些人那样把这些当作夸耀的口实，而是以开放的批判精神淘洗它、发展它，并加进了当代人的血气。他以“智力的空间”，把对古文化的探询视为更能动地揭示现实生存的通道，把地缘意义的“东方”，提升到整体人类生存的高度。在他探索开始时，招来了失之轻率的论者的批评，也许只有时间能说明一切。顾城是这几位诗人中最年轻的一个，他试图用童话的纯真来与现实的滞重造成刺目反差。他诗作的分量嫌轻，但更容易拨动在思想水平线上摇摇晃晃做水平运动的年轻人的心弦。他纯净的幻象世界，令人神往。

限于篇幅，这里只能就几位“朦胧诗人”诗作的介入现实生存及审美感受特点做一个相当遗憾的剪影。对他们艺术上借鉴西方现代诗歌的分析，因许多文章已做了探究（尽管有些是一厢情愿的分析），这里不再论及。但需要强调的一点是：如果我们不是故作违心之论，就会感到，他们的诗中，可以明显地寻找到现实主义精神在创造美的规律上的精华积淀对他们深刻的影响。在他们大面积融化西方现代艺术手法进行创作的诗中，我们分明可以感到在审美体验上，特别是感情流程的轨迹上，那种鲁迅式的忧患感的贯注。他们诗中这种抗争美学思维性格，宣告着古老的中国又一个诗歌断代的开始。我相信这样的结论毫不过分。

综上所述，朦胧诗最显豁的意义恰恰是对民族命运及现实生存的反思，对新的价值取向的探求。如此明显的文本事实却被指责者视而不见，我感到的已不再是愤怒而是可怜。

1984年6月

第三代诗的发生和发展

我不能理解一些人的看法，他们认为诗歌一定要具有阶段发展的完美性，而这种完美性又是以西方诗歌发展的轨迹来要求中国诗歌的。比如，孙绍振先生说，中国新诗的浪漫主义精神并没有发展得充分和成熟，那么，“第三代诗”的出现就是早产的、孱弱的胎儿。这是一种用心善良的规劝，但这种规劝仍然是“大一统”美梦的结果。中国和西方肯定不同。从最具体的时间上平行比较，那么，与浪漫主义大师屈原时代对照的则是“希腊化”时代（米南德的喜剧及一些诗人留下的田园诗）。谁能为谁预先制造道路？

另一种情况，则要复杂得多。一些评论家干脆认为，“第三代诗”的出现，是一些好事之徒出于成名的浮躁情绪而故意制造的浪潮，是“新潮癖”和“自恋情结”的结果。姑且排除大家能够意会的心理，仅从第三代诗人的整体性亮相上看，这种理论（？）也是不能站稳的。我们知道，在我国存在着一个庞大而复杂的民间诗歌界。在青年实验诗公开实验场地受阻的情况下，诗人们自办了不下数十种诗刊诗报。诗歌的发表方式、流通方式及价值确认方式的复杂性远远胜过其他文学类型。它往往是先在民间诗界广泛交流、自由调节、残酷淘汰和竞争，它真正公开出现并有较大面积的覆盖率时，我们只看到了他们中少数真正的优秀者。这种自由的、艰难的从创作到接受的过程，丝毫不能指望哗众取宠的热情，也不是外在的、人为的规定和导引。它一定是诗歌内部机制自动性或者说是艺术变构的客观规律在暗中支配着“第三代诗”的涌动。对于诗来说，铅字与油印又有多大关系？我们面对的是诗。在这个意义上，我以为将民间诗歌排除在“诗坛”之外，或另做一种情况对待，至少是会得出愚蠢的结论——当然远不止这样。

我认为，“朦胧诗”对十七年诗的反动是两极状态的。这一点，仅从一首诗为什么会在白纸上呈形就可以清晰地区别开来。而“第三代诗”对“朦胧诗”的再反拨，从特定意义上说却是整体包容后的继续前倾。所谓“Pass 北岛”，只是出于对“朦胧诗”强力集团的压力感到不安的心态的反应。从纯粹语义的效果看，我们也许会听得不十分舒服；但其隐含的意向性因素，我们并不难理解。事实上“第三代诗”恰恰是在饱吸了北岛们的汁液后，渐渐羽毛丰满别铸一格的，他们发展了北岛、芒克等诗人诗艺的次要方面，即日常性和口语形式。但更重要的是他们和北岛们的内质一开始就不同。就像“丑小鸭”被鸭妈妈孵出，这并不奇怪。主要还是什么蛋的问题。要摆脱“丑小鸭”式的尴尬处境，必须走出去。我这里的“天鹅”和“鸭子”，并没有象征性的褒贬，它们不同，但有先后关系。这个事实有许多朋友羞于承认，但它存在着。如果北岛和芒克隐去姓名在今天发表70年代写的《青年诗人的肖像》《日子》《城市》《街》等，会出现什么情况？——“很第三代嘛。”

另外，我还认为，仅从修辞效果和诗的结构上把握“第三代诗”是很危险的。我同意唐晓渡先生的意见：语言在诗歌研究中，并不主要指“美文”之类，它一定是人与生存临界点上真正困境的东西。所以我想，要考察“第三代诗”文本的固有意义，一个理论基点或前提是这些诗人的生命方式以及支配着这种方式的对生存实在的理解。我这里列出几组名词，在对读过程中，有些东西或许会浮出水面。

北岛们

传统道德人格教育、整体性

贝多芬、鲁迅、批判现实主义小说、象征派诗、存在主义

介入的、热态的、愤怒的

易感的、警句式的、内凝的、自律式、隐喻—象征

以上总体表现为民族生存忧患感

宏伟叙述的、英雄主义的、历史感

集团意识、思考的深刻

自我戏剧化、崇高感

精英主义的远大精神目的

理性背景下的怀疑、相对，“普度众生”

结论：承认生存的异化的前提下寻求改变它的可能

第三代

不完整现代人格教育、个体性、非文化

摇滚音乐、垮掉文学、后现代主义、迪斯科、时装文化、广告文化

局外的、冷态的、嘲谑的、欲望化、口语化书写

以上总体表现为人共同的处境

稗史叙述的、尴尬而自嘲的、平面感

个体意识、生命的深刻、非崇高

自我祛魅、自我毁灭

反对精神等级制、差异性的自我心理结构

清醒实用的个人主义、自我拯救

结论：承认生存的异化的前提下如何反讽地对待它

当然，可比性还有许多其他方面，但这是根本的，第一义的。

“第三代诗”粗略划分可有两大类型：个人日常生活方式体验类型和现代野性类型。另外还有两种情况也值得注意：一种是目下被称为“新古典主义”的探求，一种是对“超语义”“超情感”的探求。（这里，我避免使用“类型”的概念，是由于这两种刚刚萌芽的探求发展得

不够充分，自身正处于难以估测的发展中。）这两大类型、两种情况的精神动作很不同，但又以一种最基本的姿势共同区别于“朦胧诗”。除去上面的图式所昭白的意味外，这种深刻的区别还在于：“朦胧诗”的自我和意识是一回事，是一种悬置了“身体”的主观性。而“第三代诗”的自我和意识经由“身体”的过滤，时常是分离的——自我是意识的准客体。再让我们从这儿谈谈：

“表现自我”是“朦胧诗”的旗帜。但是，在现代条件下讨论“自我”，它肯定应是一个分裂的同义语。唯理主义时代人对自我的理解，由于悬置了“身体”，在现代只能是一种幻觉。自我世界（Eigenwelt）的存在并不只是“我的理智世界”的存在。我们知道，我们没有自觉到的东西如原欲冲动、潜意识，无时不在向我们发出逼人的气息。这样看来，真正具备一种可验证性的纯粹“独我”，一定是一种不确定的形成性的“我”。在“朦胧诗人”笔下，物带有人的特点，而在“第三代”笔下，则是人带有“物”的特点。就是说，“我”不“表现我”，而是“我观照的对象”，将“自我”放在“我”全部复杂性中审视。这是一种“客观”，一种更高意义上的客观。在这些诗人笔下，肉体的我、感觉的我、理性的我、死亡与新生的我、自足体与自足体以外的关系，等等，共时错综而来，催动生命开放。这是一个现代人内在生命史的真实展示，它是整体性的，各种因素不可抽出的。即使我们从人与人生物学上的差异来看，这些诗也具备充分的个别性。考察这样的诗，用“正极人性—负极人性”的标尺，显然不得劲。莫里斯说：“每个新时代的经验都需要一种新的自白。”我们借用一下，“每个新时代的自白都需要一把新的尺子。”我读了大量这类诗歌，感到那些众多的个体生命被更清晰更有力地觉察，他们不是一些抽象的语汇所能指称的，诸如“悲剧英雄”“童年质人格”“痛苦的理想主义者”“吃大苦耐大劳的西部好汉”之类。话语的更新，就在这种无拘无碍的表现中实现了，因为，某种精神深度的获具，只能建立在自我的分裂之中。关于自我被作为准客体这一命题，我们可以从梅洛·庞蒂（M.Ponty）的《知觉现象学》中受到启发，这位大哲是这样说的："我自身既是'观看者'又是被'观看者'；我自身看见观看着的自己，摸到抚摸着的自己，然而这又都是一个自己。都是通过'观看者'内在地成为'被观看者'而达到的一个自己"，"身体并不是处于其他客体之中的一种客体，而是身体/主体。身体是我们与世界发生关系的中介"。

现在，"第三代诗"相对"朦胧诗"的实质性进展是难以回避的事实。对这个事实的理解我以为应持心平气和的态度。这是艺术变构的自然规律，不是谁"报销"谁的问题。对"朦胧诗"的异质者们来说，不能忘记诗歌形态产生要依赖一定机缘。事实上，当一个时代的生活不再以政治生活为至尊时，真正的艺术才可能出现。江河早年曾为他的一组长诗命名为《没有写完的诗》，但这种品位的诗他还是很快写完了，他开始了新的《交谈》，这个事实对我们会有启发。

1988 年夏

诗歌审美特征的新变：个人话语

清醒的青年诗人业已意识到：我们不过是处于现代诗的草创初开之际。我们留下了许多抒情或思考的文字，这些文字被抬高到相当显赫的位置。我们的后人会从这些文字中收获到许多格言的晶体，或易感的吟唱，但很少能遇到个人的生命。当这些训世箴言被摘录到某本名言大成中，这些诗便可能消解了。我们的宿命在于，搞了那么多年诗歌，最终才知道自己是在诗歌之外。这种理想与实情残酷的背离，正发出咄咄逼人的气息在困扰着少数的诗人。

我曾经面对一团黏土，心中嘹亮着远古彩陶的声音，这些声音在白纸上渐渐显形，我听着自己刚刚发出的声音，感到陌生，感到难堪，感到我愧对那神圣的彩陶。祖先在风中抚弄这团黏土的姿势，胜过我万千声矫作的歌吟。我不信任我即刻感到的东西，我非要去迹写“文化”告诉我的东西。虚伪的态度，喧嚣的想象，使任何一团黏土的意义都缩小了。黏土就是黏土，它不只是历史的黏土，更是你自己的黏土。它是你的，你便有所恃，否则，便形同乌有。陶潜先生的南山，李太白的月亮并非属于历史，历史会滔滔流逝，而南山与月亮永存。

正是在这个意义上，我们选择了诗。我们既是自由选择，又为自身的选择所限制。哲学的修炼与诗的修炼相去不远，正是那永不相交的一点点，阻断了诗仿写哲学的脚步。我们有着这样的内心需要：能生活得更深入、更清醒、更独特、更神奇些，能对自己的经验体味得更好。我们把诗纳入个体的全部生命之内，我们发现生命内部有许多无法用散文转述的部分，无法上升为普遍哲学的部分，“此中有真意，欲辩已忘言”“诗有别材，非关书也；诗有别趣，非关理也”，正道出这语言的深邃与诗的欢乐。除此之外，我们对诗还能奢求什么呢？

美国自白派诗人西尔维娅·普拉斯说，我不写广岛的原子弹或纳粹对犹太人的屠杀，我要写的是月光下墓地的凄凉。这告诉人们，诗歌展开的是另一个心象的空间。这个空间是存在于诗人个体生命之内的。它聚集辐辏得越是狭小，张力反而越大。每个独立的生命都是有机性的，它不会因为狭小而失去与生存的天然呼应。

然而，通向生命底层的道路是艰难的。许多有才气有气节的诗人为此付出了沉重的代价。70年代中，现代诗第一次真正艺术发难的代表人物，力图展示真实的生命状态，但由于他们骨子里多是激情泛滥的浪漫主义，所以，最终没能触到个体生命的根部。他们的诗，给人以理性的震撼和夸张的渲染。许多诗好像是裹着糖衣的药片，某种深刻的哲理和夸张的感伤在精致的修辞里会容易被人吞下去。我们说，这些诗比以往的诗更有诗意，但他们真正达到的是诫告，是戏剧化的情感冲击，并不是好诗。他们的艺术符号，多是附属于诗所阐明的思想。他们表现了情感也唤起了情感，这使相当多的读者脆弱的灵魂受到震撼，他们被一束道德理性强光洞彻肺腑，于是忘掉了这强光的成分；他们被一种夸张的感情笼罩了，于是长久地不能走出这戏剧化的纱幕。

有人在远方淡漠地望着这一切。他不知道“分手时我的泪水弥散作黑夜结成粒粒星星”这句诗究竟好在哪里。他也是在为挚友送行：

在一起好多年
从来没想起要握手
手和手紧紧地握
好像要握住将来所有的日子
手握过了车还不开
最后几秒真是难耐
(如果你突然不走了

我们就是一群喜剧演员）

……

列车载着你跑向天外

我们这群有家的人

在人海中悄悄走散

——于坚

就是这样。相对于那些易感的诗（借用美国文论家劳·坡林的一个概念），这首诗显得不动声色。但这正是一种日常生命的真实状态。相对于那些训诫的诗，这首诗没有道德观，没有思想。这里唯一的现实是语言，在语感的流泻（自然的）中，升腾的另一种经验空间。这样的诗，是对读者敏感度的测验。你读过它想一想，你再读它，你想起你送走的那些亲切的面容来。无理趣无不理趣，没有激情恰恰富有激情。这不是某个电影某场戏剧中秋夜送友或长亭送别，而是现实中人的送别。这是一种平淡的深沉。

我情愿以难言的平淡撼动你，却不希图使你冲动；我情愿使你回味，却不希图你同情。我的送行就是这样，任何故作姿态的叹息，任何飞扬飘洒的比拟，都只会使送行的内涵减少。

诗歌的“肌质”不是说教，不是激情。哲理与激情是诗的两个方面，诗人也时常触及它们。他触及它是无力摆脱它。但那些内在的经验之诗很少有是直接与哲理和激情有关的。

“蒹葭苍苍，白露为霜。所谓伊人，在水一方。”诗人没有为了感情而沉醉于感情之中。没有表现出大于经验状态所应有的感情。节制的诗情反使诗情无限弥散，把“思想”放在我的意识之外，恰恰达到一种天地同参的境界。

目下，这种冷静的甚至是淡漠的创作态度，正在诗歌界悄悄蔓延。远离过往诗歌的基本定义，同样使这些诗真正进入了诗歌本体。这种只执着于我的个体生命经验的诗，恰恰达到了我与我生存的现状合一。

相伴而生的是这种诗给诗歌语言带来的新气象。相对于过往诗歌贫乏的修辞手段，“朦胧诗”在重新构成词句方面提供了颇为繁丽纵横的景观。他们将非诗的陈述性语言、消息性语言剔除，而追求一种具体性、构成性语言。每句诗都是一个环境，跳过以概念元素的分解与综合为特征的抽象阶段，而直接升华为直觉，达到对人生哲理的顿悟。作为诗歌语言的三级跳跃，舒婷和杨炼们完成了前两级。但随之而来的是诗歌语言的唯修辞倾向。其追随者将表面的语言效果当作了对语言内部构成的展示，造成诗歌界一种浮华卖弄的局面。

我们可以给诗的语言下这样一个定义：诗更能充分地使用个别字词，它比普遍语言表达得多些，而且更深邃些。但这种多和深邃却主要不是由拼命组合词句达到的。诗人和语言不是简单的派生关系，生命和语言应是一种同构状态。第三代诗人所反复强调的“语感”，也就是说明了语言与此在生命的同一。

诗歌作为一种精神的呼吸，天然地和个体生命的话语有着直接联系。诗的坦诚指的并不只是道德意义上的，而是艺术风范上的。诗要超出各种狭隘规定的角色界限，与普通人有着直接的契合。这里的普通人不是指第一文化群以及对诗的鉴赏陷入病态的诗作者，而是指第二、三文化群中有着诗歌鉴赏正常素养的人们。我不相信诗是贵族的这一提法，因为它在相当多的情况下掩护了众多才力不济，而靠诗的冷涩去招摇过市的人。最优秀的诗往往是没有掩饰的，也不存在什么“代沟”。我们看到越来越多的诗，在语言的运用上表现出自觉的“新平淡感”。它们有意弃置繁丽的意象叠加，句式的错乱零碎，而将诗作得像呼吸一样自然。它们对声音的注意，对语感的注意，甚至超过了对辞格的重视。这正是一种本体的自觉。诗歌的某些本质存在于诗人或读者发出的声音序列中，“耳感”作为诗歌总体结构中一个重要因素，我们是忽视得太久了。一个意义被融入一组特定的语感，就代表了一种感情色调，这正是诗歌产生效果的基础。而我们很难想象那种“唯修辞”的诗能很通达地进入语感还原，进入真实的生命体验。

这里“唯修辞”指的不是一般意义上的修辞，它有时是以一种打破常规的“陌生修辞”形态出现的。这种诗泛滥成灾，已经形成一种很固定也很贫乏的修辞方式。以词句的怪异为诗的指归，如泥沙俱下淤塞了现代诗奔涌的河道。浮靡而无法度，铺排而少选择。它所造成的流弊，已经教许多人将它作为判定一个诗人价值的唯一尺度。这就使那些追求语感的诗人感到压力重重。在这种境况下，重新创造读者的口味是非常艰难的。对这路诗人另一个威胁是，又有大量的诗作者将他们的追求简率地看作“口语化”，并盲目地追摹，用大量日常白话甚至是展览恶俗的消息性语言进入诗歌，造成读者的误解。这是更危险的。其实，纯口语在诗中是不存在的，“列车载着你跑向天外/我们这群有家的人/在人海中悄悄走散”，这实质是表现性、创造性的语言。这与纯口语在本质上有所不同。要说明这一点，只能借助于一个非单维视域的读者的反应。“唯修辞”的诗会叫任何人认为它“是诗”，而这种不事雕琢的语感构成的诗，只能是“对于不懂音乐的耳朵，再美的音乐也没有意义”(马克思《经济学哲学手稿》)。

限于篇幅，这里只粗略地谈谈诗歌新的个人话语的声音和意味。这样的诗最终被确认还很遥远。愚妄的偏见时时在暗中左右着人们，他们宁愿推崇他们不理解的东西，而对亲切平实的个人话语轻慢嘲弄。从广义的社会背景看，这种诗人还面临着这样的困难：他们用疏远政治的方式来贴近时代，用个体生命来折射现实人生，这很难为某些急功近利的出版机构、发行机构所认同，很难能有相对集中的刊物版面为他们做整体性展示。这是目下中国诗界应该引起重视的问题。我们诗刊诗报数十家中，如能有几家专门关注“第三代”诗人，对于中国诗之发展是功德无量的。

一种全新的声音和意味出现了，它所带给诗坛的影响将会逐渐地显现出来。不论你是否赞同它的意识背景和语言追求，你却无法否认它的存在带给诗坛的冲击。当它以现代诗的一种新方式终于站稳了脚跟时，一个推崇个体生命的诗的诗歌断代就可能出现。

1986年8月17日

新的状态与“寓言”

加拿大作家阿瑟·黑利说过这样的话：只要看到一架飞机在天空飞行，它就已经过时了。从借喻的意义上说，这句话正有趣地展示了目下诗坛的实际。继“朦胧诗”第一个涌浪，“回归东方”第二个涌浪后，新的诗歌方式以更大的声势整体性漫卷而来。对于过往诗艺，它不急切追摹；对那些作诗的常识性戒条，它从对立的方位提出质疑。对立是尖锐而深刻的。

首先，诗美由和谐变为非和谐。美是和谐，这是千百年来被人重复的箴言。哥特式教堂的垂直结构，缓缓冲向天空的尖形拱门；佛教寺院的层层有序，最后展现安详端坐的菩萨……这些就可以形象地概括以往诗歌的结构。它们温婉端丽，明净严和，有铺垫性因素，有目的性因素，一切都显得那么匀称、幽雅、神秘。它们聚拢了人们精神中那些优美、崇高的质素，升华它，结晶它，一直美化到使人面对它们感到深深的陌生。以舒婷、江河、顾城为代表人物的朦胧诗派，虽然曳出了过往诗艺、情绪的轨道，却又深入到另一种更高的和谐优美之中。美是和谐的观念，在舒婷、顾城身上，表现得十分明显（北岛与他们还不同）。从这个意义上说，朦胧诗有着很浓酽的古典色泽。它是一种冷傲、一种教养、一种精神身份的标志。这样一种和谐圆润的状态，虽有很高的美学价值，但又缺乏一种世俗的生命意识。生命的状态是非和谐的。现代人有那么多磨难、痛苦、心灵的断裂和倾斜，提纯和升华它们是廉价的，是一种隐逸、一种躲避。在这些诗里，我们见不到生命冲动的真实状态，像是进行着一次有目的的旅行。虽然我们看到了“大美不言”的山水花树，而那些与它们造成刺目反差的东西却被有意识地滤掉了。这就是顾城等人经过短时期的被动境遇，今天已为大多数读者认同、推崇的原因。因为，美是和谐，应和了绝大多数人的审美“定位期待”。至于诗艺的开放状态，总会随着时光的流逝被旧的审美感知体系所习惯。

第三代诗人敏锐地警觉到这一点。既然诗歌是人类生命体验自由精神的外观，诗人就有责任致力于使它脱离矫饰的和谐的制约，而获得彻底的满足。那不是一种雕琢，而是一种放纵，一种驰骋。在灵与肉酷烈的搏战中，体现更大的意志强度。“我们曾崇拜安逸世界即使有一千条理由也无法改变/但一到时间我们宣布要动一动/地球屏住了呼吸”。对围闭的生活的困惑，对抗争的骄傲与自信，对幽静甜美的不满，新的生命就在这一片“动感”之中开始了。粗糙的情感形态替代了安逸的美感，杂沓的脚步替代了同律的和谐。那些故作风雅的先生小姐，在这些身着破旧牛仔裤的青年面前，忽然感到尴尬，感到不知所措。顾城写道：“乌云渐渐稀疏/我跳出月亮的圆窗/跳过一片片/美丽而安静的积水/回到村里。”而廖亦武却这样写：“地球的蘑菇打旋，无根无底/那柔嫩的皱纹是大地的层次，营养丰富，滋养出盎然的生机/信奉爬行的进化论，现实社会的安全感，钢筋水泥的基座越插越深/只有我无家可归：自由的痛苦！视野太广阔，反不知向何处遨游！”从“回到村里”到“无家可归”，这种打破和谐体现深度反讽感、迷茫感的诗之所以更深刻，是由于它们体现了对自由的忠贞。

“和谐”是诗歌完美的标准，完美要求适度与条理。而新人们的诗展现的是生命开放的情感形态，生命的形态是没有标准可言的。心灵的失重，表现上的玩世不恭，甚至对严肃事件采取的反讽姿态，这些都彻底打破了维多利亚时代式的乐观态度。正是这种直接面向生活的态势，使这些诗有了和普通人的鲜血、眼泪、迷惘、追求、微笑一样的感染力。这种不假修饰的原始感情，正体现出一种诗意的社会生态相。其中个体的选择，语言的开拓意味是相当明显的。要是我们透过那怀疑、不安，那调侃揶揄，我们就会发现许多深刻的东西。这是对自身生命力量的确信，是一种更高水准的强者的悲观主义。这些诗人举止粗放，不够优雅和谐，但更富于人性。社会在动荡组合，要求诗停留在和谐上是不可能的。

其次，诗美由主观性变为“客观性”。诗歌由单纯描摹客观事象到审美创造主体心灵的加入，是猛烈地迈进了一步。但随之而来的是意象的泛滥。一切事物都失去了自身神秘的昭示，代之以人为的扭曲。太阳在思索，石头在喝酒，窗帘在抽泣。诗人一路写开，失去了深刻的控制力，一切都变得俗不可耐。新人们对这种迅速老化的陈词滥调感到十分可笑。他们开始摒除铅华，像局外人一样望着世界，表现客观。他们是些沉默的人，他们鄙薄对读者进行庸俗的训诲，或卖弄意象的机灵。这绝不是倒退到再现自然，而是更高意义上的原始还原。物质世界有时比我们狭窄的心灵更能揭示永恒的真理。这种诗歌意识，就体现了一种距离感，一种静观体察的姿态。正像法国新小说作家罗伯·格利叶所言，世界既不是有意义的，也不是荒诞的。它存在着，如此而已。世界更能深刻地说明自身。

这条街远离城市中心/在黑夜降临时/这街上异常宁静/这会儿是冬天/正在飘雪/雪/已经下了好久/街两边的屋顶上/结下了薄薄的一层/雪继续下着/这些窗户全贴上厚厚的报纸/一丝光线也透不出来/很夜时/街右边有一家门突然打开/一股黄色的光/射了出来/接着“哗”的一声/一盆水泼到了街上/最后门重新关死/雪继续下着/静静的/这是一条很长很长的街/两边所有的房子/都死死地关着/这是一条很静很静的街……

——杨黎

这种诗歌，描绘的客观性，使自然景观伸出自身幽动的触角爬向“局外人”心灵。客观的体察代替了主观的幻化，使读者不受任何外在力量的驱使，一下子沉浸到诗的语言效应中。在人和自然之间，诗歌像一个集成电路元件，它默默存在着，接通那应该接通的部分。这是一种非主观的“主观”（请读者原谅我逻辑的“玩笑”），它使人第一次感到物的世界的陌生和难以得出明确结论，从而获得一种更深刻的印象和渴望。

诗人应进入一种“非个人化”境界，“诗不是感情的放纵，而是感情的逃避”。我想，用这句话来解释新人们的创作变化，也许有一点是适切的。诗美由主观性向客观性的移位，体现了诗人的成熟。那种不动声色的冷处理，那种生命的沉默状态，带给我们的知觉以更深潜的骚动和不安。对于一首诗的把握，提供了种种可能性，我们看到随时粉碎自己又重新组合的现实生活因子。当然，写客观的诗人目下尚不多见，也许写这种诗的难度是更大的：它在取材上、语感上对人提出了更高级的要求。

与此相应，第三代诗在格调上发生的变化是，诗情由易感的变为不动声色的——

北岛们的诗是易感的诗。这无疑与这代人的生命履历有关。社会生活的每一次跃迁，个人精神上的每个戳点，都被他们写成诗歌。狂飙突进的青春气息洋溢在他们的诗句中。这种诗很容易打动读者，使读者和诗人一同沉浸在崇高格调的激情状态。

我，站在这里/代替另一个被杀害的人/为了每当太阳升起/让沉重的影子像道路/穿过整个国土

——北岛《结局或开始》

我是瀑布的神，我是雪山的神/高大、雄健、主宰新月/成为所有江河的唯一首领

——杨炼《诺日朗》

我情感的三角梅啊/你宁可生生灭灭/回到你风风雨雨的山坡/不要在花瓶上摇曳/我天性中的野天鹅啊/你即使负着枪伤/也要横越无遮拦的冬天/不要留恋带栏杆的春色

——舒婷《会唱歌的鸢尾花》

这样的诗句，应当说是出色的。但又是不无流弊的。它带起了一大批易感的诗人。作者为了制造的激情而沉浸在激情之中，最终表现出生存状态所不能产生的激情。当眼下生活变得庸常的时候，诗人就只能神经质地折磨自己力求折磨出浓酽的感情来。为童年的某支谣曲流泪，为树叶的一道皱纹感伤。它不再忠实于人生经验的深层，显得充满怜悯的感伤。这种易感的诗以“我”为中心，拼命打扮自己，最终导致“我的戏剧化”。诗歌在某些人那里，仅仅成为发泄和自我表现的工具，失去了自足的有机实体的品质。

“第三代诗人”敏锐地察觉到了这一点。作为对易感诗歌的反拨，他们的诗表现为深深的不动声色，表现为淡漠的、局外的、相对的创作态度。与北岛等人比起来，他们的诗反而显得老到、冲淡。

很多年，屁股上拴串钥匙裤袋里装枚图章/很多年记着市内的公共厕所把钟拨到七点/很多年在广场遇着某某说声“来玩”/很多年，从 18 号门前经过门上挂着一把黑锁

——于坚《作品第 52 号》

在我干净的面目前/一只台灯发出台灯的光/我的座下是一把木椅/它以椅子的姿势天天将我陪伴

——丁当《时间》

这个夜晚很常见/你来敲我的门/我把门打开一条缝/灯光首先出去在不远的地方站住

——韩东《这个夜晚》

“很多年”就是这样。“时间”就是这样。“这个夜晚”就是这样。诗人除却铅华，像局外人一样望着世界，这种不动声色的冷处理，恰恰达到诗与日常化生存状态的同构。无情却有情，没有冲动反而有冲动。正像上面引述的格利叶所言：“世界既不是有意义的，也不是荒诞的。它存在着，如此而已。”我觉得对于保持诗歌本真的又是富于弹性的生命，这种抑制激情泛滥的语言态度是有效的。诗歌从载道的工具变为言情的工具再变为生命自身，正是第三代诗人初步做出的努力。

最后，警句式的变为不露圭角的。长期以来，诗歌中有无警句或曰“诗眼”，成了决定诗人存遗的关键，偏见就是这样暗中支配着我们，当我们在某些诗篇中被几道强光洞彻肺腑时，就被它征服了，就再也难以冷静地考察它的整体结构、整体氛围了。这种创作态度和审美习尚，造就了诗人中大量的思想家的学生、演说家的门客。诗语越来越背离它的本体，而疲于奔命地以自身的下驷逐思想家的上驷。

“朦胧诗”的思辨特征充分体现在它对镶嵌警句的热情上。在某些诗里，诗仅仅成为思想的具象表现，这种思想表现得越富有“诗意”则越体现诗人的才能。这也为那些蹩脚的诗歌评论家提供了最便捷的“进入诗歌”的门径。而这是舍本逐末的。

·

与其在悬崖上展览千年/不如在爱人肩头上痛哭一晚

——舒婷《神女峰》

卑鄙是卑鄙者的通行证/高尚是高尚者的墓志铭

——北岛《回答》

土地说：我要接近天空/于是，山脉耸起/人说：我要生活/于是，洪水退去

——江河《让我们一起奔腾吧》

这样的诗句应该承认是天才所为。但我们被警醒过来后，在今天却不能不以更高的要求再一次考察它们。这是一种现成的理念和意象寻求相加，诗歌对它起的多是修饰作用。这与我国传统诗歌中的“卒章显志”显然是在一个指代系统里的。一种深刻的哲理、一个伟大的观念与诗一起出现，仿佛裹着糖衣的药片，更容易被人吞下去。所以，它主要追求的是训诫，是神秘的启示，并不是为诗而诗。

“第三代诗”主动放弃（而非无力推进）了警句——这一诗歌古老的地盘。他们放弃它是为了更本质地确立诗语自己。诗人只把诗纳入生命的领域内，他所关心的不是教训而是诗歌的整体感——要么以它完整的样子呈献，要么不呈献。再没有比提取出几句诗来作为全诗主旨对诗歌的损害更大的了。诗歌有机性的生命往往难以用理念来概括，“片言立其要”到唐诗已被推向极端，已被发展得最充分。新诗是必择新路而后生的。

你见过大海/你想过大海/你想象过大海/然后见到它，就是这样/你见到了大海/并想象过它/可你不是/一个水手/就是这样/你想象过大海/你见过大海/你还喜欢大海/顶多是这样/你见过大海/你也想象过大海/你不情愿/让海水给淹死/就是这样/人人都是这样

——韩东《你见过大海》

在这里，每一句诗都是很平淡的，可它准确地表达了一代人对“崇高”的怀疑。类似的诗还有《有关大雁塔》，同样是平淡的，却不能从

整篇诗中抽掉这平淡的一句。它们共同支撑着诗的空间。整首诗的氛围不是靠一句或几句“升华”而成，而是像珍珠一样天衣无缝——你能敲掉一块珠面而不损害珠子的价值吗？这里，警句消失了，但智慧仍然深邃；格言剔却了，但含量却没有缩小。不露主角而处处主角。

我不知道自己上面的概括能否更接近诗歌审美新变的实际，即使这样，我还是感到一种自豪。我也在迷雾中跋涉，我想我的脚印至少不会和别人重叠。我提供的是一种状态、一种思考，但也许是一种情绪、一种寓言（或预言？）。

1986年8月30日

反叛·反驳·反证

——关于现代诗的三次夜谈

第一夜

D（杜西，下同）：如果从1978年末《今天》创刊算起，当代中国现代诗已走过整整十年的道路，作为一个不仅关心诗歌创作，而且同时也不断发言的人，你能否对它的轨迹进行一番概括，或者说对它的规律加以猜测？

C（陈超，下同）：我很欣赏你用的"猜测"一词。确实，对复杂的诗歌规律，我们往往是不能单靠观察和分析来理解的。而猜测就比较稳妥，猜测与理论几乎是同步的——对诗而言。这十年，由于先锋诗歌的尊严受到普遍的漠视，那些诗人反而生活得更为充满觉悟。一切最坏的反馈都事先等在那儿了，彻骨的被悬置感使诗人变得坚定泰然而不留余地。对中国诗人来说，他们离开现实的压力就根本不能思考和创作。整个十年的诗歌，之所以形成今天这种为所欲为的创造活力，一个重要原因就是社会和大众对诗歌的怨愤，诗歌被逼向了少数优秀的诗人和读者。而从诗歌的内部来看，则经过了诗歌由浪漫主义的感情负载物，转变为独立于诗人之外的纯粹语言的现实。或者说，由诗歌与诗人合二为一，转入了诗歌是一种比诗人更有价值更重要的东西。诗与诗人的分离意味着诗歌话语成了整体性的自足的实体，不是诗表现"自我"，而是诗表现诗本身。当我反观这十年现代诗发展的轨迹时，我发现这种情况可能是这个阶段最重要、最有趣的现象，它几乎影响了现代艺术的全部后果。

D：现代诗的情况很复杂。一方面是普遍的舆论对其蔑视、抨击，一方面是这些诗人和诗评家充满自信。除了你所说的大众对现代诗的不理解外，是否还有别的原因——比如诗人自身的原因？

C：我认为如果说还有些情况造成了现代诗不利的处境，那么，主要是发表和导读渠道的严重受阻。你可以回想一下，几乎所有优秀的现代诗人都出在民刊上，当他们以集团的形式出现之后，才会被某些图有进取的公开出版物接受。采用民刊的形式一方面刺激了中国人的好奇心，同时也是现代诗被迫采取的最简单而有效的方法。如 1978 年的《今天》，1984 年的《他们》《海上》《莽汉》《现代主义同盟》《圆明园》《整体主义》，1985 年后的《非非》《倾向》《极端主义》《大学生诗报》《城市人》《撒娇》等，还有最近的《巴蜀现代诗群》《日日新》《北回归线》等。因此，我可以说，这 10 年间民刊的贡献远远超过公开的出版物。如果你没有认真读过这些诗，那么，你对现代诗的指责就是道听途说三人成虎，这种盲目的怨愤的确是中国人独有的方式。实际上，中国现代诗的潮流在 1949 年后被迫中断，而隐流却于 60 年代中由北京几所重点中学的学生如食指、北岛、芒克、多多、根子等在“地下”（如“白洋淀诗群”等）涌动着。这样来看，现代诗从一开始就习惯了不利的地位，纯粹艺术作为一种血脉和骨头，一直被继承到今天。但我所说的“受阻”，恐怕还有另一重含义。就是今天公开的出版物对现代诗的发表采取了一种有效的折中，这样就造成了公众的误解，认为这样铅字的“一斑”，就是“全豹”了。编辑的拙劣趣味使他们往往选中的是那些无关痛痒的东西，当这些诗人惊讶地发现自己被公众误解，一切都为时晚矣。这种悲剧在北岛、韩东的身上体现得最为充分。另外，对现代诗的导读也是同样。我们的诗评家中毒太深，他们离开概括、纯粹社会学释义就无法深入诗歌。而对语言和结构，对现代诗纯语事实的疑惑，都使这些诗蒙受了损失。当然，个别的诗人也存在着哗众取宠的妄念，但这些人与现代诗无关。在诗歌中不存在“一个耗子屎坏一锅汤”的问题，诗永远是个体负责性的东西。

D：按你的说法，这十年来，现代诗已上升到一个相当的高度了，我对此表示信任。我想问，你是否能够列举一些带有经典性质的作品和诗人的名单？既然你认定漠视现代诗实质性进展的“庸众”是道听途说。

C：如此众多的文本教我一时难以历数，支撑我巨大信任的东西在这里我不能敷衍地一带而过，要么不说，要么仔细地说，（我的细读《20世纪中国探索诗鉴赏》马上将出版）这是我们对每一首诗应持的态度。诗人的名单我可以列出一些：北岛、芒克、江河、多多、杨炼、舒婷、林莽、西川、骆一禾、王家新、伊蕾、于坚、韩东、陈东东、杨黎、欧阳江河、翟永明、王寅、陆忆敏、孟浪、李亚伟、吕德安、黑大春、郑单衣、严力、张枣、张真、唐亚平、柏桦、廖亦武、万夏、默默、海子、梁晓明、周伦佑、牛波、钟鸣、孙文波等。这些诗人并非总是保持稳健和优秀，但是，我感到这些人最值得信赖的地方就是他们鲜明的个人话语。我几乎是不用看署名就可以通过独异的语体和细读结构，将他们最终与别人区分开来。这倒不是说他们只提供了一套自己的语言，更重要的是，作为一个诗人，他们开始拥有了各自的诗歌精神。当然，优秀的诗人还要多得多，一时想起的这些人已足够证实我的信任不属虚妄了。

D：那么，我应该在这里追问一句，你所说的“个人性”是相对于什么而言的？这些诗人的诗是纯粹的独创，是天才的产物吗？……

C：我理解你的隐在疑问。你是想说这些诗人与外国——主要是西诗现代和后现代主义流向的关系。这里用不着回避。在我国，现代诗的每一次变构都与该时期的翻译是同步的。这并不可悲。在这样一个文化被政治扭曲了的国度，那些先锋的精神一定会是站在主动反思的基础上，对现代艺术精神进行疯狂地吞食的。事实上，这种吞食在五四时代就开始了。新诗从来就没有一个稳定的传统。先是浪漫主义，后来有了象征主义、意象主义、唯美主义、苏联的“公民主义”，到今天又有“垮掉”“自白”“黑山”“超现实主义”等。我们老老实实地承认，新诗的发展过程就是一次次排除失误的过程，这期间当然有曲折，甚至倒退；但一个不容回避的事实是，每一次西诗渗透的结果，都给新诗带来了一次机会，一个更好的或更糟的节点。这样看，所谓被动接受西诗影响就不是什么可怕或可耻的事情。我注意到，那些以此为把柄来否认现代诗成就的人，往往持有的立场是所谓“革命浪漫主义”的苏联式的。他们没有偏离这个立场，只是他们自认为这是所谓“民族特色”而已。而且，我可以说，现代诗经过 10 年考验，现已证明这种种借鉴基本是成功的。

D：按你的说法，现在在诗坛上有种守旧和现代的两军对垒局面——或者说，1980 年开始的关于朦胧诗的论争至今未曾消歇？

C：我想你是误解了我的意思，我已不大关注这些年来有关诗的论争，1980 年朦胧诗的论争其意义不超出辩护的水平，也就是说在今天的人文环境里，现代诗能否公开出现。那时的诗评家就是在为朦胧诗的存在权辩护。实际上，现代诗无意于与它的反对者构成对垒，它的效果是一次自身内部的大迁徙。整整十年，真正的压力恰恰来自现代诗内部那种惊人的超越性。就我所接触的现代诗人而言，他们并没有感到来自传统势力的压迫，真正的压迫来自诗歌本身。假如我要对这种自身的压迫说点什么的话，我愿意说，诗人与语言和结构才具有真实的悖谬关系：一方面是对语言和结构的不信任，一方面是对它们的虔敬膜拜。对语言能力的绝望感，以及探究母语内部更多复杂性，是这十年现代诗一次次反叛的深层原因。至于从英雄主义、集团主义到个体生命及凡人心理的变化上去寻找诗歌变构的线索，那是每一个有正常教育准备的人都能做的事。

D：现代诗被许多的人叫作“实验诗”，这个词语是在界定一种文体的试验，还是有别的内涵？

C：我理解，所谓“实验”就是探索的同义语。在相对主义和怀疑主义的时代语境中，“实验”是一切方法中最根本的方法。“实验”关涉到文体，更重要的是关涉到生存。对形式的醉心，只是现代诗实验的物质体现；第一义的东西，是生命和语言无限洞开的可能性的实验。我们知道，人对生存的理解说到底是由语言体现的，“所有的东西都是为了写进一本书。”所以，对文体的实验（试验），骨子里还是对生存及语言的深入。我非常反感那些从修辞上、从表面的诗歌题材效果上考察诗歌进展的诗评家。一切真正的价值，到他们那里就走了样。他们认为了解了现代诗在审美修辞上的手段就可以大谈诗歌了，其实，他们根本无力去接触诗歌。“实验”不是进行创造的工具，它就是创造本身。

D：现在，在现代诗内部开始频繁谈论“纯诗”的概念。你怎样理解这个概念？

C：在“纯诗”刚刚被提起时，你这个问题的确是很难“表态”的。我理解的“纯诗”，在今天的运用中至少有三种不同的含义：第一，指全神贯注的没有任何社会性动机和功利目的的审美活动。第二，指诗歌由纯粹的语言所构成的自足本体世界。第三，诗歌从“纯声”上给人的感动，通过声带、口唇快感、气流畅达而实现。我比较认同第二种解释，它是从语言角度而非从素材洁癖的角度谈“纯诗”的。在今天，诗歌没有沉重的生存负荷，没有灵魂内部的互否、抵消，它就是可有可无的东西了。而第二种解释亦有它的现实危险，即太宽泛太具有普遍性，外延愈大内涵愈小。所以，我认为，我们还是不要轻易动用它，免得再一次造成混乱。如果用“纯粹”可能就明确些，首先指诗语的个别性，同时亦指诗歌生命/本体依据的庄重性。在这里，诗被提升到比我们人类更高的境地，“纯粹”不只包括美感，还包括永恒真理的力量。

D：在现代诗走过80年代的时候，给你印象最深的（或最坏的）诗歌事件是什么？你可以不回答我。

C：你说我可以不回答本身就给了我双重的压力。我可以回答你：民刊（报）巨大的奉献。几次全国性诗歌评奖的敷衍。目不暇接的拙劣自费或公费诗集的出版。我不想再谈，这个问题令我心情极为恶劣，今天就到这里。

第二夜

D：进入 1987 年后，我注意到一种“新古典主义”诗歌审美趣尚开始蔓延。但对这种流向的概括则相当混乱。许多诗人似乎是急了，他们敏感地看出这股诗潮的后劲，于是又纷纷朝这儿挤。我想知道你对“新古典”的看法。

C：要考察诗歌流向必须进入诗歌精神内部，否则就不能在标准的意义上达成对话。而无论是现代主义还是新古典主义，语言——生存——个体生命这样一个基本框架，是不会也不能随着审美风格的变化而忽略任何一端的。用这三种互为因果互为表里的范畴来考察“新古典主义”，我认为在这个潮流里的诗歌可以有四种水平：第一，对传统审美性格的单向回归。这种诗人带着重温旧梦的热情，在平淡超逸的语境中，迹写游仙式的天人同根。从骨子里说，这类诗没有超出传统诗半步。所谓“独坐松轩下，怡然对一瓢”。而中国式的和谐早被西方的拯救精神战败了。“一瓢”就是一个封闭的圆圈。在今天生存的压迫空前剧烈，问题不在于你是否有万事不关一尘不染的“一瓢”，而在于你这种东西的质量：是否涉过了一系列现实生存压力的考验，而达到的另一种状态。如果忽略了这个由地狱向乐土的返回过程，而直接适彼乐土的话，那么这乐土就一定是可有可无的东西。第二，对古代经文宝卷的象体阐义。包括对终极绝对性思维、封建理性、无极相对性思维、泛神精神的整体性包容。这些诗人的抱负颇为宏大，他们以为找到这些东西的内在精义后，就足以使现实生存得以提升，使个体主体性得到文化整体性的支撑了。而我认为，这类诗歌在今天出现难超出过去史官文化给定的总背景。不过是从语言表面效果上，他们采取了一种更为繁丽更为生动的口吻。这些诗大大揭示了语言的生成性性质，这是它的意义——而这意义又与“新古典”之类无缘。因为它的出现并不具有“新”的个体主体性。

D：这样说我想是太严苛了。你既然承认这类诗的语言实在被感受为美，那么，至少这类诗就具备了艺术上的意义——不论诗人想写什么，他只写了他写出的东西。我读过一些这类的诗歌，觉得从审美上撼动了我。

C：不，我认为现代艺术本质上的美，只能指望它通过语言和结构来显示现实生存的真实意义。如果我们放弃了这个立场，而被文化题材的巨阵和词语在被操作层次上的聪明所蛊惑，那么，我们将失去对话的基础。你所说的“艺术上的意义”我以为也应如是观之。还有两种类型：第三，对西方现代诗歌中那些倾向于明亮、高贵、宁谧、平和一类诗人的追慕。比如，弗罗斯特、史蒂文斯、勃莱、斯奈德、耶可布森、埃利蒂斯、默温等人。我看到一些朋友的诗，不仅是情调，而且还有核心意象，都浓重地浸在那些大师诗中。平心而论，我比较喜欢这类东西。有一个根本的前提是，这些是相当合格的大师们的回声，诗人老老实实承认自己是摹仿者。这些诗与第一类诗的不同之处在于，诗人不是向自然求藉安慰，而是返回纯语的冒险：用艺术与生存构成对称，完成对悲剧的超越。由前者对自然的祷告转入对艺术本身的祷告，谁能说这些诗人在题材上是迫仄的？谁能说它不具有揭示生命的意义？第四，从创作态度上，超越朦胧诗浪漫主义式的狂热和第三代诗凡人情感的恣意迸发，转而追求完美严饬的古典艺术风神。用瓦雷里的话说就是：“新的古典主义作家就是自我批评家，就是能把批评密切地融入自己作品的作家。”这里的“批评”，瓦雷里是指诗人有意压抑或减缓即兴式的灵感火花，或即时性的冲动，而清醒地面对形式本体，审视、琢磨、推敲。从这个意义上说，叶芝、艾略特、毕肖普等的诗都具备一种古典精神，因为他们知道如何去批判、审查、控制诗歌使之成为坚卓的云石而不是肥皂泡。我认为，这种“新古典主义”对所有的诗歌都有意义，这种意识的萌醒具有深远价值。

D：前几种水平的“新古典主义”看来你有某种怀疑意向。可不可以这样说，至少在你看来，这个诗潮不具有充分意义上的前景？

C：不，不是这样。甚至可以说恰恰相反。除了它们都蕴藏着变化或逆转的发展可能性外，另一个重要的观念是：如果一个诗歌方式的产生，不同时产生它致命的对称面，那这个诗潮的内力就更值得怀疑了。不能被反证反驳的真理，一定不是真正意义上的真理。对一个事物的认识，我们只能持有自身的立场，在相当多的时候，这还可能与事物本身无关，就是这样。

D：这个题目太累了，我们是否换一个轻松点的问题，比如说如何理解这十年来诗歌现实主义手法的命运？

C：这个题目对我来说仍然很累。你是不是想说，十年来现实主义诗歌手法命途多舛呢？是这样。在我看来，现实主义手法对诗歌来说是从根本上违背它的本质的。以前我认为中国诗歌与西方诗歌相比不成熟。现在我看，中国诗歌从一开始可能比西方诗成熟，我是指发端阶段而言：中国古典诗歌几乎一出现就是与人的内视有关的，《诗经》中的许多诗写得多么棒，像《蒹葭》《风雨》《东山》等，更不消说屈原了。而古希腊的诗歌最初是讲故事的。中国诗是非因果律的漠视理性(不是反理性) 的力量。后来，情况发生了变化。今天的诗，不是先锋诗人要背叛现实主义，而首先是现实主义内部发生了某种类似于饥饿的状态，这种逃离是由需要食物和新营养决定的。一般来说，诗人不可能逃离现实，“行到水穷处，坐看云起时”仍然是“有”。但这里的“有”，一定不再是向外探寻，而是向内的发现。现代诗面对的现实就是深层的心理现实（包括潜意识层面、生存实在层面、价值判断层面等)，或者说最终的还是语言现实，语言出现了，诗人把握它或被它把握，这正是呈现了一种实质。从这个意义上说，现实主义手法对诗而言恰恰成了最没有现实性的东西。生产根据需要，诗的“生产”根据生命话语的需要，在这里，现实主义手法的败退就不是一些现代主义诗人的夹击，而是自取耗空的。但我对这个问题仍持平和态度，我以为我们没有必要再对某些中老年诗人的诗表示轻视。他们在没有将自我生命看作对象时，仅从表面的语言效果上学现代主义手法，那更教我们难受——我见到不少这类诗人，那种左右从风低昂随流的态度难以使我产生敬意。相反，倒是一些老老实实的诗人，比如牛汉和苏金伞等人，更教我尊敬。我感到现实主义精神的某些魅力在他们手里吐露了辉光。

D："诗要用形象思维"，这本是艺术的共性要求。我记得这句话在1979 年的诗歌界颇为走红。十年过去，你以为对这句话有什么要说的？或者要进行新的理解和补充的？

C：这个问题实在没有意思。它几乎是不言自明的。但今天你提出它，我知道你的用心。你实际是不满于当前实验诗中出现的普遍的主智倾向。我认为，"诗要用形象思维"只是问题的起点。在诗艺普及的今天，它甚至是可以不谈的起点。对真正高水准的实验诗而言，诗的深层要求恰恰是"抽象思维"。我甚至可说，如果一个诗人没有足够的精神历史，没有严格的知性训练，没有对生存深入的现代知性意义上的把握，那他将是非常掉价的。诗歌作为一种高智力操作，它不是形象美文的相加者，而是清醒的进行沉思揭示者、悖论展示者。抽象思维犹如水果的营养，而形象则是果子的色形肉，二者不可分。极而言之，最美的形象思维内部一定是有抽象思维的。我知道，前些年人们说"诗要用形象思维"仅是指诗要用形象体现意义。但这句话到今天，又仅仅蜕化为纯意象的展示。这不能不说是诗的降格。有些人认为诗歌中进入知性因素是足以毁掉艺术的，我不这么看，正是基于这种背景下，我才说了以上的话……

D：带有赌气性质的话。但这句话的意向性我能体谅。

C：可以这么说，这些话带有意向性。

D：德里达的"解构说"是否对你的如上说法构成威胁？

C：德里达的东西我看得不太多。按我的理解，“解构主义”根本不是消灭文本的意义，而是使固定的一种文本，产生更广的或更深的，更多向的或更矛盾的意义。而意义是什么？在这里，我认为它主要还是指知性思维的果实。当然，一个文本不止以一种方式产生意义。

D：你是如此粗暴地体现了“实用”作风，我对此表示遗憾。

C：你是否看了海子的《土地》和廖亦武的《死城》《黄城》及欧阳江河的《乌托邦》《玻璃工厂》，西川的《雨季》？这些强烈而连锁的智力运动中，你会体味到实验诗在意义上的突破性进展。诗人不再是生存的盲视者，不再是松风吹带山月照琴的佯遁者。他们寻求对整体的种族命运和个体生命的反复加入。当然，这种加入不是早期朦胧诗阶段的一正一反式的评判，而是在几种不同向度的力的结构中，达到整体性的自足和平衡。这是实实在在的东西。我坚持认为，对现代诗来说，意义的进展一定是形式的进展，因为，意义是靠结构和词语体现的，而结构和词语则是形式和意义相互选择的结果。从这个意义上说，真正的现代诗就是返回根子的诗，它是带着过往优秀的诗歌中永居不变的因素出现的。想在一夜间“反”掉意义（语义、价值关怀取向等），并不算冒险，这太容易了，一个中学生就可以办到。而加入到真正意义上的价值中去，则要困难得多。

D：如此说来，你又回到了朦胧诗的创作态度上来了。

C：不，是更高意义上的原始还原。重要的不是诗歌有没有意义，而是这种意义自身的质量。所以，笼统地谈论它势必造成混乱，我们还得面对每一首具体的诗。正是在这一点上，这些现代诗与说教诗发生了最根本的区别，同时亦造成相当严重的误解。

第三夜

D：对文学而言，泰纳的三种范畴：种族，环境，时代，尽管显得粗放，显得太强调了人类所有意识的共性，但人们今天仍然认为，它们毕竟是不可忽视的基本方面。那么，对先锋诗歌来说，是不是离这些东西太远了——以此造成它与广大读者的空前的疏离？

C：这是一个老问题了。我想，泰纳的理论也许对所有的文学类型有意义，但对实验诗可能多少是有点例外。简单地说，实验诗是一个先锋诗人和少数优秀读者的社区。这是一项前判断性的预结构。这种诗一出现，意味着一个词语的世界出现了。一般的读者，希望从诗中直接看到它所代表的已存事物，包括种族、时代、环境的特征。而实验诗恰恰不直接代表什么，它本身就足以构成语言中的现实了。犹如太阳不代表光明和希望，它本身就是纯然的存在。“不要诗人的出现，而要诗歌的呈现”说的就是这个道理。回过头来说，实验诗的种族、环境和时代不是外在的，无一不是它自己的隐语世界造就的。这样，我们对它与普通读者的疏离也就心平气和了——这种诗学观固有的傲慢和尊严，不是由于诗人对庸众的蔑视，而仅仅体现了诗人对语言艺术的虔诚。中华民族从来是一个农业民族，受汉族人价值判断方式的影响，我们大都有某种求同伐异的粗鄙化平庸化习尚，对先锋诗的指责就属于一例。

D：我同意。在我国诗史上，历来的正宗是那些“以史为咏”的诗歌类型。因为这类东西最符合大众的阅读期待：他们希望从诗中看到现实的原样子，重温已知信息。一旦实验诗摧毁了这种期待，就出现了埋怨、气闷等情绪。北岛说，“最终时间会是公正的。”而我以为，时间也不能弥合先锋与大众间的疏离，这种先锋的孤独似乎是永恒的——走在前面才是先锋，而只要你走在前面，人们就无法真正看清你。但我想补充的意思是，诗人没必要一股脑儿奔向先锋，先锋不可能太多。应当有许多优秀的诗人来争取那些有教养的读者，写些现世人生的感悟。最近，台湾席慕蓉的诗在大陆最为走红，我看了这些诗，其实比较浅，与琼瑶之类一个档次。我就想，大陆那些远比席慕蓉深沉的诗人，为什么没有争取到这样大量的读者……

C：你这个想法很有意思，值得考虑。我提醒你一点，诗歌的可读性肯定是一个问题，但这种可读性不能认为是某种强加在个人身上的东西。如果有的诗人这样做了，我们没必要鄙薄。前些时候，一些理论家对口语化、大学生诗歌的指责就显得多余。反过来也是一样，如果有人不想走流行诗、口语化的路子，也不要给人家敲什么“疏离群众”的警钟。在诗歌中，诗人应是诗歌走向的唯一发动者，而我国在某些时候，行政命令可以略去诗人而直接命定一种环境。“大跃进民歌”就是最极端的例子。

D：单独从语型上分离出先锋性和大众性的特征有时也许很困难，因为很多情况下，诗人同时操作几种语码，使先锋性和“大众性”互相渗透。如伊蕾、于坚、唐亚平等诗人。所以，我想，先锋的概念就并不在某种限定语型中。先锋首先还是一种意识，从这个意义上说，这几位诗人的先锋性是怎样估计也不过分的。同时，他们诗歌的可感性或者说大众性也是怎么估计都不过分的。

C：我同意你的看法。参照西方后现代主义诗歌，平淡的表面性是一个相当显著的美学特征。所以，先锋与大众，并不是绝对的语言方式上隔绝，而是从一个意识空间向另一个意识空间的精神大迁徙。你也许看懂诗中每一行句子，但到头来还是不懂，因为意识空间太不同了。最近《诗刊》上批评伊蕾《女性年龄》的文章，看后我觉得非常可笑，他太相信自己的理解“能力”了，而且文风也很差。

D：而且，在谈到什么“懂不懂”“美不美”之类的问题时，完全是带着一种恋旧情绪，或者说对先锋诗歌付之一炬的心理……

C：我甚至不愿与这位论者继续对话了。

D：中国先锋诗歌的实存情境使我想到另外一些意味深长的问题。就是一些诗人将精神的自我净化过多地拘囿在文化观念的批判上，这当然是首先的一步。但这仍然不是决定性的一步。我以为，如果对文化观念的批判和思想的启蒙最终不导致纯粹的文学本体性即形式的变构，那么，一些现代文学史上作家的失误可能要重演。

C：是的，诗歌的最终实现只能体现在本体的性质上，“诚则形，形则著”。但仍有许多诗人是较好地体现了本体觉醒的。比如多多，几乎是一以贯之地坚持了艺术立场，他的诗使理论遇到了一种解释性的危机。这类诗仿佛时刻在降临一种新话语气象，一切都在深渊中失落，但艺术却高蹈于深渊之上吐露辉光。近来，一些诗人提出了“承担者”的命题，我相信只有艺术本体自觉对一个诗人来说才是回答这一命题的有效基础。这里不排斥生存，而是包括了揭示生存，然后提升。它比生存更神圣，比人类更重要。人的生命具有时间性，而真正的艺术则是永恒的。

D：好像是桑塔亚那说过，“每种宗教都各以不同的方式许诺把灵魂引渡到更高的境地”。你对诗的态度，是否有一种宗教般的情感？

C：只能从借喻的意义上动用“宗教”这个概念。因为宗教是普遍性的东西，而诗则是充分个体性的。宗教范畴包括受难者的境遇，拯救的可能，以及由此而来的“来世图景”等。而艺术是个人的“宗教”，它不能也无须达到普度众生的境界。另外，大多数人信奉宗教是由于它“可用”，而诗则是“无可用”的。它作为一种“神性”的存在，使我们摆脱世俗性的分裂力量，摆脱自我中心的态度，摆脱“正常”语义对人类的压迫。将生活功利变得微不足道后，我们就告别了庸俗反映论、简单目的论、历史决定论，而重新看到诗歌，并赋予它以它自身的存在。这种存在绝不是什么与现实生存无关的东西，而是站在生存的上面或者对称，让生存面对语言发现新的启示。像王维的“行到水穷处，坐看云起时”就这样恒久地震荡着我的心、血浆。在这样的艺术面前，我们才真正感到了一生的渺小。庞德说，“与其读万卷书，不如一生写一个好的意象”。这就是一个艺术家对艺术的基本态度。

D：甚至有些艺术家的自杀，也可能是为艺术而选择死亡的。或者说，是某种根本的行为艺术……

C：我记得苏联诗人曼德尔施塔姆写过这样的诗：“我冻得直哆嗦/我多么想闭口无言/而黄金在天空舞蹈/命令我歌唱！”我以为，这几句诗就道出了艺术与生存的对称关系。一个在寒冷的地上，一个在黄金的天空；一个直哆嗦，一个在舞蹈。这不是一种隔离，而恰恰是互动激励关系。用凡·高的画可以直接为这首诗做注脚……

D：我理解了你的基本想法，这与“纯诗”有关系又超越了“纯诗”，是唯美的又超越了唯美。

C：我是想这样做的。遗憾的是许多人用惯了二元对立式的思维模式，非此即彼。所以在今天，想要准确地表述一种观念，首先面对的是接受方面的强行扭曲。在这种情势下，真正的交流已不可能。我们的三次对话，不仅仅是对实验诗的讨论，同时也是对“对话”这种形式本身的讨论。看来除了拿出货真价实的艺术本身，一切谈论都是苟且的，暂且的，姑且的。

1989年春

精神肖像或潜对话（选章）

《今天》及其前驱诗歌、诗人概说

中国现代主义诗歌，经李金发、戴望舒、卞之琳、冯至等兆起到40年代末的“九叶派”止，即告人为斩断。此后十余年空白期。

中国当代文学中的现代主义倾向，最早可以追溯到60年代初至70年代中期的青年“地下诗歌”。1958年，北京101中学高中生郭世英和张鹤慈开始地下现代诗写作，并反思苏联30年代肃反扩大化的教训。60年代初，郭世英入北大哲学系，张鹤慈被北京师院开除。此时，他们组织了当代第一个现代诗社团“X小组”。X，指探索未知，寻求真相和真理。郭世英的早期诗作，今已不存。张鹤慈的早期作品，今仅存四首，《我在慢慢地成长》可以见出当时“X小组”的诗歌风貌：

> 疯狂旋转的地球仪/凝冻的星空/冰月//摇篮外的一只小手/向妈妈要着花的颜色/玫瑰的血/枝的刺/散乱的纸牌和/照片的碎片在/路上堆积//不知边际的路/脚印/踏过纸的楼阁、城堡、坟墓//挣断了蛛网般的血管/从我的心里/我！站了起来//宇宙/伸展着的视线的/点的凝聚//无尽的无尽，点点上/镜中的我？/我。

对困厄的生存的清醒认识，已凝入现代主义的修辞基础中。1963年5月17日，郭世英、张鹤慈、孙经武被拘捕，罪名是“组织反革命集团，出版非法刊物《X》”。郭世英（乃郭沫若之子）“文革”中被迫害致死，张鹤慈被判劳教15年，1978年平反出狱（据张鹤慈之兄张饴慈回忆文章）。60年代中期，另一个地下先锋诗社团名为“太阳纵队”。代表诗人是张郎郎、戴咏絮、食指等人。“文革”开始，张郎郎被关押。食指是公认的佼佼者，《相信未来》是影响一代人的力作。他的诗基调悲怆，语境澄明，他迷惘而紧张地描述了一个青年知识分子在“红色恐怖”下的心态：

我是站在红色的礁石上
脚下翻腾着血的波浪
这些感情的波涛沉没着
巨大的悲痛失去了声响

我是躺在爱人的胸旁？
还是睡在朋友的手掌？
不，不，我是站在
腐朽精神的白色尸骨上

——《黄昏》

食指主要的诗歌，集中写于60年代末到70年代初。当时的中国大陆，已不可能拥有真正意义的诗歌发表，因此，它们是以手抄的形式在北京青年中悄悄流传，其中，《鱼儿三部曲》《这是四点零八分的北京》《愤怒》《命运》等，与上述作品一同为一代先觉者的精神肖像定下基本表情：“人”的觉醒，形式的探询，独立的思考，“地下”写作的高傲，如此等等。受食指影响并随后加入现代诗创作的诗人，有北岛、芒克、多多、江河、林莽与方含等人。根子、依群，也是70年代初开始写作，但从他们早期的作品中，我们能够发现他们更有个别性，与食指诗歌的浪漫主义情调较少师承关系，这可能与他们率先对仅有的几本私藏的外国现代诗集的阅读有关。

1978年末，北京又一个民间文学社团《今天》创刊。它的“组织基础”乃是70年代的“白洋淀诗群”和与其关系密切的北岛、江河等人。从“X小组”“太阳纵队”，到“白洋淀诗群”“今天”，有一条现代诗的连续文脉可循。而《今天》的出现，标志着中国当代文学史上第一个具有广泛社会性影响的、成熟的现代主义倾向的诗歌群体出现。翌年4月8日，北京玉渊潭公园八一湖畔，举行了《今天》诗歌朗诵会。《今天》共出十二期被迫停刊。它是此后出现的全国性现代诗浪潮的震撼性前兆。

80年代初，对现代诗（当时被公众接受的概念是“朦胧诗”）存遗的论争达到白热程度。谢冕、孙绍振、徐敬亚的“三个崛起”，以知识分子的勇气直陈了现代诗的精神实质。他们指出现代诗（中国式的）在价值取向上的人道主义立场，与那些意识形态权力主义的诗歌话语立场的决定性区别。由此可以见出，现代诗与主流诗的不同，一开始就不是弃世和救世的不同，而是如何“救世”的不同。

事实的确如此。“朦胧诗”作为先锋诗歌的初级形态，从精神内核上介于现代主义和浪漫主义之间。就后者而言，朦胧诗在意识背景上的英雄主义、忧患精神、感伤主义；语言结构上的夸张、华彩、自矜；思维模式中的善/恶、真/假、美/丑的一正一反二元对立形态等，都可以从浪漫主义及启蒙主义诗歌中找到稳定的、规律性的源头。如果说“朦胧诗”中后来更有现代主义元素的话，主要体现在北岛、杨炼稍后的创作中，呈现了诗歌结构内部的矛盾性、可变性；以及严力、多多等人对超现实主义诗歌语词形式的领悟。芒克的诗是直接源于个体生命的，这使它们显得独特：负有重轭和及时行乐的奇特混合，天然与人为的界限暧昧不明，统一性和差异性的纠葛。但从大体上说，芒克早期的诗，仍属于浪漫主义向象征主义发展的临界范畴。江河一开始就显出他诗歌的总体话语立场。对中国“国情”的估计，他比北岛等人来得更明彻。他是典型的富于生存经验的“北京人”，绝对高超的自我保护的生存谋略反使他显出某种目光短浅。他也许想在各种危险的社会情势中取得平衡。从《纪念碑》到《太阳和他的反光》，他以几乎无可挑剔的形式技巧和稳妥的精神姿态，成为“朦胧诗”取得意识形态认可的成功范例。《太阳和他的反光》是杰出的、辉煌的、宽广的，对民族意识的亲和实际上也是整体主义的变格形式。江河的诗歌结构中，有着恒定的等次关系，但本质上讲，这些诗的存在是美文的，而不是知性的。但江河是无可替代的，随着时间的流逝，他的诗会成为“永久的过去时”，被未来的文学史反复论及。舒婷和顾城，是“朦胧诗”中由核心人物渐渐退及附带人物的两位优秀诗人。他们的诗更具有天启因素，依赖天启，使这些诗长久地旋转在浪漫主义的情愫之中，温润、友善、感世伤怀。舒婷的诗集《会唱歌的鸢尾花》和顾城的诗集《黑眼睛》一样，是他们最后也是最好的后浪漫主义作品，它们是今天在大学中被广泛阅读的作品。

北岛是“朦胧诗”的首席人物。80 年代初他的一些作品被广泛争议。对其诗歌的细读和阐释，每每使敏感的社会问题一触即发。《北岛诗选》以其冷峻的怀疑主义和不妥协的批判精神，深刻的悲剧风格与荒诞感的扭结，精审的措辞和独立的要点，既使思想上比较开明的知识分子又使庸众和权力主义者震惊。虽然作者后来力图在诗歌形式上向“纯粹的诗”锐意进取，但他巨大的人格形象给读者造成的阅读期待，还是在社会批判方面。北岛成为被不同时期的诗学家作为参照物的存在。眼下复杂的社会压力，迫使人们难以将他还原成一位纯粹的诗人论述。这是历史压迫造成的遗憾。

80 年代中期，从惶惑和失望中醒过来的文学界，开始了一场声势很盛的“寻根”运动。对现代主义艺术的政治抑制造成一个缺口，“寻根文学”借此得以张扬。从意识形态上，“民族情怀”是得到保护的；从艺术立场上，“寻根文学”在拉美爆炸文学和中国士大夫气格之间，拥有一个体面的，貌似激进实则酸腐的交合点。“寻根文学”作家的文学功力并不使人失望，他们或用自然主义风格，或用笔记小说形式，或用魔幻手法写作。这些小说沉稳、老到、侃侃而谈。后起的附和者没有一个能接近于韩少功和阿城小说的质量。但阿城的问题在于他最终没有能力充分控制自己的才能。

之所以谈到“寻根文学”，是由于杨炼的诗也被误认为是“寻根运动”在诗歌界的回响。其实，杨炼与“寻根”作家的精神立场根本不同。在杨炼这里，传统不是被重新模仿，而是被重新审查。他《诺日朗》之后的一系列诗作，体现出自觉的历史和文化意识，他的目的似乎是在诗的“现代”构成的纵深度上，尽力涵盖东方智慧和文化包容力。他把对古文化的探求视为更能动地揭示现实生存的必需途径，这是杨炼显示的意义。通过这种回溯，杨炼把作为地缘文化意识的“东方”提升到人类当代生存的普遍意义上来。但杨炼才高气盛，大事铺染，在浓密狞厉的意象网络中自身也感到莫大惊慌。这使他的许多诗表现得极端怪诞、晦涩，话语所携带的暴力倾向，既成为种族扭曲历史的象征，又成为诗人扭曲个人才华的象征。在中国，（特别在南方）杨炼的诗很快受到排斥。更年轻一代个人主义诗歌的滋长漫延使杨炼的诗处于尴尬的地位。在成群结队的小诗人讽刺、古怪、开下作玩笑的诗作涌起时，杨炼具有东方感的诗，在自己的国土上成了异乡人。

“朦胧诗”中还有一位神秘的人物：多多。他的许多诗称得上沥血呕心之作。所谓“语不惊人死不休”。早期的多多，是华彩的，尖锐的，反讽的，亵渎的。同时也是身体和智力的水乳交融。他太高傲了，羞于说出“正常”的平实的话语。他眩惑、迷醉、尖新。如果说他的诗含有媚俗倾向的话，他仅“媚”极个别新锐诗人之“俗”。在北京和上海，有一些多多诗歌的狂热崇拜者。在求异求新的刺激下，多多不断写出充满活力的新作；而这些崇拜者则从多多独异的语体中汲取灵感，发展成一种钻石和肉体辉映的写作风格。雪迪等诗人的迅速成长可能与此有关。以致后来在知情者心目中，“朦胧诗”创作在技艺上的中心移到多多这里了。多多的确是很棒的，仅仅由于他的诗缺乏明确的传统意识，使之很难进入盲诗学家的理论文本。多多出国前写的一些诗，开始更多涉入厌恶、腐烂、反讽等因素，这种显著的转变没有完成，即告中断。

“朦胧诗”运动，到1984年风头已衰。这一代人，拥有义无反顾的理想主义人文主义情怀，他们从来不习惯于个人主义稗史式赤裸裸、孤零零地写作和生活。他们的激情是纯洁的，他们希望用诗来介入历史，完成宏伟抒情，建立人性的世界。这使他们成为对复杂社会语境下新出现的生存问题幼稚而“伟大的提问者”。当社会中惊人的政治事件不再能被诗歌自由地表达时，当相对主义和怀疑主义的解构式风尚进入更年轻一代读者的头脑时，“朦胧诗人”的创作模式被逼到了极端：或是停笔，或是重新调整自己。

“朦胧诗”作为一种创作思潮已得到有教养的读者的普遍认同。在大学的课程表内，也小心翼翼地安排了他们的部分内容。今天，在新新顿起的先锋诗歌群面前，“朦胧诗”已成为传统，或正统类型的中国现代诗。它正给那些初涉诗歌的小青年们以强有力的影响。

总之，对于保持着冷静的人们来说，“朦胧诗”（特指1984年之前）并不是标准意义上的现代主义诗歌，而是后来被中断了的五四运动以来民主主义、启蒙主义、浪漫主义诗歌的变格形式。在其主要调性上，我们可以辨出它与五四精神的同构之处。“我不相信”，这是“朦胧诗”发轫期最具有决绝勇气的一句话，它所指向的，是顽健存在的封建主义极权堡垒。它吁唤的是人的权利、尊严、民主和自由。在诗歌的本体构成上，“朦胧诗”追复了暗示、隐喻、象征等诗性话语，并对西方意象派、象征派诗歌进行了局部性借鉴。但这并不等于“朦胧诗”的精神内核完成了根本迁徙。运行在这一切深处的，仍然是“朦胧诗人”所倾心张扬的启蒙精神、人道主义理想。

对于在极权主义铁人（iron men）时代培养出的读者来说，“朦胧诗”的精神姿势的确显得“古怪”。这些缺乏独立意义上个人精神中枢的读者，对“朦胧诗”的“朦胧”、隔膜，首先是对其意识背景的“朦胧”、隔膜。持久的论争，大抵就悬止在这一点上。而对审美感受的纠葛，此时倒显得有些次要。

1984年后，“朦胧诗人”开始了诗学向度的转型。北岛由对具体意识形态的反思批判，扩展为对人类异化生存的广泛探究。杨炼更深涉入“文化—生存—语言”综合处理的史诗性范畴。多多更专注于现代人精神分裂、呕吐这一主题。芒克则以透明的语境（反浪漫华饰）迹写出昔日的狂飙突进者，在当代即时性欣快症中，作为其伴生物出现的空虚和不踏实感。这四种向度，是1984年后“朦胧诗”最有意义的进展。同时，它也昭示出作为诗潮出现的“朦胧诗群”的解体。

“朦胧诗”更新了一代人的审美情感、生存意志。从早期正义论意义上“民主、自由”红色圣礼式精神处境的渐次淡化，到后期几位诗人对现代主义核心母题的迫近，我认为，其后者在某种程度上，休戚相关地预兆了新生代诗歌的发展。因此，将“朦胧诗”置于新生代诗歌的对立面，是一种过于简单的说法。

但是，作为诗歌发展持续性岩层的断面，新生代诗歌与“朦胧诗”的确不同。由此否定“朦胧诗”是肤浅的，但超越它（包括“朦胧诗人”后期创作的自我超越）则是诗歌发展的应有之义。1985年之后，新生代诗人成为诗坛新锐。随着红色选本文化树立的卡里斯玛的崩溃，和翻译界“日日新”的出版速度，这些更年轻的诗人，亲睹了一个相对主义、多元共生的后现代文化景观。在意识背景上，他们强调个体生命体验高于任何形式的集体顺役模式；在语言态度上，他们完成了语言在诗歌中目的性的转换。语言不再是一种单纯的意义容器，而是诗人生命体验中的唯一事实。这两个基本立场，是我们进入新生代诗歌的前提。

这里，我想以两句大家熟悉的古老神谕，来显现这种不同——

“理解你自己”：“朦胧诗人”在这里意识到的是社会人的高峻、承担、改造生存的力量。新生代诗的主脉“口语诗”，意识到的却更多是，“理解你自己”只是一个小小的个人，不要以“神明”自居（包括不要以英雄、家族父主及与权力话语相关的一切姿势进入诗歌）。

“太初有道”：“朦胧诗人”在这里意识到的“道”，是人文价值、社会理想目标、核心、主宰。新生代诗人意识到的，更首要是这个语词的源始本真含义：道，the word（字，词）。其中，具有“新古典”倾向的诗人，则追寻超验精神而非具体社会性指涉。

的确，这是不同的意识维度。并由此决定了不尽相同的创造力形态。

当然，新生代诗人只是“朦胧诗”之后崛起的一代诗歌新人的泛指。以如上两种意识维度概括他们各自不同的审美形态肯定是强行判加。因此，下面我愿意以“精神肖像或潜对话”的形式，对我本人所熟悉的某几位孤绝而丰沛的探索者进行一番素描，而非全局的论述。“肖像”，取其约略精神素描之意，“潜对话”则表明我对“交流”这一心态的持久迷恋——它是愉快的、轻逸的。

欧阳江河

我接触欧阳江河和他的诗较晚。大约是在1986年。在这之前，我多次听人赞扬他，但始终没有细读过他的诗。最早读到的是《悬棺》，该诗的浓密晦涩半文半白使我大伤脑筋，我认为这是以文化铺排为优势，对读者的一种要挟，就弃之不读。但很奇怪，《悬棺》使我放心不下。欧阳江河在我心目中是充满才气、炫耀、危言耸听和目空一切的，这使我对其写诗的方式而不是对其诗产生了兴趣。

开始改变我看法的是欧阳江河的一篇诗学论文《关于现代诗的随想》。这篇文章发在民刊《日日新》上。1986年春天的一个早晨，我读到它。当时给我的震撼是比较大的。清晰有力的表述，超前和超量的负荷，使我认定这是当时最有分量的文章，虽然它只有2000余字。欧阳江河野心勃勃，根本不在乎当时中国现代诗的进展情况，而将目力直投西方经典诗人。在文中，他提出“大师论”，以此作为他的参照目标或评估尺度，并要求自己“从事王者的事业”。他写道：“大师是一种文化氛围和一种生命现象，是种族精神进化过程中的一次突变，是一代乃至几代人的总结。”最后，他引用了史蒂文斯的诗句形象地表述说，大师“在百万个钻石中总结我们”。

这篇文章在我日后再次阅读中不断焕发活力，同时使我对欧阳江河产生了很大信任。我耐下心重读了《悬棺》，从彼此缠绕、冲撞、强暴的复杂关系中理出头绪。对种族精神历史的多向度刺穿，对人类整体生存的亵渎、不信任乃至弃绝，在此诗中企临了晦暗的深度。欧阳江河写道，“那高高在上、下临无地、横绝万世的空中城堡仅仅为了显示崩溃”，“在一个透彻之观中人类将面目全非。貌似一切而什么也不是”。

“崩溃”“什么也不是”，这二者是对“共识”意义上的整体历史叙述的颠覆，是对客观真理本源性缺席的陈述，也是对现代人绝望状态的命名和阐释。与北岛等诗人不同，欧阳江河弃置了人道主义背景，敢于无出路，敢于承担恐怖与断裂的幻觉文本。也许对欧阳江河来说，生存中有终极意义的东西，就是保持说出深刻话语的权利。这使他的诗以一种极端的“差异链能指”的形式出现，以一种与普通读者没有调和可能的方式凌绝于世。

1988年春天，我在一个笔会上见到欧阳江河。个子不高，皮肤是一种黯淡的黄色。在煞有介事的“忙叨”中透出一种潜在的傲慢、戏剧化、坚定、友善的奇特混合。在会上，他宣读了诗学论文《对抗与对称》的主要部分。这是那次笔会上最有分量的文章。它加深了我对其人素养、文化准备和天分的更高估计。

此后，我又读到他许多新作，它们货真价实，使我将欧阳江河当作优秀的诗人看待。不仅仅由于他的诗，也由于他绝对专业化的理论态度。这是我判断一个诗人价值的重要角度。精湛的理论头脑，往往使诗人的写作由自发上升到自觉，由即时性触发上升到有方向性。

《悬棺》阶段之后，欧阳江河诗歌的隐喻系统和个人语型发生了较大变化。《乌托邦》可以看作走向辨证玄学的前奏。这首诗，我只在民刊《巴蜀现代诗群》上看到第一章：《我们》。锐利而凝恒的节奏，透彻而简洁的原型象征，将“上帝”“父”的权力话语对轻描淡写众生的忻合/戕害，以及“法西斯主义群众心理学”凝为一条。它使“我们”在语言中定型、对象化，更像从赤红乌托邦中走过来的我们自己。但欧阳江河的智慧也许还在于，他通过对“上帝”和“父”隐喻系谱故作惊人的揭示，用语言把命名的胜利带给了诗人自己。

1988年，欧阳江河上述变化已趋完形。这一年诗刊的“青春诗会”，他发表了《玻璃工厂》和《汉英之间》。这两首诗，在其书生式的口语形式中，加入了对个我经验和现象世界的描述。内核坚硬，语义稳定而不容分说，没有挑衅的欲望而强劲有力，是诗歌处理当下材料的成功之作，几乎影响到了更多青年诗人——包括许多与欧阳江河的写作态度相悖的“第三代诗人”。在这里，欧阳江河再次体现出他的“大师情结”。他一开始操纵口语型语码，就独标于世；他不与流行的光谱统一却又不舍弃抓取众人的欲望。他其实不断地为人们提供好奇，施加影响，他开始想与更多有教养的普通读者“游戏”一下此在的想法了。

1989年之后，欧阳江河的重要作品有《快餐馆》和《傍晚穿过广场》。此时的欧阳江河更热衷于处理当代题材。在一次谈话中，欧阳江河说，他所理解的当代不是物理的当代，而是想象的当代、语言的当代和叙述的当代。通过写作，在文本中当代经过想象与语言的叙述处理而被改变，被重新命名。这样，诗人就由个人的当代而写出了普遍的当代。惯于发明概念的欧阳江河接着陈述了他的“付账说”。他认为每个时代的人类都像在赴宴，宴散之后必须要有人付账，诗人或更广义的“人文知识分子”就是付账者。如果诗人不能为时代付账，他就没有资格以诗人的身份赴宴，而只能以大众的身份像大众一样吃完抹抹嘴就溜。的确，一个时代的真正结束不是物理时间的结束，而是以一个或几个文本来结束的。如果没有一个文本来“付账”，时代就永远无法结束。现在汉语诗人如果想成为一个一生的持续的写作者，他应当思考更重大的问题，即诗人与他所处的时代的关系问题，写作中碰到的语言表达问题。

《快餐馆》可以视作《悬棺》的“续篇”。或者说即时性欣快症、麻醉症、失重症三位一体的“快餐馆”，就是一座现在时的死亡悬棺。正像艾略特把现代人精神缺失之死，比作“嘘”的一声而不是“轰”的一声那样，欧阳江河写出快餐馆的薄、轻、一次性敷衍消费，正是现代人的基本精神状态。欧阳江河在另一首短诗中说：“一个车站像高处的石头滚落到脚下，我已无力把你的座位推回到空中。”但欧阳江河显然在用自己的智商努力推举他自己的诗坛座位，如果不是空中的话至少也是山巅。

《傍晚穿过广场》是一首广阔、双向反讽、复义而沉稳的杰作，充满略略压抑的激情，是诗歌处理当代噬心题材的典范之作。90 年代中期，他的诗又发生了较大变化，《时装店》《感恩节》《那么，威尼斯呢？》《我们的睡眠，我们的饥饿》是其代表。这是后现代文脉影响下的写作。“站在虚构这边”，表明了诗人对写作的敏识。它不是僭妄的而是谦逊的说法。写作，特别是现代诗写作，是可以并且应该通向某个超时间、超历史的“绝对本质”，或是先验真理吗？在欧阳江河看来，这是可疑的。现代诗不存在非历史的永恒模式、第一原理，它是在书写过程中渐渐发明出的自洽的个人化的修辞基础。现代诗写作的合法性，用不着卑屈地认同某种元叙述和元抒情的支撑；保持写作有效性的东西，说到底是词与词之间的磋商和周旋。诗人不是效忠于已成的形而上学体系甚至诗歌经典，更不是被动认同写作与“生活”的表面上的对等，而是捍卫住生存以问题的形式存在，“沉溺于对未知事物的迷恋”，享受写作带来的活力、热情和欢愉。

1991 年，我收到欧阳江河的来信，言称要以民间方式举办一次先锋诗歌研讨会。在我打好行装之际，收到他的电报：“上级决定，会议取消。”这是我见到的总是喋喋不休的欧阳江河最短的文本。

骆一禾

骆一禾是新时期以来为中国现代诗做出突出贡献的青年诗人之一。他是海子生死相托的朋友，他与这个高迈的、激情的、短命的大诗人有一些相似之处，但他的意义却在于他和海子不同的方面。这体现在，海子的诗是个人化的、狂热的，在扑向光明的旅程中，伴随着一种阴郁的心境。海子不但对以知识论为基础的世界文明绝望，而且最后发展到对人类肉身的绝望；而骆一禾则沉毅、谦抑地对待人类智慧、传统，并在诗中广阔地设下了朝霞、血光和创世的静寂。骆一禾诗歌的复现语象，有与唐诗和西方古典主义诗歌“陈陈相因”之处。这种共时的文本互涉，使其带有简括和缅怀的力量。它们不是匆匆写成的、天启的、梦幻的，而是定居型的、内气远出和经得起原型批评的。如果说，诗是一种令人难忘的语言，骆一禾诗语的难忘则在于它是人类伟大诗歌共时体上隆起的一种回声，是已成诗歌的万美之美印证着它。骆一禾是较早注意到现代诗与传统之间有着不可消解互文性关系的一个诗人；他通过写作把这种关系具体化。缜密的知性和辉煌的抒情，都表现出这位拥有宏大目标的中国知识分子所热衷的精神“修远”一元性态度。

在他看来，精神的上升或孤独自我获启是一体的。这使他敢于浑身大火“在一条天路上走着我自已”：

> 在黑暗的笼罩中清澈见底是多么恐怖
> 在白闪闪的水面上下沉
> 在自己的光明中下沉
> 一直到老、至水底

这场较力是不祥的。但骆一禾没有像现代诗人那样表现自己的骚动不宁或激愤，他用一种天乐齐鸣的清音冲淡了诗中善恶对峙的强烈效果。他的“向下”之路（“在自己的光明中下沉”），更像是为精神升入“屋宇”之巅所铺设的台基，而不是通过“我”的失败来亵渎神圣的缺席。如果说在骆一禾某些诗中（特别是那首有名的《日和夜》）也显豁地呈现了怅惘和阴郁，那也只是表明在他生命的瞬间展开中，“天空预示般的将阴影投在你的头上”（荷尔德林《日耳曼尼亚》）。这种天堂的“阴影”是高不可及的，几至造成对诗人的压迫、蔑视，这与那般由自我迷恋走向自我怀疑和毁灭的诗人，不可同日而语。

骆一禾的诗节奏缓慢、平稳。在错落不齐的诗行中，他试图以插入短促尖新的独词句来调整节奏以造成跌宕效果。但很少能充分实现。他太有耐性了，情感一丝一缕抽取出来，深念美德的诗人，难以漂亮地实现“爆发”状态。但也恰缘于此，使骆一禾诗歌的语音及句群，像是坚定驶往“圣地”的方阵，称颂、肃穆、永不衰退。

在诗学立场上，骆一禾强调身心合一意义上的性灵本体论。但他反对由此导向“放纵主义”（Bohemianism）——这是我们常见的诗人性灵扩张的后果。怎样整合这一矛盾状态？他选择了永恒理念图式对性灵的加入。这种“加入”，使个体生命的性灵本体论不再按这个概念的准确内含体现于他的诗学中。因此，他的诗学意志很难施放于广大的诗人/读者，他们宁愿放弃他的诗学而专注于他的创作本身。这无论如何是十分可惜的事。在贫乏的时代，诗学立场要想征服众人，最简洁的办法是走各式各样的极端，以令人目眩的片面的强光，刺瞎读者的视力。而他太像个宿儒了，他不屑于说：“嘻！此处严禁行走！”

骆一禾钦崇的是“美神”（他的唯一一篇完整表述诗学立场的论文即以此命名），他企望以此变衍生命、重建信心。他的诗即体现了此种至美至善的纯一性。也许他想对世人说“要进入永生，就当遵守此诫命。”但他不像海子那样以从天下视的先知的方式说出，他更像是一位地上的义人。就我个人的喜好而言，我更倾向于骆一禾的态度。亲切，友善，触动心房。这个平展着红布的目光清澈的男子，是谦和的仁义之士。

骆一禾的长诗《世界的血》《大海》，是本世纪中国最优秀的诗章之一。它展示了知性的严密力量，却又将之和谐地融汇于高迈放达的激情和想象中。这是智慧的、挑战的，又是困惑的、老式的；它将宽广的语境和精雕细琢的细节含义共时呈现，将悲慨的缅怀和朗照的前景化若无痕地衔接在一起。在组织的精心和情感的高贵方面，它不同于五四以来任何时期的文学风尚。它更类似于一种近乎天意的绝对诉说。无论是其精神内核还是其构成形式，此诗都堪称楷模。

从整体来看，这些长诗的主题是精神“还乡者”的处境。诗人企图以此再造新时代的“中世纪”。救赎的单纯，墓志铭式的赞颂，和午夜降临的悲剧气质，都被一种准神学著述般的习语裹挟。这种迂阔又高蹈的主题类型，使他既像是一个精神济贫院的执事，又像是一个承担人类前途的先驱。

1988年，我受托为江西百花洲文艺出版社编一部名为《对话与独白》的诗学文集，约骆一禾寄来了他的长文《火光》手稿。在我刚刚编定此书时，传来了诗人过世的消息。现在，这部书稿还在出版社箧底，不知何时得见天宇。骆一禾的死，正像奥地利诗人霍夫曼斯塔尔一样源于脑血管突发性大面积出血。在此，我且以霍夫曼斯塔尔的诗句祭献骆一禾在天之灵：

那时，与我们共同度过漫长岁月的人
和那些早已入土的同胞
他们与我们仍然近在咫尺
他们与我们仍然情同手足。

韩　东

韩东，一个大学哲学系毕业生，却从不在诗歌中放纵自己的学识。他对宁静、单纯的审美性格，保持着美好的尊重。但在理论文字中，却是好斗的、喜欢讥讽人的。在许多时候，其理论话语会有一针见血的力量。

韩东是我认识的诗人中少数能将文章写清楚的人之一。此人敏感、谨慎、友善、平心静气，具有分析头脑。韩东初期的诗作从修辞形式上受朦胧诗影响，如《给初升的太阳》。但从意识背景上，他是明亮的、平和的，没有朦胧诗中的愤怒感和泪眼模糊面目。也许《山民》是个例外。此诗含有对传统精神历史的批判。但这种批判是无可奈何的。韩东早就意识到“海很遥远”，于是他宁愿只揭示“山民”的宿命。在这一点上，韩东比北岛等人显得更像个“过来人”。这显示了韩东式的深层个人私语。

1984年，韩东、于坚、丁当等发起《他们》。在朦胧诗大行其道之时，《他们》的平静、透明、还原经验的写作态度，使这等有些类似中国五言诗的作品反而更像是一个新的起点。这个阶段，韩东写过少量现世生命形态（有人说是“平民意识”）的诗，但很快就又往前走。他太高傲了，以至于讨厌拥有平庸的追随者。他可怕的领袖欲表现在，仅仅提供一种姿态或可能性，就赶紧摆脱众人，继续向前。这使韩东成为一个神秘的人物，受到人们不同念头的关注。

当然，韩东的目的肯定不是为关心诗歌公益的人提供新话题。他的审美状态的迁延，是对语言除幻功能的自觉，也是他不断站在客观的立场来思考自己的结果。“生存的无意义”体现在诗语中，最恰当有力的策略，并不是喋喋不休的饶舌，叠床架屋的互动语词爆炸。持这种写作立场的人，骨子里却是相信生存不仅有意义，而且还有更多有待创构的方面等诗人挖掘哩。韩东与这种貌似绝望主义者实际是浪漫主义者的诗人深为不同。另外，他较早意识到了在文化继承中以综合和仿写面目出现的精神平庸。他的诗慵倦、枯淡，在平静的外表下潜藏着个人化的生活态度，在文字直接性中表述了阴沉的绝望感，具有某种意义上的后现代主义特征：

有关大雁塔
我们又能知道些什么
有很多人从远方赶来
为了爬上去
做一次英雄
也有的还来做第二次
或者更多
那些不得意的人们
那些发福的人们
统统爬上去
做一做英雄
然后下来
走进这条大街
转眼不见了
也有有种的往下跳
在台阶上开一朵红花
那就真的成了英雄
当代英雄

有关大雁塔
我们又能知道些什么
我们爬上去
看看四周的风景
然后再下来

这首文不对“题”的《有关大雁塔》，像是第三代诗人的“写作宪章”。它连一代人内心的焦虑都不屑于展现了。如果说贝克特的《等待戈多》是以期待形式始，以永恒的幻灭告终的话，韩东则深入表现了没有精神历史（所谓“传统的孤儿”），因而也没有幻灭的麻木的一代的生命状态。展示生存的无意义，语言当然也“该”如此。类似的例子还有《你见过大海》等。

与韩东首次见面是在淮安，周恩来的故乡。他体质单薄，白皙，态度持重却给我以良好印象。五月末的天气，已呈潮热，韩东还穿着高帮鹿皮鞋。过时的、50年代末流行的深红玳瑁眼镜，不时滑下鼻梁。当时我的感觉是，他更像一个规行矩步、历尽沧桑的老三届学生。这使我拥有充分的信任感。会期的最后一天，韩东发言，标题是《三个世俗角色之后》，我知道我刚才的感觉错了。这时的韩东，孤傲、咄咄逼人、不留余地，与任何人的态度都呈极端对立。他以“政治动物”“文化动物”“历史动物”这三个世俗角色决绝地概括了中国现代诗人的精神和创作态度。最后，他说：“诗人却是另一个世俗角色之外的角色”，“中国诗人的道路从此开始”。

但韩东更愿意用诗来回答这一问题。1989年，韩东在其主编的《他们》刊物上，头题，大面积展示了自己的近作。这期刊物中，一些曾在《他们》露面的诗人开始悄悄离去。韩东的诗奇妙、简隽而轻逸、“天真”，像南京黄昏的光线朦朦胧胧，有着纯诗的不可消解、不可阐释性。《未来的建筑师》《听力》《二十年前剪枝季节里的一个下午》《渡河的队伍》《一种黑暗》《天亮以前》，在工稳的语感中体现出逼近纯语的自然的战栗。物象被放大，凝眸，令人销魂。

就我个人的趣味，我更喜欢韩东稍前的作品，如《哥哥的一生必天真烂漫》《马和日光的赞歌》《我听见杯子》《向鞋子敬礼》《跑鞋》和《雨衣·烟盒·自行车》等。比起上述更强调纯诗技艺因素的诗，这些诗更具生命的活力和天然感，其写作的真实性被我直接“触及”。

海　子

海子是纯粹的农家子弟。在物质生活上，始终是贫困无告的人。但他的诗是高贵、壮阔、澡雪精神的，他为自己虚构了一个精神性的血缘幻象，以致使他更像是异邦失去家园的精神贵族的孩子“骑士”，悲怆，高大，撒手尘寰于取圣杯的半路上。

海子不可思议。他启示录般短暂的一生，使任何有良知的诗人都感到痛心。他的自杀，几欲造成先锋艺术中高迈激情长久的缺席，如果不是永久的话。海子是圣徒般的诗人，他捐躯的意志具有“不顾”的性质，以致当我们反观他的诗作时，竟产生了一种准神学启示录意义。

但我与海子的交往是极为有限的，仅有两次为《诗神》约稿。直截了当，没有任何具体的交流，彼此小小的自尊心所致，也由于我那时不太热爱高古宏大的诗品。这成为我的遗憾之一。

海子的长诗可做精确的原型分析。（如频繁出现的太阳，土地，麦子，血液，天堂，火，黑夜，王等原型喻象）。这意味着这些诗中含有原型分析诗评家所喜欢依赖的稳定内涵。这内涵是含有大量智性的。但海子却一直在创作态度上为情感辩护。也许在他看来，“理性”就是有限，他更愿意扩大、加深生命内部的无限可能性，以提供新的更本质的“生命的知识”，而不是文化的知识。

他早期的诗作，如《亚洲铜》《母亲抱着白虎走过海洋》《思念前生》《打钟》等还没有唯我倾向，对扩张、白热、华彩采取了弃置态度。他的欲望只朝形式洞开。所以，当我后来看到他的诗变为暴烈、混浊、劲哀、高蹈、孤绝时，就感到诗人一生的写作是天性或本能的宿命进程，不断形成真实的“我”。

1986年之后，诗人将自己的创作朝两个极端推演。一类是大量抒情诗，以农耕文化的衰亡来隐喻“精神家园”的丧失，并写出汉人对千百年来生存真正根基的感恩和缅怀。语境明彻、称颂、忧伤，领受大地和植物的“神”恩。《麦地》《桃花开放》《黑夜的献诗》《日记》《答复》《重建家园》《询问》《月光》（还有长诗《土地》）等是其代表。另一类是长卷《太阳》（生前已完成七部，尚有一些断简残篇）。这时的海子，仿佛已从有罪孽的生存中退出，运行于宇宙的大火之上。他审视、命名、预言、从天下视，使卑污的人群有如弥赛亚脚下的异类。他发出的福音毋宁也像是咒语，他似乎不再期待人们有第七天的抚慰。海子猛烈展开天空火焰的卷宗，超出我们活人的视界之外，成为一种洪流世界的歌声。

生命中寥寥要语，海子竟写了多少篇幅。他“曲解”圣经，重铸圣训，是要在死亡之前加速度地完成一生的愿望吗？谁能输还海子炽灼的鲜血？谁能“续完”或“对称”海子的法度？我们鉴临海子留下的元素或词根，感到无从度量。这种瞽者般的光明，太深奥了；这种疼痛的单足人般的“升阶之歌”，我们无法“续完”。

上帝说有光就有了光；但海德格尔则将“澄明无蔽”视为极难达到的对“此在”的领悟。在没有宗教背景的文化语境中，海子的“光”成为二者痛苦的杂交体。它是诗人不断重临的起点吗？它是极乐的还是悲怆的或是合二而一的起点？

但海子的诗同时在某种程度上又是封闭的。他与他所崇仰的荷尔德林最深切的不同在于，他的诗伴有阵发的、亢奋的“自我迷恋”（或那喀索斯式的自我崇拜更准确些？）倾向。如果说荷尔德林是在茫茫黑夜里漫游，在吟咏中寻找隐去的神的踪迹的话，年轻的海子则更愿意把自己看作神——或至少是有慧根、有卓见的神子。这使他的诗歌精神在高度的自由博大中又受这种自由和博大的束缚。正如美国诗人哈特·克兰所言：“你的自由暗中把你留住！”的确，极端的自我迷恋常常会使我们对复杂的生存和生命经验，对“元叙述”“元抒情”逊位之后的接受语境无多了悟。从海子诗歌二元对立意象系谱的规则操作中，我们有些遗憾地发现，有许多海子可能呈现或滋生的生命经验，诗歌的反讽包容力，世俗生命的复杂活力和原动力，被闭抑了，沉睡了，或是诗人有意推卸了。在许多时候，我们大家也许都缺乏艾略特所说的“谦卑的智慧”。是浪漫积习的缠扰吗？谦卑在我们这里竟好像是一桩十分新奇的事。

然而无论何时，我们都会怀着清洁的情感谈到海子和他的诗。也可以预料，后起的众多诗人会从海子提供的精神场中完成自己的发挥、变演。“海子是得永生的”，骆一禾的话没有错。我们会看到无数的诗人继续创造了海子之所是。

柏　桦

柏桦给我最突出的感觉是游丝一般漂泊无定。说来很好玩，受某刊物之命我向柏桦约稿几次，信件均被退回。通信地址先是留在成都，后又到了重庆，很快又出现在南京——不是游走，而是工作频繁的调换。现在南京的信又被退回。鬼知道这位有着阴凄幻美抒情天才的诗人此刻在哪里“动辄发脾气，动辄热爱，拾起从前的坏习惯”而“望气”（引自柏桦诗句）。

柏桦的漂泊无定似乎有某种象征性，就像一个活得不舒服的病人，频频变换姿势那样。

柏桦的诗成色十足而稳定。有如老式衰落王公贵族意识，加上波德莱尔式的“游荡孤魂”的早期象征主义的殉情者。他也抗议、煽动，但更显得与时代“我独若遗”。他仿佛在用长长的摘果竿择取精纯而高高在上的“往事”之果，不知疲倦，心荡神摇。他寻找的是旧时代那个怪癖缠身的“内在的自我”。

我从《表达》而注意柏桦的诗。这首诗写在1981年10月。我看到它已是1986年了。当时我更惊异的是它竟写在五年之前。这首诗是回旋的、感伤的（尽管有些莫名其感伤），略略压抑的节奏，构成情绪的网罟，能指链的无穷游动使人在最后关键的一刻也不可穿透。与当时已在诗坛熙来攘往的“第三代口语诗”迥然相异，却同时又与四川盆地拱起的驳杂峥嵘的现代东方大赋不同。

柏桦是独特的。他不用自觉地悄然离去或遁入西诗，他似乎是直接用神经质的焦灼和器官的宿疾状态来决定诗歌状态的。因此，他的问题不在于找到一个什么现代“哲学”命题加以演绎以示深刻，他自身的恍惚与迷醉已足够入诗了。因此，他所忧心的问题只是语言问题——如何去“表达”的问题。

柏桦专修过西方现代文学专业。但很奇怪，他似乎时时警惕被动认同（或简单套用）西诗。他的中后期作品，充满五代词和明代艳曲的韵致，独坐一堆东方瑰宝，寥无一人，慕恋、歌吟、欲盖弥彰。《夏天还很远》《唯有旧日子带给我们幸福》《李后主》《春天》《震颤》《下午》《活着》等，是痴情而眩晕的，细微而艳情的；提心吊胆生怕“一次长成只为了一次零落”。这种奇妙的第一次性抒情和边缘状态体验，为柏桦独具。

但我们看到还有一个柏桦。“面部瘦削，仇恨敏锐/无常的悲哀细腻的闪烁”，终致“热血旋涡的一刻到了/情感在冲破/指头在戳入/胶水广泛地投向阶级/妄想的耐心与反动做斗争”（《谁》《琼斯敦》）。这种尖厉的、骨质的、锋钢的语型，使柏桦后来的创作更多地涉入了历史质询、意识形态反讽话语地盘。包括《幸福》《痛》《青春》《我歌唱生长的骨头》《夏天，呵，夏天》《生活》《十夜，十夜》，核心语像雄辩，隐忍不下，它们颠覆了流行的政治套语，解构、改写、转进又转出。“进步”“革命”“阶级”“牺牲”等权力主义独断的语词，被柏桦赋予本真的效力——重新命名，或从事正名的夺权。

这时曾经软弱的柏桦，则像那个被逐出天堂的弥尔顿《失乐园》的主角，高傲，色厉内荏却不肯低头。

但柏桦终究是一个尊重共时诗歌规范的诗人。前后期诗作从意识背景上截然不同，但在强调诗的肌质（本体依据）方面，是始终贯穿的。追溯其文本，共有的“左边”白热化乌托邦姿态，“下午”的情感的补偿行为，文学史纂学意义上的语词穷究癖，是其总特征。

柏桦的后期诗会由此最终导向某种意义上的警世小型叙事吗？他的事件诗“宣誓”感越来越显豁，甚至体现出某种雄辩术味道。说实在话，我喜欢现在的柏桦，但又不忍那个周身不适或在地窖中与“前朝美人”幽会的柏桦消失……

西　川

西川是成功地完成了“跨时代语境转型”的诗人。在80年代的新生代诗群中，如果还存在着高尚、德性、宽怀和节制的话，硕果仅存者之一乃是西川君。那时西川的诗，不是源于生存经验的复杂抛散，而是源于诗人精神意志中向善向美的约束力。“凡界万物，必向诗歌看齐”，也许西川想这么说。

对于一个知识分子诗人的精神修持来说，坚持高尚、德性、慈爱和节制，最有效的方式之一就是“怀旧”。80年代，西川大部分优秀的诗歌，就呈现了这一特征。但西川式的怀旧，从时空上看，乃西方文明之“旧”。这使它不同于目下颂体调性的农耕式庆典诗歌。它不是向自然寻求安慰、逃避，而是向上抵达升华、再生、智性和信仰。正如科顿所言，“我们宁愿有九十九个伪君子因放肆而遭到毁灭，也不愿有‘一个’仅仅属于上帝的谦卑者竟然陷入灰心或绝望。”西川的抱负是做这“一个”人吗？

由于西川的诗歌精神自觉地加入正派、高古与精审的人类诗歌共时体，使这些诗变得更为深厚、恒久。美国辨证批评家莫瑞·克里格在《艺术与进步观》中指出了某些文学作品具有更强的“文本互涉”或曰“文本间性”的特点。即，这类作品貌似自身封闭，实际上融进并激活了以往历史中的相关的文本意义。它很少受到诘询，除去诗人高超的意识和技艺外，也同时是由于其内在的他性要素决定的。西川体现了尊重伟大经典艺术的彻底性，虽然在操作模式上有许多不同，但观念体系上我们不难见出荷马、但丁、布莱克、歌德和庞德、博尔赫斯的影响。

西川早期作品的语言是澄明、舒徐的，像是现代诗歌感应古典音步的严饬形式。他的话语歧义性不强，常常呈现一种语义饱和的单纯感和异乎寻常的精确性。他不屑于用浅陋的彷徨不定去冒充诗歌的张力感，他宁愿深切地洞烛。用一种标准来看，那时西川的诗因此向度单一；但用一种更深的标准来看，这种有分寸的、自明的语言，更能言述他个人精神的核心。平静、纯正、满怀信心，从伟大灵魂之诗共时体连续“金链”的宣谕中，领受永恒生命的教诲，西川的诗企图以此更有力地影响我们。常常是这样，澄净的湖水能够显示湖的深度，而浅滩却在混浊中蛊惑了人的视线。西川无意于颠覆语言和造语义化了的世界的反，他也许更盼望世界平和净永的那一天早日到来，他愿意为此以诗付出个人可能的“文化推进力”。

西川早期的诗歌也热衷于抒写常生常在的深永无极的大自然。与中国传统诗人抒写自然“物我合一”的方式不同，在西川笔下，大自然是高于人类并柔和地压迫诗人表达的。这使这些诗不敢倾泻胸臆、欢欣鼓舞，而是表现出纯洁的战栗与感恩。《在哈尔盖仰望星空》《起风》《拾穗》《在乡村》《死豹》《新大陆》《尘土·玫瑰和阳光》是至今为人传诵的佳作。也许有人想从这些诗中找出其文化隐喻或原型的象征意义，这样做的结果将更显得我们在自然面前的懵懂无知。人与自然，谁在万有之上？自然本身不是比象征意义更为终极的意义吗？我更愿在单纯、天真、神来之笔的意义上，肯定它们的不可多得的价值。

1988年前后，西川诗歌在保持上述向度的同时，开始更多地涉及“我”的此在生命。“我”的此在生命沉湎于凝神伫立卓然不移之中，在迅速下滑变薄的时代，坚持追求永恒和复杂。在《激情》《旷野一日》《夜，1988》《暮色》《往世书》《练习曲》《梦中的财富》《李白》《暴风雨十四行》《中国的玫瑰》等有影响的诗章中，西川树立了自己引人注目的老式吹号天使形象。庄重健康的自明之音，某种程度的假言命令语式，对新生代诗歌潮流中普遍的粗鄙性和观隐风尚，进行了优雅而有力的挽救。从当时诗坛靠向新古典风格的朕兆来看，我想大胆地推断，西川君于此功不可没。

西川在诗人朋友中人缘极好，诗品颇高，其言行应是有支配力和影响力的。但在我的观感中，西川从不利用这一点滥施智慧和名气的“权势”，骂这骂那、呼朋唤党。和那些见多识广的宽怀者一样，西川懂得僭妄必遭天责。他的平和，既是一种有条不紊的道德自律，但更深处，我愿意将之看作智者对人世抱有的幽默的、独具慧眼的、体谅的、善意的怀疑主义立场。西川大概会喜欢这样的哲言：“一个人越无知，生活对他就越不神秘。”“权势就是一个付不出钱的人骗另一群付不出钱的家伙，来为他能够付钱作保。”接人待物的平和只会使出众者更加出众，困难的是，常常只有不出众的人才能出众地洞透这一点。

90年代以来，现代诗发生了人们所说的“跨时代语境转型”。西川的诗再次为人注目，他成功地完成了向“包容”“反讽”“对话”“悖论”“综合创造力”敞开的转型，是诗人中的优秀代表之一。这阶段西川的诗也像他的性情一样，是消除权势的，睿智欢乐的，怀疑主义的。我想，每个有效的诗人，都会有写作中的“命运伙伴”（像斯宾塞说的“力的持久性”一样），它大于我们的书写对象和知识对象，它位于经验背后，是经验的基础。在先锋诗歌的写作中，我知道一些诗人的“命运伙伴”分别是：地缘风俗，女人，植物，（特定科属的）动物，殖民文化的都市，反向意识形态，某位西方强力诗人，宗教（包括某类“邪教”）或酒，如此等等。谁是西川 90 年代以来写作的“命运伙伴”？我想，那一定是诗中那个蒙面的怀疑论者。他与光天化日下的怀疑论者不同，因其蒙面，他既是怀疑论者，同时也是那疑团。正是“他”的现身，使西川的诗多出了一个声部，在独白、对话、混声和聆听中，西川写出了《致敬》《芳名》《厄运》《近景和远景》《鹰的话语》，甚至更早些的《汇合》。这些佳作，使西川稍稍偏离了“诗人”这一限定形象，面向复杂的世界开放，并不断从“非诗”的、“不洁”的材料中获得写作活力的补偿。一个投身书写的从业者，一个在超验和世俗间游走的观察者，一个制造金属和海市蜃楼的专家，一个通过格言取消格言的文士，一个不乏责任感又优哉游哉的知识分子。总之，他使诗的文体松动，包容力更广阔些，让诗拥有了更广泛的营养、循环和调节系统。这就是 90 年代的西川给我们的启示。西川的确是一个真正意义上的“知识分子诗人”，但不是被“民间诗人”刻意歪曲的独断论姿态的知识分子，而是以高标准的专业精神，为自己所从事的写作不断提供新鲜命题的智者。另外，他的诗学文章的诠释风格，运思向度，措辞特性，也是非强制性的。或许在他看来，在诗学问题上不存在任何同一或统一的命题，最好的诗学文本不是自诩的“正确”“全面”，而是有用和有趣。在他的文章中，一切均由对话而沟通，对问题的提出和厘清依赖于生成性的、细密的解释学循环。他的“知识分子精神”体现在，永远保持对价值的关怀，但同时反对将“价值”作为一个既成的凝固物；永远保持对生存的关注，但同时反对减缩写作本身的众多技艺的可能性。这样，他的诗学文本就成为开放的、对话的、陶冶人心、启发智慧的快乐文本，它们自如地表述自己，并欢迎一切有效的质询，与这些质询一道始于问题，继续更高的追问。

怀疑主义者西川，对似非而是之事有高度敏感。体现在写作运思中，就是“伪哲学”或玄学的铺陈。他深知诗人的本分乃在于从“常识”和“真理”中接引出悖谬，在这个被权力和技术日益简单化、类聚化的世界上，捍卫人类重新提出“问题”的能力和权利。这是一种审美的快乐人道主义。在感性生活被降格为众多无赖嘴脸的时候，它争取到了硕果仅存的恰当的高贵品质：一种新感性。由此，我们能以欣快的阅读，领略西川诗中抒情、叙述、戏剧、箴言交会的不断“换挡”的义项和语调：一会儿是心知肚明却故作糊涂的“愚人志”，一会儿是显幽烛隐的“启示录”，一会儿是自我解嘲的宽怀者，一会儿是真戏假唱的

"牛皮大王"。这一切扭结一体，最后变成收尽万象又吐出万象的反讽的智者。他肯定了人性的魅力，申说了生活正是在含混中才有意义活力和更多可能的价值。这个微笑的怀疑主义者不是简单赌气式的说"不"或"是"的人，他相信大部分相反的命题是对称共生的、均可成立的。西川或许给人以中庸之道的感觉，但这恰恰缘于他蔑视任何仪式化的独断论、历史决定论，反对自诩为民间代言人、"诗歌超人"等角色的矫揉造作。

因此，我会仔细读西川的诗和随笔，前者有多音齐鸣的快慰和领悟，后者准确、干脆、实事求是。二者互补，再加上西川的为人，我说：他靠得住。

吕德安

吕德安是倾向于快乐写作的诗人，但这种快乐不是青春期笔随心走的大大咧咧抒怀，而是一种沉静、舒徐、纯于一的成熟表达。但如果你认为吕德安仅仅是在追求"朴素"就错了。他的心计、暗藏着的美妙的矫情，对诗坛始终清醒的估计，都在他的文本中潜在运行着。太高傲了以至不屑于先锋，这就是吕德安朴素谦恭中的不朴素不谦恭，也是他赢得先锋诗坛好评的原因之一。

吕德安的主要诗作，都与他的故乡——福建省一个古老码头——马尾镇有关。对故乡及大自然的不能自已的迷恋，使吕德安的诗基本姿势不是前倾的，而是回溯，是追忆。但吕德安并不在"反映论"的意义上动用他的题材。故乡在他的语境中，是一种因过于沉静透明反倒教人生疑的田园乌托邦，笼罩着令人心醉的岑寂和宿命味道。这一点颇像弗罗斯特的"农场"题材，它的表层体现出写作者的健康平静，但骨子里又有着"白雪掩盖下的凄凉"。

除去诗人早期的成名作《父亲和我》《献诗》《沃角的夜和女人》之外，吕德安的诗教我喜欢的还有《夏天的篷布》《蟋蟀之王》《泥瓦匠印象》《狐狸中的狐狸》《沉默》以及后来的《解冻》和《河床中的男人》。其诗集《南方以北》的诗中，每个词、词素，似乎都可以彻底退回到字典的准确含义，但由于诗人智慧过人的结构感，一旦它们形成秩序、语境后，这些基本词汇都开始焕发出奇妙而纯净的“适得其所”的光芒，获得了一种“新感性”。这是吕德安最见本领的地方。

吕德安的诗，还有一种令人着迷的旋律感。这也是他快乐写作的关键部分。这种旋律感不仅是指他的一些谣曲诗对土风民谣的仿写，而是更多的非谣曲调性的诗更好地、更有难度地体现了旋律感。深入细辨，我们会发现，吕德安的诗对无摩擦延续音的频繁使用和对音响共振峰良好的耳感，是这些诗奇妙旋律的秘诀；而可感的起伏节奏则仅是其表面形式而已。此外，吕德安诗歌的旋律感还得益于他几乎从不使用歧义词，这就使读他的诗成为流畅的（而不是停下来“破译”局部隐喻密码）一贯到底的过程。

读吕德安的诗教我愉快同时又不敢掉以轻心。与其说他的诗是平凡人的沉静的温暖话语，倒不如说它更像是有教养的中产阶级式的“乡愁”高级娱乐。吕德安是一个小小的奇迹，他以背对的方式超越了时代，在诗坛“日日新”的情势下“守旧”更显得卓尔不群。这也是对“朴素”原义的美妙不恭。

于　坚

在我的朋友中，于坚是极少数的那种深悟自身素质及当下语境中有效写作“限度”的人。这使他 80 年代的写作，一直保持着恰如其分的适度：个人主义和自然主义（即日常生活题材和云南高原地缘/文化题材）的结合。酒精、聚会、钓鱼和网球，并没有使他的诗歌表现得兴致勃勃、潦草和迷惘。牛气冲天的他有时也赞赏别的诗人，但更像是在尽朋友的“义务”，言不由衷，含有迁就吹捧所有同仁的“集团主义”动机。这也许说明于坚老于世故，也许说明于坚对自己声望的估计。或兼二者有之。

于坚患有耳疾。除此之外我感到他的身体状态极棒。他矮小、黑、较胖，神情憨厚，眼神固执而明亮，看起来更多地具有高原土人特征。但要是我们知道于坚是四川人，我们对他精神中的自负和坚韧就不会感到太奇怪。于坚的母亲则是昆明人。这个城市精于园艺，颜色鲜丽，民族杂多。于坚的诗也很好地体现了清澈、健壮、包容性强的特征。这两种基因，恰好分别代表于坚诗歌的个人主义和自然主义基调。于坚的迷人之处在于，他从不趋风赶浪，他知道自己语境的"限度"应在哪里，自己只该写什么和只能怎样写，他要把自觉到的任务完成得更为彻底，而不屑于满足个别唯"文化"是举的读者的好奇心。对自身素质及写作"限度"的准确把握，使于坚的诗呈现出一种素朴、源于本真生命的口语的状态。没有矫揉造作，更没有被"创新"的狗追得无处撒尿。

1984年，于坚和韩东、丁当发起《他们》。这是一个温和、明快的日常还原主义集团。但是，细心的读者可以发现，恰恰在于坚他们这里，而不是在感伤主义诗人那里，表现出更刻骨的阴影、疲竭和黑暗。满不在乎，目不斜视，存心抹杀现象与本质的界限，均表现了诗人对浪漫主义价值的怀疑。这种醒悟，没有应对办法，使生存的空无变得具体。而不是像某些新锐诗人那样从既成的现代西方哲学命题中移借穿越力量。

于坚的许多诗歌，由于具体历史语境的后制阅读作用力，致使如上因素得以以社会学方式阐释。他使生命中俗不可耐和孤傲健康完美地结为一体。他认定自己是"餐桌边上"的一个局外人，因此，对这时代是毋庸施出多余能量的。局外人既不能改变，又无可让与，独居或附俗，在这类人身上重合为一；他只推动和策演自己，这使其诗作区别于穷酸学究的大谈道德文化要旨，而呈现出一种客观的描述和个人的语言兴趣。于坚借此避免装神弄鬼。

《尚义街 6 号》《作品 100 号》《作品第 52 号》《事件：谈话》

《那时我正骑车回家》《外婆》等，就是这样的诗作。在于坚的观念中，平庸的生活成为耗损精神内容的缓慢过程。但也许他真正想说的是，这才是每个人自然命定的、正常的生存赐予，它不会再一次啮蚀我们的内心了。比起这种镇定自若的清醒状态，那种空洞呐喊的主流意识形态崇高感，甚至更像是发自地狱的笑声。

于坚生于 1954 年。但粗略的划分，他的精神类型却更属于 60 年代出生的个人主义者。他的知识积累或阅读范围也与北岛们相去甚远。他将语言哲学和自然主义，波普尔的“批判理性主义”和海德格尔的“去蔽”，古典诗学中的“静心”与后现代的解构，如此等等，“蛮横”地焊为一体，写出了个人化的诗歌。毫无疑问，于坚的诗也常常体现出对类的关注；但他本不想也无力代表“一代人”的良心。他只对自我话语运作感兴趣，通过对自我的评估、展示，客观上就会引发读者对类群的思考。从正统的文化立场而言，于坚的诗表现为方位的失落、反应的失当，但从真实的个体生命立场出发，却恰恰表现了方位确切、反应“正常”。

于坚诗歌的另一种向度是对自然的歌唱。他的诗描述云南高原舒放凝恒的风光。他喜欢弗罗斯特式的平静、透明中潜含现代因素，力避强暴的隐喻、夸张、变形。在他笔下，人类先在的根，不是什么后天的逻各斯，而是永恒的大自然。他力图重铸此念。自然主义的写作，超越一般意义上的有神论，却又体现出一种奇妙的类似于宗教的情感态度。那么，于坚的诗是自然泛神论的吗？也不是。在他那里，自然就是自然，它雄奇博大，并不依赖于人的图腾才得以树立。一般的读者往往忽略于坚这类诗歌，因为它们在审美方式上不够激进和任性。但正是在这点上，表现出于坚的价值。他以平静的、诚实的写作态度，提供了此时代不为多数人所能理解的先锋意义。

1989 年之后，于坚更多专注于对“语言作为存在之现象”的探询。他在“从隐喻后退”的理念下，反对僵化的文化系统和所指系统，写出《对一只乌鸦的命名》《鱼》《避雨之树》《下午，一位在阴影中走过的同事》《事件：铺路》《啤酒瓶盖》《〇档案》等诗。在这类诗中，于坚更像一个执迷于语言批判和客观物象的研究家，分厘不差、精细、冷静、沉溺，有如在显微镜下工作。诗人在语言和物象面前，似乎成为临时的“工具”，不同视角构成共时存在的空间形迹，没有传统诗歌的要素……这使他更彻底地变为“局外人”和对语言作为存在现象的分析者。这类诗歌，既使我认同于于坚的变延，又会惊异地惋惜那个素朴而自由的憨实的于坚的失去。他的后期诗作给诗评界出了枯燥的问题。

周伦佑

在热衷于搞现代诗运动的诗人中，我的印象周伦佑年龄为最大。他和朦胧诗人属一代人，但理论准备却比许多人丰富扎实。如果说早期北岛们的集团愿望更多是建立在普通、朴素的人道主义启蒙立场，周伦佑却更敏感于全球一体化的后现代的文化迁徙大势。这位偏隅于西昌小城的知识分子，竟日苦读、思考、写作和摘录。对西欧到美洲大陆的许多文化/艺术关键节点性人物，周伦佑均能有所领会并强行整合到自己的意识中。他是炫耀的、雄辩的，构筑体系毫不手软，有时却又表现出对科学主义的敬畏。他反复无常，但勇于承担自我否定的后果。这使他的理论发展弃置了缓慢的过渡形态。因此，当我收到载有周伦佑最新理论思考的刊物时，就必定产生一种极强烈的阅读欲望：这位朋友现在在想什么？这种论辩式的咄咄逼人的长篇大作，又是要另起哪路炉灶？有时，周伦佑的最大任务仿佛就是证明你们是错误的。因为他理解每一件事太快了，读的书太多了。他有永不知足的诠释瘾和深刻学术批判的功力。

虽然周伦佑是以一位优秀诗人的身份参与先锋诗歌浪潮，但他的名声却有一半是作为重量级诗评家造就的。他的几篇重要文章（《变构：当代艺术启示录》《反价值》《红色写作》），都是未来的文学史家必读的。这些论文，如果说有其内在的连贯性，我想，就是对主流文化及意识形态的否定立场。在他的意识中，先锋诗歌的历史不是技巧演变史，而是意志演变史。这种泛文化理论表述，使周伦佑的文章更具有鸟瞰式的广阔、深入——同时，又逃不脱以曾经反叛的方法论为后盾。周伦佑的魅力是否也存在于奋不顾身的自悖中？

作为诗人的周伦佑，其写作常常复调地成为他的批评原则的展示。它们提供各种新异的文本向度，对既成的诗歌类型进行变构和颠覆。因此，在周伦佑的诗中，潜意识、非理性、拆解，这些貌似自由的呈现，骨子里都是自明得不能再自明、理性得不能再理性了。作为“非非”的盟主，有学问的周伦佑从一开始就存有非“非非”因素。他曾放弃了自己的理性主义立场，以求以更大的强度与同仁达成平衡，但他的拯世情结总是在不留意的地方敞露出来，他“消磁”还不彻底。以此考察作为流派的“非非”解体，我们也许就不会感到突兀和奇怪：“非非”的几员干将，迟早会固持于自我独立、自我发展的欲望。“解体”就是开辟新的道路，就是拒斥将集团的力量施加于自己，就是更大的行为“非非”。而人际的纠葛只是一个诱发因素。

周伦佑是有巨大创造能力的诗人。他的诗体制庞大、包容性强。即使在铺张的解构式文本中，他骨子里仍是在解决一个又一个深刻的、生死攸关的生存课题。从《带猫头鹰的男子》《狼谷》，到《十三级台阶》和《自由方块》《头像》，以迄晚近的《刀锋二十首》，可以见出揭示生存的递进性质。如果说这些诗带有更多的书卷气、玄学性和刺戟/反应模式的话，我想说，这本来就是周伦佑个体生命的本真呈现；他从来就活在思想和书籍之中，活在对抗和防御之中。

我有时会开玩笑地说，周伦佑是潜在的“极权主义者”。他的遗世狂傲和吁求拥戴心理令人惊异地扭结在一起。在交谈和倾听别人意见的时候，周伦佑常常咧嘴大笑，他用亲切的表情告诉你必须加以修正你自己。他从来不是安静的观望者，从来不忍心让自己脱离噬心话题的中心。这使周伦佑难以保持儒雅的风度。

周伦佑是我们这个时代少数的精英之一。在缺乏必要写作条件的状态中（意识形态的和经济保障的），他提供了一些值得这时代充分重视的理论及诗歌文本。他是更根本的“左派”、无产者，战略家。他激进的革命的（就此语词的更本质含义而言）中心视角，热血感人心腑。无怪乎他能够冷傲地说：

时间在鲜明的主题上割一道口子/血流不止的地方便是新的开始。

伊　蕾

在伊蕾 1986 年以后的诗中，生命的虚无和生命的神圣是对抗共生地整一性到来的。在这里，后一项不是核心的、正极的、本源的，前一项也不是。作为她诗歌经验之圈本质东西，是这两者互为表里互为因果的整一存在，犹如火焰的光和热不能分离。诗歌在生存之外，带着语言的暴力和柔情，穿越时间的枷锁到达神圣。如此说来，伊蕾的诗是那种超逸空蒙的梦魇吗？不是。她的个别性在于，她把自我与生存对称在一个平行线上，“我是整个世界除以二/剩下的一个单数/一个自由运动的独立的单子/一个具有创造力的精神实体”（《独身女人的卧室》）。在这种自觉的创作态度支配下，她得以抽身其外地审视生存，或者她得以有一段助跑的路程而狠狠撞碎在虚无的墙上。这就不再是将阴晦的生存拥在怀里以恶抗恶，其亲在的结构也不是烦与畏，而是比它们更纯粹更高贵的诗的闪光。我认为，只有看到这一点，才可能将伊蕾成熟期诗作与另外的女性诗人区别开来，从而对她做出实在而有力的评价。

伊蕾不只是依恃着纯粹的感觉写作的人。感觉只是诗歌最基本的元素，诗中的感觉如果是有价值的，它必须源于诗人对自己整个精神历史的洞悉，否则，它就只是即兴的速写而不会是坚实的云石雕像。在出现了奥登之后，诗人毫无必要将自己降格为幻觉的机器了。伊蕾后来日益意识到这一点，她的诗作为一种深邃的抒情迹写，并不排除智性或抽象思维的成分。与科学的抽象不同，伊蕾诗歌中的抽象不是那种一正一反式的判断，不是那种直线到达终点的认识，而是在一种“在各个方向突然出现/又瞬间消隐”（《独身女人的卧室》）的彼此矛盾的力量中达到的悖论场。在这里，诗的终极目标就是一种本真状态的六神无主，是一种自觉寻求的困境。这就使她的诗在占有现代经验的范围上，超出了纯情的女诗人。

《独身女人的卧室》（1986）是伊蕾诗歌意识的充分体现。在这首诗中，诗人不是一般意义上的“表现自我”。因为，自我和意识从来不等于一回事，在现代条件下，它们常常构成分裂状态。“独身女人”是“我”审视的准客体，这种一而二的结构，才可能具有现象学式的刺穿经验本质的视力。由于“我”的分身术，使得“卧室”具备了人类整体生存的意义。那么，“我”的焦虑、绝望、性欲、欣悦，就超出了单一的自恋或自渎的范畴，而进入对生存本身的追问和暗示之中。频繁出现的“你不来与我同居”，也昭示着人类整体命运的虚无，那个“你”，犹如戈多，本身就是一种永无归期的空洞。人深陷于孤独的“卧室”，他们所能做的仅仅是无望的吁求而已：

如果需要幸福我就拉上窗帘
痛苦立即变成享受
如果我想自杀我就拉上窗帘
生存欲望油然而生

这种简单之至的反讽方式，经由整首诗语境的压力透射着人类遁入肉身的无奈原因。这里，“拉上窗帘”后并不形成一个自足的内在世界，而对灵魂的痛苦和自杀这一劫数，“拉上窗帘”显得多么短暂和孱弱呵。伊蕾意识到生命的虚无，人类精神的耗尽，于是，在“自画像”上，“整个脸部我只画了眉毛”。除了无意义之外，一切都是可以怀疑的。“宇宙漆黑没有道路/每一步都有如万丈深渊”，“因为是全体人的恐惧/所以全体人都不恐惧”。那么，诗人意识到这种深渊和恐惧，就不再是单向度的悲观和怀疑了。悲观和怀疑常常是价值论的产物，它们导源于人类内心对公正和意义的向往；而伊蕾的意识，则是源于自身生命本体的产物。这首诗，有健壮而豁达的性冲动贯注其间，性，在伊蕾这里成为对“亲在”进行分析的对象，肉体的存在和精神的虚无构成经验之圈的两个半圆，前者追索后者，成为一种功能，在相互矛盾相互排斥的展示中，达到对生命原动力真相的澄明。诗人无意扬此贬彼，她所要做的是揭示生命的最高真实。这里没有结论，“我”看到了本源就足够了。“我”有时是一种叙写的戏剧角色的虚影，因而，它只是“我们”之外的另一个话语存在，如此而已。

伊蕾诗歌常常涉及时间的观念，但她不是研讨纯哲学意义上的永恒与瞬间、有限与无限的关系。因此，在她的诗中，很少有认识论意义上的感慨。她关心的不是人生的短促，并赋予它以意义，而是寻求“向死而生”的方式。显然，伊蕾不想作什么拯救众生的先知、劳其筋骨饿其体肤的承担者，更不想作什么女强人。她骨子里是个了无牵挂的流浪汉，慵懒的独身女人。她企图在疯狂的快乐中倏然而亡。但是，这种放纵的欲望时时受到生存的围闭，这就使她的诗时时体现出一种狠歹歹的怨愤、一种冲破栅栏的无法无天的叛逃。这正是伊蕾不同于某些一厢情愿的“深刻”“悲剧感”的诗人之处。在后者那里，“深刻”“悲剧”表现为有意地制造，为“深刻”而“深刻”，为“悲剧”而“悲剧”；而在伊蕾那里，表现为发诸生命本源的寻求快乐、逍遥的天性受到阻遏以后的自然反弹。这就使她的诗亲近生命而远离观念，亲近原欲而远离道德。读她的诗，你会感到她时时在说，最有价值的逻辑就是生命欲望的逻辑，我多么希望不必再痛苦啦！“我放弃了一切苟且的计划/生命放任自流/暴雨使生物钟短暂停止/哦，暂停的快乐深奥无边/请停留一下/我宁愿倒地而死”！在《黝黑的水》中，在《猪之舞》中，在《情舞》

和《爱的自语》中，我们可以感到在诗人恣情任性的坦率宣泄中，生命欲望的情味猛烈地向我们压迫过来，以往的戒条在瞬间被击得四散溃逃，活得纵情是值得以一切做代价的。

我们可以说，伊蕾诗歌中的被囚感、死亡欲，乃是源于生命内部的基本现实，而不是外在观念的移置。

《流浪的恒星》《独舞者》《叛逆的手》《女性年龄》《被围困者》等组诗，揭示出两种彼此抵消的力量怎样粉碎了一个享乐主义者的梦想。这几组诗，在火光深处透射着苦涩的钻石，但伊蕾不想让痛苦的波涛把诗的纯粹给毁了，她写得高尚、谦逊，“我从没有这样自信于我诗的纯正”。在这些诗里，诗人梦想的破灭并不全部导源于生存的围闭和道德律令的逼视，如果仅此而已，伊蕾的意义则不免被我们低估。伊蕾的痛苦还在于，即使你蔑视一切外在的阻遏，而生命短暂的存在也不可能永远纵容你去快乐逍遥。“大海的激情是有边沿的，而我没有边沿”（《我的肉体》），“我从男人眼睛里/发现了/一个万劫不复的数字/充满死亡欲的数字”（《女性年龄》），这里，诗人进入了纯生理意义上的生命时间，这才是真正不可抗拒的、最终报销人的东西啊！伊蕾的这些组诗都贯穿着现实经验层面的对异化现实的否定和批判，但正是有了上面所说的对只活一次的生理意义上的生命时间“向死而生”的认识，才使得这些否定和批判更为急迫和正义。正是在这些诗中，我们不但将伊蕾的诗歌意识与本质主义的哲学区别开来，更重要的是，我们也将她与另外的先锋诗人区别开来了。衡量一个诗人经验之圈的价值，主要的原则正是在他（她）展示个体生命深层实在的独特性上，看他（她）是否能为那些与人的存在密切相关的基本问题注入异质的冲动。

在流行艺术中，时尚是支配诗人操作的主要动因。我们很容易为某种诗潮归类，这也许表明了理论的幼稚和哗众取宠。但另一个原因是，这些流行诗自身缺乏个性，诗人没有充分的精神准备和艺术信念，难免左右从风低昂随流。伊蕾的诗显然不是这种东西。她的诗从形式上给人以某种古老的感觉，她不故意制造语言的迷幔，不太信任稍纵即逝的梦境漂流，而是反复地审视、准确地安排每一个语词和结构。在这些诗里，诗人毫不掩饰她对完整严饬准确的艺术的虔敬，表现出一种扎实稳健的“白银时代”诗似的抒情精神。在她后期诗作里，诗人不仅要有超拔的想象力和硬实的情感因素，更重要的是，如何控制想象力和情感，在有意识的艰苦磨砺中达到诗歌的完整、准确和纯粹。她写诗，是创作和批评同时运作的过程，是清醒的拒绝和主动的寻求。如果说伊蕾是不信任灵感的诗人，恐怕太绝对。但我知道，灵感在她那里不过是将生命体验化为语言的瞬间冲动，这种冲动出现后，剩下的就全靠诗人艰苦的掂量、反复的思忖、比较和安排了。这种形式和意识的契合无间，使伊蕾的诗具备了某种原创性：我是在阿赫玛托娃、波德莱尔、狄金森、吉皮乌斯的意义上动用这个概念的。一个将生命视为虚无的人，才会这样对待艺术，因为，人的生命并不比诗歌更重要；反过来说，一个如此虔诚地对待艺术的人，他（她）的生命会是虚无的吗？

臧　棣

进入90年代，臧棣在我眼中有不凡的分量和魅力。他是诗与诗论双双生辉的人。作为诗论家，他有一种看似平常其实很罕见的能力：将高密度的思想持久集中，全力以赴地孕育并清晰论述当下复杂纠结的诗学命题。他没有利用诗人身份的特许，在文论写作中以似是而非的修辞，冒充或代替运思及准确意义的真实推进。我多年从事诗论写作，深知头脑那渴求轻快、喜欢断续的慵懒本性。因此，我认为臧棣在这方面有很高的天赋和斯巴达式的意志。他的文章，是90年代诗学不可多得的重要收获。读这些论文，我每每会觉得阅读是一种好的生活，欢悦敏识和有精神收益的生活。下面，我要谈的是作为诗人的臧棣。

我结识臧棣的诗是在80年代中期，他是从起步就坚执于诗歌现代性的诗人。最初几年，他的诗精微、简劲，以纯诗为标的，始于写作快感，终于审美教养。那时，北大有一拨这样的诗人，我和朋友们曾称之为“北大感”。这些诗人虽无当时诗界那种乱中夺权的野心，但骨子里更为孤傲。似乎汉语现代诗的绝对形式本体，要在一代人的加速进程中达到制高点了。臧棣在这批人中是出色的，虽说如此，其诗在活力、韧度和经验的包容力上，同样有显见的缺失。

我想，诗这种东西，是经验与语言之间彼此发现、彼此省察紧张关系的恰当解决。经验一旦扩大，语言就遇到了麻烦，它不够使唤了。诗的现代性，从根本上说就是为解决语言与扩大了的经验的矛盾关系，使语言更有力地在现代经验中扎下根。臧棣在80年代末似乎就置身于这麻烦中，迫使他寻求一种新的设想、视角和语型语调。那时，我读了他的《当代爱情》《詹姆斯·鲍德温死了》和《论生活的灵感》。正是这几首诗，让我对臧棣另眼相看。他的创造力形态开始转换了。但这个弯拐得不急，他仿佛是由史蒂文斯的触须慢慢伸向罗伯特·洛厄尔乃至某种程度的拉金。在这类诗中，臧棣初步尝试一种旁观的或潜对话式的言说，诗中人情世态、物性、“讨论”和奇妙的辞藻，松松地系在一起，他保留了形而上学并最终迟疑这种保留。我等着臧棣更旺盛的显示和演示，等着他经验-话语之圈的完整标画。

进入90年代后，臧棣成为声誉日隆的诗人。他的诗集《燕园纪事》，叫我感到一种超其所望的成熟。他的精神姿态和书写格局触动了我，我看到一种新的诗歌“说话人”出现了。他不是鸟瞰大地的激情之鹰，不是由品鉴性启发的神韵妙语里手，也不是华彩能指的炫技者，甚至不是以诗完成文化批判的“知识分子”。这个新型的“说话人”，其独特精神姿态给我的观感是：一个对存在有个人化想象力的诗歌从业者；游走于校园、写作间和差不多同代文化人圈子，对其闲散时光中丰富隐秘的私人关系及精神成长史的分析和命名者。他揭示了这代人内心生活和室内生活（微型剧式的）尚不为人知的“喜剧”领域，表现了这一特殊精神社区的生存和生命状态。虽然他的立场及修辞特性是反讽的，但在情感上又有某种程度的赞许（不同于易感的辩护）。他肯定现时生活，并将此作为有助于自我获启及保持对生命奥秘好奇心的欢乐源泉。他很少感情脆弱地怀旧。他不急切认同可类聚的道德优势的批判性，并警惕这种批判性成为新的教条。臧棣的反讽，经由个人秘密快乐写作的棱镜折光，平衡为几乎是复义式的微妙的“生活颂”。他或许是第一个公正地讲说了同代人生活那烦扰劳神中的魅力。他有能力并乐于从中汲取“非诗”材料，在智性中展开对话-场景性修辞，并享受写作的丰盈与欢悦。是呵，我有些老了，我不熟悉这样的精神姿态，它深深地吸引了我。这是臧棣先教我心动的地方。

臧棣的许多诗有大量日常生活细节乃至叙事性。在诗中吸收和转化叙事性成分，有助于对具体历史语境及生存处境的揭示，增强诗的历史真实感。这似乎是 90 年代有效写作的宽泛通则，但如何理解它的细部含义却言人人殊。我认为，臧棣诗中的叙事性不同于“叙事诗”。它们不是对线条式的生活事件的追摹，而是碎片的、情境的和内省的。它是由写作者的内心经历投射到“事件”上，用智性设置的可能存在的“日常生活寓言”。《燕园纪事》中的这类作品，警惕着所谓“当下感”这一新的诗歌评估权势，使诗维护了必要的审美高傲。诗人要关注的不仅是生活，更是时代生活中词语的状况。至于诗中的“历史意识”，在臧棣的诗中不是指向那种“风云史”，而是从个人具体生存处境或经验之圈出发与时代的对话。他将人的生活态度和自我意识，总结成特殊的限量“历史”，在限量中凸现个体主体性的内在强韧度。在此，“少就是多”，它不是材料体积的宏大，而是认识力的宏大。在这种相对主义和怀疑主义的个人化写作中，臧棣同样实现了对“整体”历史的折射（以及某种意义上的消解和脱节）。

比如，在有关“维拉”的组诗、《婚姻烹饪学》《访友》《在楼梯上》《书信片断》《日出之前》等反讽类型的诗里，诗人的确更多涉入了“日常事件”（他更多的诗只是镶嵌着日常经验描述的片断）。但读后我感到，这些“事件”都承担着更大的智性负荷。他一边冷静地叙事，一边融入戏剧独白和情境对话。他把分解陈述、戏剧独白、心理分析、沉思盘诘做了有条不紊的游走，写作者的态度因“事件”进程与心理时间和混合语型的纠葛变得向度复杂。在“事”后，语言再次纵身一跃，带着高强度的“电荷”，形成诗歌自身“进一步工作”的魔力。它发现了存在，而不只是还原或认识日常生活。在此，诗之叙事性依恃的不是单维的时间链，而是内心经历中不同声部的争辩，保持了生存与语言临界点上交锋的复杂性、可变性、间接感和混成力。诗歌借此区分于日常生活中的公众心理和情感，成为一种可供研究的发生于写作中的“日常生活寓言”。由此看来，臧棣与其说是热衷于叙事，不如说是热衷于用文本设置一个可供心灵去体验的生存情境。这样的诗，依然充满了暗示性这一古老的诗歌尊严。《燕园纪事》就如此在个人经验与历史想象力、智性和感性、真实感和间离性、踏实与辞采、自由与限制之间，达成了极大程度的平衡。我想，写作的众多可能性有待我们打开，但不管诗歌变成什么样，它都应在语言内部挽留只能经由诗所提供的令人惊喜的劲道；在形式的探寻上，没有“从头干起”“义无反顾”这回事——我倾向于将此视为令人蹙额的抱负。

臧棣的诗歌语言，令我称心的方面不少。这里，我想主要谈谈其中的一点：其“艰涩”中的精审恰当。我虽忝列什么“新潮批评”之一员，但比照之下，我或许是个更老派的读者。能否这么说，老派读者有个基本特征，就是读诗时，寻求“修辞可信感”（我生造的词，但比其他说法更有效）的愿望常常是很强烈的。我乐于学习不同时代变化着的修辞基础，但我以为，无论哪个时代的诗，其修辞的可信感仍会是为其提供根本价值和光芒的致命条件。由此，我拒绝与任何灵感派诗人达成默契，也与某些“能指”乱窜的诗人保持距离。臧棣的诗符合我的胃口。修辞上的可信感不同于“反映论”意义上的可信感，我指的是：诗中各细部词语及书写技术环节，在整体语境中都发挥出准确有效的协同作用。它是对语言结构内部复杂性及限度的显幽烛隐。是的，我心仪的诗应具有现代汉语写作体现出的完整、复杂、连贯和言说有据，对范式读者具有可接受性。既涉入语义甚至潜意识的艰涩，又值得以意识去体验乃至诠释；它不会因诠释而散架，正确的诠释往往使它更为诱人。臧棣许多短诗中曲折的诗歌话语，在初识之下先给人以艰涩的印象，但骨子里却有异乎寻常的精确性。像《小小的拯救》《古琴》《抽屉》《线人》《伪证》《地下通道》《小丑之歌》等都是朋友们热爱的上品。他那些不那么艰涩的叙事性作品，也都有种曲折的“准艰涩”，可实际上却是精审自然的。他是一个将批评过程同步汇入创作的自觉的诗人，在《燕园纪事》里，我看到了对每个语象的反复掂量磨砺，经验在对抗共生中展示的张力范畴，沉稳控制的潜在节奏，不同局部肌质彼此的变奏和小心承接，坚卓完整的结构，如此等等。他诗语的艰涩，意在造成经验的互否和增值，以及声部的多重共鸣感，是一种智性下的设置。为使诗达成深层完整的对话与交流，并保持合适载力下的简洁（少就是多），诗人不能原宥语言的懒惰和无能，他没有捷径可走。因此，我认为，艰涩的前提是一定要有修辞可信感，有超量的义项要压合。真正内在而精确的汉语诗歌，在现代条件下，常会体现出不同程度的艰涩感。因为现代语境中人的经验和情感日趋内向复杂了，简化和避闪有违写作意义上的“伦理”。困难在于，我们同时要警惕那些徒具“含混”外表，骨子里没啥名堂的人利用这一口实欺世（所谓“神赐的妙语”，在目下已讽刺性地变成新八股）。在此，我想最好让我们将两种“艰涩”厘清，把那种有价值和魅力的艰涩，视为朝向词语的更精确和饱满的摸索（修辞可信感）。

全面评说臧棣的诗，不是这篇短文的任务。我只选择了自己感兴趣的三个方面来谈。《燕园纪事》之后，他仍然保持了探求的勇气和职业写作进取心，写出了许多优秀作品；在诗歌材料的占有上，体现了更开阔的视野。他欢悦的写作态度，乃建立于严格的艺术自律精神之上。我愿意对我的朋友说：去读点臧棣的诗与论文吧，他信得过。

麦 城

诗歌是什么？许多诗人不假思索只凭习惯就回答说：诗歌是一种更有力的、更透彻的语言方式，它有助于消除神秘之物，使世界变得清晰。但是，何为“清晰”呢？对此我看不到进一步的解释，他们只能用“真理”“去蔽”等说辞来为“清晰”做出同义重复的界定。而在我看来，生存和生命理应秉有它恰如其分的神秘，对此我们要持恭谨敬畏的态度。在一个整体主义、本质主义、历史决定论和科技霸权媾和的时代，生命和语言的秘密越来越被粗暴地减缩，最终它们面对着被彻底通约化乃至删除的危险。诗歌之所以继续挺身而出，乃是为了捍卫我们对不可消解的神秘体验的守护权。或者说，它不僭妄地将世界编码化，而是恢复世界鲜润的质感、混沌的元气。“诗人何为？”我的回答是：“诗人写诗。”诗人之“为”不超出诗歌，也就是说让诗呈现诗本身的力量，把神秘作为神秘呈现给世界。

读麦城近作，我想谈的感受就是它不可消解无法还原的神秘性。他只用基本词汇写作，但是在这里，人文话语和口语，超验和经验，隐喻和叙述，却能忻合无间地排列在一起，彼此嬉戏，磋商，嘘寒问暖，有如失散多年的亲戚。你被这场语言的欢宴深深吸引，并置身于频频出现的“意外”喜悦中。它们“说明”什么了吗？它们说明了语言的劲道，诗歌的魔力。在麦城这里，诗歌话语是没有什么“谱系”的，中心词和边缘词也不存在等级上的差别，诗人听凭的是创造力的驱策，他要解散形形色色的语言禁忌，将每个词重新擦拭，使之发出既朴素又奇诡的光芒。这样做带来的结果是，利用潜在散文的情理逻辑去阅读麦城的诗，你会一无所获；利用人文科学提供的基本母题去捕获他诗思的源头，你会感到茫然无措。诗就是诗，它发出无法被其他的话语所转述所稀释的信息，它要么以独异的身姿呈现，要么不呈现。我们看到了语言深藏不露的神奇本性，并有一个唤作“麦城”的人面浮现其中。

那么，麦城的诗只提供组合语言的才能吗？显然不是。诗歌写作如果只是为了炫耀诗人组合语言的才能，那么它是不值得我们恒久地专注于此的。诗有它自己的目的，它高于诗人个人得失，使他们甘愿为此效忠。使我们老老实实感激在心的，是诗帮助我们留恋奥秘、热爱生命、轻步而行。麦城的诗对语言的解放，是与对心灵的显幽烛隐一起到来的。由于个人的心灵间的巨大差异，显幽烛隐的结果是更为神奇的“以幽显幽，以隐烛隐”。它们从不简化和取消自己固有的神秘。在这里，我们看到的是有迷人魅力的单个的灵魂，麦城咏述自己，并不吁求别人的认同。在《纸无法叠出来的一场寒冷》中，麦城写出了一种无法厘清的内心的寒冷。它是对生活事实的追忆，对个人精神成长史的描述，但又有着语言梦境的深度。起笔是单纯明快的，“这场雪/与小时候上课时收到的雪/并不一样胖/从前的雪/像从天堂里长出来的棉花/慢慢地落下来/直至落成一床和地球一样大的棉被为止”。然而，当我们的心跟上它的情境和语调后，诗人却暗暗拨转了诗的方向，面对雪人，我们“劝它在雪里笑出声来”，“让它像我们一样傻”。一种隐隐的岑寂、凄楚和无告涌了上来。仅仅就在“下午”，“我们被迫失败”，雪人融化了，“成为我们”。此后，我们又经历了一场场更噬心的风雪，“它扑向人间的时间/被一个痛苦的气候涂改过/是古代的冷勾结了现代的冷/在这一天发生最大的寒冷/要让每一个刚刚冷过的人/重新冷一遍”。诗人引出了高不可问的宿命的力量，在这里时间是弯曲的，它不具体指向任何时代，它道出的是个体生命体验中“没完没了地落下去”的寒冷。说到底，雪“落到了眼前的这张纸上”，它无须释义，自足自存，“秘密地带给秘密”。我们感应了诗自身发出的声音，或许它比任何可对应的具体所指，都更深地捺进了我们的感情，成为有幸遇到的诗的神秘赐福。

与此相应的是麦城诗歌在透明中的奇诡。由于诗人只用基本词汇写作并自如游走于流畅的语流中，所以其诗歌话语有一种气脉贯通的透明感。正是这种透明感邀约读者畅快地进入。但是，走着走着你会发现进入的是一个玻璃迷宫。每一个句群都是一层透明的玻璃，在一层透明后面弯曲地折射出另一层透明，而在其后又有无数延展的透明彼此折射着，你恍然发现出口消失了，你置身于透明的奇诡之中：

> 有些东西必须熟练地放在地上/比如回家的路/又比如每天派出寻找/在中文里毒死父亲早期眼泪的那句成语的脚印/和上交给母亲的身影/有些东西必须定期放在树上/比如风暴/比如被风撕下来的内心景色……有些东西必须放在花园里/比如碑文里伟人的内心活动/有些东西必须放在石头里/比如锤子从石头的中央/拿回来的天堂上面的声音……有些东西必须放在楼梯里/比如无产阶级和资产阶级/有些东西必须放在爱里/比如心……

这里，每一个句子都是准确而透明的，从语型上它们有如卡农乐曲一般彼此“摹仿”，涌流不息。但是，恰恰是每个句子的无可置疑的明晰，使我们感到了整体诗思的复杂与含混，置身于透明的奇诡之中。在这里，诗歌各局部肌质越清澈，它们之间越具有逆反性和对话性，而统一的语型和调性则与逆反因素构成了缓解应力。在我们熟悉的诗歌分类学观念中，奇诡总是和词语的藻饰与繁缛联在一起，而透明则意味着语义的单纯清浅和张力的缺失。面对麦城的诗，我们的分类学观念再不显得那么有把握了，他出神入化地弥合了透明与奇诡，保持了在可感性和神秘性之间的平衡能力。我认为，《力量》《被夜色涂掉的几种心情》《桌子上的内心活动》《被一颗步枪子弹放走的回答》《跟随北风生活》《一滴钻石里的泪，降在了大连》等等，都是这样的佳作。它们深深地吸引着读者，使他们感到对透明的沉醉，但是在词语间彼此投射的光芒中，诗歌的神秘却被恰如其分地保存着。

麦城是一位有着写作自觉性的诗人。诗人的自觉性，说得白些，似乎就是——他们不相信从生活到诗歌有一条直捷的路。在时下，“还原经验”“表达日常生活”的呼声几欲成为某种权势话语，好像“生活”——由于它的强大和本真——突然取消了诗的强大和本真似的。当对生活的还原被胁迫成唯一的写作必然律令时，我们的诗表达的就不再是对语言艺术的洞识，而只是一首首被允许（?）出现的、卑屈的生活小型记事了。麦城不会没有听到这种胁迫的声音，他同样知道生活的力量。但是，诗歌只能是诗歌，一个诗人无论怎样对生活的召唤殷勤备至，他都必须捍卫住对艺术本身的信义承诺，听命于“发掘语言奥秘”这一创造力写作的伦理。他的诗不是对生活的追摹，而是发生在语言中的心智的闪烁——

深夜一点/在一张旧纸里/我听到一句比旧纸还要旧的话/我走向桌子/贴近那张旧纸/左看，右看/纸里的人没有说话/甚至连说话的爷爷/也没看见/气得我把纸搓成一团/扔进纸篋/这时，纸篋里慢慢传来/刚刚说的那句话/我弯下腰，从纸篋里/把那张旧纸拿出来/撕了个粉碎/就在我把碎纸片扔出去的时候/那个人在碎里/又跟我说了一句话/兄弟，你看见过碎吗/你能把旧撕成碎吗/你能把碎撕成碎吗

——《碎》

这首诗比起那些“还原生活”的诗写得更为具体可感，甚至更具有精确的“目击性”。它对细节的专注、对过程的描述和对情境完整性的倾心，都显示了诗人对“事物纹理”的刻画能力。但是，它依然是自足的，带有无法消解的语言魔力；而发生在语言中的“事件”，比类聚化的生活事件更真实也更强烈，生命体验中最晦涩的部分一跃而起，化身为诗。这是一场语言对语言的紧张追逐，我们期待着一个“解决”；然

而，就在我们的神经快要绷断的时候，诗歌凝止在一个既荒诞又“有理”的悖论中：“你能把旧撕成碎吗/你能把碎撕成碎吗。”在“生活”无法趋临的地方，诗歌悍然闯入，发现了只能经由诗歌发现的东西。这里，生命的真相没有被“说清”，诗人回溯到了重重“遮蔽”的神秘源头，他看护着这个源头，让它如其所是地存在，以它更强烈的“封闭性”作为其自身而闪耀。

诗意的本性不是在简单化的“说清”中，而是要聆听语言内部的、几乎被湮没无闻的丰盈的神秘性。正是这一神秘，使我们的灵魂接近“内在”的情境。如果一个诗人不想蒙混过关的话，他迟早要面对被神秘所攫住的体验。让我们相信，诗歌挽留了一个充满神秘的世界，它永远是语言中最微妙最崭新的部分。由于它的存在，我们获得了现实之外的另一重视野，并保持了“向某种不可僭越的神秘境界”的致敬。在今天尤其需要诗人们坚守“诗就是诗”的信念。麦城诗歌之所以能得到不同精神背景和审美趣味的青年先锋诗人们共同的肯定，我想，“守护神秘”却以透明的语言出之，可能是一个主要原因。

1992年岁末写成

2001年1月补充修改

后 记

我从 1980 年开始现代诗创作和诗学研究，至今已有二十多年了。如果说，在我 1985 年前的诗学文章中，还只是将现代诗的话语看作一项“神奇的表达技艺”的话，在这之后，我已渐渐自觉地意识到我要探究的不是“美文”，而是人与生存之间那种真正临界点和真正困境的语言。

我给自己的理论批评规定了两项任务。其一，是微观实践的文本细读或修辞学批评。它的结果是《20 世纪中国探索诗鉴赏》（上下卷）和《当代外国诗歌佳作导读》（上下卷）。其二，是较为宏观的对当下先锋诗歌写作状况的研究，力图兼容具体历史语境的真实性和诗学问题的专业性，并将生命、生存、历史、文化、语言，做扭结一体的思考。它的结果是我的诗学论集《生命诗学论稿》及一些理论文章。

《生命诗学论稿》编成于 1992 年，出版于 1994 年，至今已有十年了。十年来，我又有了些积累。感谢河北教育出版社的美意，使我这次有机会增补十余篇新作，去掉十余篇旧作，并对保留的几篇旧作做一些润色与修改。考虑到本书篇幅，十余篇诗人专论没有收入，我将它们留待来日。

这本诗论集取名为《打开诗的漂流瓶》，灵感来自于我热爱的诗人曼德尔施塔姆的文章《论交谈者》。他认为，诗人想象中的知音，是诗的基础。“诗人与谁交谈？一个痛苦的，也是永远现代的问题。每个人都有朋友。诗人为什么就不能朝向朋友，朝向那些潜在的天然与诗歌亲近的人们呢？譬如，一位水手在危难关头将一只密封的漂流瓶投进海水，瓶中有他的姓名，他的遭遇记录，他最后的愿望。多年之后，在海滩上漫步的我，发现了沙滩中的瓶子，我读了信，知道了危难发生的日期，知道了投瓶人心灵最后的呼唤。密封在瓶子中的信，就是寄给未明的发现这瓶子的人的。我发现了它。这意味着，我就是那隐秘的收信人。读着巴拉丁斯基的诗，我知道有这样一只漂流瓶落到了我的手中。海洋以巨大的力量帮助了这瓶子，帮助它完成其使命——而一种天意的感觉震颤着拾瓶人。水手将瓶子投进无边的波浪，和诗人向茫茫人海投出诗歌，是同样的特定表达出的时刻。那信和那诗，均无确切的地址，但是两者却又都有接收人：信的接收人是在沙滩中发现了瓶子的人，诗的接收人是后来的知音。”用不着我再饶舌，“漂流瓶”，这个借喻的神秘与朴实，已被诗人完全说破。

感谢在忙碌的“效率”时代，愿意抽暇翻阅这本集子的读者。

陈　超

2003年5月15日